U0857491

本书得到
河北省中国语言文学国家重点学科培育学科经费
资助出版

查慎行诗歌批评研究

王新芳◎著

人民出版社

序

詹福瑞

查慎行是清初重要的诗人和诗论家，学界对其诗歌的研究已经有不少成果，而对其诗歌批评理论的系统研究，则相对零散和薄弱。有鉴于此，王新芳的《查慎行诗歌批评研究》一书将查慎行的诗歌批评理论作为研究对象，意在将其诗歌批评研究引向深入，以期弥补查慎行研究之不足。

学界对于查慎行诗论长期忽视的原因，主要还是由于文献之难征。首先，查慎行没有专门的论诗诗话传世，其《敬业堂文集》也因为种种原因流布不彰。另外，乾隆年间张载华纂辑的《初白庵诗评十二种》是载录其诗歌批评倾向的重要文献，然而此书也一直未获广泛流传。今人李庆甲纂录《瀛奎律髓汇评》时曾据《初白庵诗评十二种》收录了查慎行的诗歌评点，然《汇评》乃是诸家评点之汇纂，这样就将查评淹没于诸家评语之中，因此查慎行诗歌评点的总体倾向一直未能引起学界的足够重视。可见，查慎行诗学文献的匮乏，是查慎行诗学研究的一块短板。相对其诗论而言，查慎行的诗歌创作在有清一代声名卓著，其《敬业堂诗集》流传甚广，翻刻者甚众。延至当代，上海古籍出版社1986年又出版了周劭标点本，更促进了《敬业堂诗集》的传播。因而目前学界对查慎行诗歌创作风貌的了解，要远远超过对其文集与诗论的认识。正因为存在着这样一种文献现状，查慎行一直被视为清初宋诗派创作上的领袖人物，却从未被当做宋诗派的理论代表，因此长期以来查慎行给人的印象是在理论方面似乎无甚建树。其实清代诗人的创作往往都是以其诗歌理论作为基石的,作为清初浙派领袖人物的查慎行也是如此。

为了还原查慎行诗歌批评理论的原貌,《查慎行诗歌批评研究》一书首先在文献的钩稽考索方面下了很大力气。该书对散落于其他文献中的查慎行佚文进行了大力辑补,力图将查慎行《敬业堂诗集》中的论诗诗与其《敬业堂文集》、《初白庵诗评十二种》等文献相互印证、相互补充,并参之以查为仁《莲坡诗话》中所征引的查慎行有关论诗观点,从而最大限度地还原查慎行诗歌批评理论的原貌。应该说著者在文献钩稽方面做出的努力是值得肯定的。

此书在吸收借鉴学术界已有成果的基础上,还提出了一些新的观点,其中不乏值得关注的创见。例如将查慎行的"唐宋互参"理论置于清初"唐宋之争"的大背景下考察,进而指出,查慎行诗歌创作主要学习杜甫和苏轼,是其"唐宋互参"主张的具体体现,这一认识彻底扭转并颠覆了以往学界对查慎行诗歌学苏、学陆的偏颇判断。当然,为了充分证明这一观点,此书除了从查慎行理论倾向与诗歌创作上进行论析之外,还独辟蹊径地从《初白庵诗评十二种》入选诸家的名单入手,对诸家的评定数量进行了详尽的统计分析,这为厘清查慎行所构建的完整诗学谱系及其内涵起到了较为关键的作用。另外,查慎行的《涿州过渡》曰:"自笑年来诗境熟,每从熟处欲求生。"其"熟处求生"之论颇为理论界所关注。目前学界多将"熟处求生"理解成创新精神,也有学者尝试从查慎行诗歌表现题材的变化对其"熟处求生"理论加以证明。本书作者则认为,要真正理解查慎行所云之"诗境熟"与"熟处求生",只有深入到查慎行的诗学批评体系的语境中才能进行确切把握。书中通过梳理"生"、"熟"这些概念在明清之际特定语境下的具体含义,指出查慎行"熟处求生"乃是得益于明清画论中关于书画"生"、"熟"的理论,并将之移植、借用到诗论之中。所谓"熟处求生"有绚烂之极,乃造平淡之意,故而"熟处求生"与其对"白描"的艺术追求恰可相互通融。这一结论无疑是非常新颖深刻的,有助于学界重新认识"熟处求生”的真正涵义。此外，查慎行诗云：“插架徒然万卷馀，只图遮眼不翻书。诗成亦用白描法，免得人讥獭祭鱼。”提倡白描、反对用典和藻饰是查慎行论诗的另一极具个性的理论倾向，学界对其内涵的解读已颇多胜义。而《查慎行诗歌批评研究》一书则又指出，在明末清初诗学这一特定的历史环境中，查慎行对白描的提倡具有强烈的现实指向，从中折射出其对虞山诗派“二冯”所倡导的昆体之风有着特别的警惕与反感，同时也蕴含着其对黄庭坚及江西诗派的复杂态度。因此查慎行提倡“白描”既是对诗坛流弊的反拨与矫正，也是对宋诗优劣深刻反思的结果。以上这些发见，都是在学界已有定论、或前人语焉不详之处进一步深入挖掘所得之新见，体现了著者的独立思考与创新能力。

在博士论文答辩时，王新芳的论文获得了有关专家的鼓励与好评，同时也指出了一些不足之处，诸如查慎行的诗歌理论与其诗歌创作相互参证方面还有待加强，结合浙派诗歌创作和诗歌理论的总体特点的研究还不够充分，对于《初白庵诗评》中的一些具体问题简单罗列偏多，理论提升偏少等。现在王新芳的论文经过进一步修订后即将由人民出版社出版，问序于我，我作为导师很为她高兴，并希望她在今后的研究工作中取得新的成绩。

是为序。

2015 年 11 月

目 录

绪　论

第一节　查慎行生平简介

查慎行(1650—1727),原名嗣琏,字夏重,浙江海宁人。后因故改名慎行,字悔馀,号他山,又号查田。晚年取苏轼《龟山》"僧卧一庵初白头"诗意,于家乡袁花龙尾山查家桥筑初白庵以居,自号初白老人。

查慎行少年早慧,《两浙輶轩录》卷十引《杭州府志·文苑传》称其"性颖异,五岁能诗,十岁作《武侯论》,同邑范骧称为旷世奇才。既长,游黄宗羲之门,所学益进。"①然而其父查崧继作为明遗民,对清王朝尚存抵触心理,不让查慎行兄弟为科举干禄之学,故查慎行退而学诗,而其"性之所好,尤在吟咏,久之遂成卷。"②至其十九岁时,"读书武林吴山,从慈溪叶伯寅先生学……至是始为隐括之文。"③康熙十年(1671)查慎行二十二岁时始应童子试,未及终试而母亲病重,次年春母亲去世。六年之后,其父查崧继也去世。由于查崧继在世时,广交好施,"不以家人生产为念","周人之急,或破产以给之,家愈贫,弗问也。"④

① 阮元编:《两浙輶轩录》卷十,《续修四库全书·集部·总集类》,上海古籍出版社2002年版,第410页。

② 查慎行:《仲弟德尹诗序》,《查悔馀文集》,北京大学馆藏稿本丛书,天津古籍出版社1987年影印本。

③ 陈敬璋著,汪茂和点校:《查慎行年谱》,中华书局1992年版,第15页。本文所述查慎行生平经历皆依据此《年谱》。

④ 查元偁:《海宁查氏族谱》卷二《列传二》,道光刻本。

其死后，家庭经济愈加拮据。查慎行描述当时的情形曰："男不幸早失怙恃，年二十三，吾母见背；又六年，吾父下世。家徒壁立，无以自存。"①家中的窘况逼迫着"实拟奉成训，终身依墓庐"②的他设法寻求出路。康熙十八年（1679）夏，查慎行得知同邑杨雍建由左副都御使被任命为贵州巡抚的消息，毅然决定随其远征云贵，讨伐吴三桂残部，开始了他三年艰苦卓绝的入幕从军生涯。

查慎行从军之时，持续多年的三藩之乱主力已被清军消灭，吴三桂于康熙十七年（1678）衡州称帝后不久即死去，由其孙吴世璠在贵阳继位，继续顽抗，整个西南仍一片战伐混乱之象。《查慎行年谱》描述当时的情形曰："时吴三桂余孽未殄，警急烽烟，闻者心悸。先生浩然长往，绝无难色，同人莫不壮其行焉。"③查慎行从军虽主要是迫于生计，但亦为建功立业，博取功名。其《游燕不果乃作楚行》诗曰："不是弹筝客，谁为击楫歌。也知田舍好，壮志恐蹉跎。"④《留别仲弟德尹二首》其一曰："门户全生终碌碌，兵戈绝徼尚纷纷。虎头分少封侯骨，投笔聊从万里军。"⑤他不愿过"门户全生终碌碌"的庸人生活，才决计投笔从戎，依人远幕。然至康熙二十年（1681），"历三载，贵州平，欲论功以闻于朝，固辞。"⑥查慎行推辞了杨雍建为自己向朝廷请功的建议，次年五月，踏上了返乡的路途。三年艰苦的军旅生活，虽然没有实现他布衣封侯的理想，但这段传奇般的经历无疑对他的心灵产生了强烈的震撼。对战争的酷烈、民生的疾苦有了切身的体验，而异域的风物民俗与奇山异水，也给他强烈的感官刺激。他将自己的见闻感受，一一付诸笔端，创作诗歌250余首，后来这些诗结集印行，此即为《慎旃集》。黄宗炎

① 查慎行：《查悔馀文集》，北京大学馆藏稿本丛书，天津古籍出版社1987年版。

② 查慎行：《将有南昌之行示儿建》，查慎行著，周劭标点，《敬业堂诗集》卷四《西江集》，上海古籍出版社1986年版，第114页。

③ 《查慎行年谱》，第17页。

④ 《敬业堂诗集》卷一《慎旃集上》，第1页。

⑤ 《敬业堂诗集》卷一《慎旃集上》，第2页。

⑥ 沈廷芳：《翰林院编修查先生行状》，《查慎行年谱》附录一，第45页。

《慎旃集序》曰:“夏重是编,自己未至壬戌,四年间水陆万里,往来楚黔之什,山川诡变,与江浙殊绝,苗蛮风俗,与乡土迥判。加以乱离兵革之惨,饥荒焚掠之余,天宝诗人所不及睹,投荒迁客所未曾历者,聚敛笔端,供其驱使,宁樊篱鹦雀可望其项背哉。”①赵翼评价他这一时期的诗作曰:“当其少年,随黔抚杨雍建南行,其时吴逆方死,余孽尚存,官军恢复滇黔,兵戈杀戮之惨,民苗流离之状,皆所目击,故出手即带慷慨沉雄之气,不落小家。”②他们对他的这些作品都非常赏识,而这些诗则可以说是他从军三年的重要收获。

康熙二十一年(1682)秋,查慎行由黔阳返归家乡海宁。后受堂伯父查培继之邀,于次年十月,赴西江入其幕府。查培继时由兵科给事中出巡江西饶九南道按察副使。在查培继的资助下,查慎行于康熙二十三年(1684)夏,北上京师,游太学,成为国子监生员。在京三年,他两次参加乡试皆不中。不过,这期间查慎行经常出入其表兄朱彝尊书斋,参与诗文集会,结交了不少名士显宦,如宋荦、朱之弼、朱恒斋、汤右曾、姜宸英、田雯、钱玉友、惠周惕等。得朱彝尊之延誉,声名渐起。康熙二十五年(1686)冬,他经人举荐,被权臣纳兰明珠聘为其子揆叙的馆师。

康熙二十七年(1688)春,由于岳父陆嘉淑在京中忽患重病,查慎行不得不扶侍南还。次年二月,岳父病故。处理完岳父丧事,查慎行再次入京,准备应来年的乡试。然而半年之后,一件意想不到的事情发生了,他的应试计划也因此而搁浅。这件事就是他无意中卷入的洪昇《长生殿》案。

《长生殿》事件的大致情况是:康熙二十八年(1689)八月,洪昇在其宅中搬演所作传奇《长生殿》,都中名流多往观者,查慎行亦在其中。事后,有人以演剧之日,适在佟皇后逝世未满百日的国恤期间,此举为大不敬,具疏弹劾。皇上大怒,将洪昇下刑部狱,后释放,被革去国子监

① 《敬业堂诗集》附录黄宗炎序,第1755页。

② 赵翼著,霍松林、胡主佑校点:《瓯北诗话》卷十,人民文学出版社1963年版,第146页。

生籍。赵执信与查慎行等与会士夫诸生,皆受牵连,查慎行被革去国子监生籍。

这次事件针对的核心人物并不是查慎行,然而正如查自己所言:“饮酒得罪,古亦有之。好事生风,旁加指斥,其击而去之者,意虽不在苏子美,而子美亦不免焉。”①《长生殿》事件对正在积极谋取功名的查慎行是个沉重的打击,也让他对官场的险恶有了切身的体会:“振翅无云霄,触藩有机阱”,“世自倾波涛,吾方溷泥滓”②。他对自己以前的行为进行了深刻的反思,决定在言行上藏锋敛芒,痛改以前的处世之道。《送赵秋谷宫坊罢官归益都四首》集中地表现了他此时的心态:

竿木逢场一笑成,酒徒作计太憨生。荆高市上重相见,摇手休呼旧姓名。

刘鲁封章指摘生,沧浪大可濯尘缨。肯言预会皆名士,谁似君家老叔平。

君别蓬山作谪星,我从雾谷拟潜形。风波人海知多少,聚散何关两叶萍。

南北分飞怅各天,输他先我着归鞭。欲逃世网无多语,莫遣诗名万口传。(注:秋谷赠余诗,有“与君南北马牛风,一笑同逃世网中”之句。)③

他决定告别故我,以“休呼旧名”“潜形雾谷”“莫遣诗名”来重塑自己谨言慎行的形象,遂改名慎行,字悔馀。

康熙二十九年(1690)春,大学士徐乾学被革职回籍,但仍统领《一统志》的编撰工作。应徐乾学之邀,查慎行与姜宸英与其同行,赴洞庭东山参加徐主持的橘社书局,协助编撰《一统志》。在书局期间,查慎行受学于地理学家顾祖禹,其《苏轼补注》《初白庵诗评》长于考释地

① 《敬业堂诗集》卷十一《竿木集序》,第287页。

② 查慎行《奉送玉峰尚书徐公南归五十韵》,《敬业堂诗集》卷十一《竿木集》,第295页。

③ 《敬业堂诗集》卷十一《竿木集》,第287—288页。

理，与此有关。

康熙三十一年(1692)春，受九江太守朱俨之招，查慎行赴朱俨幕，为其辑《庐山志》。七月下旬，朱俨太守为查慎行准备了半月干粮，入庐山寻访旧迹。查慎行游庐山数十日，作《庐山纪游》一卷。九月，查慎行辞别朱俨，自九江返归家中。

康熙三十二年(1693)正月，查慎行再次北上京师，准备应顺天乡试。秋天，得中顺天乡举。随后康熙三十三年(1694)、三十六年(1697)、三十九年(1700)，查慎行三次参加会试，皆失败下第，正如其诗所言："八年三见黜，得失同反掌。"①科场屡屡失意，查慎行一度陷入消沉、低落，江湖失路的落拓之感经常见诸其诗："男儿失路真可怜，泽畔行吟聊复尔。"②"落拓生涯大可怜，江湖人老杜樊川。"③早在赴九江朱俨幕之时，仕与隐的矛盾就在他内心进行过激烈的交锋，其《大风至刘婆矶》曰："十年就场屋，逐众趋京师。人皆取巍科，三黜名独遗。谓宜自揣量，息影甘荆扉。""大梦初唤醒，行当早旋归。"④伴随着每一次科场的失意，绝意仕进的想法在他心中愈来愈强烈，《德尹将南还次韵志别三首》其二曰："自笑逢时术未精，人间无用是虚名。"⑤《下第南归留别同年姜西溟廖越千刘大山王昆绳李若华诸子二首》其二曰："聚铁岂堪频铸错，早收心力事耕桑。"⑥康熙四十年(1701)正月，查慎行在离京前，请禹司宾为其作《初白庵图》，取东坡"身行万里半天下，僧卧一庵初白头"诗意，意欲"从此洗心皈释典"⑦，将余生付之于学佛吟诗。

① 查慎行：《三月三日同园修禊分韵得养字》，《敬业堂诗集》卷二十七《过夏集》，第731页。

② 查慎行：《洞庭秋望图为同年姜西溟》，《敬业堂诗集》卷十七《冗寄集》，第475页。

③ 查慎行：《明日再饮春荐宅座有濮姬吴人也姿性明惠临别口占四首》其三，《敬业堂诗集》卷十八《秋鸣集》，第502页。

④ 《敬业堂诗集》卷十四《湓城集》，第375页。

⑤ 《敬业堂诗集》卷十七《冗寄集》，第474页。

⑥ 《敬业堂诗集》卷十八《白苹集》，第483页。

⑦ 《敬业堂诗集》卷二十八《翻经集序》，第761页。

康熙四十一年(1702)冬,查慎行终于迎来了他生命的春天。据陈敬璋《查他山先生年谱》记载:"是岁,恭遇南巡回銮,驻跸德州,特以先生姓名问相国京江张公玉书。时安溪李公光地巡抚畿甸,同在行殿,以学问人品奏对讫。十七日,旋奉召见之旨。"①查慎行当时正在其子克建的束鹿县署中养老,得到诏令后即驰赴行在。康熙帝对查慎行的才学非常赏识,命他入值南书房。次年四月,查慎行赴殿试,赐二甲二名进士,钦授翰林院庶吉士,特免教习。

此后的几年,查慎行供职于南书房,以自己的才学和忠诚,谱写了他人生中最华丽的篇章。他的学问和人品,也赢得了康熙皇帝特殊的恩宠。"每御试诗古文词,上亲定甲乙,辄以先生为第一。仰和圣制,未有不称旨,有作呈览,未尝不称善也。"②康熙四十二年(1703)至四十五年(1706),康熙皇帝三次赴古北口避暑山庄,查慎行皆扈驾随行。第一次随驾前,尝扈从康熙游南海子捕鱼,查慎行作纪恩诗曰:"笠檐蓑袂平生梦,臣本烟波一钓徒。"③因有"烟波钓徒查翰林"之称,时以比"春城寒食"韩翃,传为佳话。

康熙四十五年(1706)秋末,查慎行乞假返乡葬亲,康熙帝破例准其所请,且下旨不必停俸,赐白金二百两。在家一年,远离了朝廷的拘束,查慎行如同羁鸟之归林,池鱼之返渊,心情无比愉悦,其《初登金山》曰:"终脱朝衫穿野衲,卓庵闲地幸相留。"④康熙四十七年(1708)春,查慎行不得不离家还朝。查慎行还朝后仍入值南书房,但已明显感到了康熙对自己的疏远。此年五月,康熙再次去避暑山庄,查慎行未能扈从,十一月奉旨暂停入值,直到次年二月才又开始入值。

康熙四十八年(1709)四月,查慎行奉旨和同年钱亮功、汪紫沧同赴武英书局编纂《佩文韵府》。全祖望《翰林院编修初白查先生墓表》

① 《查慎行年谱》,第25页。
② 《查慎行年谱》,第26页。
③ 查慎行:《连日恩赐鲜鱼恭纪》,《敬业堂诗集》卷三十《随辇集》,第825页。
④ 《敬业堂诗集》卷三十四《迎銮集》,第954页。

认为查慎行被派去武英殿修《佩文韵府》的原因，是有人排挤：

南书房于侍从为最亲，望之者如峨眉天半。顾其积习，以附枢要为窟穴，以深交中贵人探索消息为声气，以忮忌互相排挤为干力，书卷文字，反束之高阁。苟非其人，即不能容。而先生疏落一往，辰入酉出，岸然冷然。或应制有所撰述，立即呈稿。先生非有意先人，顾不能委曲周旋同事。于是忌者思去之。乃以武英殿书局需人，荐充校勘官，稍外之也。①

查慎行本性正直，对当时南书房内的权力争斗，表现得"岸然冷然"。当然，他的这种超脱姿态也反映了他意欲避免卷入政治斗争旋涡的考虑，因此使他在当时环境中显得另类而为人所忌。"于是忌者思去之，乃以武英殿书局需人，荐充校勘官，稍外之也。"对于这个差使，查慎行自然是心有不甘，但康熙"编纂事竣，仍回南书房供奉"②的允诺，让他心中稍觉宽慰。

查慎行在武英书局一干就是三年，这三年他过得紧张而忙碌。"书局限孔严，晨趋事搜讨"③，"申归寅入馀书课，火冷香消付宦情"④。单调而清苦的生活，让他更加厌倦官场的束缚，向往自由的田园生活："祖道逡巡思效驾，守官怊怅类拘囹。""久知世路殊难骋，屡梦田庐奈未醒。"⑤期间，还发生了一件得罪宦官的事情，让查慎行更加坚定了归隐田园的决心。据缪焕章《云樵外史诗话》引《退谷丛书》曰：

太史直南书房，言动多不狗俗，人忌之，呼为"查文愎"。公修书武英殿，太监张某管匠役，气焰颇张，时揶揄诸翰林，颐指气使，

① 全祖望：《鲒琦亭集》外编卷七，《四部丛刊》本。

② 查慎行：《四月二十四日奉旨偕钱亮功汪紫沧两同年同赴武英书局编纂佩文韵府口占示同事诸君二首》其二诗下小注，《敬业堂诗集》卷三十七《槐簃集上》，第1025页。

③ 查慎行：《自书局回寓作》，《敬业堂诗集》卷三十七《槐移集上》，第1027页。

④ 查慎行：《周策铭前辈雪后人直武英叠院长四首韵见投感旧抒怀情词斐害再次韵奉酬四首》其二，《敬业堂诗集》卷三十九《枣东集》，第1086—1087页。

⑤ 查慎行：《奉送座主大宗伯许公予告归里五十韵》，《敬业堂诗集》卷三十九《枣东集》，第1089页。

同官畏之。一日，指斥钱名世，查旁观不平，谓之曰："朝廷命汝管剞劂事耳，编纂归我辈，岂汝所能与闻！"张当时气折，而心恶之甚，遂不安其位矣。①

自入朝之后，查慎行一直小心谨慎，周旋于各派权贵之间，力图保持中立的姿态，以免遭到小人构陷，重蹈《长生殿》事件的覆辙。然而他本性正直，此次发作，实属忍无可忍。他再也不愿意过这种隐忍压抑的生活，他也明白得罪小人的后果是什么，所以原来一直盘桓于他心头的辞官的念头现在变得明确而坚定。

康熙五十年（1711）腊月，武英殿书局编纂工作结束，查慎行的身体也出了状况。其《长告集序》曰："辛卯腊月，左手病风。今春渐及右臂，蒙恩停免内直，始得因病乞假。前后满百日，患犹未除。"②查慎行知道这是自己告老还乡的极好借口，他不禁心中暗喜："涉海疑无岸，收帆喜有涯。"③"窃喜退飞犹有路，的应决计莫踌躇。"④他借机向康熙帝请长假，却未获批准。直到康熙五十二年（1713）夏，才获批准离朝返乡。

康熙五十二年（1713）七月，64岁的查慎行终于踏上了回乡的旅程。其《计日集序》曰："暑雨连旬，初秋就道，自去年二月引疾乞休，及是六百日矣。渊明云：'行行循归路，计日望旧居。'而今而后，岁月庶为我有乎？"⑤一种如释重负的轻松喜悦跃然纸上。重归田园的查慎行终于过上了他梦寐以求的儿孙绕膝、与亲友诗酒唱和的闲适生活。

在享受家居生活快乐的同时，查慎行也需真切地面对家中的经济困窘。其《籴米》诗曰："官罢无祠禄，家贫斗石艰。致炊谁巧手，欲乞

① 钱仲联主编：《清诗纪事》，江苏古籍出版社1987年版，第3258页。
② 《敬业堂诗集》卷四十，第1115页。
③ 查慎行：《初假十四韵》，《敬业堂诗集》卷四十《长告集》，第1119页。
④ 查慎行：《残冬展假病榻消寒聊当呻吟语无伦次录存十六首》，《敬业堂诗集》卷四十《长告集》，第1164页。
⑤ 《敬业堂诗集》卷四十二，第1221页。

我惭颜。悬釜三秋后，倾囊一饱间。瓶罂防鼠窃，莫笑老夫悭。”①面对“儿孙累十口，稚弱居过半，颇觉生理艰，颓龄乏长算”②的现实情况，他不得不三次外出游幕，以期养家糊口。

康熙五十四年（1715）春，查慎行游闽，访乡试同年福建巡抚满保。得满保资助，雍正三年，查慎行期待二十多年的初白庵终于建成。康熙五十六年（1717）冬，查慎行又游粤，入乡试同年广东巡抚佟法海幕。这次入幕佟法海分俸助其刊刻《敬业堂诗集》。康熙五十八年（1719）秋，查慎行又应邀赴江西巡抚白潢幕，入南昌书局纂修《江西通志》。古稀之年千里游幕，他在诗中直言坦陈：“衰迟重作豫章游，直为征书聘礼优。”③对于外出游幕的这段生活经历，查慎行曾不无自嘲地作诗道：“身随笔墨为人役，影落江湖只自怜。霜雪满头闲未得，五年三上富春船。”④

田园生活虽然清苦，但毕竟远离了官场的是非，查慎行以为自己可以在平静的乡居生活中心无挂碍地安度余生。然树欲静而风不止，一场灾难毫无征兆地降临到他身上，这就是雍正四年九月下旬发生的查嗣庭江西科场试题案。

雍正四年（1726），查慎行三弟查嗣庭主试江西，所出试题《君子不以言举人，不以人废言》《君犹腹心，臣犹股肱》《正大而天地之情可见矣》《百室盈止，妇子宁止》等，皆引经据典，但有人却指责后两题先用“正”，后用“止”，是讽刺雍正之“正”有“一止之象”。因此，查嗣庭“坐

① 查慎行：《粜米》，《敬业堂诗集》卷四十二《计日集》，第1242—1243页。

② 查慎行：《亢旱苦吟四章》其一，《敬业堂诗集》续集卷三《馀生集上》，第1603页。

③ 查慎行：《白近薇中丞席上赋赠》，《敬业堂诗集》续集卷一《漫与集上》，第1539页。

④ 查慎行：《中元后，复有江右之役，吴尺凫浣轮兄弟招同翁萝轩章岂绩杨东崖柴陛升吴志尚成桂舟马寒中家可亭饮绣谷轩，席间多赋诗，见送别后寄答一首》，《敬业堂诗集》续集卷一《漫与集上》，第1536页。

讪谤罪削职逮问”①,其获罪的表面原因是所出试题语涉讥讽,这其实是诸皇子政治派系之争。曾是皇八子允禩宾客的查嗣庭在劫难逃,何况荐举他的权臣隆科多也已于雍正三年被雍正帝下狱致死,作为隆科多门下趋附奔走之人,查嗣庭自然在被清算之列。而揆叙曾是允禩集团的骨干,查慎行为揆叙业师,因此也难脱其咎。雍正四年十一月,76岁的查慎行以“家长失教”②,“率子姓辈少长九人,同赴诏狱。”③次年五月判决,查嗣庭已在狱中自杀,诏戮尸枭示。其次子克绍亦死于狱中,长子查沄应斩监候。二弟查嗣栗父子四人流戍陕西蓝田,查谨父子以出继获免。查慎行与其幼子克念,因大臣多为回护,其又一向有端谨之名,雍正帝览其《敬业堂诗集》所作纪恩诗,叹曰“查某忠爱惓惓,固一饭不忘君也。”④特许其父子返归故里。查慎行以垂老之年,遭受这样一场惨重的打击,“七月抵家后,即患脾泄,神气衰耗,逾月病渐剧。”⑤至八月三十日就溘然长逝了。

第二节　查慎行著述及研究现状

一、查慎行著述及其研究现状

查慎行的著述可分为以下五类:

第一,诗文作品。有《敬业堂诗集》《敬业堂文集》《阴阳判》二卷(传奇)。

第二,诗文评注。有《苏诗补注》五十卷、《苏诗辨证》一卷、《初白

① 《查慎行年谱》,第36页。

② 《查慎行年谱》,第36页。

③ 查慎行:《十一月十九日雪后舟发北关》诗下小注,《敬业堂诗集》续集卷五《诣狱集》,第1689页。

④ 《查慎行年谱》,第36页。

⑤ 《查慎行年谱》,第37页。

庵诗评十二种》三卷。

第三，杂记。有《人海记》二卷、《庐山纪游》一卷、《陪猎笔记》三卷、《黔中风土记》三十二卷、《壬申纪游》《鹅湖书院志》三卷、《初白外书》六十卷（存七卷）、《乙酉日记》一卷、《南斋日记》《得树楼杂钞》二十卷、《敬业堂杂钞》等。

第四，经学著作。有《周易玩辞集解》十卷、《易说》一卷、《经史正伪》一卷。

第五，参编官书。有《佩文韵府》《渊鉴类函》《赋类》《易经解义》《大清一统志》《江西通志》等。

查慎行以上著述的整理研究状况如下：

《敬业堂诗集》

查慎行《敬业堂诗集》包括三个部分：《敬业堂诗集》五十卷，清许汝霖编，刊刻于康熙五十八年，《四库全书》予以收录。《敬业堂诗续集》六卷，许汝霖编，刻于乾隆初年。《敬业堂诗集补遗》一卷，许昂霄辑，张元济编。《四部丛刊初编》《四部备要》将以上三种诗集合为一编，名曰《敬业堂集》。上海古籍出版社于 1986 年 11 月又据该本出版了由周劭标点之重排整理本《敬业堂诗集》，方广其传。由于《敬业堂诗集》卷帙浩繁，读者不易了解，上海古籍出版社乃于 1998 年出版了由聂世美选注的《查慎行选集》。这个选集共选录查慎行诗歌 266 首，词 24 首，文 10 篇，首次对查慎行诗文进行了注释，其中对查诗的注释数量约占其诗集总数的百分之五。

查慎行文集

查慎行文集之单行本现知有三种：第一，北京大学图书馆藏清抄本《查悔馀文集》（不分卷），后收入《北京大学图书馆藏稿本丛书》第二辑，天津古籍出版社 1991 年版。第二，中华书局据古杭姚氏景瀛校刊印行的《四部备要》本《敬业堂文集》，凡二册三卷，收文 99 篇。另附《别集》一卷，收文 23 篇，共计 122 篇。第三，国家图书馆藏清抄本《查初白文集》（不分卷）。中州古籍出版社 2012 年出版了范道济《新辑查慎行文集》，该书中之《敬业堂文集》是以《查悔馀文集》为底本，并参校了《四部备要》本《敬业堂文集》。该本又据《四部备要》本及其他文献补辑了查慎行61篇佚文。此外，该辑校本同时还收录了查慎行《庐山纪游》《陪猎笔记》两种，并加以点校整理。

《苏诗补注》

《苏诗补注》五十卷，又称《补注东坡先生编年诗》，刊刻于康熙四十一年（1702），通行本有《文渊阁四库全书》本。《苏诗补注》一直没有整理本，2013年9月凤凰出版社出版了王友胜的点校整理本。此外，何泽棠《清初注释学视野下的〈苏诗补注〉》（《广州大学学报》2009年第9期）对《苏诗补注》中注重历史地理考证特色以及运用"以史证诗"的方法进行了论析。何泽棠《查慎行〈补注东坡先生编年诗〉的文献考证》（《河北工业大学学报》2013年第2期）对查慎行《苏诗补注》在校勘、辑佚、辨伪等方面的成绩与不足进行了总结。

《初白庵诗评十二种》

《初白庵诗评十二种》三卷，清张载华辑，有乾隆四十二年（1777）张氏涉园观乐园刻本。该本流布不广，较为稀见。此本尚有光绪间戴穗孙钞本，仅存上卷，藏于吉林大学图书馆。《初白庵诗评十二种》另有民国间上海六艺书局石印本、扫叶山房石印本，然其流传亦不甚广。此书共辑录查慎行诗歌评点十二种，其评点的诗人分别是陶渊明、李白、杜甫、韩愈、白居易、苏轼、王安石、朱熹、谢翱、元好问、虞集十一人，此外还有对《瀛奎律髓》一书之评点，共计十二种。由于文献颇为稀见，学界对查慎行《初白庵诗评十二种》的理论价值尚未引起充分重视。今人李庆甲集评校点之《瀛奎律髓汇评》（上海古籍出版社1986年版）中收录了查慎行评语，该书之《例略》中已说明，查氏评语文献来自上海六艺书局石印本《查初白十二种诗评》，并参校了过录有冯舒、冯班、查慎行、何义门评语的清康熙五十二年石门吴之振黄叶村庄刻本《瀛奎律髓》。今经检核，大致不差。目前对查慎行诗歌评点研究的论著极少，仅有王友胜《查慎行的苏诗选评》（《中国文学研究》2000年第

2 期）对《初白庵诗评》中查慎行的苏诗评点进行了论析。该文后收入王友胜《苏诗研究史稿（修订版）》（中华书局 2010 年版）。田金霞《查慎行诗歌评点之学探论——以查评〈瀛奎律髓〉为例》（《聊城大学学报》2012 年第 6 期）对查慎行《瀛奎律髓》评语进行了总结。张金明《查慎行之宋诗精神首开清初宗宋诗派》（《河北学刊》2011 年第 5 期）认为查慎行所阐述的"熟处求生"与"搜奇抉险"理论是一种典型的宋诗精神，并首开清初宗宋诗派，这在查慎行《初白庵诗评》中对唐宋诗人的相关评点中表现得尤为明显。这表明目前学界对《初白庵诗评十二种》虽已有所重视，但研究尚不够系统和深入。

《人海记》

《人海记》二卷，有清咸丰小嫏嬛山馆刻本。贾乃谦《〈人海记〉与〈枣林杂俎〉、〈北游录〉》（《史学史研究》1986 年第 2 期）指出查慎行《人海记》的部分条目可对谈迁《枣林杂俎》《北游录》进行订补，充分肯定了《人海记》的文献价值。

《陪猎笔记》《初白外书》

权儒学《稀见查慎行著述二种》（《文献》1995 年第 4 期）对这两种著述的史料价值与学术价值进行了介绍。

《壬申纪游》《南斋日记》

《壬申纪游》不分卷，为清抄本，现藏浙江图书馆。《南斋日记》不分卷，稿本，现藏上海图书馆。上海图书馆编《上海图书馆藏明清名家手稿》（上海古籍出版社 2006 年版）著录，此稿记事自康熙四十三年（1778）正月初一至十二月，当为查慎行手写日记。

总的来看，查慎行文献的整理研究目前尚处于起步阶段。《敬业堂诗集》虽已出版周劭点校整理本，但其中并无任何注释，亟须进一步笺注整理。而聂世美选注的《查慎行选集》亦仅注释了查慎行诗歌 266 首，仅占查诗总量之百分之五。这对深入研究查慎行诗歌无疑是个很大的制约。另外，《敬业堂文集》的整理亦不尽如人意，范道济辑校之《新辑查慎行文集》在体例上多有不符合古籍整理规范之处，其中点断失误、文字缺讹、字形判断等问题较多，总体来看质量不高。且范道济辑校本未能参校国家图书馆所藏清抄本《查初白文集》，可谓失之眉睫。今经检核，国家图书馆所藏《查初白文集》比之范道济辑校本尚多出《刑统赋解跋》一篇，另外文末有同治三年（1864）徐洪鳌跋语，范辑本亦失收。查慎行《初白庵诗评十二种》一直没有点校整理本问世，其理论价值至今仍未引起学界充分的重视，这也制约着学界对查慎行诗学思想的深入了解。

二、查慎行诗歌研究现状

查慎行诗歌研究向为学界研究的热点，目前已有不少成果，其中较为重要的论著有：赵永纪《查慎行其人其诗》（《渤海学刊》1993 年第 2 期）论析了查慎行人生经历与诗歌特色。严迪昌《查慎行论》（《文学遗产》1996 年第 5 期）从查慎行的心路历程及其文化渊源两个方面论述了查慎行诗文化心态的构成。又从查慎行诗的整体认识价值、查慎行的写心之作以及山川风物和手足亲情三个方面论述了查慎行的诗史意义，并特别指出，其写心之作足补诗史之未备。王英志《查慎行山水诗》（《杭州师范学院学报》1996 年第 5 期）指出，宗宋的审美取向在查慎行山水诗中表现得十分充分，这迥异于清初山水诗学唐李杜、王孟的普遍情况，显出独特的审美价值与特征。张仲谋《清代文化与浙派诗》（东方出版社 1997 年版）认为，从黄宗羲、吕留良诗歌的高老生硬，一变而为查慎行诗的清真妥帖，这实际是在清王朝怀柔与高压的双重夹击之下，东南士人由倔强而变为驯顺的一种表现。查慎行把宋诗大范畴中的奇涩劲健与平易晓畅二派调和起来，从而形成清真稳惬、时见风骨的艺术风格，故而能“得宋人之长而不染其弊”，这就是查慎行在清代诗史与浙派诗发展史上的典范意义。李世英《熟处求生开新境——论查慎行对清代诗歌的贡献》（《北方工业大学学报》1998 年第 4 期），总结了查慎行在诗歌理论方面的诸多建树，如诗歌创作的“熟处求生”“唐宋互参”等等。西北师大的孙京荣近年来发表了查慎行诗歌分类研究的系列文章，分别是:《论查慎行的纪游诗》(《西北师大学报》1998年第1期)、《查慎行酬唱诗初论》(《西北师大学报》1999年第4期)、《论查慎行的游黔诗》(《贵州社会科学》2000年第3期)、《论查慎行的咏怀诗》(《西北师大学报》2002年第2期)、《论查慎行的仕宦诗》(《西北师大学报》2006年第5期)。陈宇舟《查慎行诗学浅议》(《常熟理工学院学报》2010年第5期)认为，清初宋诗派是由钱谦益虞山诗派引导而起，查慎行及其宋诗派的兴起，与其乡邦的诗学氛围及师辈的言传身教是密切相关的。周燕玲《查慎行"唐宋互参"的诗学观及对康熙诗坛的影响》(《北方论丛》2010年第2期)认为，查慎行主张"唐宋互参"的内核仍是宗宋，于唐步法中晚，诗宗少陵;于宋，则调和南北，诗法苏轼。针对康熙诗坛驱骛宋诗者表现出的"浅率""俚俗"之弊，查慎行进一步提高了学问在诗歌创作中的地位，为处于困境中的宋诗派找到了出路。周燕玲《论查慎行"厚"、"雄"、"灵"、"淡"的诗学观》(《国学学刊》2014年第1期)指出，查慎行将"厚""雄""灵""淡"作为诗美的最高境界，而实现这一诗歌美学境界的灵魂则是对"意""气""空""脱"的重视，反对过分追求"辞""直""巧""易"。张金明《论查慎行的白描诗学观及其在诗歌创作中的运用》(《燕山大学学报》2012年第3期)论述了前人对查诗白描手法的认识以及查慎行本人对白描的阐述和运用，认为查慎行运用白描已臻挥洒自如、出神入化之境界。

目前关于查慎行诗歌研究的博士论文共有两篇，即于海鹰《查慎行诗歌研究》(山东大学2008年博士论文)、张金明《查慎行诗歌新论》(中国人民大学2011年博士论文)。此外，陈宇舟《清初"国朝六家"诗学研究》(苏州大学2009年博士论文)、赵娜《清代顺康雍时期唐宋诗之争流变研究》(苏州大学2009年博士论文)、纪锐利《清代论诗诗史》(苏州大学2007年博士论文)都有相关内容。关于查慎行研究的硕士论文共有七篇，分别是:韩俊《论查慎行在清诗史上的地位》(中国人民大学2001年硕士论文)、王艺《查慎行研究》(四川大学2006年硕士论文)、张永芳《论查慎行的诗歌创作及其心路历程》(沈阳师范大学

2007 年硕士论文)、韩晓莲《查慎行〈余波词〉论》(西南大学 2008 年硕士论文)、陈丽娜《查慎行游历诗歌研究》(上海师范大学 2010 年硕士论文)、张晨《查慎行年谱》(广西师范大学 2010 年硕士论文)、朱浩磊《查慎行诗歌研究》(湘潭大学 2010 年硕士论文)。于海鹰《查慎行诗歌研究》是国内第一篇对查慎行诗歌进行专论的博士论文。该论文分别从熟处求生的创新意识,工白描、去藻饰,以议论为诗、有理趣,诗歌重考证,用字之癖,得宋诗之长而不染其弊六个方面论述了查慎行诗歌的艺术特色。还从查慎行诗坛盟主地位的形成、对清中叶诗坛的影响、对晚清诗坛的影响、清代诗坛一大转关四个方面论述了查慎行在清诗史中的地位。张金明《查慎行诗歌新论》是继于海鹰《查慎行诗歌研究》之后第二篇专论查慎行诗歌的博士论文。该论文共分为三章:第一章梳理了查慎行对清王朝由疏离到亲近再到疏离的演变轨迹。第二章探讨了查慎行诗歌表意系统的四个层面,即"现实之苦""审美之维""人格之境""警悟之思"。第三章从偏于宗宋的艺术取向及"三唐两宋须互参"两个方面,对查慎行诗歌的艺术特色进行了总结归纳。以上两篇博士论文均是主要针对查慎行诗歌创作及其在清诗史上的地位进行研讨,而对查慎行诗学批评思想及理论的研究虽已有所涉及,但尚未做到系统深入。

相对于查慎行诗歌研究的热烈而言,学界对查慎行的诗学批评理论及思想的研究尚显得比较薄弱,对查慎行诗学批评思想在清初乃至整个清代诗学史上的地位未能充分关注,如蒋寅先生《清代诗学史》(第一卷)第五章论及浙江诗学时,对查慎行的诗歌理论竟未论及。仅有少量学者的论著,对查慎行的诗歌批评特色及成就有所涉及,但尚未能进行深入系统的研讨。此外,对查慎行诗论的渊源传承及其在清初诗学论争中的地位与影响等方面的研究,学界仍存在不少模糊认识。大多数学者由于对查慎行《初白庵诗评》《敬业堂文集》等重要诗学文献的认识较为隔膜,在论及清初诗学理论时,仅将查慎行作为钱谦益、黄宗羲、朱彝尊或王士禛的附庸和点缀。多数论者一直将黄宗羲、吕留良、吴之振等人作为宋诗派的理论代表，而只是在论及宋诗派诗歌创作的成就时，才会举出查慎行的诗歌作为宋诗派的代表进行重点论析。这种情形往往会给人造成一种错觉，即查慎行仅是诗歌创作的巨擘，而其于诗歌理论方面，则无甚高论。应该说这种认识不仅是不全面的，对查慎行来说也是不公正的。

在清初诗宗唐宋的激烈论争中，查慎行提出“三唐两宋须互参”的主张，这一诗论主张在当时有何意义？他又于唐、宋诗人中选择哪些诗人作为学习对象呢？还有，在理论上一直坚持“唐宋互参”的查慎行，为何在其创作实践中却一直被目为纯正宋诗派的代表呢？这就涉及查慎行的诗歌批评理论与其创作实践之间的关合程度与实际落差等问题，这些问题目前仍未能得到较好的解决。另外，如何理解查慎行所提倡的“熟处求生”“由熟返生”？他提倡白描、反对用典，与当时的诗坛风尚有何关联？查慎行“熟处求生”和白描的艺术追求之间是否有某种内在的联系？以上存在的这些问题要彻底解决，都必须建立在对查慎行诗学理论的系统总结与分析之上。总之，以上这些情况都表明，目前学界对查慎行的诗学研究还存在着诸多薄弱环节，这都有待于今后的研究进一步予以补充和加强。

第 一 章

查慎行诗学批评文献研究

第一节 查慎行诗学理论隐而不彰之原因分析

一、查慎行诗学批评文献的三个组成部分

查慎行诗学批评文献主要由三个部分组成:第一,查慎行的论诗诗,全部收于《敬业堂诗集》之中。第二,查慎行《初白庵诗评十二种》三卷。第三,查慎行《敬业堂文集》三卷、《查悔馀文集》(不分卷)与《查初白文集》(不分卷)。上述三种文集篇目互有异同。查慎行诗学批评文献中最为人关注的是其论诗诗。查慎行的论诗诗主要有《题陈季方诗册》《东木与楚生叠鱼字凡七章,连篇传示,再拈二首,以答来意》《吴门喜晤梁药亭》《得川叠前韵从余问诗法,戏答之》《过芥老,与之论诗》《钱玉友有见寄长篇,极论作诗之旨,终以传世相期许,兼承不朽之托,连日阻风虎丘,舟中无事,赋此奉酬》等数十首。诸种关于查慎行的论著中对这些诗多有征引,这是因为查慎行的论诗诗收于《敬业堂诗集》之内,而《敬业堂诗集》风行海内,故从中寻找论诗之作并非难事,故而查慎行的论诗诗是其诗学批评文献中最为人们所熟知的内容,也成为人们征引最多的部分。然而查慎行《初白庵诗评十二种》与查慎行文集的流布却一直不广,这直接影响了人们对查慎行诗学理论的认识与理解。其实查慎行的诗学理论是一个有机的整体,若不能将

《初白庵诗评十二种》与查慎行文集、查慎行的论诗诗三者结合起来，便不能窥见查慎行诗学理论体系之全豹。

二、查慎行诗学理论隐而不彰之表现

在现有的相关论著中，对查慎行的诗学理论几乎都没有明确的认识和阐发。如聂世美《查慎行传》中说："查慎行似无系统的文学理论，其有关诗文创作的主张大都片言只语，散见于诗文集中。"①作为查慎行研究早期的著名专家，聂世美先生却认为查慎行"似无系统的文学理论"，这正是因为受到了文献的制约，尚未能见到《查初白文集》和《初白庵诗评十二种》等，这也说明 20 世纪 80 年代学界对查慎行的诗学理论尚未有全面的认识。张仲谋《清代文化与浙派诗》（东方出版社 1997 年版）第三编"浙派前期诗人研究"的第一章即为"浙派前期巨匠查慎行"。张书从"诗化人生——查慎行诗作概述""'慎'与'悔'——人格与诗品""查慎行的诗史意义"三个方面论析了查慎行的诗歌及其诗论。相对于其他著作而言，因为《清代文化与浙派诗》是专门论述浙派诗歌的专论，对查慎行诗学思想与诗学理论的各方面都有涉及，所论相当深刻。书中使用的文献材料除了主要依据查慎行的诗歌之外，还注意到了查慎行《初白庵诗评》中的一些内容，惜乎所引数量过少，未能深入解析以勾勒查慎行诗学批评体系的全貌。此外，严迪昌《清诗史》（浙江古籍出版社 2002 年版）、刘世南《清诗流派史》（人民文学出版社 2004 年版）在谈及查慎行的诗论时，亦均以其诗歌为据，未涉及其他文献。蒋寅《清代诗学史》（第一卷）（中国社会科学出版社 2012 年版）是关于清代诗学研究的最新成果，该书第五章以"史家的诗学——浙江诗学"为标题论述了黄宗羲、吕留良、吴之振、朱彝尊，乃至仇兆鳌的诗学理论及实践。然而作为浙派诗歌创作成就最

① 吕慧鹃、刘波、卢达：《中国历代著名文学家评传》续编三，山东教育出版社 1989 年版，第 257 页。

高的查慎行，却无只字论及。王英志《清代唐宋诗之争流变史》（人民文学出版社 2012 年版）在第四章“康雍年间宋诗风的广泛传播”部分，将查慎行专列为第三节，名为“查慎行诗的宋调特征”。这虽然较《清代诗学史》有所进步，已经意识到查慎行作为浙派诗歌的佼佼者在清初唐宋诗之争中应占据一席之地，然而著者仍未能认识到查慎行诗歌理论除了论诗诗以外，还有其他文献应该加以利用，不然的话此书便不会仅从诗歌来谈他对宋诗派发展的贡献了。张金明在《清代诗人查慎行研究述评》中指出，学界现在对查慎行诗歌艺术特色的探讨已有很多，但对查慎行诗学思想方面的研究却比较薄弱，像查慎行重要的诗论著作《初白庵诗评》就没有得到足够的关注和梳理。[①] 所见极是。不过应该补充的是，除了《初白庵诗评》之外，查慎行的《敬业堂文集》也应引起研究者的关注。李世英《熟处求生开新境——论查慎行对清代诗歌的贡献》（《北方工业大学学报》1998 年第 4 期）总结了查慎行在诗歌理论方面的诸多建树，在论证中屡次征引《敬业堂文集》和《初白庵诗评》两书，殊为难得。然而总的来看，学界对查慎行诗学文献的总体构成情况不够了解，甚至较为陌生，这种情形制约着对查慎行诗学理论研究的进一步展开。

三、查慎行诗学理论隐而不彰之原因

清代的诗学流派纷呈，诸种诗学思潮风起云涌，此起彼伏，且互相掊击，争鸣坛坫，形成了蔚为大观的诗学图景。清代的诗学家们为了表达各自的诗学观念，往往借助诗话、评点或者编辑选本等形式表达和宣传自己的诗学主张。故而诸种诗学思潮的领导者和鼓噪者，往往就是著名选本、批本或者诗话的编撰者。下面便从选本、诗话、批本等角度，来看一下清初诗坛诗学文献的基本情况。

钱谦益除了在《牧斋初学集》《牧斋有学集》中大量阐述自己的诗

① 张金明：《清代诗人查慎行研究述评》，《燕山大学学报》2011 年第 4 期。

学观点之外，还编选了《列朝诗集》，选录有明三百年间近两千位诗人的作品，并为他们作了简明扼要的小传。其体例乃仿元好问《中州集》，以诗系人，以人系传，以诗存史。《列朝诗集》中包含了丰富的诗学内容，对于明代诗坛主要代表人物李梦阳、何景明、王世贞、李攀龙、公安三袁、竟陵钟、谭等均有批评。“神韵说”的领袖人物王士禛为了宣扬其诗学主张，编选了《唐贤三昧集》《万首唐人绝句》等作为士子们学习和揣摩的范本。此外，王士禛的诗论散见于各种著作之中，后来由其再传弟子张宗柟于乾隆二十五年(1760)辑为《带经堂诗话》。朱彝尊则有《明诗综》《静志居诗话》等。此外，清初王夫之《姜斋诗话》、叶燮《原诗》、吴乔《围炉诗话》、金圣叹《贯华堂选批唐才子诗》等，都在清初诗坛产生了重要影响。可以看到，以查慎行生活的清初而言，几乎每个诗论家的诗学主张，都有赖于诗学文本作为载体和媒介，随着这些诗学文献的流传，其诗学观点会持续对诗坛学界产生影响。

然而长期以来，由于查慎行的文集和诗歌评点文本流传不广，一直没有进入学界视野，这导致了学界对查慎行诗学批评理论一直不甚了解，张载华《初白庵诗评十二种序》曰：

> 海昌查初白先生，以诗名海内，与王渔洋、朱竹垞两先生鼎峙艺林。今三家诗集，已家有其书矣。然篇章浩瀚，如涉大水，不免望洋之叹，则诗话其舟楫已。渔洋诗话，散见杂著诸书，先兄含广汇为一编；《静志居诗话》具载《明诗综》；独先生论诗之旨，间有流传，无专刻行世，学者有遗憾焉。①

这就指出查慎行的诗名虽可与王士禛、朱彝尊等人比肩，却一直没有像《渔洋诗话》和《静志居诗话》那样为人耳熟能详的诗话专著。那么《初白庵诗评十二种》与查慎行文集流传的具体情况如何呢？《初白庵诗评十二种》乃乾隆间海盐人张载华所辑，有清乾隆四十二年(1777)张

① 查慎行著，张载华辑：《初白庵诗评十二种》卷首，民国间上海六艺书局石印本。后文所引《初白庵诗评十二种》内容皆依据此版本。

氏涉园观乐堂刻本，前有乾隆三十二年（1767）张载华《序》、乾隆三十三年（1768）张宗橚《序》、乾隆四十二年（1777）萧嘉植《跋》。则《初白庵诗评》的最终刊刻上距查慎行去世的雍正五年（1727）已有五十年。张载华《初白庵诗评纂例》曰：

是书纂辑，权舆于癸未之冬。含广兄笑谓余曰："《诗评》成日，与《带经堂诗话》并行于世，亦士林佳话也。"不意乙酉仲秋，先兄去世，弃置箧中者二载。丁亥秋冬之交，还理旧业，朝夕商榷。析疑而订伪者，思严兄之功居多；至雠校之劳，萧婿嘉植及两儿鹤征、鹭振亦与有力焉。盖三易藁而后卒业。戊子初夏，晓堂兄自唐昌归里，谬谓是编能洗俗本芜秽，从臾开雕。曾几何时，晓堂兄又返道山，每一展卷，不禁怃然。①

"癸未"，是指乾隆二十八年（1763）；"戊子"，是指乾隆三十三年（1768）。可见《初白庵诗评》的纂辑主要完成于这个时段。又萧嘉植《跋》曰：

查初白太史评阅诸家诗集，远近传本虽多，然不能数觏也。若手批元本，购觅尤非易易。戊子冬日，谒外舅芷斋先生于涉园，得所纂《初白庵诗评》，受而卒读。盖先生自少而壮而老，每见太史手批元本，钞录无遗，历数十年，得十二种，缀辑荟萃，析为三卷，体例秩然，眉目瞭如，真不惜金针度与人矣。尔时即以付梓为请，先生自谓原评之当属某段某联，未易明确也；附录诸条，或涉遗滥也；附识按语，恐未允当也。奚敢问世？越一二载，先生再易藁本，藏诸箧衍。今岁上元，为先生六十览揆之辰，客冬复请寿诸梨枣，为先生寿，先生笑而颔之。乃与选岩、在廷两昆，互相雠勘，徂岁入春，校毕开雕。回忆晋谒之初，几十载矣。山谷云："自往见谢公，论诗得濠梁。"嘉植侧闻绪论，鲜能融会，愿与海内深思好学之士，体玩原评，详味附录，同作濠上之游，其乐当何如耶！乾隆四十二

① 《初白庵诗评十二种》卷上。

年丁酉春日，婿萧嘉植兰林氏谨跋。①

可见在乾隆二十八年正式纂辑《初白庵诗评十二种》之前，张载华经历了“数十年”的文献搜寻，最终才大致完成了《初白庵诗评》的钞录，此后又经不断增订，至乾隆四十二年(1777)方正式刊刻，可谓呕心沥血、历尽艰辛。而在《初白庵诗评十二种》刻本出现之前，查慎行诸种批本仅以手抄的形式流传，其传播范围也就非常有限。然而乾隆四十二年(1777)张氏涉园观乐堂刻本《初白庵诗评十二种》的流传亦不甚广，在有清一代产生的影响并不甚著。而且从乾隆四十二年(1777)起直至清末，此本一直没有过翻刻本，这在很大程度上制约了查慎行诗学理论的传播。光绪间戴穗孙有《初白庵诗评十二种》钞本，当据乾隆刻本所钞，目前仅存卷上，现藏于吉林大学图书馆。到了民国初年，《初白庵诗评十二种》才又有了两种石印本，分别为民国间上海六艺书局石印本、民国间扫叶山房石印本。到目前为止，仍未见有当代整理本问世②。除了《初白庵诗评十二种》单行本的流传，查慎行的部分诗歌评语亦见于李庆甲校点的《瀛奎律髓汇评》(上海古籍出版社 1986 年版)，这其实只是查慎行《初白庵诗评十二种》中的一种，由于有李庆甲整理本的刊行，其流布颇广，而《初白庵诗评》中的其他内容则仍未易得见。

查慎行以诗名世，然亦善属文，惜乎其对文稿似未留意，生前未能手订成集，遂导致后来大半散佚。其外曾孙陈敬璋《敬业堂文集跋》曰：“先生一生精力，注意于诗，而文不多作，大半出自应酬，复不自收拾，所存绝少。”③《敬业堂文集》的编纂，肇始于查慎行之孙查岐昌，其

① 《初白庵诗评十二种》卷上。

② 据陈荣主编：《浙江文化工程概览(三)》(浙江大学出版社 2009 年版)第 445—447 页、浙江省社会科学界联合会办公室编著《浙江社科联年鉴 2006》第 97 页，范道济、陆志林申报之《查慎行全集》已列为 2006 浙江文化研究工程“浙江文献集成”首批招标项目，则查慎行相关诗学文献有望能整理出版。

③ 查慎行著，范道济辑校：《新辑查慎行文集》附录，中州古籍出版社 2012 年版，第 279 页。

搜访汇录之查慎行遗文，以钞本形式流传，后辗转入涉园张氏之手。吴骞于嘉庆元年(1796)又从涉园张氏处抄纂成副本，由陈敬璋校订整理，然一直没有刊刻，是为《四部备要》本《敬业堂文集》之前身。目前流传的查慎行文集共有三种：一名《敬业堂文集》，民国十年(1921)杭州姚景瀛刻本，三卷，收入《四部备要》中。一名《查悔馀文集》，一卷，北京大学图书馆藏清抄本。一名《查初白文集》，国家图书馆藏清抄本，不分卷。此三种查慎行文集选篇、文字、序跋互有异同，亟须整理。直到2012年，中州古籍出版社出版了范道济《新辑查慎行文集》，查慎行文集的整理才开始出现了新的面貌。其详可参本章第二节"查慎行文集辑考"。查慎行文集中蕴涵着许多诗学思想和诗学观念，正可与其论诗诗以及《初白庵诗评》等文献互相印证。然而由于在有清一代都未能刊刻面世，世人竟难得一窥究竟。即使《敬业堂文集》被收入《四部备要》以后，也鲜有论者加以征引。可见，正是由于文献流布不广的原因，才导致了查慎行诗学思想不能全面为学界所了解。

刘世南先生说："要在清初宗宋派中挑出一位代表，只有查慎行最合适。"①可是作为清初宗宋派的代表人物，查慎行却只有《敬业堂诗集》流传，其文集与诗评等文献虽经后人努力钩稽，却一直隐而不彰，这导致了查慎行全集长期以来一直表现为"一条腿走路"的现象。于是学界凡是关注清初宗宋派的诗学理论时，只能采取拼凑互补的方法，即将黄宗羲、吴之振等人的论诗主张作为清初宗宋派的理论核心，而谈到清初宗宋派的创作成绩的时候再举出查慎行的诗歌进行验证和说明。这样做给人造成的印象是：清初宗宋派在理论与实践两个方面是不能互兼的，即凡有理论建树者，其诗歌创作却不能佳；而诗歌创作成就突出的查慎行，却又无理论建树。之所以会有这样错误的认识，与查慎行文集和《初白庵诗评十二种》的流传不彰有极大的关系。因此欲扭转学界对查慎行诗学理论盲点的认识，就必须深入挖掘上述相关的

① 刘世南：《清诗流派史》，人民文学出版社2004年版，第226页。

诗学文献，并从中梳理查慎行诗学理论体系的主要框架与基本倾向，以期消弭学界长期以来形成的某些错误认知。

第二节　查慎行文集辑考

一、查慎行文集的流传与整理

（一）清初文禁对查慎行文集流传的影响

相对于《敬业堂诗集》的广泛流布，查慎行文集的流传却异常艰辛，多次面临散佚之虞，终致大半亡佚。查慎行文集的如此遭际，与查慎行生前身后的几次文字狱有着密切的关联。

雍正四年（1726），因受三弟查嗣庭江西科场案的牵连，查慎行坐"家长失教"罪，被逮入都，诣刑部狱。雍正四年十月，雍正帝下令浙江将军鄂密达、巡抚李卫查抄查嗣庭海宁之家，"将所有一应字迹，并其抄录书本，尽行搜出，封固送部。搜查之时，即墙壁窟穴中，亦必详检无遗。""倘使偷漏风声，伊家得以预行藏匿，惟于尔等是问。"鄂密达和李卫乃将查嗣庭家中"所有一切字迹、抄录书本，以及往来书札笔迹，不论片纸零星，凡有可查者"①，尽数送交刑部。李圣华认为，查慎行文集的散佚不传与其晚年所遭查嗣庭案有直接的联系。② 此论虽不为无据，然而文献中却只能见到查抄查嗣庭家的记载，却找不到查抄查慎行家的记录，因此查慎行"得树楼"藏书及其文集之底稿似并未因此案而被抄没。不过查慎行与三弟查嗣庭之往还文字当属在劫难逃，邓之诚先生曾从袁励准（钰生）侍讲处转抄了一份极为罕见的《造送查嗣庭家一应抄录书籍字札细册》，其中有"一应新旧来往书札共一百三十三件，一伊致他人字札共一十七件，一切新旧家书一百四十一件，伊戚友

① 周宪文：《雍正朱批奏折选辑 · 朱批谕旨 · 李卫奏折》，大通书局 1984 年版。

② 李圣华：《查慎行与〈忆鸣诗集〉案》，《浙江师范大学学报》2014 年第 3 期。

书札一百八四件……”①故查慎行文集中的部分篇章确实因查嗣庭案散佚不传倒是不争的事实。

不管怎样，查慎行文集于其生前似并未纂辑完成，直至其孙查岐昌方开始予以多方搜集整理，以稿本的形式藏于家中，并未刊刻。其原因，自然和查家的经济状况有关。查慎行在世时，家庭经济已不宽裕，为谋生计，他在衰老之年三次游幕他乡。幸得好友资助，其《敬业堂诗集》才得以付梓刊刻。之后经历了查嗣庭案的打击，查氏家族的社会地位和经济能力更是受到极大的削弱，已根本无力刊印先祖遗著。王昶《蒲褐山房诗话》中便记载了查岐昌为其祖父查慎行募资助葬一事：

> 药师（查岐昌字）为初白先生孙。初白卒，久之未葬。药师至京师，欲期麦舟之助，而无有应者。萚石（钱载）与余作书致卢雅雨（卢见曾）运使，所以资之者颇厚。会药师归家大病，尽斥其赀，丧不克举。未几，药师亦卒。②

查慎行生前与卢见曾确有文字交往，卢见曾《雅雨堂文集》卷二有《刻查注苏诗序》③，可见王昶所记卢雅雨资助查岐昌之事并非虚言。既然药师连祖父的丧葬之费用都要乞讨于人，当更无力将查慎行文集授之梨枣。当然除了家道中落的原因之外，查慎行文集的命运还与查氏卒后所遭之文禁有着密切的关系。据《海宁州志稿》卷十四《艺文志·典籍十二》：“查芬，岐昌子，初名奕菉，字椒堂，号查图，监生”，著有《烬馀偶录》，见《杭郡诗辑》。“晚岁因清查禁书之案，得树楼藏书半入簿录，几至不测，遂绝意进取，侘傺而没。”查芬晚年所值之“清查禁书之案”不知具体所指，或即乾隆四十六年至四十七年之《忆鸣诗集》案，说详见下。《海宁州志稿》中得树楼藏书因文禁而“半入簿录”的记载，很容易让人联想起清廷编纂《四库全书》时“寓禁于征”的高压政策。乾隆

① 邓之诚：《古董琐记·古董续记》卷四，中华书局2008年版，第405页。

② 王昶：《蒲褐山房诗话新编》卷上，齐鲁书社1988年版，第75页。

③ 卢见曾：《雅雨堂文集》，《清代诗文集汇编》第268册，上海古籍出版社2011年版，第50页。

三十八、三十九年，是四库全书编撰的筹备期，乾隆帝多次下令征书，对号称人文渊薮的江浙地区更是特别关注。如乾隆三十八年(1773)三月二十九日乾隆帝在给两江总督高晋的“上谕”云：

> 江浙人文渊薮，其流传较别省更多，果能切实搜寻，自无不渐臻美备。闻东南从前藏书最富之家，如昆山徐氏之传是楼、常熟钱氏之述古堂、嘉兴项氏之天籁阁、朱氏之曝书亭、杭州赵氏之小山堂、宁波万(范)氏之天一阁，皆其著名者，余亦指不胜屈，并有原藏书目，至今尚为人传录者。即其子孙不能保守，而辗转流播，仍为他姓所有，第须寻原竟委，自不致湮没人间；纵或散落他方，为之随处踪求，亦不难于荟萃。①

上谕虽未提到海宁查氏之得树楼，但在当时的形势下，得树楼藏书恐亦难逃征书之列，故“得树楼”藏书之散出，极有可能与《四库全书》的征书有关。亦不知查慎行文集的稿本是否因此次征书之故而受到牵连。

此外，李圣华曾推测，查慎行文集的散佚还与其身后的卓氏《忆鸣诗集》案有着密切的关系。乾隆四十六年(1781)，仁和监生卓汝谐告发已故族伯卓铨能、卓与能所著《忆鸣诗集合稿》中有伪妄字句，称“忆鸣”即“忆明”之意。浙江巡抚陈祖辉等人随后抄检卓家，并未发现《忆鸣诗集合稿》，但是查到卓长龄的《高樟阁诗集》等十五本，认为其中多有狂谬悖妄语，于是以“查出悖逆书籍”上奏。卓长龄《高樟阁诗集》前有康熙六十年查慎行所作序言，故查慎行亦受到牵连。陈祖辉命浙江按察使李封至查慎行家中搜查，得知查慎行早已去世多年，其曾孙查奕莍、玄孙查世杰称不知先祖作序之事，其家中均无违碍书籍，亦未收藏卓氏逆书。乾隆四十七年(1782)，《忆鸣诗集》案宣判，查慎行因为卓长龄《高樟阁诗集》作序，“均照知情隐藏，律拟斩，但各犯俱已身故，应

① 中国第一历史博物馆编：《纂修四库全书档案》，上海古籍出版社 1997 年版，第 70 页。

毋庸议。”①不过今传《敬业堂文集》中收有《卓蔗村诗序》，即为《高樟阁诗集》所作序言。在这次严酷的文字狱中，清廷在查慎行家中竟未查到《敬业堂文集》，李圣华指出，这一情况说明查岐昌所辑《敬业堂文集》流落在外，使查氏后人逃过一劫。无疑《忆鸣诗集》案与此前的查嗣庭案，既是造成慎行文章大量散佚的重要原因，又是造成其文集未能刊刻广布的主要原因。② 通过《忆鸣诗集》案我们也可以了解到，查慎行过世五十余年后，其文集在查家已无存留。这虽使得查奕莱、查世杰等人逃过一劫，但也可以看到，查慎行文集经过数次文祸之后，其文稿的散佚程度应已相当可观。而且查岐昌辑本正在查氏之外的诸藏家之间被辗转抄录，虽不绝如缕，但其势殆危，亟须刊刻以传世。

（二）查慎行文集的纂录与流传过程

查慎行文集系由其长孙查岐昌纂辑而成。查岐昌（1712—1761），字药师，一字石友，号岩门山樵，海宁袁花人。县诸生，官崇明县令。工诗文，喜聚书，能守其祖所传之书，藏书多有题跋。著有《岩门诗文集》《岩门诗话》《巢经阁读古记》《四库读字略》《江上集》《吴趋集》等，与纂（乾隆）《归德府志》。生平事迹见王昶《湖海诗传》卷十九。陈敬璋《敬业堂文集跋》云：

> 右《敬业堂文集》二册，为查太史初白公著。先生一生精力，注意于诗，而文不多作，大半出自应酬，复不自收拾，所存绝少。是篇约百首，不类不次，盖公之孙岩门舅氏所搜访而汇录者。其后为花溪倪氏所得，传录涉园张氏，而原本旋毁于火。兔床吴丈从涉园假以录之，再录于王君紫溪，而吴氏本复毁。今又从王氏本录之，几经传写，讹谬实多。于是悉心校订，疑者阙之，略加诠次，厘为四卷。③

---

① 第一历史档案馆：《清代文字狱档·陈辉祖奏审拟卓天柱等折》，上海书店出版社 1986 年版，第 548—550 页。

② 李圣华：《查慎行与〈忆鸣诗集〉案》，《浙江师范大学学报》2014 年第 3 期。

③ 查慎行著，范道济辑校：《新辑查慎行文集》附录，第 279 页。

岩门舅氏即指查岐昌，陈敬璋为查慎行之外曾孙，故称。花溪倪氏，指倪学洙（1727—?），字敏修，号兰畹，海宁人，乾隆二十二年（1757）进士，官沭阳知县，著有《备忘录》十卷。王君紫溪，即王简可（1762—1821），字紫溪，一字仲言，曾辑《硖川续志》，编有《陆辛斋先生年谱拟稿》。涉园张氏，即张沤舫，海盐人。兔床吴丈，即吴骞（1733—1813），字槎客，号兔床、愚谷，晚署齐云采药翁。祖籍安徽休宁，居于海宁。贡生，著名藏书家，曾得马氏"道古楼"、查氏"得树楼"部分图书，聚书至数十万卷，多有宋元精椠，筑"拜经楼"以贮之。著有《拜经楼诗集》《拜经楼诗话》等。嘉庆元年（1796），辗转抄录于诸藏家的查慎行文集传到了吴骞手中，吴骞又重新对其进行了整理，其《敬业堂文集跋》云：

> 乡先辈查初白内翰《敬业堂诗》正续集流布海内，考韵语者，莫不家置一编，独文集未经授梓，故传本尤少。予昔于倪敏修大令六十四砚斋见之，未及借钞，时往来于心。今春偶过吾友选岩张君南曲旧业，出此见视，欣然若遇故人，因假归传录。此编不知何人所辑，亦未有序目卷次。钞方竟，适沈吕璜孝廉遗《王勇涛〈怀古吟〉》，又得初白翁一序，乃编中所未有，知其遗文之放失者多矣。①

吴骞在查岐昌辑本的基础上，又补入《王勇涛〈怀古吟〉序》一篇佚文。此后的诸种查慎行文集中均收录此篇序文，故此后流传的查慎行文集抄本均以吴骞整理本为蓝本。《海宁州志稿》卷十三《典籍八》著录《敬业堂文集》云："写本，藏竹初山房，《选佛诗传》云：文集二十卷。此书旧不分卷，仅二册，陈氏敬璋重编，始定为四卷。"《选佛诗传》为查羲所编，可见查慎行文集最初的规模是二十卷，几经磨难，至陈敬璋重新编纂时，仅余二册，编为四卷，其文稿大半坠逸，诚可叹也！国家图书馆藏清抄本《查初白文集》后有徐洪鳌跋云：

> 《海昌备志·艺文志》云：《敬业堂文集》四卷，藏吴醒园明经竹初山房。《选佛诗传》作二十卷。此书旧不分卷，仅二册，陈氏

① 查慎行著，范道济辑校：《新辑查慎行文集》附录，第278—279页。

敬璋重编,始定为四卷云云。忆咸丰初元,醒园明经下世,竹初群籍无嗣君,以大半归余,然未见有此,不知散落谁氏矣。此本余得之西吴书舫,与“不分卷,仅二册”之语合,当是最初之本。既检得兔床明经手钞遗张沤舫先生《王勇涛诗序》及跋,知即涉园旧物,兔翁所据以借抄者也。因亟将序跋装入卷后,为志数语。乌乎!辛壬之乱,江浙书籍又历一大劫,正如方密之先生所谓求寻常盈尺之书已不可得,而况秘籍哉!先哲遗编,乡邦文献,致是增重,后人为善藏之。同治三年岁次甲子黍月,邑后学徐洪鳌迈叔甫谨识。

可见递经吴骞、陈敬璋整理的《敬业堂文集》之一本辗转为吴醒园竹初山房所收藏,名称又改称为《查初白文集》。吴醒园,即吴昂驹,字子仲,一作千仲,号醒园,室名竹初山房,藏书家吴骞之侄,浙江海宁人。道光二十三年(1843)贡生。工书,亦喜吟咏,有《游横山诗册》。又《清史稿艺文志拾遗·子部·艺术类》著录了《初白庵藏珍记》一卷、《初白庵题跋》一卷、《初白庵尺牍》二卷,署曰:“查慎行撰,吴昂驹辑,清抄本,善目。”①所谓“善目”,是指《北京图书馆古籍善本书目》。可见吴昂驹为纂辑查慎行佚文付出不少努力,堪称查氏功臣。吴昂驹卒后,所藏《查初白文集》散出,徐洪鳌由书肆中购回。而王国维《敬业堂文集序》云:

吾乡查他山先生《敬业堂文集》二册,不分卷。后有吴槎翁跋,面叶隶书十二字,亦似槎翁手书,盖源出拜经楼钞本。而吴又传自海盐张沤舫者也。先是,他山先生冢孙岩门(岐昌)辑此集,稿藏花溪倪氏六十四砚斋。陈简庄(鳣)首录一本,沤舫从之传录,吴氏又录张本,紫溪王氏(简可)复从吴本录之。未几,而倪本、吴本俱毁于火。槎翁又从紫溪传录,有跋,见《海昌艺文志》中。此则从吴氏第一次写本出,疑即王紫溪本也。先生外曾孙陈半圭(敬璋)又从王氏录得一本,编为四卷,并撰年表冠其首。今

① 王绍曾主编:《清史稿·艺文志》,中华书局2000年版,第1318页。

张、吴、二陈本俱不传,则是本益足贵矣。①

王国维描述的《敬业堂文集》递藏顺序,与吴骞、陈敬璋《敬业堂文集跋》所载基本一致,只是更为详细。该辑本又递经校补,由杭州仁和人姚景瀛于1921年刊刻,名为《敬业堂文集》。后中华书局又据姚景瀛校刊本重排《敬业堂文集》,收入《四部备要》中,凡二册三卷,收文99篇。另附《别集》一卷,收文23篇,共计122篇。除了《四部备要》本之外,目前可见查慎行文集的单行本还有以下两种:第一,北京大学图书馆藏清抄本《查悔馀文集》(不分卷),后收入《北京大学图书馆藏稿本丛书》第二辑,天津古籍出版社1991年版,该本实际收文共计94篇。第二,国家图书馆藏清抄本《查初白文集》(不分卷),共收文92篇。

总之,查慎行文集在有清一代一直是以抄本的形式流传,递经查岐昌、倪学洙、张沤舫、吴骞、王简可、陈敬璋、吴昂驹、徐洪釐等人辗转抄录收藏,屡经磨难,却不绝如缕。陈敬璋《敬业堂文集跋》慨叹曰:"惜所著半皆散佚,而造物者又若妒之,再亡于火,幸而有存,则是篇也,特全豹之一斑,可不为之珍惜而善藏之乎?"直至民国初年,历经无数劫波的查慎行文集终于得以刊刻,方广其传。

中州古籍出版社2012年出版了范道济《新辑查慎行文集》,该书以北京大学所藏稿本《查悔馀文集》为底本,并从《四部备要》本《敬业堂文集》中辑入6篇,《别集》中辑入23篇。另从《人海记》(咸丰刻本)中辑入《人海记序》1篇,从《苏诗补注》(四库本)辑入《苏诗补注例略》1篇。又从《初白庵藏珍记》《初白庵题跋》《初白庵尺牍》辑入20篇。共补辑查慎行61篇佚文,收文138题155篇。此外,该辑校本同时还收录了查慎行《庐山纪游》《陪猎笔记》两种,并加以点校整理。范道济辑本是目前收录查慎行文章最全之本,然该本对查慎行文集的整理并不完善,例如未能参校国家图书馆藏清抄本《查初白文集》,故漏收《刑统赋解跋》1篇。该抄本末尚多出同治三年(1864)徐洪釐跋语

① 周锡山编校:《王国维集》第1册,中国社会科学出版社2008年版,第99页。

一篇,范辑本亦失收。另外,《海宁州志稿》著录《初白外书》六十卷时,收录了查慎行自序,范本亦失收。此类遗篇逸文尚多,故对查慎行文集的整理,亟须对那些逸出文集之外的佚文进行辑补。

二、查慎行佚文辑补

如上所述,范道济《新辑查慎行文集》对《查慎行文集》的整理尚有遗漏。朱则杰《清名家集外诗文词辑考》(《杭州师院学报》1986 年第 4 期)据《曝书亭集外稿》辑出查慎行和朱彝尊合撰佚文一篇,淮阴师范学院图书馆张一民先生在 2004 年曾检得查慎行藏书题跋 10 篇,范道济《新辑》本亦未能酌加收录。张玉亮、辜艳红点校的《查慎行集》(浙江古籍出版社 2014 年版)中收录了两条不见于别本之查慎行佚文。此外,笔者近来在搜检文献的过程中又陆续发现十余条查慎行佚文,现特予以辑出,以期能从中管窥查慎行之诗学思想,同时亦可供《新辑查慎行文集》修订时参考。

(一)朱则杰对查慎行佚文的辑补

朱则杰《清名家集外诗文词辑考》(《杭州师院学报》1986 年第 4 期)辑出查慎行与朱彝尊合撰之《征今诗综启》,后又收入《朱彝尊研究》(浙江古籍出版社 1993 年版,第 238 页)、《清诗考证》(人民文学出版社 2012 年版,第 388—389 页)。朱则杰所据文献为朱彝尊五世孙朱墨林与冯登府合辑的《曝书亭集外稿》(清道光二年刻本)卷八。文曰:

> 昔至元初,卢陵周南瑞首辑《天下同文录》。洪武初,鄱阳刘仔肩辄编明《雅颂正音》。传之于今,推为正始。皇朝声教之远,文明之盛,风雅之醇,迈越汉唐。顾选家坊本,或假为媒衒之具,或借营锥刀之私。混燕石于瑜璠,杂郑声于韶濩,作者之性情何由见乎?某等际此文明之昼,宜扬治世之音。第六十年撰述实繁,十五国人文难萃,敢通侧理,诞告大方。倘诗家自信可传,联筒见示,况先哲非无遗稿,十手传钞。敬扶大雅之轮,允荷同心之助。

此启原标题下还有朱墨林、冯登府校语:"见家藏手稿。按:是启与查初白先生同列名。《诗综》遗稿已无存者，恐当时未就也。”

（二）张一民对查慎行佚文的辑补

张一民《查慎行“得树楼”藏书拾录》（《文教资料》2004年第15期）通过检索多种藏书目录题跋，著录了查慎行“得树楼”藏书十九种，其中十种有查慎行题跋。兹经校核，予以排纂如下：

1.《宋本鬳斋考工记解》跋。

该本现藏台湾中央图书馆，《国立中央图书馆善本书目》著录。跋文录自傅增湘《藏园群书题记》：

> 林希逸，字肃翁，又号鬳斋，福清人。乙未吴榜，由上庠登第，凡三试皆第四，真西山所取士也。是岁以《尧仁如天赋》预选，时称“林竹溪”。周草窗《杂志》中载其登第事甚详。查慎行手识。①

2.《毛诗举要》跋。

宋建阳刻本，原本二十卷，残存三卷，现藏国家图书馆，钤有“得树楼藏书”印，《楹书隅录初编》卷一著录。

> 右《毛诗举要》二十卷，焦氏《经籍志》不载，《箓竹堂书目》有郑氏《释文》及《音义》共四册，而无卷数，亦无《举要》之名。此本购自江西志局，确系宋雕本。二十卷首尾完好，惟篇首仅有图数页，又无序，疑尚有缺文，苦不得别本校对。乙巳二月检阅一过，敬识于末。南书房史官查慎行，时年七十又六。②

3.明万历刊本《陶渊明集》附识、《陶渊明集》跋。

该本为傅增湘藏园藏书，有查慎行手批，张宗柟手校，有“字曰悔馀”白文方印，李盛铎《木犀轩藏书书录》卷四亦著录。

> 陶诗宋以前无注者，至汤东涧始发明一二而未详。元初詹若麟居近柴桑，因遍访故迹，考其岁月，本其事迹，以注释其诗。吴草庐

---

① 傅增湘：《藏园群书题记》卷一《经部·礼类》，上海古籍出版社1989年版，第22页。

② 杨绍和：《楹书隅录初编》卷一，《续修四库全书·史部·目录类》第926册，上海古籍出版社2002年版，第558页。

为之序，比于紫阳之注楚骚。当时必有刻本，而今不可得已。此本间引东涧之说，惜未见詹注耳。康熙甲午夏，初白老人阅毕附识。

《济宁寓楼读陶诗毕敬题于后》：颜谢非同调，千秋第一人。精深涵道味，烂熳发天真。有耻难谐俗，无官不计贫。平生顽懦意，感动赖先民。时余方因病乞假，癸巳七月望慎行志。①

检查慎行《敬业堂诗集》卷四十二《计日集》有《寓楼读陶诗毕敬题其后》，其中颈联下句作"无官肯计贫"。②

4. 幸云龙《松恒文集》跋。

此跋见李盛铎《木樨轩藏书书录》卷四《集部》：

按郭青螺《豫章书》：幸云龙，字震甫，高安人，嘉泰间进士。初尉京邑，改知当阳县，擢郢州通判，上书雪济，邸冤屏废而卒。黄雷岸《人物志》以为庆元进士，由鄂州通判忤史弥远，劾令致仕。考之《科目志》，庆元五年己未曾从龙榜：幸元龙，靖安人，仕郢州判。又与郭书、黄志互异，而与靖安《选举志》则同，似当从之。所著《松恒集》外，尚有《桂岩集》，今不传。此集刊于明万历朝，仅存什之一，亦非足本。康熙庚子中秋前于南昌书局抄录成卷，故识于首，查慎行初白。③

5. 舒邦佐《双峰集》跋。

该本有"慎行""初白庵主""南书房史官"诸记，《拜经楼藏书题跋记》卷五著录。

初白翁手跋云：是集初刻于宋宁宗嘉泰四年，公季子迈所编。先生自序题曰"双峰猥稿"，至理宗淳祐七年再刻于连山，章枕山

① 傅增湘：《藏园群书经眼录》卷十二《集部一》，中华书局1983年版，第995页。

② 查慎行著，周劭标点：《敬业堂诗集》卷四十二，上海古籍出版社1986年版，第1229页。

③ 李盛铎著，张玉范整理：《木樨轩藏书题记及书录》，北京大学出版社1985年版，第306页。

有序。元初公之七世孙名世重刊,有欧阳冀公序。未几,板毁洪武中。八世孙泰亨以家藏旧雕本重刻于南昌,训导刘钺志其本末。正统中,十世孙守中重刻,刘忠愍为之序。今所钞者,照正统本。第八卷中缺七言律诗三首,第九卷中缺"训后"一条,据别本补入。康熙庚子重阳前四日,慎行识。①

6. 旧钞本《傅舆砺诗集》跋。

此跋录自瞿良士辑《铁琴铜剑楼藏书题跋集录》,亦见黄丕烈《士礼居藏书题跋记》②,瞿镛《铁琴铜剑楼藏书目录》称卷首有"查慎行印""悔馀"二朱记。③

元傅若金,字舆砺,江西新喻人,受业范德机之门。年三十,游燕京,虞伯生见其诗,大加称赏,由是知名。元统三年,介使安南,还授广州教授。余修《江西志》,于临江人物为立传。此八卷借钞于吴尺凫氏,尚有文集若干卷,当从花山马氏合成全集。初白翁识,时年七十一。④

7. 林同《孝诗》跋。

该本有"慎行""初白庵主""得树楼藏书""查慎行印""南书房史官"及"查岐昌"诸图记,《拜经楼藏书题跋记》卷五著录。

初白先生记云:此金陵黄氏千顷堂钞本。乙丑,余客都下,曾于俞郃案头见之,今归玉峰季子。甲午九月借钞毕附识,初白翁。⑤

8. 明危素《云林集》跋。

此跋见《拜经楼藏书题跋记》卷五,有"南书房史官"印记。

---

① 吴骞:《拜经楼藏书题跋记》卷五,《丛书集成初编》本,商务印书馆1939年版,第120页。

② 黄丕烈:《士礼居藏书题跋记》,书目文献出版社1989年版,第270页。

③ 瞿镛:《铁琴铜剑楼藏书目录》卷二十二,上海古籍出版社2000年版,第627页。

④ 瞿良士辑:《铁琴铜剑楼藏书题跋集录》,上海古籍出版社1985年版,第295页。

⑤ 吴骞:《拜经楼藏书题跋记》卷五,第123页。

黄文献公三晋所作《太常博士危府君墓志》，府君讳永吉，字德祥，徙居云林三十六峰之阳，即太仆之父也。诗名《云林集》，当以此。慎行识。

又云：虞伯生有《清明山房诗为危太仆作》，又《次韵太仆读书山中见怀》之作二首，载《学古录》二十七卷《归田稿》中。今检《云林集》，皆失原作。又宋景濂有《题危云林训于四言诗后》云：危公冢子，字于幰，自检讨奉常迁佐蓟州，将之官，赋四言诗一章勉之云云，今亦失原作。①

9. 明危素《说学斋稿》跋。

此跋见陆心源《皕宋楼藏书志》卷一百一十一：

按焦氏《经籍志》，《危太朴集》五十卷，今不可得矣。世所传之抄本凡二：其一曰《太朴文集》，皆赋、颂、记、序，有目录而不□卷；其一曰《说学斋稿》，碑版之文居多，而不编目，即开林顾氏跋所云“归太仆亦未见”者。此外又有古今体诗二卷，要之皆非全书。近从玉峰徐氏、梅里朱氏、花山马氏三处借阅，互加参考，稍稍正其舛讹，随录随校，不敢假手他人，至漫不可辨者，则仍阙之。费两月之心力，汇成二册。又于浦江郑氏《麟溪集》及程文宪公《雪楼集》、黄文献公《日损斋集续》采得题跋、墓铭五首，补录于后。虽未敢信为足本，较三家所藏，差少纰缪云。康熙丁酉五月既望，初白老人查慎行再识。②

按：范道济《新辑查慎行文集》据清道光抄本《初白庵尺牍》辑入“尺牍八通”，其一涉及此书：“《说学斋稿》附归，跋云‘一百三十三首’，今细数，乃多五首。中间《静修书院记》一首，则别集亦有之。二本对校，此为重出矣。”③另外，吴骞《拜经楼藏书题跋记》引佚名《书〈初白庵尺牍〉后》云：“右初白先生尺牍，盖皆与寒中上舍者，其真迹并涉园主人

① 吴骞：《拜经楼藏书题跋记》卷五，第129页。

② 陆心源：《皕宋楼藏书志》卷一百一十一，清光绪八年（1882）十万卷楼刻本。

③ 查慎行著，范道济辑校：《新辑查慎行文集》卷五，第182页。

所藏也。”①寒中上舍，乃是指马思赞(1669—1722)，字仲安，又字寒中，号衎斋，又号南楼，海宁人，喜藏书，藏书斋名“道古楼”。则从查慎行此跋可见其晚年与马思赞等藏书家之密切交往。

10. 旧写本《天台林公辅先生文集》题识。

此题识见《拜经楼藏书题跋记》卷五，亦见傅增湘《藏园群书经眼录》卷十六：

林公辅先生名右，明洪武朝人，被荐授职合门下。所著文计一百五篇，不分卷帙。余得钞本于友人斋头，补缀破烂，别录如右。原本旧用朱墨校阅，每篇段落及字句之间多有钩画甲乙处，于作者命意，眉目分明，要是留意于先民矩矱者，故并其圈点，悉依原本，以存其旧焉。初白翁。

又按：先生临海人，洪武中与叶见泰等并征，官中书舍人，与方正学友善。尝奉玺书行边有功，进春坊大学士，命辅导皇太孙。以事谪中都教授，弃官归。靖难初，闻正学被祸，为位哭于家，成祖召之不至，械至京，犹欲用之，先生封曰：罪人逃死已久，藉令可仕，当与方孝孺同朝矣。成祖怒，劓之死。南渡后，追赠礼部尚书，谥贞穆。事载华亭《明史列传》。世但知先生为文士，罕有称其忠义者，特表出之。康熙辛丑四月，查慎行再识。②

(三) 张玉亮、辜艳红点校《查慎行集》中收录的查慎行佚文

浙江古籍出版社2014年出版了张玉亮、辜艳红点校的《查慎行集》，其中第七册《诗文补遗》部分收录了两条不见于别本之查慎行佚文。

1. 魏了翁《鹤山笔录》跋。

竹垞自粤游回，钞《鹤山笔录》一卷见视，予意必陈腐满纸，漫

① 吴骞：《拜经楼藏书题跋记》卷四，第99页。

② 吴骞：《拜经楼藏书题跋记》卷五，第129—130页。傅增湘《藏园群书经眼录》卷十六《集部五》，第1396—1397页。

> 不省也。近因笺注苏诗，试取检阅，则见辨核记录，皆有真趣，卓乎小说名家。毛氏《津逮》既镌其题跋，而不及此，想汲古阁中亦无此藏本也。爰校正一二讹字，命儿子承加意精抄，储之说类。悔馀老人书。

《查慎行集》之点校者加按语曰："本篇辑自宋魏了翁《鹤山笔录》。"然未标明所据之本及此本究竟藏于何处。

2. 影元钞本《湛然居士文集》题识。

> 万松洞宗派，按《金史》曾召入内殿说法，承安二年，诏住西山之仰山。又三十九年，为元至正三十一年，岁次甲午，此序当作于是年。湛然为万松高弟，其推许不啻口出。世徒知其有功名教，不知禅理精深又如此。归震川有云："余少已知耶律晋卿，今始识从源真面目。"予于居士亦云。但归所见止后七卷，而余乃获窥全豹，惜钞手潦草，讹字极多，略用朱笔点出，他日当访善本校定，庶无余憾。康熙辛丑六月初十，初白老人手识。

《查慎行集》之点校者加按语曰："本篇辑自《江苏省立国学图书馆第四年刊·题跋》馆藏善本书题跋辑录。"

（四）散落于其他文献中的查慎行佚文辑补

1. 傅霖《刑统赋解》跋。

在传世的三种查慎行的文集中，此跋仅见于国家图书馆文津分馆所藏清抄本《查初白文集》（不分卷），北京大学图书馆藏清抄本《查悔馀文集》及《四部备要》本《敬业堂文集》均未收录，文曰：

> 《宋史·艺文志》：《刑统赋解》四卷，不详作者姓名。晁公武《读书后志》著录云二卷，云皇朝傅霖撰，或人为之注。则傅乃宋人，非元明人也。赵元敏序云：东原郗君章析而韵释之。而不称载其名，则郗必元人，竹垞概以宋人者亦讹。此本为古林曹氏藏本，甲午五月，余从西吴书估购得之，初白老人查慎行志。

检朱彝尊《曝书亭集》卷五十二亦有《刑统赋解跋》条，文曰："前有延祐三年赵孟頫序，言其大略，其后益都王亮复为增注，大抵傅、郗皆宋人，而亮则元人也。”①查慎行指出“东原郗君”当是元人，而非如竹垞所云之宋人，故查慎行此跋正可与竹垞之跋互参。又《藏园批注读书敏求记校证》“傅霖《刑统赋》”条引“查初白先生云：此书考赵文敏序云‘东原郗君章析而韵释’，而不称其名，则郗必元人。竹垞以为宋人者误。”②此条转引文字与《查初白文集》所载《刑统赋解跋》内容一致，然繁简不同，正可互证。范道济《新辑查慎行文集》中未收此篇，可谓失之眉睫。

2. 为朱彝尊撰《腾笑集序》。

《腾笑集》为朱彝尊继《南车草》《竹垞文类》后编定的第三部别集，刊刻于康熙三十年（公历）以后。然据查慎行序，康熙二十五年（1686），《腾笑集》的初稿已经编定，序当作于是年，文曰：

> 竹垞先生以名高入史馆，刻其诗文数十万言，既为艺苑职志矣。今年丙寅，复辑其己未以来诗若文，凡若干卷，集成见示，且属为之序。嗣琏于先生中表兄弟，然名位文章，相去绝远，何足以知先生？虽然，亦尝从事于文，欲有所就正于先生久矣。窃谓唐之文奇，宋之文雅；唐文之句短，宋文之句长；唐以诡卓顿挫为工，宋以文从字顺为至。昌黎之文，《进学解》自言之矣，《答李翊书》，则为人言之矣，李汉、李翰诸人，又言之矣。总蕲不蹈袭前人一语。庐陵推论六艺之华，则曰：自能以功业光昭于时，故不一于立言而垂不腐，而今乃沿袭模拟，以空疎不学之材，强为无本之枝蔓，不几为古人所笑乎？先生于书，无所不窥，搜罗遗佚，爬梳考辨，深得古人之意。而后发而为文，粹然一泽于大雅，固非今之称文者所敢望矣。其称诗最早，格亦稍稍变，然终以有唐为宗。语不雅驯者勿道，正始之音不与，人以代兴之业，此琏所窃窥于先生，尝欲广诸同

① 朱彝尊：《曝书亭集》卷五十二，《四部备要》第84册，中华书局1989年版，第393页。

② 钱曾原著，管庭芬、章钰校证，傅增湘批注，冯惠民整理：《藏园批注读书敏求记校证》卷二之上，中华书局2012年版，第156页。

好，而因举私见以质之先生者也。故辱先生之命，辄书此以进之。海宁查嗣琏序。①

按：查慎行文集中有《曝书亭集序》，作于康熙五十三年(1714)，其中提到了自己曾为朱彝尊《腾笑集》作序之事："通籍后曰《腾笑集》，先生自为序，并嘱余附缀数言者也。"②《文渊阁四库全书》本《曝书亭集》前亦收录查慎行序，然非康熙五十三年所作《曝书亭集序》，而是康熙二十五年所作之《腾笑集序》。范辑本似未察两序之先后区别，未予收录，当系失检。若将四库本《曝书亭集序》与《腾笑集序》对勘后可以发现有数字之异，其中查慎行之名，《腾笑集序》作"查嗣琏"，或作"琏"，而四库本则全作"慎行"。考《查慎行年谱》，查慎行原名查嗣琏，与其弟查嗣瑮、查嗣庭均属海宁查氏之"嗣"字辈。康熙二十八年八月，遭洪昇《长生殿》事件被贬斥后，查嗣琏才改名查慎行，字悔馀。而《腾笑集序》作于康熙二十五年，尚在《长生殿》事件前三年，故署名作"查嗣琏"正是原貌，四库本收录此序时应对其署名做了改动。

3. 查慎行《初白外书自序》。

《海宁州志稿》卷十三《典籍八》收录了查慎行的《初白外书自序》，文曰：

> 余自癸巳夏告归，养痾里闬，中间为闽游，为粤游，蓬窗水槛，卷轴随身，卸席停桡，书钞任手。又连遭建、承两儿之变，西河抱恨，痛不欲生，视息人间，支离益甚。闷极无聊之际，因取归田后十余年内所睹记，前言往行，类集而编次之，命长孙岐昌缮写，厘为六十卷。非敢自附于著作之林，而窃取昔贤余论，纂述排编，名曰《初白外书》。

4. 为查为仁撰《无题诗序》。

查为仁为慎行族侄，所著《蔗塘未定稿》收有《无题诗》二卷，查慎

① 朱彝尊：《腾笑集》，上海古籍出版社1979年版，第3—4页。

② 查慎行著，范道济辑校：《新辑查慎行文集》卷二，第39页。

行为之作序，文曰：

犹子心穀从患难中发奋著书，所为诗文，多与古人相颉颃，其《花影集》经沧州先生序而传之。暇搜箧衍，又得无题诗如干首，谒予为序。予惟有梁钟仲伟，谓张司空文字务为妍冶，疏亮之士，恨其儿女情多，仅置中品，似矣。窃谓司空千篇一体，谢康乐尝以为讥，若以华艳为说，不免过甚。夫屈骚佩戴纕寋山榛隰苓，开之古人兴托有在，固不必因梦中兰若，并疑及楚天云雨也。新城王西樵喜作艳体，有诫之者，西樵曰：是特阻吾两庑升牢耳。钝翁《说铃》载之。余谓西樵盖谩作是语，其寄托有无，事自明者。心穀固学道人，从坎壈中得禅悟者九年矣。岂诚以瘁音弗华，乃以描脂绘粉自愉悦耶？昔王右丞抗行周雅，辆口元谈，克践摩诘之号，而洛阳女儿、闺人春思诸篇，余力犹及焉。东坡与僧潜诗歌康云："多生绮语磨不尽，尚有宛转诗人情。"夫诗人之情，亦何限哉！心穀出之宛转，蕴之遥深，庶几香草美人，共成千古。若从台昆体，已成潭府蟾光矣。心穀年甚富，读书日益多，他日撰述，当更有进于此者，老人将重为序之。五十九年岁次庚子长至后二日，初白庵主人慎行。①

按：由于查为仁《蔗塘未定稿》流传不广，查慎行此序亦鲜为人知。在此序中查慎行清楚地表明了其对清初西昆体的不满态度，这对我们深入了解其诗学倾向具有极为重要的意义。

5. 为李呈祥撰《东村集序》。

李呈祥《东村集》前有查慎行所作《东村集序》，文曰：

李十公西音，主一仆一，来自盘河，千五百余里，过贡山，仆大异之。□启箧执册进曰：此先子之遗也，请先生序。五十余年知交属先生，□先生，亦不能序先子之诗，而□□之□！受册，乃官詹诗文若干，读之呜咽不能下，再读之，细字行行，表褙工致，为十公手书，

① 查为仁：《蔗塘未定稿》，《清代诗文集汇编》第273册，第370页。

漆漆乎如生而斋栗，没而忾僾之形，罔有所懈。喟然曰：此忠臣之志、孝子之行也。读未竟，复相携痛哭失声。嗟乎！官詹少仆三岁，曾几何时而生死存亡竟不可问，若梦中事耶？忆仆困棘闱，而官詹已官史馆，仅以姓字闻。乙酉，诏访经学，仆乃执五经应试，会礼曹请禁，而天下士犹未闻知，闱中已得卷，不敢录，合监临主司同考官十八人疏具山东异才，封硃卷，誊请上裁。仆狼狈无所趋，乃以苏竹浦兄弟去盘河谒官詹，布衣野冠，茅屋土□，欢然相得，如平生交，自此朝夕食寝。或之诗盛行于海内，有口者皆能诵之，抑知李后王前，乃有官詹先生固可并驱方驾、成鼎足之势者乎？顾历城当胜国中叶敭历中外，仕路坦夸。新城则际本朝极盛时，跻崇阶，升大座，故其为诗也，变体少而正声多。先生所履之境，在枯菀荣悴间，故其诗隆变，而仍归于正。盖遇不同而诗同，即诗不必尽同，而其可传于后无不同也。然则兹集一出，其嘉惠来学，有功于诗教者，岂浅鲜哉！岁戊戌，西音去石埭，来宰德清，去吾乡百里而近。追维畴昔之言，谨书此以完宿诺。余生也晚，生也晚，不获从先生游，今狥贤嗣之请，挂名简末，是先生之诗，亦因□言增重，而余之姓名，且将托先生之集以垂不腐也，非厚幸欤！海宁门年眷侄查慎行拜篹。①

按：徐世昌《晚晴簃诗汇》卷二十二（中华书局1990年版，第692页）亦引查慎行之评语，然其文字与《四库全书存目丛书》本《东村集》颇有异同，疑别有据。

6. 为释元璟《完玉堂诗集》题词。

查查田曰：余读《完玉堂诗》，当入《楞严藏》，与海内方来学者为矜式。有体制，有性灵，有气魄，故声调高；有火候，故神韵全；有朴致，始近古，而醇雅有生机，则清空而超脱。其断纹交股，连环掉尾，伸缩变化，归于自然。盖其多读深思，浸润于浣花，而超脱乎

① 李呈祥：《东村集》，《四库全书存目丛书》集部第203册，齐鲁书社1997年版，第569—571页。

陶、王者也。①

按:查慎行此段题词中所提及很多诗学范畴,诸如“性灵”“神韵”“清空”“超脱”“自然”等,正可与查慎行其他诗论相互印证,故极具理论参考价值。

7. 查慎行尺牍二通。

清葛金烺《爱日吟庐书画别录》卷二收录查慎行尺牍二通,标题署作《查嗣琏行书二通》,文曰:

> 仲春五日,接元宵前手教,知马蹄又走长安,执事戚谊真挚,存殁之语,怆然动人,益促我东归之念矣。辱谕援例二生,黔例已于去冬停止,目下藩司汇册已成,概不收纳,惟俟镇远府册报到日,即当达部。来教乃出后时,不能奉行矣,奈何奈何!即右朝见托加纳事,亦坐是无可复商,近亦寄书报之。执事试问之子颖、豹臣两公,知愚言之不谬耳。冗中泐复,惟祈鉴谅,临楮神驰。亮工表叔至谊,期同学侄琏顿首,夏重。

> 初闻吾弟入泮之信,忧喜交半,正虑空中楼阁,架构万难。及两仆来黔,细悉颠末,添我郁结。念弟甫离怙恃,甘苦未谙□□迫促远行,不及待汝成立。每一忆此,辄用心疚。吾曹基业浅薄,每事须踏实地,功名一途,正当读书俟命,时至事起,徐相机宜。居巢人好奇计,七十乃自见耳。急而强为之,徒费心力。先畴数十亩以供餬口,今弟受分之产,过半已属他人,便有饥寒之患,奈何奈何!然贫乃士之常,古人类有立锥无地、发奋自振者。惟愿因此益加激励,刻苦读书,即就制闱之业,猛图寸进。勿驰骛于声华,勿因循于岁月,痛自绳削,庶望有成,以慰先灵于地下,此真呕血沥肝之语。弟天性纯良,必闻之而心动也。去冬曾从杨语可处会付文银二十两,少为吾弟补苴罅漏,此时想已收,明乃兄心虽无穷,而力则有限,知能体悉区区耳。庚侄已为纳盟,可令多读程墨,遇文期与闱

① 释元璟:《完玉堂诗集》卷首,《四库全书存目丛书·集部》第211册,第540页。

题分做。弟以叔父之尊,力相督率,勿共荒于嬉,切切。二兄来信,有三月赴江右之语,故不作字。所托纳盟三姓,因来人到迟,贵州事例已停,不及代为料理,有来问者,可以此复之。期兄琏白。①

此二文乃查慎行与友人往还之尺牍和与弟之家书,落款署"夏重""琏",乃慎行之初名也。从内容来看,其时正在贵州。考陈敬璋《查他山先生年谱》,查慎行于康熙十八年(1679)夏入杨雍建幕,随之出抚贵州,至康熙二十一年(1682)秋归里。② 则以上两通查慎行尺牍乃作于三十一岁至三十三岁之间。

8. 查继佐《查东山山水长卷》题识。

清方浚颐《梦园书画录》(清光绪刻本)卷十七著录了《查东山山水长卷》,附收查继佐、查慎行题识二则,其中查慎行题识曰:

东山先生,余大阮也。才名妙天下,其翰墨固已独步一时,无雁行者。间亦作画,一丘一壑,兴随笔落而已。初未尝刻意求工,而潇洒中自有神韵。

9.《带经堂诗话》引查慎行论古诗语。

张宗枏《带经堂诗话》曰:

查初白先生尝论古诗有二种:一种莽莽苍苍,音节自然入古,如老杜《兵车行》之类是也。文成法立,意到笔随,殆不可以平仄求之。一种追琢推敲,循音按节,读之抑扬高下,铿锵如出金石,杜、韩、苏集中,难以枚举。古诗虽繁,要不越此二种矣。③

10.《汉从事梁武祠堂画象传》跋。

此跋见于杨钟羲《雪桥诗话》卷六,该画象传为唐人拓本,旧藏马秋玉家,后归汪雪礓龙尾山房,汪氏又赠黄易(号秋庵),双钩锓版,有朱竹垞、查初白二人之跋。

① 葛金烺:《爱日吟庐书画别录》卷二,浙江人民美术出版社 2012 年版,第 814—815 页。

② 《查慎行年谱》,中华书局 1992 年版,第 16—17 页。

③ 张宗枏:《带经堂诗话》卷一,人民文学出版社 1963 年版,第 33 页。

查初白跋云：画家著录，多始魏晋人，不知东汉石阙图写人物已多，第存者寡尔。武梁一碑，乃唐人拓本，洵不易得。图中机有绞，车有盖，庭有帷，略见古人制器形象。曾子母、莱子妻履皆锐头，当知汉日女子已非赤脚，亦可资考古之一端也。康熙丙戌人日，雪阻葫芦山房，复同竹垞把玩此书。①

11. 清写本张鷟《龙筋凤髓判》跋。

此跋见于傅增湘《藏园群书经眼录》卷十、傅增湘《藏园群书题记》卷九：

《新唐书·艺文志》：张文成《龙筋凤髓判》十卷，宋晁氏《藏书志》所载判凡百首。今上卷止四十三条，下卷止三十五条，尚少二十二条，卷数首数与两志皆不合，疑非足本。宋本书真者不易得，亦可宝也。卓文敏谓其堆垛故事，不逮乐天《甲乙判》云。后辛丑中秋后一日，初白老人慎行识。②

12. 清初抄本《周此山先生诗集》跋。

该本为国家图书馆藏清抄本，沈津《书城挹翠录》著录：

此本有缺名临查慎行跋云：焦氏《经籍志》，周权《此山诗集》十卷，今此本止四卷，盖莆田陈众仲所选定者，非全集也。明弘治朝曾镂版汲中，余所见乃泰兴季氏抄本。诗后间有评骘，当是莆田手笔，并录存之。

周权，字衡山，此山其别号，诗集以此名。《经籍志》即载周权《此山集》十卷，又载周衡《此山集》一卷，卷帙皆与此本不符，疑焦氏此见，必有一讹，俟更考。初白又识。③

13. 宋徐居仁编次、黄鹤补注《集千家注分类杜工部诗》跋。

该本为上海图书馆藏元至正八年(1346)潘屏山圭山书院刻广勤

① 杨钟羲：《雪桥诗话全集》卷六，北京古籍出版社 1992 年版，第 348 页。

② 傅增湘：《藏园群书经眼录》卷十《子部四》，第 803 页。傅增湘《藏园群书题记》卷九，上海古籍出版社 1989 年版，第 467—468 页。

③ 沈津：《书城挹翠录》，上海社会科学院出版社 1996 年版，第 222 页。

堂印本,索书号为788618—41。

宋黄希,字师心,抚州人。干道中进士,官永新令,作春风堂于县署,杨诚斋为之记,极称之。有《补注杜诗》,搜剔隐微,皆前人所未发,子鹤续成之。鹤字叔似,所著有《北窗寓言集》,事详郭青螺《豫章书》及《江西人物志》。世但知黄鹤注杜,不知其续成父书也,特表出之。此本刊于元顺帝至正八年,余师汪东山先生家藏书也。康熙庚子,忽从江西购得,敬识数言,查慎行跋。

14. 清张远《查慎行槐阴抱膝图卷》题识。

1987年3月24日劳继雄鉴定,清设色纸本。查慎行题识录自劳继雄《中国古代书画鉴定实录》:

壬戌(康熙二十一年,1682)秋,归自黔南,张丈子游为余作此图,辛巳(康熙四十年,1701)冬至夜展卷太息,相距二十年矣。

此图为张子游笔,名远,无锡人,少学写真于冥南黄谷,谷携至海盐,遂家焉。后复受法于闽人曾波臣鲸,笔法大进,与上虞谢文侯彬、莆田郭无疆巩、山阴徐象九易、华亭沈泉调诏、汀州刘瑞生祥生、嘉兴张玉可琦、秀水沈聿修纪,同为波臣弟子,名不相上下。①

15. 阮葵生《茶余客话》卷十“考亭”条引查慎行语。

查初白云:唐末时,侍御史黄子棱自洛阳寓居,建阳筑亭,以望其父之墓,曰望考亭,因以名里。朱子父韦斋先生,爱建阳山水,未及卜居。朱子筑考亭,以承先志,正取黄侍御之意。后人专属朱子,而侍御之名湮矣。“人过小桥频指点,全家都在画图间”,黄侍御诗也。②

按:周亮工《闽小记》卷二《考亭》条内容与此相同且更为详细③,则查慎行此论或本之于周亮工。

---

① 劳继雄:《中国古代书画鉴定实录》,东方出版中心2011年版,第2492页。

② 阮葵生:《茶余客话》卷十,中华书局1959年版,第256页。

③ 周亮工:《闽小记》卷二,上海古籍出版社1985年版,第107页。

16. 为李宗渭撰《瓦缶集序》。

国家图书馆藏李宗渭《瓦缶集》(索书号:24100)前有查慎行所撰序,文曰:

世之称诗者,以夸多斗靡为歌行,以骈青妃紫为格律,问其性情消归,无有也。篇什虽富,雕琢虽工,其去诗道也愈远。夫诗之为道,取真不取泛,尚雅不尚华,恃源则流长,理足则词简,如斯而已。李子秦川,吾里之能诗者也。所著《瓦缶集》,古体多而近体少,五言十居七八,七言无过二三焉。舂容古澹,神韵悠扬,是真有得于中而发者。读其诗,不待识其人,而可以性情遇之。然必具性情者,方可与读秦川之诗,则世之知秦川者,盖亦仅矣。余老不晓事,风尘鹿鹿,吟咏一道,且日就荒芜。秦川顾引为同调,偶然援笔,触发狂言,幸毋示不知我者,切告切告。初白庵查慎行。

按:查慎行在此序中反复强调"性情"才是作诗之根本,还指出"夫诗之为道,取真不取泛,尚雅不尚华,恃源则流长,理足则词简,如斯而已",是其对诗歌认识的高度概括。若将对性情的重视与"取真不取泛"这两个方面结合起来看,明显可以感觉到查慎行与乃师钱澄之的诗论具有一脉相承的祖述关系。钱澄之论诗即非常重视"性情",他在《庄屈合诂自序》中曰:"诗也者,性情之事也。"①《陈二如杜意序》曰:"吾谓诗本性情,无情不可以为诗。"②他还常常将"性情"与"真"联系在一起,《潘蜀藻诗序》曰:"予以为诗者,性情之事,非缘饰藻缋之可为。故力求其真率,而不自知其间有似也。"③《青箱堂未刻稿引序》曰:"夫气出于性情,而后为真气,而后有真诗。"④查慎行曾亲受诗法于钱澄之,故从二人论诗的一致性来看,查慎行诗论承继师说的痕迹相当明显,而这种师承的痕迹在《瓦缶集序》中表现得最为突出,故亦值得引起

① 钱澄之著,彭君华校点:《田间文集》卷十二,黄山书社 1998 年版,第 231 页。
② 钱澄之著,彭君华校点:《田间文集》卷十三,第 244 页。
③ 钱澄之著,彭君华校点:《田间文集》卷十四,第 269 页。
④ 钱澄之著,彭君华校点:《田间文集》卷十六,第 294 页。

重视。

17. 为符曾撰《赏雨茆屋小稿序》。

国家图书馆藏符曾《赏雨茆屋小稿》(索书号:147594)前有查慎行所撰序,文曰:

> 称诗家凡有四病:胶挛浅易者,多僻局见闻;驰骛广博者,或荡轶绳尺;驳杂则伤正气,藻绘则损自然。必也险夸疏密、浅深秾澹,各极其致,而一归于尔雅,乃可传世而名家。吾观幼鲁诗,古体专宗韦柳,近体出入近山、牧之、香山间。无四者之病,而欲兼数公之长。规矩之中有变化,开拓之中有揫敛,当今作者如林,未能或之先也。行将刻以问世,两过吾庐而请业焉,吾其何以益子哉?无已,则举虞邵庵之言似之曰:性其完也,情其通也,学其资也,才其能也,气其充也,识其决也。性情,子所自具矣。天复优以能赋之才,是在学以资之,气以充之,识以决之而已。初白老友查慎行题,时年七十又四。

按:查慎行于此序中提出了"诗家四病",即"胶挛浅易者,多僻局见闻;驰骛广博者,或荡轶绳尺;驳杂则伤正气,藻绘则损自然。"所谓"胶挛浅易",应是查慎行所提倡"学问"的对立面,故其鄙之曰"多僻局见闻",是无学养以资驰骛者。不过驰骛广博者,又往往"荡轶绳尺",即超逸于规矩格律之外,亦难臻于至善。另外驳杂而伤正气,藻绘又损自然,是均为诗家之病。查慎行在反对这四种诗病的同时,又提出"必也险夸疏密、浅深秾澹,各极其致,而一归于尔雅,乃可传世而名家","一归于尔雅",体现了查慎行的终极艺术追求,即黜落浮华,归于高雅,另外他在《瓦缶集序》中也提出过"尚雅不尚华"之说。此外,通过此序还可以看出,查慎行对虞集所论"性其完也,情其通也,学其资也,才其能也,气其充也,识其决也"颇为服膺,并举以赠人。在《初白庵诗评十二种》中,虞集即为十二种之一,可见查慎行对虞集诗歌成就的重视程度。而从其于《赏雨茆屋小稿序》中转述虞集诗论,也可侧面见出虞集对查慎行产生的某些具体影响。

18. 跋《渔洋诗话》。

据叶鹏《邙山秋风十年灯——河南情结之四》(《中州今古》1996年第6期),其所藏《渔洋诗话》卷末有查慎行跋曰:

> 癸丑之夏,自吴门返里。晨坐舟中,阅王尚书诗话,得并日之功,省书评校,聊以消遣云。海宁查慎行识于鹃湖舟次。

19. 为秦景明撰《病因脉治序》。

秦景明著、秦之桢辑《病因脉治》四卷(康熙四十五年刻本),前有查慎行序曰:

> 秦子皇士者,上海人也。少时慨然有利济天下之志,遂研精医学。而于古今方书,无不通彻,要以黄帝、神农造命宗旨为指归。其临症必力穷症之本末,与夫轻重缓急,推之至微。尝曰:"我非欲精于医也,惟期内省不疚而已。"斯真仁人君子之用心者,于是声称籍甚。海昌去海邑,相距不啻四百里,而名声习闻如比屋然,非实大者而能如是耶?余向也奔走四方,深以不得面承请教为怅。自壬午冬,膺特简日侍内廷,盖益绝远当世之士云。然秦子者,实益大,声益洪,四方贤大夫闻风远迎者日益众。乙酉春,赴嘉禾之请,接临敝邑,起沈疴者不计算,名益贯盈于耳。因念古者学成名立,必手定一书,以公于世。今以秦子之学如是,之名如是,使无所传以公于世,古之利济天下者不如是。至季冬单升陈子来入春闱,会家人持方书数卷,名曰《症因脉治》,约五六百帙,进阅之,乃秦子皇士之所著也。分门别类,无不本末兼举,轻重缓急之得宜,直令读者据其书,自无不至于神而臻于化,人人皆可造命者。既而宇瞻及仲季诸公,捐金镌刻,以公世用,因请序于余,以弁其简端。余不禁跃然大喜,以为秦子于利济天下之志,庶几能垂无穷矣。施诸君光被天下后世之功,且与余公于世之意有合也,遂书而为之序。康熙乙酉除夕,赐进士出身现任翰林院编修海昌通家弟查慎行书。

查慎行的佚文此外还有一些,如广东省图书馆藏清初钞本元许衡

《鲁斋遗书》前有清康熙五十六年查慎行题识①,国家图书馆藏揆叙《益戒堂集》十八卷,前亦有查慎行题识②,中国科学院图书馆藏范用宾《结庐诗钞》前有查慎行序,中国社科院文学所藏叶之溶《小石林集》前有查慎行序,南京图书馆藏高纲《雪声轩诗集》有查慎行跋,这些序跋题识笔者尚未能寓目,今据书目文献检得线索,当俟异日予以增补。

统观以上辑出的查慎行散佚文献就可以发现,其中以学术性的书跋居多,这体现了查慎行重视学问、提倡积学苦读的思想倾向。不过《带经堂诗话》所引查慎行论古诗之语以及其为朱彝尊所撰《腾笑集序》、为查为仁所撰《无题诗序》、为李呈祥所撰《东村集序》、为释元璟所撰《完玉堂诗集》题词、为李宗渭撰《瓦缶集序》、为符曾撰《赏雨茆屋小稿序》等,仍对我们了解其诗论、复原其诗学理论体系,具有重要的参考意义。

第三节 《初白庵诗评十二种》考辨

一、《初白庵诗评》的作者问题

《初白庵诗评》是研究查慎行诗歌理论的最基础文献之一,不过该书出现时间过晚,于初白生前未能刊刻。鉴于明清诗歌评点中作者混淆问题较为常见,故在辨析《初白庵诗评》的论诗主张与评点特色之前,有必要对其评点者是否为查慎行进行考证与确认。为了彻底搞清《初白庵诗评》的作者问题,需要从以下几个方面进行论析:首先,《初白庵诗评》之序跋中对作者问题的交代。张载华《序》曰:

---

① 阳海清主编:《中南、西南地区省、市图书馆馆藏古籍稿本提要》,华中理工大学出版社1998年版,第692页。

② 柯愈春:《清代诗文集总目提要》,北京古籍出版社2002年版,第456页。按:查慎行《敬业堂文集》中有《跋鸡肋集后》一文,乃是为揆叙《鸡肋集》所作,不知与《益戒堂集》前之题识是否一致。

海昌查初白先生，以诗名海内，与王渔洋、朱竹垞两先生鼎峙艺林。今三家诗集，已家有其书矣。然篇章浩瀚，如涉大水，不免望洋之叹，则诗话其舟楫已。渔洋诗话，散见杂著诸书，先兄含广汇为一编；《静志居诗话》具载《明诗综》；独先生论诗之旨，间有流传，无专刻行世，学者有遗憾焉。余生也晚，不获亲炙先生，幸自幼及壮，得从许蒿庐夫子游。夫子与先生同里，于友朋间每闻先生评阅古人诗集，必展转购借，携至涉园，约诸兄亟为钞录。犹忆壬子以后，十余年间，酒阑灯灺，辄举先生评语可与渔洋、竹垞两先生发明者，与诸兄互相参究，漏四鼓犹娓娓不倦。余时心窃识之，爰方攻章句，未暇旁及也。弱冠后，间事吟咏，瞻望前贤，茫无凭藉。从夫子及诸兄处录先生评本数种，偶阅一编，虽着语不多，动中肯綮，如论少陵夔以后诗，及昌黎《陆浑山火》、东坡《谢人见和前篇》、遗山《李峪园亭看雨》等作，发前人所未发，使古人有知，亦为心折。至其为后学之津梁，用意肯切，尤足令人朝夕体玩于无穷也。余年忽五十，百念俱灰，自唯平生私淑之志，耿耿难忘。检理故箧，合迩年所得先生评本计十二种，载历寒暑，缀辑成帙，与《带经堂》《静志居诗话》并列案头，庶无负先生嘉惠后人之美意，亦以慰吾夫子当年借录之苦心焉耳。

通过张载华此《序》可知，《初白庵诗评十二种》的文本最早来自于其业师许蒿庐。许昂霄（1680？—1751？），字蒿庐，一字诵蔚，浙江海宁人，康熙岁贡生。编著有《唐人诗选》《晴雪雅词》《词综偶评》《词韵考略》《玉溪生诗笺注》等。关于许昂霄与涉园张氏之间的关系，可以参看秦敏《许昂霄与涉园张氏的文学教育及学术研讨》一文。① 许昂霄为查慎行同里之晚辈，“于友朋间每闻先生评阅古人诗集，必展转购借，携至涉园，约诸兄亟为钞录”，可见查慎行的诗歌评点在家乡海宁有着不小

① 秦敏：《许昂霄与涉园张氏的文学教育及学术研讨》，《徐州师范大学学报》（教育科学版）2011 年第 3 期。

的影响，且抄本不一。张宗橚《序》曰：

> 读余弟芷斋所辑《初白庵诗评》，不禁喟然有感于中也。忆昔先舍广兄排纂《带经堂诗话》，日偕余与芷斋同堂商榷，凡三易稿，然后镂版问世。当是时，余语芷斋曰："人生于世，自顾无可传之业，庶几附前贤以传。兄得附渔洋以传也，斯亦幸已。余两人自少至壮，户随跬步，徒追琢于贴括，而头颅如故，悔之无及。今且垂老矣，家无长物，薄有藏书，乃岁月坐荒，了无著述，行自慨也。"芷斋听然而笑曰："独不闻蒿庐夫子论诗之旨乎？其云'南北两宗堪并峙，可怜无数野狐禅'，盖明言渔洋先生与初白先生为风雅总持也。窃不自揣，将纂录先生各种评语，裒为一集，与《带经堂诗话》并行不悖，或可藉是以传，亦犹兄意也。"余因是有感焉。国朝作者如林，求其金针微点，学者悉奉为指南，渔洋、初白两先生而外，指不多屈。虽然，读《渔洋诗话》如游蓬阆，如闻韶濩，目眩心迷，未易涉其流而溯其源也。若初白先生所著评语，或直抉作者精要，或别裁各家伪体。一经指示，俾铨材朴学可以由渐而入，视夫一味妙悟之论，果孰难而孰易？余自惟谫陋，所梦寐不能释者，独瓣香先生。不意芷斋已先得我心，不惮寒暑，钞撮成帙，就余商订。春宵咀味，烛跋忘疲。先生固不藉是以传，芷斋实藉先生以传，讵非艺林韵事乎哉？独是附识诸条，芷斋兢兢焉不敢自以为是。惜舍广兄已归兜率，不获乐观其成，稍为润色。而余亦颓废日甚，纵或参以己见，终隔一尘，欲如向之同堂商榷，娓娓不倦，不可得矣。余所为与芷斋抚今追昔，同抱鸰原之痛于无穷也。爰勉缀詹言，志余之幸，亦以志余之感也夫。乾隆戊子上巳兄宗橚序。

许昂霄是非常推崇查慎行的诗学成就的，所云"南北两宗堪并峙，可怜无数野狐禅"，将查慎行与王渔洋并列为"风雅总持"，在当时对查慎行的评论中，从未见过如许之高的评价。以其对查慎行的推崇及关注程度来看，许昂霄将自己或他人所作诗评来冒充查慎行评点的可能性不大。其次，《初白庵诗评》中对杜甫、苏轼的推尊，与查慎行的诗论若合符节，毫无抵牾之处。其中有很多评语的语气都表明评点者确为查慎行。例如《初白庵诗评》卷下评点陈师道《湖上晚归寄诗友》曰：

任渊注后山诗，竹垞家有之，余曾借阅一过，今此本不知谁属矣。

通过此评可知，评点者与朱彝尊过从甚密，这与查慎行的身份极为符合。又如《初白庵诗评》卷中评苏轼《次韵表兄程正辅江行见桃花》"清篇真漫与"句曰：

据公诗可证杜集"漫兴"之讹。少陵"老去诗篇浑漫与"，"与"字，俗本讹作"兴"。

检查慎行《漫与集上》自题云：

少陵云："老去诗篇浑漫与。"俗本多误"与"为"兴"。东坡先生用之，云"清篇真漫与"，叶入语韵，可证"兴"字之缪。余年衰才尽，从前愧乏惊人之句，已镂板问世，悔莫能追，自兹以往，当日就颓唐，不知余生尚阅几寒暑，更得几首诗也。①

因此将《初白庵诗评》的评语与查慎行《敬业堂诗集》两相对照，可见二者具有高度的一致性，这种一致性，正可以作为确认《初白庵诗评》确为查慎行所评的有力证据。另外，查慎行《初白庵诗评》自流传以至刊刻以来，当时学林莫不奉为诗学金针，亦未见有质疑其伪者。如莫友芝《宋元旧本书经眼录》之《初白庵诗评》条曰：

近日子弟为诗文，苦不得门径者，或取老辈点勘过大家集子及子、史，令其迻钞，每有悟入处。此等事不关根柢，通人所嗤。然以启发中材，为益不细。皖口行营偶收此评本，老来无暇观览，付儿辈存之，亦备迻钞一助也。郘亭眲叟。②

因此，《初白庵诗评》虽刊刻时间较晚，但来源明晰，流传有序，与查慎行的诗学宗旨密合无间，学林亦信之无疑，故可确定其评语为初白生前

① 《敬业堂诗集》续集卷一，第1523页。

② 莫友芝：《宋元旧本书经眼录》，中华书局2008年版，第150页。

所评。

二、《初白庵诗评》入选诸家辨析

选家问题,历来是选本之诗学倾向的首要体现。除了评点《瀛奎律髓》之外,《初白庵诗评》共收录陶渊明、李白、杜甫、韩愈、白居易、苏轼、王安石、朱熹、谢翱、元好问、虞集十一家之评语。可以确信,在这份名单中,其实已经蕴涵了查慎行对整个古典诗歌史的看法,甚至可以看出查慎行所倡导的师法宗尚的主体构架。在查慎行的《初白庵诗评十二种》中,对诸家诗歌的评点分量表现出畸轻畸重的现象。少的如对陶渊明和李白的评点,仅有十数则,并不像是认真的评点,给人以草草收兵的感觉,似乎并不能单独作为"一种"来看。而对苏轼、杜甫、元好问、王安石以及《瀛奎律髓》的评点分量则占据了全书的大部分篇幅。除此之外,查慎行《初白庵诗评》这份名单中仍有很多问题值得讨论,比如唐人为何只选取李白、杜甫、韩愈和白居易?为何宋人中没选黄庭坚、陆游、杨万里,反而选了王安石?朱熹和谢翱这样诗名不著之人为何又偏偏得以入选?元好问、虞集为何入选?以上这些问题,都和查慎行的诗学思想密切相关。

首先,《初白庵诗评》选取李白、杜甫、韩愈和白居易四人作为唐人的代表,这是因为查慎行在唐人中主要以杜甫、韩愈、白居易为楷模,着重学习杜甫之浑厚老健、韩愈之雄奇、白居易之平易与流丽。除了尊杜之外,查慎行诗论中还有将雄奇壮丽与平淡自然两种风格熔为一炉的理论倾向,而作为雄奇与平易这两种诗风代表人物的韩愈和白居易,也就成为了查慎行评点的首选对象。另外,《初白庵诗评》的前十一种诗评中虽然没有选黄庭坚、陆游、杨万里,但在评《瀛奎律髓》中也都涉及了这几位诗人,不过从这种情形也可以看出,在查慎行的诗学统绪中,黄庭坚、陆游、杨万里并不占据重要地位。这是因为在宋人之中,查慎行最看重的是他们如何成功地学习唐诗的优秀传统,如何在杜甫开创的诗歌世界中进一步开拓和创新。查慎行认为宋代诗人中学杜而能自成一家的只有苏轼，江西诗派的黄庭坚与陈师道、陈与义都未能得杜诗精髓，因此他才将苏轼作为主要的师法对象。而王安石的入选《初白庵诗评》，则是因为他是宋人中学唐诗最有成就的诗人，查慎行在评点中曾许之为宋人学唐之“第一手”，故而将其列为“唐宋互参”的主要参考对象。相对而言，黄庭坚、陆游、杨万里都不能算是学唐最为成功的诗人，他们身上都有着这样或那样的瑕疵与缺陷，并不符合查慎行的审美理想，所以他们均未能单独入选十二种诗评之中。至于朱熹、谢翱这两位诗歌成就不甚著名之人的入选，当与查慎行出身于黄宗羲领导的浙东学派有关。浙东学派重视品行名节，崇理尚义，查慎行在黄门师友长期的耳濡目染之下，对朱熹、谢翱之学问人品非常敬仰，故《初白庵诗评》中对二人亦加收录，这虽于体例有乖，令人稍感意外，但实属个人偏好，亦不足怪。此外，元好问和虞集在金元诗人中成就最为突出，其得以入选，似无疑义。不过还需指出的是，元好问还是金元之际学习苏轼最为成功的诗人，这对同样学苏的查慎行来说无疑是一个非常值得重视的对象。当然元好问的诗歌同时也学杜诗，这种既学杜又学苏的取法路径又与查慎行不谋而合。故而深入评析元好问诗歌的成就和不足，就成为查慎行《初白庵诗评》的又一重要任务。

三、《初白庵诗评》的相关文献问题

（一）《初白庵诗评》中评语与《瀛奎律髓汇评》之查慎行评语比较

除了陶渊明之外，《初白庵诗评十二种》中所评的前十位诗人，在《瀛奎律髓》中均予收录，而查慎行亦均作了评点，然而二者之间存在一些差异。另外，李庆甲《瀛奎律髓汇评》中收录了查慎行评语，据该书之《例略》，是以上海六艺书局石印本《查初白十二种诗评》为底本，参校了过录有冯舒、冯班、查慎行、何义门评语的清康熙五十二年石门吴之振黄叶村庄刻本《瀛奎律髓》。① 由于李庆甲《瀛奎律髓汇评》又

① 李庆甲：《瀛奎律髓汇评》卷首，第2页。

参校了其他评本，所引查慎行评语与《初白庵诗评十二种》中评语亦有不同。例如曾几《夕雨》颔联："雨气挟龙腥"，查慎行评曰："前诗'飞雨带龙腥'，'飞'字、'带'字，意味无穷。此云'雨气挟龙腥'便呆，岂此雨真有龙腥气耶？"①此评见于《瀛奎律髓汇评》，却不见于上海六艺书局石印本《初白庵诗评》之中，因此这条评语当来自于录有查慎行评语的康熙五十二年石门吴之振黄叶村庄刻本《瀛奎律髓》。又据李庆甲《瀛奎律髓汇评附录》，录有查评的《瀛奎律髓》，分别藏于北京图书馆、上海图书馆、吉林大学图书馆等处②，因此《瀛奎律髓汇评》中所录查慎行评语的文献来源较为复杂，其具体所出之原本已较难复核。另外，《初白庵诗评》、《初白庵诗评》之《瀛奎律髓》评点、《瀛奎律髓汇评》这三种文献中查氏评语各有差异，若将以上三种文献中所引查慎行评语互校，就可以发现这种差异有时还是很明显的。例如杜甫《登兖州城楼》，《初白庵诗评》卷上评曰：

此李于鳞所选，是公少年作，未足尽其奇。

《初白庵诗评》卷下《瀛奎律髓》评语曰：

此杜陵少作也，深稳已若此。

而李庆甲《瀛奎律髓汇评》卷一引查慎行评曰：

此杜陵少作也，深稳已若此。五六每句首尾下字极工密，所谓"诗律细"也。

从《初白庵诗评》卷上"未足尽其奇"之评，到《初白庵诗评》卷下及《瀛奎律髓汇评》中"深稳已若此"的评价，查慎行对《登兖州城楼》一诗的态度，前后可谓判若两人。若所录评语身份不谬的话，查氏的杜诗评点当并非仅有一本。随着查氏对杜诗认识的深入，方出现了前后批语不相一致的情形。另外，相较《初白庵诗评》而言，《瀛奎律髓汇评》尚多出"五六每句首尾下字极工密，所谓'诗律细'也"之评，这种情况的存

① 李庆甲：《瀛奎律髓汇评》卷十七，第682页。

② 李庆甲：《瀛奎律髓汇评》附录（四），第1914页。

在，也说明查慎行对杜诗的评点并非一过，而是经历了数次评点或分别评于数本之上，故出现后来之评语又叠加于前面评语之后的现象。①

（二）《初白庵诗评》中杜诗评语与刘濬《杜诗集评》所引查慎行评语之比较

除了张载华所辑《初白庵诗评》之外，刘濬《杜诗集评》所引十四家评语中有查慎行之评，那么刘氏《杜诗集评》中所载查慎行评语是否即为《初白庵诗评十二种》之一种呢？刘濬《杜诗集评自序》曰：

> 国初名辈，若王士禄、士正、朱氏彝尊、李氏因笃、吴氏农祥、查氏慎行，以能诗名一世，诸先生皆有杜诗评本，当时不授梓，流传者少。嘉兴许晦堂先生淹博好学，酷爱藏书，乃钩求而尽得之。余于许氏为葭莩亲，因得借归，录而藏之，益以陆氏嘉淑、钱氏灿、宋氏荦、潘氏耒、申氏涵光、俞氏玚、何氏焯、许氏昂霄诸家评语，晦堂所评，亦附载焉。荟萃一编，时时展玩。无支离影响之弊，无穿凿傅会之习，提要钩玄，张皇幽渺，使杜诗全旨无扞格不通之处，庶几循途而入，沿流以至，可免岐路望洋之叹矣。

可见刘濬之《集评》本的最初蓝本乃是许晦堂搜录的王士禄、王士禛、李因笃、吴农祥、查慎行之五家汇评本。又据刘濬书前之《评诗诸先生姓氏》，许灿（1653—1716），字衡紫，一字恒之，号晦堂，浙江嘉兴人。诸生，曾掌邵武之樵川书院。少工吟咏，专力于古，自汉魏六朝至唐宋诸家，皆能穷源竟委。著有《晦堂诗钞》《晦堂诗话》《梅里诗辑》等，生平事迹见吴仰贤等纂《光绪嘉兴府志》卷五十一。由于刘濬与许灿为“葭莩亲”（远房亲戚），故得以借抄许氏之五家汇评本，并在此基础上，又增加了陆嘉淑、钱陆灿、宋荦、潘耒、申涵光、俞玚、何焯、许昂霄及许灿等九家评语。又巨源《杜诗集评序》曰：

> 评杜始自刘须溪，自宋迄今，罕有称善者。同里朱友鹤司训有

① 《初白庵诗评》卷上有查慎行所言“平生酷爱杜诗，三十年中，手所批点凡四部”可以为证。

五色笔批本，披阅一二，见评语简当，能达作者意旨，因载"西樵"二字，知为国初名手，究竟莫辨其果出何氏也。甲子夏，海昌刘氏《集评》出，亟购而互证之，始识黄笔为西樵、渔洋，兰笔为初白，墨笔为天生，居十之六。而竹垞评语即错见于查、李中，朱笔惟漫堂十余条，犀月、蒿庵二三条，他皆无从证合，且评语视诸家为劣，圈点亦然。朱、墨断非一手，不如黄笔、兰笔之前后甲乙，一气铸成。按刘氏序，原书为许晦堂所藏，止有西樵辈数家，余皆为刘氏增入，且于数家中亦多增损。友鹤所过本，或即晦堂所藏本欤？

巨源指出，在其看到刘濬《杜诗集评》本之前，还曾见到同里朱友鹤有五色笔批本，其中亦有王西樵之评。既然集评本是出于许晦堂汇录之五家评本，故他推测朱友鹤之五色批本即许灿之原本。

至于与张载华《初白庵诗评》之杜诗评语之异同，刘濬《杜诗集评凡例》曰：

初白先生先后评阅杜诗凡五本，濬所见者，不知何年阅本。今海盐张氏已刊行。濬初意，凡刊本皆不载，但濬本与张本既多异同，且有张本所无者。又张本有评无诗，披览亦艰，故仍概载。

今将刘濬《杜诗集评》之查氏评语与张载华《初白庵诗评》之杜诗评语相比较，就可发现刘濬所言非虚。如《望岳》（岱宗夫如何），《杜诗集评》于首二句下评曰："起二句自作问答。"于三四句下评曰："二句属岳。"于五六句下评曰："二句属望。"于诗后总评曰："句句是望，移作登岳不得。"而《初白庵诗评》评曰："起二句自作问答。三四属岳，五六属望。"无"句句是望，移作登岳不得"之评。可见刘濬说其集评中"有张本所无者"，确是实情。故欲研究查慎行杜诗评点，必须将《初白庵诗评》之杜诗评语与刘濬《杜诗集评》对读，方能涵盖查慎行评语之大略。

第二章

查慎行之平生交游与诗学渊源

查慎行虽然一直被认为是清初宗宋派的代表诗人，然而其论诗却并不偏主宋诗，而是主张“唐宋互参”，并注重艺术创新，力求“熟处求生”。这些诗学思想的最终形成，与查慎行的出身经历及时代文化的熏染有密切关系。他早年学诗时以陆嘉淑、钱澄之为启蒙之师。后来又成为陆嘉淑的爱婿，深受其影响。康熙十五年以后，查慎行又与二弟查嗣瑮拜浙派初祖黄宗羲为师，故而黄宗羲与吕留良、吴之振等人宗尚宋诗的理论对其产生了深刻影响。另外，查慎行与朱彝尊为中表兄弟，二人情谊深厚，共同唱和多年。查慎行虽对竹垞崇唐薄宋之论颇有取舍，终究在与之长期切磋磨砺之过程中受益良多。在入京师太学期间，查慎行又曾师事王士禛，亦深受渔洋唐宋折中理论之熏陶。而于明珠相国家坐馆之时，查慎行又接触到徐乾学、纳兰性德等人的诗学理论，无疑对其诗学思想也产生了积极的影响。以下择其要者，分别论之。

第一节　钱谦益、黄宗羲、钱澄之、王士禛等师长的影响

一、钱谦益

作为清初诗坛执牛耳的人物，钱谦益诗学思想对查慎行的影响主要表现为以下三个方面：其一，作为先行者与启蒙者，钱谦益对宋诗风

气的重新关注与提倡，对查慎行等后来的宋诗派诗人影响巨大。推尊盛唐，贬斥宋诗，一直是明代诗学的主流。而钱谦益通过对前后七子及竟陵派诗歌的反思与批判，提出转益多师、唐宋兼宗的师法策略。然而钱谦益之诗论虽然表面上是兼宗唐宋，但是他从客观上开启了对宋元诗风的学习，阎若璩《与戴唐器》便指出钱诗"貌颇似宋"①。乔亿曰："自钱受之力诋弘、正诸公，始赞宋人馀绪，诸诗老继之，皆名唐而实宋，此风气一大变也。"②尤侗《彭孝绪诗文序》云："大抵云间诗派，源自七子，迨虞山著论诋其，相率而入宋、元一路。"③朱庭珍曰："钱牧斋厌前后七子优孟衣冠之习，诋为伪体，奉韩、苏为标准，当时风尚，为之一变。"④束忱指出，钱牧斋提倡宋诗，是受到公安派的影响，在学杜的同时，将师法的对象从盛唐下推至宋元。⑤ 而到了康熙诗坛的中后期，当查慎行将宗宋诗风发扬光大之时，钱谦益早已过世，故查氏有"生不逢时怜我晚"⑥之叹。因此从表面来看，查慎行及宋诗派似乎与牧斋并无过多关联，但是倘若我们追根溯源的话，钱牧斋所开启的唐宋兼宗的风习，特别是其对宋元诗歌的提倡，无疑打破了诗家各自对唐宋门户的株守，引领了一代风气，对其后的宋诗派产生了深远的影响。其二，钱谦益诗歌出入唐宋，其具体师法对象的选择对查慎行颇有启发意义。钱谦益对唐诗的学习，主要是学习杜甫和韩愈；对宋元诗歌的主要取法对象则是苏轼、陆游、元好问三家。王士禛指出："虞山（歌行）源于杜陵，时与苏近。"⑦王英奎《西桥小集序》指出："蒙叟才大学博，故其诗繁以缛、雄而厚，盖筋力于韩、杜，而成就于苏、陆也。"⑧邹式金《牧斋有

① 阎若璩：《潜邱札记》卷五，清文渊阁四库全书本。
② 乔亿：《剑溪说诗》，《清诗话续编》本，上海古籍出版社 1983 年版，第 1063 页。
③ 尤侗：《西堂全集·艮斋稿》卷三，清康熙间刻本。
④ 朱庭珍：《筱园诗话》卷二，《清诗话续编》本，第 2355 页。
⑤ 束忱：《朱彝尊"扬唐抑宋"说》，《文学遗产》1995 年第 2 期。
⑥ 查慎行：《拂水山庄三首》其三，《敬业堂诗集》卷十六《客船集》，第 448 页。
⑦ 王士禛：《分甘余话》卷二，袁世硕主编《王士禛全集》第六册，齐鲁书社 2007 年版，第 4995 页。
⑧ 许浞：《西桥小集》卷首，国家图书馆藏清乾隆十一年（1746）刻本。

学集序》曰:“其为诗也,撷江左之秀而不袭其言,并草堂之雄而不师其貌,间出入于中、晚、宋、元之间。”①而查慎行“唐宋互参”的具体措施,也是以学习杜甫、韩愈、苏轼、陆游为主。在其《初白庵诗评》所评十二家中,除了杜甫、韩愈、苏轼外,对元好问、虞集等人亦加选录与评骘。因此,查慎行在主要师法对象的选择上,与钱谦益有较多的相似之处,从中可见钱谦益诗学对其潜移默化的影响。另外,在宋代诗人中,钱谦益对陆游别具青眼。毛奇龄就说过:“宗伯素称宋人诗当学务观。”②其《盛元白诗序》亦云:“今海内宗虞山教言,于南渡推放翁。”③查慎行早期诗歌颇学陆游,黄宗炎、王士禛在《敬业堂诗集序》中便以放翁许之,可见查氏早期的诗学宗尚与钱氏对陆游之倡导不无关系。其三,清初的钱谦益、黄宗羲、钱澄之、朱彝尊等人都强调以深厚的学问功底作为诗歌创作的基础,虽然他们也都承认性情在诗歌中的主导作用,但其论进一步促进了清初诗歌学问化的倾向。如钱谦益《定山堂诗序》曰:“诗之为道,性情学问参会者也。性情者,学问之精神也。学问者,性情之孚尹也。”④其对性情与学问关系的阐述无疑对查慎行产生了重要影响。如查慎行《赵功千漉舫小稿序》亦曰:“盖诗之为道,虽发于性情,而授受渊源,必推所自。学之贵有本也,如是夫!”⑤查慎行也主张诗歌应以性情为主导,而将学问积累作为根本,其论与钱谦益等人如出一辙。当然,对学问在具体创作时的作用,查慎行有着与钱谦益不同的看法,他认为应将学养浸润于白描之中,以求达到如盐著水、如米化酒的地位。然而这种认识的得来,多是拜钱谦益、黄宗羲等人之所赐。

---

① 钱谦益:《牧斋杂著》附录,钱仲联编校《钱牧斋全集》第八册,上海古籍出版社2003年版,第952页。

② 毛奇龄:《西河诗话》卷四,《四库全书存目丛书》集部第420册,齐鲁书社1997年版,第539页。

③ 毛奇龄:《西河文集》卷二十八,清文渊阁四库全书本。

④ 龚鼎孳:《定山堂诗集》,《续修四库全书》第1402册,第340页。

⑤ 查慎行著,范道济辑校:《新辑查慎行文集》卷二,中州古籍出版社2012年版,第52页。

二、黄宗羲、徐倬、郑梁

黄宗羲继钱谦益之后大力提倡宋诗，因此学界往往以其为清初宋诗派理论之开创者，并尊之为浙派之鼻祖。黄宗羲《张心友诗序》曰："余尝与友人言诗，诗不当以时代而论。宋元各有优长，岂宜沟而出诸外，若异域然？"①《姜山启彭山诗稿序》曰："天下皆知宗唐诗，余以为善学唐者唯宋。"②不过黄宗羲虽为标举清初宗宋诗风之大纛，然而其理论贡献与其创作实践却极为不称。钱钟书《谈艺录》曰："梨洲自作诗，枯瘠芜秽，在晚村之下，不足挂齿，而手法纯出宋诗。当时三遗老篇什，亭林诗乃唐体之佳者，船山诗乃唐体之下劣者，梨洲诗则宋体之下劣者。然顾、王不过沿袭明人风格，独梨洲欲另辟蹊径，殊为豪杰之士也。"③钱先生认为黄宗羲的诗歌创作尽管成就不高，但其在清初三遗老中能独辟蹊径地摆脱明诗之窠臼，身体力行地独倡宋诗，可谓深得诗坛风气转换之先，仍然取得了无可替代的历史功绩，故仍以"豪杰之士"目之。蒋寅先生也指出，梨洲本人的诗歌创作成就虽然有限，但他的学术以思想精深而极大地影响了浙江学者④，这其中当然也包括查慎行在内。据吴之振《宋诗钞凡例》、黄炳垕《黄梨洲先生年谱》，黄宗羲于康熙二年至康熙六年在吕留良家坐馆时，亲自参与了《宋诗钞》的编纂，故实为浙江地区宋诗派的主要发起者之一。

黄宗羲为查慎行之业师，其诗论对初白之影响自是不言而喻的。然而查慎行后来逐渐成长为宋诗派新的领袖人物，其诗论与乃师之间虽有明显的承继关系，但细究起来，仍有明显差异。具体而言，约有以下数端：首先，查慎行对黄宗羲过分抬高宋诗地位的做法进行了大幅调整。查慎行提出"三唐两宋须互参""唐音宋派何须问"等说，这与乃师

---

① 黄宗羲：《黄梨洲文集》，中华书局 1959 年版，第 347 页。

② 黄宗羲：《黄梨洲文集》，第 351 页。

③ 钱钟书：《谈艺录》，中华书局 1984 年版，第 144 页。

④ 蒋寅：《清代诗学史》（第一卷），中国社会科学出版社 2012 年版，第 502 页。

大张旗鼓地宣扬宋调便明显不同。这种理论大方向上的改变,表明至康熙中期诗坛,以查慎行为首的宋诗派诗人惩于宋派末流学宋之弊,已经开始矫正清初吴之振、黄宗羲等人对宋调的片面提倡,体现出宋诗派继承者在策略上的调整,应该说查慎行这种修正与调整无疑是极为明智的,并且取得了极大成功。第二,黄宗羲虽主张广泛学习宋诗之长,在具体诗法对象的选择上,梨洲对以黄庭坚为代表的"江西诗派"最为服膺,如他在《史滨若惠洮石砚》中曾说"吾家诗祖黄鲁直"①。张仲谋先生指出,黄宗羲之诗法主要从黄山谷一路来,主要表现为下字重拙、造语生新、取境荒寒、句法拗折、以俗为雅等方面②,从中可见山谷对梨洲诗歌的典范意义。而查慎行对宋诗的学习,则表现出与乃师不同的选择与倾向。查慎行从"兼宗唐宋"的观念出发,在宋代诗人中主要以苏轼、陆游为师法对象,而对黄庭坚及其"江西诗派"的创作是不满的,这和黄宗羲之间还是存在不小的差距。钱钟书先生指出:"查初白出入苏、陆,沿蹊折径,已非南雷家法。"③此论甚是。然而查慎行之出入苏、陆,乃至出唐入宋,最初却是从南雷家法而来,这种一脉相承的承继关系,也是不容否认的事实。第三,黄宗羲论诗与钱谦益一样,注重以学问为根柢,强调读书积学的重要作用。其《南雷诗历·诗历题辞》曰:"诗非学之而致,盖多读书,则诗不期工而自工;若学诗以求其工,则必不可得。读经史百家,则虽不见一诗,而诗在其中。若只从大家之诗,章参句炼,而不通经史百家,终于僻固而狭陋耳。"④这种思想对查慎行亦产生了很大影响,他一生都秉承黄宗羲之教,主张博览群书,学有所本。自谓:"向来正得读书力,闭户万卷曾沉酣","搜奇抉险富诗料,然后所向无矛锬。"⑤其《题

① 黄宗羲:《南雷诗历》卷二,《四部备要》第84册,中华书局1989年版,第161页。
② 张仲谋:《论黄宗羲的诗歌创作》,《文学评论》1998年第3期。
③ 钱钟书:《谈艺录》,中华书局1984年版,第147—148页。
④ 黄宗羲:《黄梨洲诗集》,中华书局1959年版,第2页。
⑤ 查慎行:《题项霜田读书秋树根图》,《敬业堂诗集》卷十九《酒人集》,第525—526页。

陈季方诗册》云："诗关学不学。"①唐孙华《敬业堂诗集序》谓其"天纵异才，深沉好古，于书无所不窥。"②甚至连康熙帝也称赞过查慎行"汝学问好，可赴武英殿督纂《韵府》"③。不过查慎行虽然继承了黄宗羲等人以学问为诗歌功底的观念，却并未走以学问为诗、资书以为诗的老路。在学问与诗歌的辩证关系上，查慎行已经清醒地看到了宋人以学为诗，在诗歌中过分堆砌学问产生的流弊，故而他主张在博览积学的同时，要在诗歌中深藏书卷之气，对学问在诗歌中的流露保持最大限度的克制，而主张纯以平淡自然之真性情发之为诗，这样当可尽量避免以学为诗对诗歌性情之美的干扰。袁枚《仿元遗山论绝句》曰："他山书史腹便便，每到吟诗尽弃捐。一味白描神活现，画中谁似李龙眠。"④可谓知言。第四，黄宗羲是理学家，于易代之际注重民族气节，具有强烈的遗民意识，这在某种程度上对查慎行的思想产生了潜移默化的影响。黄宗羲曾反复称道宋末汪水云、谢翱、郑思肖等遗民之诗文，其《缩斋文集序》以为"阳气在下，重阴锢之，则击而为雷。"⑤认为这样抒发千古之性情的诗才是真诗。而我们在查慎行《初白庵诗评》中看到，宋遗民谢翱的诗歌也得以入选，其《读白耷山人诗和恺功三首》中对阎尔梅的民族气节亦给予崇高的敬意，这种道德判断和取向，与黄宗羲、陆嘉淑、钱澄之等人的教育是分不开的。

除了黄宗羲之外，徐倬与查慎行亦存师生之谊。邓之诚《清诗纪事初编》称其"诗早年学七子，晚乃折入香山、剑南，尽弃少作"，姜宸英、查慎行、刘岩、顾图河皆为其门下弟子。⑥ 徐倬的诗歌亦有宗宋之倾向，并与同为宗宋的吕留良交厚。徐倬《沈香山不羁集序》曰："向使

① 《敬业堂诗集》卷四十《长告集》，第 1159 页。

② 《敬业堂诗集》附录，第 1759 页。

③ 《查慎行年谱》，第 30 页。

④ 袁枚：《小仓山房诗集》卷二十七，王英志主编《袁枚全集》，江苏古籍出版社 1993 年版，第 594 页。

⑤ 黄宗羲：《黄梨洲文集》，中华书局 1959 年版，第 337 页。

⑥ 邓之诚：《清诗纪事初编》，上海古籍出版社 1965 年版，第 818 页。

子长而自束缚之、拘系之,彼亦乌能旷绝百代,以称良史也哉!浣花本出于子山,而不受羁于子山者也;昌黎心折李杜,而不受羁于李杜者也。下而昌谷、玉溪、眉山、剑南,莫不皆然。今之言诗者,画疆分陌,曰吾学唐、吾学宋,是皆局促辕下驹耳,不则恋栈之驽骀耳。"①徐倬强调继承中的创新与突破,指出不能以学唐学宋来强分畛域,其出唐入宋的创作实践无疑为查慎行作出了亲身示范。

黄门弟子郑梁,为查慎行同学,也是查慎行的同调。郑梁(1637—1713),字禹梅,号寒村,浙江慈溪人,著有《寒村集》三十六卷。《四库全书总目》称其"受学于黄宗羲,尝谓陈师道年三十一见黄鲁直,尽焚其稿而学焉。梁见宗羲时亦三十一,故诗文皆以《见黄稿》为冠。其文得之宗羲者为多,而根柢较宗羲少薄。诗则旁门别径,殆所谓有韵之语录。其《书定山诗钞》句云:'明朝诗学崔公辅,若语仙才拜定山',可以得其宗旨之所在矣。"②检郑梁《寒村诗文选》之《书定山诗抄》云:"明朝诗学推公辅,若语仙才拜定山。山阔海空那见律,吟风弄月几同顽。从来学到无心妙,似此诗宁有意娴。子美尧夫应共许,太仓历下或能删。"③则四库提要所谓"崔公辅",应为"推公辅"之讹。公辅,即"公甫",是指陈献章(字公甫),号石斋,广东新会白沙里人,学者称白沙先生,乃阳明心学之先驱。定山,是指明人庄昶(1436—1498),字孔旸,江浦人,因谏阻宪宗得罪,曾卜居定山二十余年,其诗仿邵雍《击壤集》之体,有《庄定山集》。郑梁诗集中称誉陈献章的还有《借得白沙子集赋寄》:"熙甫文章公甫诗,有明作者更推谁?"《余尝有"诗到白沙财入圣,文除熙甫总还疏"之句,见者讥余成癖,且以两老举人相戒,笑而答此》:"一生倘得追双甫,两榜宁还想九科。多谢殷勤相属语,神交心印

① 徐倬:《修吉堂文稿》卷一,《四库全书存目丛书》集部第245册,齐鲁书社1997年版,第683页。

② 纪昀:《四库全书总目·集部三十六·别集类存目十》卷一百八十三,中华书局1965年版,第1664页。

③ 郑梁:《寒村诗文选·见黄稿诗删》卷二,《四库全书存目丛书》集部第256册,齐鲁书社1997年版,第20页。

奈吾何。”①“双甫”云者，乃归有光（字熙甫）与陈献章（字公甫）之并称。郑梁对陈献章、庄昶诗歌的推崇，亦本之于黄宗羲。梨洲评庄昶《六合县科第题名碑记》曰：“定山之诗，汰其道学腐语，其在有意无意之间者，是则诗之至也。牧斋能读陈公甫之诗，可谓巨眼，而不能得之于定山，何也？”②可见郑梁论诗继承了其师之衣钵，特别推崇有气节之士，且又将杜甫和邵雍并尊，表现出明显的理学家趣味。明人郑鄤有《杜邵诗选》，据沈复灿《鸣野山房书目》著录，该书选杜诗六卷，邵雍诗八卷。则郑梁并尊杜邵，或本之于郑鄤。查慎行虽不像郑梁那样对理学诗手摹力追，却并不排斥理学家的击壤体，其《初白庵诗评》十二种中选评朱熹之作便可以作为证明。此外，郑梁对苏轼的服膺可能对查慎行也有着潜移默化的影响。少年时期的郑梁仰慕白居易与苏轼，曾自号“香眉山主”，盖欲合香山、眉山为一体，似有仿袁宗道以“白苏”名斋之意。查慎行后来取东坡“身行万里半天下，僧卧一庵初白头”诗意，以“初白庵”为斋号，不能说与郑梁的早年影响毫无关系。邓之诚先生评郑梁诗云：“梁诗学东坡，有极俊爽处。有句云：‘敢云坡后有寒邨’，其瓣香可知。四库提要谓其诗似偈，实摹庄定山，非笃论也。”③对邓先生此论，学界尚有争议，如张仲谋便认为郑梁诗歌与苏轼“实不相类”④。不过郑梁对苏轼颇为服膺是可以确定的。查慎行诗瓣香苏轼，他从康熙十二年（1673）24 岁时就开始注释苏诗，至康熙四十一年（1702），历时三十年终于完成了《苏诗补注》。在促成查慎行由学陆向学苏转变的过程中，郑梁极有可能是一个关键人物。郑梁还曾为查慎行作《慎旃二集序》：

余于是而叹《陟岵》诗人，何代蔑有？决不得以古今时地限

① 郑梁：《寒村诗文选·见黄稿诗删》卷二，第 16—17 页。

② 黄宗羲：《明文授读》卷二十五，《四库全书存目丛书》集部第 400 册，齐鲁书社 1997 年版，第 747—748 页。

③ 邓之诚：《清诗纪事初编》卷七，上海古籍出版社 1965 年版，第 858 页。

④ 张仲谋：《清代文化与浙派诗》，东方出版社 1997 年版，第 179 页。

也。世衰学丧，风雅道沦，言宋言唐，言魏言汉，纷纷聚讼之徒，类皆饮渖拾唾，正如家僮路乞，各张势豪所有，以相矜诩，而不自知其妻孥安在。彼岂不闻虞廷言志之说哉？势利熏溺，情性销亡，只句单词，哗世取宠，自谓言志，而实无志之可言也。①

郑梁反对当时诗坛“言宋言唐，言魏言汉”，讽刺那些宗尚门户之辈学诗失去了根本，认为只有认识到诗歌言志抒情的根本作用才能避免哗众取宠，这秉承了其师黄宗羲论诗之宗旨。查慎行对郑梁颇引为诗学同调，其《酬别郑寒村》云：“一篇削藁辱佳序，七字留诗惭属和。”注曰：“寒村临行为余序《慎旃二集》。”又曰：“甬东同学屈指论，往往传经接师座……向来人尽弃所长，远到君能见其大。古人可作乃殊代，同调相求凡几个。”②所以严迪昌先生指出：“查慎行之能自立门户，另辟蹊径，不是一种个人行为的表现，应该说正是特定群体发展的结果。”③其论可谓知言。

三、钱澄之、纳兰性德

钱澄之（1612—1693），初名秉镫，字饮光、幼光，号田间，桐城人。他是明末清初著名的遗民诗人，其为诗初以宗唐为多，明亡后乃脱略前人，务求自得，表现出明显的宗宋倾向。朱彝尊评钱氏之诗曰：“幼光禁网潜踪，麻鞋间道，或出或处，或嘿或语，诗屡变而不穷。要其流派，深得香山、剑南之神髓而融会之。”④然而钱澄之在唐宋之争中却未持明确立场；相反，他特别强调诗歌创作的个性特征。纳兰性德《原诗》中就记载了钱氏的一则轶事：“近时龙眠钱饮光以能诗称，有人誉其诗为剑南，饮光怒；复誉之为香山，饮光愈怒；人知其意不慊，竟誉之为浣花，饮光更大怒曰：‘我自为钱饮光之诗耳，何浣花为？’此虽狂言，然不

① 《敬业堂诗集》附录，第1758页。

② 《敬业堂诗集》卷六《假馆集上》，第175页。

③ 严迪昌：《清诗史》，人民文学出版社2011年版，第517页。

④ 朱彝尊：《明诗综》卷七十八，清康熙四十四年（1705）六峰阁刊本。

可谓不知诗之理也。”①无独有偶，黄宗羲出于对当时诗坛优孟模拟风气的反感，也有过类似的看法，其《诗历题辞》曰：“论诗者但当辨其真伪，不当拘以家数。若无王孟李杜之学，徒借枕籍咀嚼之力以求其似，盖未有不伪者也。一友以所作示余，余曰：‘杜诗也。’友人逊谢不敢当。余曰：‘有杜诗，不知子之为诗者安在？’友茫然自失，此正伪之谓也。”②可见在坚持用诗歌独立表达个人性情这一点上，黄宗羲与钱澄之二人是有着心灵默契的。此外，钱澄之对诗歌与学问之间关系的认识，与黄宗羲也基本一致。其《文灯岩诗集序》曰：“诗之为道，本诸性情，非学问之事……然非博学深思，穷理达变者，不可以语诗。当其意之所至，而蓄积不富，则词不足以给意；见解未彻，则语不能以入情。学诗者既已贯通经史，穷极天人之故，而于二氏百家之书无有不窥，其理无有不研，然后悉置之，而一本吾之性情以为言。于斯时，不必饰词也，而词无有不给；不必缘情也，而情无有不达。是故博学穷理之事，乃所以辅吾之性情，而裕诗之源也。”③钱澄之为查慎行父亲的老友，查慎行曾向其请教诗学。沈廷芳《翰林院编修查先生行状》曰：“更溯大江，造田间，钱先生讲论，以是诗日富而益奇。”④方苞《翰林院编修查君墓志铭》曰：“君少闻吾邑钱先生饮光深于诗，即泝江，系舟枞阳，造田间讲问，逾时而归，钱先生数为余道之。”⑤邓之诚更称查慎行“受师法于钱秉镃。”⑥检钱澄之《田间尺牍》卷二，有《与查夏重》，许之为“神交”⑦。钱氏去世后，查慎行在《枞阳僧舍消暑七首》其三中悼念曰：“昔与钱少阳，兹焉互酬唱。频为文字饮，屡荷鸡黍饷。别中两寄书，松竹问无恙。

① 纳兰性德：《通志堂集》卷十四，《清人别集丛刊》本，上海古籍出版社1979年版，第559—560页。

② 黄宗羲：《黄梨洲文集》，中华书局1959年版，第387页。

③ 钱澄之：《田间文集》卷十四，《续修四库全书》第1401册，第157页。

④ 《查慎行年谱》附录一，中华书局1992年版，第45页。

⑤ 《敬业堂诗集》附录，第1771页。

⑥ 邓之诚：《清诗纪事初编》，上海古籍出版社1965年版，第788页。

⑦ 钱澄之著，汤华泉点校：《藏山阁集》，黄山书社2006年版，第467页。

答言吾老矣，后会恐难望。世薄风气衰，老成果殂丧。田间一茅屋，过者今凄怆。”诗后自注：“伤钱饮光先生。”[1]通过与钱澄之的交往，查慎行得以尽览钱氏诗学思想之精髓，其独创精神对查慎行诗学思想中提倡“搜奇抉险”、独造生新等方面影响最大。

查慎行与纳兰明珠一家的关系，最初可能与顾贞观的奖掖与推荐有关。同时任翰林院检讨的朱彝尊对查慎行的扬誉，当亦起了很大作用。查慎行《人海集序》曰：“故人吴汉槎殁后二月，有以不肖姓名达于明相国左右者，遂延至门馆，令子若孙受业焉。”[2]据陈敬璋《查他山先生年谱》，康熙二十五年（1686），“相国明公珠延至私第，下榻自怡园，令其子恺功揆叙受业焉。”[3]揆叙，字恺功，为纳兰明珠之子、纳兰性德之弟。纳兰性德卒于康熙二十四年（1685），即查慎行坐馆明珠家之前一年。然与查慎行交好的顾贞观、朱彝尊、吴兆骞、姜宸英均是与纳兰性德过从甚密的挚友，加之他本人又做了纳兰性德胞弟之座师，而且纳兰性德的老师徐乾学对查慎行颇为赏识，曾邀查慎行入《一统志》书局帮忙纂书。因此查慎行对徐乾学、纳兰性德师徒的文学思想应颇为熟稔。纳兰性德小查慎行五岁，两人年纪相当，因此考察纳兰性德对诗法唐宋的看法，也可以作为查慎行理论之佐证。纳兰性德在《原诗》中集中阐述了对当时诗坛宗唐宗宋之争的看法，其曰：

世道江河，动成积习，风雅之道，而有高髻广额之忧。十年前之诗人，皆唐之诗人也，必嗤点夫宋；近年来之诗人，皆宋之诗人也，必嗤点夫唐。万户同声，千车一辙。其始，亦因一二聪明才智之士，深恶积习，欲辟新机，意见孤行，排众独出。而一时附和之家，吠声四起，善者为新丰之鸡犬，不善者为鲍老之衣冠。向之意见孤行、排众独出者，又成积习矣。盖俗学无基，迎风欲仆，随踵而立。故其于诗也，如矮子观场，随人喜怒，而不知自有之面目，宁不

① 《敬业堂诗集》卷二十二《中江集》，第617页。

② 《敬业堂诗集》卷八《人海集》，第210页。

③ 《查慎行年谱》，第19页。

悲哉！

有客问诗于予者，曰："学唐优乎？学宋优乎？"予曰："子无问唐也宋也，亦问子之诗安在耳？《书》曰：'诗言志。'挚虞曰：'诗发乎情，止乎礼义。'此为诗之本也，未闻有临摹仿效之习也。古诗称陶、谢，而陶自有陶之诗，谢自有谢之诗。唐诗称李、杜，而李自有李之诗，杜自有杜之诗。人必有好奇缒险、伐山通道之事，而后有谢诗；人必有北窗高卧，不肯折腰乡里小儿之意，而后有陶诗；人必有流离道路、每饭不忘君之心，而后有杜诗；人必有放浪江湖、骑鲸捉月之气，而后有李诗……"客曰："然则诗可无师承乎？"曰："何可无也？杜老不云乎：'别裁伪体亲风雅，转益多师是汝师。'凡骚、雅以来，皆汝师也。今之为唐为宋者，皆伪体也，能别裁之，而勿为所误，则师承得矣。"①

纳兰性德指出，性情方是诗之本原，应别裁骚雅以来之伪体，师法历代诗歌之精华，而不应拘泥于宗唐宗宋之小家数。他还特别以钱澄之为例，说明只有坚持诗歌的自立与独创精神，方能冲破"临摹仿效之习"，使得诗歌能够独立表达诗人之情感。从查慎行坐馆明珠家的经历来看，他对纳兰师徒的论诗主张并不陌生，对这些诗学思想的斟酌取舍，可以说丰富了查慎行的诗学阅历与见识。

四、王士禛

查慎行在京师太学期间，曾拜王士禛为师，况且作为"神韵派"的领袖人物，王士禛的诗论无疑左右着诗坛之风气走向，因此渔洋诗学对查慎行的影响也是不容忽视的。计东《南昌喻氏诗序》曰："自宋黄文节公兴，而天下有江西诗派，至于今不废。近代最称江西诗者，莫过虞山钱受之，继之者为今日汪钝翁、王阮亭。"②其实钱、汪、王三人之中，

① 纳兰性德《通志堂集》卷十四，第557—560页。

② 计东：《改亭文集》卷四，《续修四库全书》第1408册，上海古籍出版社2002年版，第127页。

牧斋过世较早，汪琬的诗歌成就及影响也极为有限，只有渔洋才有资格称为清初学宋诗风的引领者。所以蒋寅说："现存资料表明，只有王渔洋才是康熙诗坛宋诗风的真正领袖。"①其实渔洋的诗学思想经历了早年宗唐、中年宗宋、晚年复归于唐三个阶段，俞兆晟《渔洋诗话序》曰：

少年初筮仕时，惟务博综该洽，以求兼长。文章江左，烟月扬州，人海花场，比肩接迹。入吾室者，俱操唐音；韵胜于才，推为祭酒。然而空存昔梦，何堪涉想？中岁越三唐而事两宋，良由物情厌故，笔意喜生，耳目为之顿新，心思于焉避熟……既而清利流为空疏，新灵寖以佶屈，顾瞻世道，惄焉心忧。于是以太音希声，药淫哇锢习，《唐贤三昧》之选，所谓乃造平淡时也，然而境亦从兹老矣。②

渔洋一生出入唐宋的诗学实践，对查慎行而言无疑是一个极好的参照系。特别是王渔洋在康熙初年对宋诗的提倡，对青少年时期的查慎行走上宗宋之路也起到了引领作用。王渔洋《论诗绝句》所云"耳食纷纷说开宝，几人眼见宋元诗"，可以看作清初诗坛开始明确宗宋倾向的一个标志。不过在盛唐诗人中，王士禛最为心仪的并非李杜，而是王、孟、韦、柳，这是因为王、孟等人冲淡空灵的境界与含蓄悠长的韵味最合渔洋神韵说的旨趣。而查慎行却仍然坚持选择师法杜甫，这是二人宗唐的最大差异。此外，俞兆晟《渔洋诗话序》以为渔洋将"淳熙以前，俱奉为正的"，在宋代诗人中王渔洋主要学习苏轼、黄庭坚、陆游等人，其《论诗绝句》中涉及宋元诗的五首中，分别提到了苏轼、黄庭坚、陆游、元遗山、虞集。查慎行《初白庵诗评》中对苏轼、元遗山、虞集的选录评点正与之相合，这恐怕也不是什么巧合。另外，王士禛曾应陆嘉淑及查慎行之请，为其《慎旃二集》作序，谓"以近体论，剑南奇创之才，夏重（查慎行）或逊其雄；夏重绵至之思，剑南亦未之过，当与古人争胜毫厘。"若五七言古体，王士禛认为查慎行所作"往往有陈后山、元遗山

① 蒋寅：《王渔洋与康熙诗坛》，中国社会科学出版社 2001 年版，第 28 页。

② 王士禛：《渔洋诗话》卷首，《清诗话》本，上海古籍出版社 1978 年版，第 163 页。

风”,虽“未敢谓夏重所诣,便驾前贤,然使起放翁、后山、遗山诸公于今日,夏重操蝥弧以陪敦盘,亦未肯自安鲁郑之赋也。”①序中将查慎行之诗许为宋元诸大家,这无疑对青年诗人坚定宗宋的道路起到了极大的鼓励作用。创作《慎旃二集》时查慎行还很年轻,此时他学宋尚以陆游为鹄的。后来随着诗学思想的日益成熟,查慎行的学宋逐渐转为以学苏轼为主,这一点渔洋斯时尚未能预见。另外,查慎行诗论中关于“空灵”“淡脱”“白描”等范畴,也带有明显的神韵说的某些成分。查慎行论诗力主气雄韵畅,空灵淡脱,抒写情性,可谓前承渔洋,下启袁枚,其论与王渔洋的神韵说都存在着千丝万缕的联系。《渔洋精华录汇评》附录二有查慎行、何焯评本《渔洋精华录选钞》,吴德旋序、陈用光跋,据吴、陈二人所记,这个《渔洋精华录选钞》乃是郭汝骢所得,陈用光跋曰:“国朝王渔洋先生诗,世人知重之者久矣。余门人山右郭小陶汝骢得查、何两家所评《精华录》,喜而梓行之。”吴德旋序曰:“山右郭君得查初白、何义门两太史评选王文简精华录本,取其有二家评语者校刊之。原本于二家之评,用朱、墨书为别异;兹则但以查评、何评注识,而一之于副墨云……查氏之于文简也,尝著籍称弟子。顾其为诗,与文简绝不相似。故其誉文简也,非党同。”②吴德旋已经指出,查慎行与王渔洋诗歌风貌有着很大差异,然而从其评点乃师《精华录》来看,说明查慎行对王渔洋诗学是下过一番功夫的。

总的来看,查慎行的诗学思想,胎息于清初著名遗民诗人钱谦益、黄宗羲等人反驳七子、竟陵之理论。在以黄宗羲为首的浙派诗人中,通过与郑梁等师友的反复切磋,使得查慎行在青少年时期初步形成了自己对诗学唐宋问题的基本看法,其诗学思想有了大致雏形。随着此后人生阅历的丰富,他与“南朱北王”均为师友,在互相砥砺印证的过程中,使得他不断地丰富、修订、补充和完善着自己的诗学思想体系。在

① 《敬业堂诗集》附录,第1753页。

② 周兴陆编:《渔洋精华录汇评》,齐鲁书社2007年版,第601—602页。

京师和江浙,查慎行亲身经历了宗唐宗宋等各种诗学思想激烈碰撞与交融,经过长期的耳濡目染,他对诸种诗学思想能够从容地斟酌取舍,最终形成了自己唐宋互参、灵活通融的诗歌理论。因此我们在解析查慎行诗学思想之前,应该深入了解查慎行与清初诸名家之间千丝万缕的联系,只有这样,才能更为透彻地理解查慎行诗学理论的思想渊源、个性特点以及他后来之所以能够成功确立自己宋诗派领袖地位的时代原因。

第二节　陆嘉淑、查继佐、朱彝尊等亲友的影响

一、陆嘉淑

据陈敬璋《查他山先生年谱》,陆嘉淑与查慎行之父查崧继为“同里同志”①,后来陆嘉淑将自己三女嫁给查慎行,又成为其岳丈,故查慎行在诗文中尊称其为“外舅”。陆嘉淑对查慎行诗学思想的形成是举足轻重的人物。《雪桥诗话》曰:“查夏重其婿也,少从学诗。”②查慎行《仲弟德尹诗序》曰:“先大夫不遽令习应举业,则(查嗣瑮)与余退而学诗。既冠且娶,始从慈溪叶师学为时文,而兴之所好,尤在吟咏,久之遂成卷。父执陆射山、范默庵两先生,家伊璜、二南两伯父,互加奖饰,则益自喜,又相约为咏史诗。”③徐世昌《晚晴簃诗汇》之陆嘉淑小传曰:“冰修客京师,与愚山酬唱,每偕过渔洋邸,不冠不袜,纵谈至夜分。冰修纪以诗,有句云:‘科跣到门衣不船’,‘船’,谓襟不纫也。初白为其婿,从学诗,颇得其指授。”④可见陆嘉淑是查慎行学诗的重要启蒙者之一,则其诗学理论对查慎行的影响是毋庸置疑的。那么陆嘉淑的诗歌

① 《查慎行年谱》,第 15 页。
② 杨钟羲:《雪桥诗话》卷一,《丛书集成续编》本,第 650 页。
③ 查慎行著,范道济辑校:《新辑查慎行文集》,第 53 页。
④ 徐世昌:《晚晴簃诗汇》卷三十九,民国间天津退耕堂刊本。

主张又是怎样的呢？检《民国杭州府志·艺文志》，除了著录陆嘉淑的《辛斋遗稿》《诗雅》之外，还同时著录了其《辛斋诗话》《须云阁宋诗评》。蒋寅《清诗话考》中将《辛斋诗话》《须云阁宋诗评》列为“待访书目”①，极有可能已经散佚。然而《须云阁宋诗评》这个宋诗评本，却极容易让人联想到陆嘉淑在唐宋之争中对宋诗的态度。不过从其他文献的记载来看，陆嘉淑却并不青睐宋诗，而是主张不存门户之见。如姚椿《樗寮诗话》记载了陆嘉淑与客论诗语云：“诗文须觉此时必有此集，方足传。盖李、杜变六朝，故不可无李、杜；韩、白变李、杜，故不可无韩、白；宋之苏、黄、陈、陆皆然。”②这里陆嘉淑表述了他对诗歌史的总体认识，他认为从六朝到唐朝的李杜、韩白，再到宋朝的苏、黄、陈、陆，是诗歌发展变化的历史必然，即所谓“此时必有此集”，他认为上述诸位诗人可以作为唐宋各个时代的杰出代表，其诗歌必足以传世。此外，陆嘉淑在《与王阮亭》诗中还从整个诗歌发展史的高度论析过这一认识，诗云：

> 风雅历绵祀，遗芳一何繁。无论汉唐彦，变化难具言。扬波挹其澜，岂必卑宋元。鲜妍杨诚斋，沉至虞道园。吾家老放翁，笔力差澜翻。盛明起诸子，才力洵绝伦。欲使百家废，坐令群论喧。不闻杜少陵，崛强妄自尊。阴何与庾鲍，时时见推论。蜩螗沸排击，大雅弥荒屯。矫矫王仪部，沉博破其藩。网罗八代遗，英华列便蕃。朗然发光耀，如映朝日暾。③

诗中仍然强调各个历史时段的变化都是“风雅历绵祀”的不同表现，因此不能厚此薄彼，而应对诗歌史上所有的优秀成果都兼收并蓄，这体现出陆嘉淑诗论之大气与包容。他还特别提到不能“卑宋元”，并举出杨万里、陆游、虞集等诗人加以称扬，这与朱彝尊鄙薄南宋诗歌的态度可谓大相径庭。陆嘉淑同时还以杜甫对前辈诗人阴、何、庾、鲍等人的推

① 蒋寅：《清诗话考》上编，中华书局 2005 年版，第 131 页。

② 钱仲联：《清诗纪事》明遗民卷，江苏古籍出版社 1987 年版，第 639 页。

③ 陆嘉淑：《辛斋遗稿》卷三，清道光间蒋光煦刊本。

许,来说明只有秉持"转益多师"的态度,方能承继诗道大雅,而对王士禛能够"网罗八代遗"的功绩给予了充分的肯定。当查慎行从军西南归来后的第一部诗集《慎旃集》结集面世时,陆嘉淑曾慨然为序曰:"今之称诗者,挟持唐宋,颂酒争长,各为门户,余窃以为皆非也。夫诗何分唐宋,亦别其雅俗而已。"①这里明确提出反对诗坛强分唐宋的弊端,而以雅俗论诗。论者以为"他所提倡的是浙江士人一直坚持的远俗精神。"②应该说陆嘉淑这些看法对查慎行诗学思想的形成产生了深刻的影响,查慎行《三月十七夜与恒斋月下论诗》云:

> 纵论古与今,泻胸走江淮。力欲追正始,旁喧厌淫哇。向来风骚流,泛滥无津涯。可传必有故,长松出藩柴。明明正变途,花叶殊根荄。须求作者意,勿使本分乖。③

将查慎行此论与陆嘉淑《与王阮亭》诗相较就可以发现,二者持论极为相似,可以说查慎行所谓"向来风骚流,泛滥无津涯",就是陆嘉淑的"风雅历绵祀,遗芳一何繁",因此陆嘉淑对查慎行"唐宋互参"思想的最终成型无疑起到了直接推动作用。

二、查继佐

查继佐(1601—1676),字伊璜,一字敬修,号與斋、朴园,别号东山钓史,人称东山先生或朴园先生。崇祯六年(1633)举人,鲁王监国,曾任兵部职方主事。明亡后编撰《明史》,因受庄廷鑨《明史》案牵连入狱,后为吴六奇搭救出狱,改名左尹,号非人。著有《罪惟录》《鲁春秋》《东山国语》《国寿录》《续西厢》《东山敬修堂诗集》等。

查继佐对查慎行的最大影响,当是其亲历清初文字狱之残酷经历。查继佐受庄廷鑨《明史》案牵连,几陷死地,幸得"铁丐"吴六奇开脱而侥幸获免。这段恐怖惨痛的人生经历,经过查继佐晚年的讲述,对查慎

① 《敬业堂诗集》附录,第1756页。

② 王英志:《清代唐宋诗之争流变史》,人民文学出版社2012年版,第155页。

③ 《敬业堂诗集》卷十四《溢城集》,第387页。

行“谨言慎行”人格的形成起到了相当作用。另外,作为族伯,查继佐也是查慎行诗学成长道路上的早期启蒙者之一。查继佐反对当时诗坛上各持门户、强分畛域的做法,“时坛坫互兴,各为声气,独敬修(查继佐)之门不作彼此,曰:‘求吾自胜,不求胜人。’……先生曰:昔有云:‘五味在和,酸咸俱变。’吾愿吾党,咸奉此指。”①他强调“不作彼此”“不求胜人”,似乎可以说明他在当时宗唐宗宋之争中保持着相对中和的立场。而其所标举的“和”,颇能代表其在诗学纷争背景下的超脱态度。当然,查继佐在秉持调和论调的同时,也特别注意生造与创新,阮元《两浙辅轩录》称他“有异才,以悟力超绝一时,诗文不肯蹈袭前人一字”。②《海宁州志稿》便称其“生有异才,诗文词曲,皆作未经人道语”。③ 因此查继佐兼容并包、折中调和、独辟蹊径的诗论,对其侄查慎行产生了深远影响。

三、朱彝尊

朱彝尊是查慎行表兄,二人之间有过多年的诗歌酬唱,过从甚密。康熙二十五年,查慎行便曾为朱彝尊《腾笑集》作序;竹垞卒后,查慎行又为其《曝书亭集》作序。朱彝尊对查慎行之巨大影响是毋庸置疑的。然而朱彝尊与查慎行,一个宗唐鄙宋,一个主张唐宋互参,两人在诗学思想上着实大异其趣,甚或有些针尖对麦芒的意味,个中缘由,着实耐人寻味。不可否认的是,朱彝尊诗论作为查氏诗学理论的一面镜子与试金石,对查慎行诗学思想的形成具有重要的参照与砥砺作用,故而研讨朱彝尊诗论,可以作为我们理解查慎行诗学思想的一个重要参照系。

朱彝尊论诗崇唐薄宋,他认为唐宋诗之间是“正”与“变”的关系,

---

① 刘振麟、周骧:《东山外纪》卷一,沈起著,汪茂和校点《查继佐年谱》附录一,中华书局1992年版,第107页。

② 阮元:《两浙輶轩录》卷二,《续修四库全书》第1683册,上海古籍出版社2002年版,第167页。

③ 许傅霈、朱锡恩:《海宁州志稿》卷二十九《人物传·文苑》。

其于《丁武选诗集序》中曰："学唐人而具体，然后可以言宋。彼目不睹全唐人之诗，辄随响附影，未知正而先言变。"[①]正因为如此，朱彝尊对康熙初年宋诗的热潮颇为诟病，对当时诗坛学习南宋杨万里、陆游者尤为鄙薄。其《南湖居士诗序》曰："今之言诗者，每厌弃唐音转入宋人之流派，高者师法苏、黄，下乃效及杨廷秀之体，叫嚣以为奇，俚鄙以为正，譬之于乐，其变而不成方者与？"[②]《王学士西征草序》曰："若杨廷秀、郑德源之流，鄙俚以为文，诙笑嬉亵以为尚，斯为不善变矣。顾今之言诗，或效之，何与？"[③]其《书〈剑南集〉后》曰："陆务观《剑南集》句法稠迭，读之终卷，令人生憎……迩者诗人多舍唐学宋，予尝嫌务观太熟，鲁直太生，生者流为萧东夫，熟者降为杨廷秀，萧不传而杨传，效之者何异海畔逐臭之夫邪？"[④]此外，朱彝尊更加强调诗歌要表现"真性情"，从而反对宋诗的"庸熟"和"滑利"。如其《沈明府不羁集序》云："今海内之士，方以南宋杨、范、陆诸人为师，流入纤缛滑利之习。"[⑤]《汪司城诗序》云："今之诗家，不事博览，专以宋杨、陆为师，庸熟之语，令人作恶。"[⑥]查慎行与竹垞相知甚深，他在《曝书亭集序》中说："世徒知先生文章之工，不知其根柢九经，折衷群辅，虽极纵横变化，而粹然一出于正如此。其称诗以少陵为宗，上追汉魏，而泛滥于昌黎、樊川，句酌字斟，务归典雅，不屑随俗波靡，落宋人浅易蹊径。故其长篇短什，无体不备，且无微不臻。"[⑦]查慎行仍对竹垞崇唐抑宋的诗学观表示尊重，同时也表现了对学宋"浅易蹊径"的警惕。在朱彝尊对宋诗的批评中，对黄山谷的贬抑尤其引人注目。其《题王给事又旦过岭诗集》曰："迩来诗格

① 朱彝尊：《曝书亭集》卷三十七，《四部备要》第 84 册，中华书局 1989 年版，第 304 页。

② 朱彝尊：《曝书亭集》卷三十九，第 318 页。

③ 朱彝尊：《曝书亭集》卷三十七，第 305 页。

④ 朱彝尊：《曝书亭集》卷五十二，第 395—396 页。

⑤ 朱彝尊：《曝书亭集》卷三十八，第 314 页。

⑥ 朱彝尊：《曝书亭集》卷三十九，第 320 页。

⑦ 查慎行著，范道济辑校：《新辑查慎行文集》卷二，第 39 页。

乖正始，学宋体制嗤唐风。江西宗派各流别，吾先无取黄涪翁。”[①]钱世锡《论诗绝句十二首和陈检斋司马》之六曰：“鲁直太生我无取，论诗终服小长芦。”自注曰：“‘鲁直太生’，竹垞论诗语也。又云：‘我先无取黄涪翁。’”[②]同样，查慎行虽然也提倡对宋诗的学习，却并不学习江西诗派，而是主要学陆游和苏轼，在《初白庵诗评》中也未单独评点黄庭坚的诗歌，这说明他对黄庭坚的看法与朱彝尊有某些相似之处。不过查慎行在评点元好问《论诗绝句》“论诗宁下涪翁拜，未作江西社里人”两句时云：“涪翁生拗锤炼，自成一家，值得下拜，江西派中原无第二手也。”[③]其对黄庭坚的态度，比对朱彝尊明显还要温和一些。另外，朱彝尊对“无学力而侈言性情”所衍生之流弊批评甚多。如其《胡永叔诗序》曰：“自明万历以来，公安袁无学兄弟，矫嘉靖七子之弊，意主香山、眉山，降而杨、陆，其辞与志，未大有害也。景陵钟氏、谭氏，从而甚之，专以空疏浅薄诡谲是尚，便于新学小生操奇觚者，不必读书识字，斯害有不可言者已。”[④]他对明代诗歌自公安派以来的嬗变及其“空疏浅薄诡谲”的趋势颇为忧心，表现出对学识的尊崇。在这一点上，朱彝尊对查慎行的影响也是具体而明显的。然而朱彝尊恃其学问博奥，有过度讲究以学问为诗的倾向，乃至时人有“贪多”之讥。针对严羽《沧浪诗话》“诗有别才，非关书也”之论，竹垞斥之为“不晓事”。在学问与性情兴会的辩证关系上，朱氏无疑犯了本末颠倒的错误。而查慎行显然走的是与朱彝尊截然相反的道路，如前所论，查慎行虽也受钱谦益、黄宗羲、朱彝尊等人的影响，强调“学贵有本”，并通过不断积学成为著名的经学家，然而他在创作中能够坚持性情为先的原则，重视自然与白描，无疑是对秀水派“资书以为诗”的有力驳正。

除了诗学理论之外，朱彝尊的创作实践对查慎行的影响也值得深

① 朱彝尊：《曝书亭集》卷十三，第 133 页。
② 郭绍虞、钱仲联辑：《万首论诗绝句》，人民文学出版社 1995 年版，第 765 页。
③ 《初白庵诗评十二种十二种》卷中。
④ 朱彝尊：《曝书亭集》卷三十九，第 319 页。

入研究。洪亮吉认为竹垞诗学宗尚至晚年发生了由唐入宋转变，其《北江诗话》曰："朱检讨彝尊《曝书亭集》，始学初唐，晚宗北宋。"[①]然而钱钟书却认为转变之说并不确实，指出"其于宋诗，始终排弃，至老宗旨不变。"[②]钱先生此论稍显武断，其依据可能是来自查慎行《腾笑集序》对竹垞诗风的评论："其称诗最早，格亦稍稍变，然终以有唐为宗，语不雅驯者勿道。"[③]然而查慎行此序作于康熙二十五年，其论尚不能概括朱彝尊后期之诗风。因此还是沈曾植的评价较为客观："竹垞诗能结唐宋分驰之轨。"[④]目前学界已经基本统一了认识，认为朱彝尊晚年仍是以唐诗为主，同时兼取宋诗。[⑤] 应该说朱彝尊在创作中这种出唐入宋的实际做法，对查慎行形成"唐宋互参"的思想也有着直接的刺激作用。不过相对于竹垞诗论的偏执与株守，查慎行显然要灵活得多。考虑到朱彝尊诗学对查慎行的砥砺作用，二人又长期唱和，因此查慎行折中唐宋思想与朱彝尊的宗唐思想之间互相取法、相互影响的成分较大。

① 洪亮吉：《北江诗话》卷一，刘德权点校《洪亮吉集》，中华书局2001年版，第2256页。

② 钱钟书：《谈艺录》，第110页。

③ 朱彝尊：《腾笑集》，《清人别集丛刊》，上海古籍出版社1979年版，第4页。

④ 转引自钱仲联：《梦苕庵诗话》，齐鲁书社1986年版，第83页。

⑤ 陈伟文《清代前中期黄庭坚诗接受史研究》，中国人民大学出版社2012年版，第73页。

第三章 查慎行"唐宋互参"的诗学主张与创作实践

明末清初是诗学史上论争最为激烈的一段时期,这些争论最初都是围绕着明诗成败优劣的探讨而展开的。通过对前后七子、竟陵诸派拟古倾向的不断反思,清人逐渐认识到明人学唐诗之诸种流弊,故而钱谦益等人开始对明人普遍秉持的"宗唐贬宋"观念提出质疑,他提出除了唐诗之外,应广泛学习宋元诸名家。黄宗羲、吴之振等人继钱谦益之后大力提倡宋诗,正式掀起了清诗宗宋之波澜。而王士禛一生则在宗唐与宗宋之间反复徘徊摇摆,始而宗唐,既而宗宋,终而复归宗唐。宗唐势力在当时亦颇具规模,王夫之、顾炎武、朱彝尊、李因笃、陈廷敬、申涵光等人都继续恪守传统,仍将唐诗作为师法的最高典范,对宗宋诗风有所贬抑,但是他们已经不得不面对诗坛整体转向学宋的巨大压力。在当时如何取法唐宋的激烈争论中,查慎行上承清初诸大家之论,将清诗对唐宋诗的学习口径最终定位为"唐宋互参",可以说既是为清初诗坛四十年的争论画上了一个句号,也为清诗确定自己的发展道路定下了一个大的基调。这是充分汲取了清初几十年诗学论争的经验与教训后理智的选择,也很大程度上代表了清初诗坛对唐宋之争的集体看法。查慎行在一生的诗学实践中努力践行"唐宋互参"之宗旨,且通过对历代诗歌的学习与批评,逐步修订和调整师法对象,最终取得了辉煌成就,成为清初宋诗派的代表人物。查慎行这一诗学理论与实践对清诗走向产生了深远的影响,徐世昌《晚晴簃诗汇》谓查慎行"祧唐祖宋,大畅厥词，为诗派一大转关”①，故而认真探讨查慎行“唐宋互参”的诗学理论主张的来龙去脉，就成为解析查慎行诗学批评思想最为重要的一个方面。

第一节　明末清初的诗学论争背景

一、唐宋诗学精神异同辨析

从诗学精神的高度来看，唐诗与宋诗是不能简单地以时代进行划分的，而是表现为两种精神迥异的诗学风格。对此，钱钟书先生分析得非常精辟：

> 唐诗、宋诗，亦非仅朝代之别，乃体格性分之殊。天下有两种人，斯分两种诗。唐诗多以丰神情韵擅长，宋诗多以筋骨思理见胜。严仪卿首倡断代言诗，《沧浪诗话》即谓“本朝人尚理，唐人尚意兴”云云。曰唐曰宋，特举大概而言，为称谓之便。非曰唐诗必出唐人，宋诗必出宋人也。故唐之少陵、昌黎、香山、东野，实唐人之开宋调者；宋之柯山、白石、九僧、四灵，则宋人之有唐音者……夫人禀性，各有偏至。发为声诗，高明者近唐，沉潜者近宋，有不期而然者。故自宋以来，历元、明、清，才人辈出，而所作不能出唐宋之范围，皆可分唐宋之畛域。唐以前之汉、魏、六朝，虽浑而未划，蕴而不发，亦未尝不可以此例之……即谓诗分唐宋，亦本乎气质之殊，非仅出于时代之判，故旷世而可同调……且又一集之内，一生之中，少年才气发扬，遂为唐体，晚节思虑深沉，乃染宋调。若木之明，崦嵫之景，心光既异，心声亦以先后不侔。②

缪钺先生亦有类似之论述，其云：

---

① 徐世昌：《晚晴簃诗汇》卷五十六，民国间天津退耕堂刊本。

② 钱钟书：《谈艺录》，中华书局1993年版，第2—4页。

唐诗以韵胜，故浑雅，而贵蕴藉空灵；宋诗以意胜，故精能，而贵深折透辟。唐诗之美在情辞，故丰腴；宋诗之美在气骨，故瘦劲……唐诗之弊为肤廓平滑，宋诗之弊为生涩枯淡。虽唐诗之中，亦有下开宋派者，宋诗之中，亦有酷肖唐人者；然论其大较，固如此矣。①

总体来看，唐诗多重意会、兴象、境界、趣味，可谓“诗人之诗”；而宋诗多重学问、重理性，讲瘦硬劲健，可谓“学人之诗”。唐宋诗精神气质的差异，其实并没有孰优孰劣的问题，而是正可互为参照，取长补短。唐诗是中国诗歌史上的巅峰，取得了辉煌的成就；而宋诗能够在对唐诗全面继承的同时进行创新和发展，并终于自成面目，从而成为与唐诗并峙的另一座高峰。所以蒋士铨《辩论》曰：“唐宋皆伟人，各成一代诗。”②应该说查慎行对唐宋诗整体精神的这种差异已经有了相当清醒的认识，如其评《学士自潦梁移泰州》曰：“宋诗误入唐律”，其评《送翁灵舒游边》曰：“宋人诗不宜掺入唐律。”可见在他的心目中，唐宋诗是两种各自独立的审美体系。

宋调的肇始，可以追溯到杜甫。杜甫是集大成的诗人，肇示了中国古典诗歌由“唐韵”向“宋调”的转变，并开后世无数法门。清人叶燮曰：

杜甫之诗，包源流，综正变。自甫以前，如汉魏之浑朴古雅，六朝之藻丽秾纤、澹远韶秀，甫诗无一不备。然出于甫，皆甫之诗，无一字句为前人之诗也。自甫以后，在唐如韩愈、李贺之奇奡，刘禹锡、杜牧之雄杰，刘长卿之流利，温庭筠、李商隐之轻艳，以至宋、金、元、明之诗家，称巨擘者，无虑数十百人，各自炫奇翻异，而甫无一不为之开先。③

① 缪钺：《诗词散论》，上海古籍出版社1982年版，第35—36页。

② 蒋士铨著，邵海清校，李梦生笺：《忠雅堂集校笺·忠雅堂诗集》卷十三，上海古籍出版社1993年版，第986页。

③ 叶燮：《原诗·内篇上》，人民文学出版社1979年版，第8页。

杜甫之后，中唐韩愈的诗歌以其才大力雄，亦成为宋诗的主要师法渊源之一。叶燮曰：“韩愈为唐诗之一大变，其力大，其思雄，崛起特为鼻祖。宋之苏、梅、欧、苏、王、黄，皆愈为之发其端，可谓极盛。”①袁行霈先生指出，关于唐宋诗之优劣问题，“引起了后代旷日持久的争论。宗唐还是宗宋，甚至成为后代诗坛宗派门户的标志。”“唐诗和宋诗，是诗歌史上双峰并峙的两大典范。宋以后的诗歌，虽然也有所发展，但大体上没能超出唐宋诗的风格范围。”②由于明代诗歌基本上是以尊唐为主，故清代诗坛宋诗派的兴起是时代发展的必然选择。

二、浙派内外对取法唐宋问题的看法

既然唐诗与宋诗分别代表着两种诗学精神，后代诗人无论是选择宗唐还是宗宋，便会走上两条截然不同的创作道路，相应地，其诗歌表现出的艺术风貌也会大相径庭，两者似乎并无交集，故而难兼众美。那么如果后人在选择师法对象的时候兼宗唐宋诸名家，是否就能够兼具双美呢？其实这种兼宗唐宋的思想在明代初期就已经萌芽，当时诗坛由馆阁文臣主导，尊唐之风盛行，并逐渐出现了“空疏卑弱、熟软枯淡”③之弊。吴宽、李东阳等人便开始注意引入宋诗风来补救尊唐之弊，于是诗坛上出现了尊唐为主、尊宋为辅的错杂局面。沈周、吴宽、程敏政、杨一清、王鏊、陆釴、李东阳、邵宝等人的诗歌或多或少都有兼宗唐宋的倾向。钱谦益评沈周诗歌曰：

> 石田之诗，才情风发，天真烂漫，抒写性情，牢笼物态。少壮模仿唐人，间拟长吉，分刌比度，守而未化；已而悔其少作，举焚弃之，而出入于少陵、香山、眉山、剑南之间，踔厉顿挫，沉郁老苍，文章之老境尽，而作者之能事毕。其或沿袭宋元，沈浸理学，典而近腐，质

① 叶燮：《原诗·内篇上》，人民文学出版社 1979 年版，第 8 页。

② 袁行霈：《中国文学史》第三卷，高等教育出版社 1999 年版，第 15—16 页。

③ 吴宽：《家藏集》卷四十，《景印文渊阁四库全书》本，上海古籍出版社 1989 年版。

而近俚，断烂朝报，与村夫子兔园册，亦时所不免，兹固已尽汰之矣。①

钱谦益总结了沈周一生的诗学统绪及其变化，指出其晚年“出入于少陵、香山、眉山、剑南之间”，这表明沈周的诗歌已经有了兼宗唐宋诸大家的特点。又祝允明曰：

> 国朝诗人其始如刘崧、林鸿辈，以至四杰、十才而来，班班然可知也。有不以宗唐而胜与？沈公独酾涓流，横放四海，一时风骚，让以右席。尝试观之，唐与宋与？众或未知，我独知之：盖其家法固主放翁，而神度所寄唯浣花耳。是以兴观群怨、君父动植，已发之而自惬，人推之而莫辞，号为我朝诗人，谓其音异唐而犹挟其骨也，不然徒以其语，将不足以望前辈诸子，况其上者乎？②

祝允明更是明确指出，沈周的诗歌已经开始改变主流诗坛宗唐的道路，“其家法固主放翁，而神度所寄唯浣花耳”，这说明沈周诗歌已经开始有意识地兼宗唐宋，并确立了学杜、学陆的诗学路径，其做法无疑是对当时诗坛上独尊盛唐的一种反拨。然而总的来看，明代诗坛只是将宋诗作为尊唐的调剂，并未真正将宋诗的位置抬高到可以和唐诗并驾齐驱的程度，独尊唐诗的倾向作为诗坛主流一直没有多大改变，故而在有明一代并未能很好地解决如何兼宗唐宋的问题。

清代诗学是基于对明代诗学整体反思基础上发生的，故清人对如何学习唐宋诗歌的问题倾注了更大精力，展开了广泛深入的讨论。在这场争论中，钱谦益是一个关键人物，其《雪堂选集题词》曰：“古今之诗，总萃于唐，而畅遂于宋，至金元则靡矣。”③钱谦益认为应突破明人对唐诗的拘守，打破诗学畛域，将师法对象从唐代扩展到宋代，乃至金元。这一思想极大地启发了清人对宋诗价值的再发现，客观上促进了

---

① 钱谦益：《列朝诗集小传》，上海古籍出版社 1983 年版，第 286 页。

② 沈周：《石田先生集》卷二十四，台北国立中央图书馆 1968 年版，第 286 页。

③ 钱谦益：《牧斋外集》卷二十五，《清代诗文集汇编》第 4 册，上海古籍出版社 2011 年版，第 249 页。

清初宗宋诗风的蓬勃发展。不过在当时，对钱谦益提倡宋元诗歌也不无訾议者。如吴乔《围炉诗话》曰：

问曰：朝贵俱尚宋诗，先生宜少贬高论。答曰：厌常喜新，举业则可，非诗所宜。诗以风骚为远祖，唐人为父母，优柔敦厚，乃家法祖训。宋诗多率直，违于前人，何以宗之？作宋诗诚胜于瞎盛唐，而七八十岁老人，改步逢时，何不五十年前，入复社作名士？且人之出笔，定是宋诗，余深恨之，而犯者十九，何须学耶？①

吴乔此论完全是针对钱谦益而发，他反对钱氏“厌常喜新”地提倡宋诗，但是他也不得不承认“作宋诗诚胜于瞎盛唐”，这说明清初诗坛对明人独尊盛唐的弊端已经有了较为明确的认识。清初针对宗唐还是宗宋问题的争论，既广泛深刻而又矛盾复杂，以钱谦益为首的虞山诗派、以吴伟业为首的娄东诗派、黄宗羲为首的浙派、王士禛为首的神韵派、朱彝尊为首的秀水派等都参与其中，诸家之间互相质驳，此消彼长，呈现出极为复杂的态势。对此，王英志《清代唐宋诗之争流变史》（人民文学出版社 2012 年版）一书已经作了较为全面的总结，读者自可参看。由于本论文的重点是对查慎行诗学理论倾向的研讨，故以下重点对浙派关于唐宋诗问题的看法进行简要归纳，以期从侧面对查慎行诗学体系进行印证。

钱仲联先生《黄宗羲诗选序》曰：“南雷之倡宋诗，又以矫明前后七子赝唐之失也。南雷之说又奚自昉乎？盖得之虞山钱蒙叟。”②钱先生指出，黄宗羲继承了钱谦益的诗学思想，尤其是其对宋诗的提倡，乃是源自钱谦益之论。黄宗羲《姜山启彭山诗稿序》曰：

天下皆知宗唐，余以为善学唐者唯宋。顾唐诗之体不一，白体、昆体、晚唐体。白体如李文正、徐常侍兄弟、王元之、王汉谋；昆体则杨、刘之西昆，出于义山。二宋、张乖崖、钱僖公、丁崖州其亚

① 吴乔：《围炉诗话》卷五，《清诗话续编》本，第 602 页。

② 钱仲联：《黄宗羲诗文选》卷首，华东师范大学出版社 1990 年版。

也；晚唐体则九僧、寇莱公、鲁三交、林和靖、魏仲先父子、潘逍遥、赵清献之辈，凡数十家，至叶水心、四灵而大振；少陵体则黄双井专尚之。流而为豫章诗派，乃宋诗之渊薮，号为独盛；欧、梅得体于太白、昌黎；王半山、杨诚斋得体于唐绝；晚唐之中，出于自然，不落纤巧凡近者，即王辋川、孟襄阳之体也。虽酸咸嗜好之不同，要必心游万仞，沥液群言，上下于数千年之间，始成其为一家之学，故曰善学唐者唯宋。①

黄宗羲对唐宋诗的认识，是从宋诗对唐诗继承的角度出发，认为唐诗仍是不可动摇的经典，宋诗对唐诗善于学习和变化，故能独具面目，因此黄宗羲此论可以概括为"以唐论宋"，这是宋诗派发轫初期必然采取的策略。张健指出："到了黄宗羲的时代，对于宋诗特征的正面肯定性认识还不足以建立一个以宋诗审美特征为基础的价值系统，而一个以汉魏、唐诗审美传统为基础的审美价值系统却已经确立而且有着普遍深入的影响，所以黄宗羲还难以在理论上挑出一个宋诗传统去与唐诗抗衡。"②可称知言。虽然黄宗羲"善学唐者唯宋"的观点客观上是为宋诗张目，但他论诗并不主张完全学宋，而是主张自抒性情，反对明人各立门户的剽窃模拟之弊。黄宗羲也敏锐地意识到唐宋诗精神并不能以时代划然为二，其《张心友诗序》曰：

诗不当以时代论，宋元各有优长，岂宜沟而出诸于外，若异域然？即唐之时，亦非无蹈常袭故，充其肤廓而神理蔑如者，故当辩其真与伪耳。徒以声调之似而优之、而劣之，扬子云所言"伏其几，袭其裳，而称仲尼"者也。此固先民之论，非余臆说。听者不察，因余之言，遂言宋优于唐。夫宋诗之佳，亦谓其能唐耳，非谓舍唐之外，能自为宋也。于是缙绅先生，间谓余主张宋诗。噫！亦冤矣。且唐诗之论，亦不能归一。宋之长铺广引，盘折生语，有若天

① 黄宗羲：《黄梨洲文集》，中华书局 1959 年版，第 351 页。
② 张健：《清代诗学研究》，北京大学出版社 1999 年版，第 380—381 页。

设，号为豫章宗派者，皆原于少陵，其时不以为唐也。其所谓唐者，浮声切响，以单字只句计巧拙，然后谓之唐诗。故永嘉言唐诗废久，近世学者已复稍趋于唐。沧浪论唐，虽归宗李杜，乃其禅喻，谓诗有别材，非关书也，诗有别趣，非关理也，亦是王孟家数，于李杜之海涵地负无与。至有明北地摹少陵之铺写纵放，以是为唐，而永嘉之所谓唐者亡矣。是故永嘉之清圆，谓之非唐不可，然必如是而后为唐，则专固狭陋之甚矣。豫章宗派之为唐，浸淫于少陵，以极盛唐之变，虽有工力深浅之不同，而概以宋诗抹杀之，可乎？①

文中所谓“永嘉”，是指南宋之“永嘉四灵”；“北地”，是指李梦阳。“豫章”，是指江西诗派。黄宗羲认识到唐诗之风格类型不能一概而论，他既反对永嘉四灵学晚唐而成的“清圆”之风，亦反对只从声律、字句等形式上对唐诗进行模仿，乃至李梦阳“摹少陵之铺写纵放”，皆非其心目中的真正善学唐者，故均斥之为“专固狭陋之甚矣”。黄宗羲对所谓“王孟家数”不甚以为然，他推崇的是盛唐李杜“海涵地负”式的雄浑诗风，认为包括江西诗派在内的宋诗，皆源于杜甫。故黄宗羲对黄庭坚及其江西诗派之学杜极为推尊，甚或以为“豫章宗派”由于真正地继承了盛唐精神，故不能仅仅目之为宋诗。黄宗羲能够站在较高的视角审视唐宋诗的流变脉络，且能注意区分唐宋诗不同精神及其各自流派宗尚之差异，并于其中独尊杜甫及江西诗派，显示了其大气包举的气魄与戛戛独造的个性。黄宗羲这一宗旨与当时诗坛主流趋尚颇异其趣，对浙派门人李邺嗣、郑梁、万斯同、裘琏等人的诗学观产生了较大影响。

李邺嗣（1622—1680），本名文胤，以字行，字森亭，号杲堂，鄞县人。在黄宗羲甬上诸弟子中，李邺嗣的文学成就最为人瞩目。他反对明代以来剽窃模拟的文风，其《万季野诗集序》曰：“近世词家，更习为拟议剽窃，朝秦声，暮楚声。”②主张诗言志，反对诗坛相沿剽窃，其《布

① 黄宗羲：《黄梨洲文集》，中华书局 1959 年版，第 347 页。

② 李邺嗣：《杲堂文续钞》卷一，《四明丛书》本。

政陆石溪先生铨》曰：

> 《书》曰志，谓诗在能宣其志所欲言也。由是谐之成声，束之中律，此论诗之本也。《三百篇》言孝子之志，莫如《蓼莪》七章；言忠臣之志，莫如《北山》六章。彼亦尽其志所欲言而止，初不知有自我先、自我后也。以至司马长卿所夜诵、苏属国所赠、枚生所唱叹、铜雀三祖所歌，尚仍各言其志也。自钟嵘作《诗品》，于一人下，必系曰某源出于某家，形似仿佛，可发一笑。后人祖其说，遂谓确有所本，然初未尝显然剽窃也。至西涯之后，北地勃兴，一时词人尽宗之，转相拟议，刻画字句，以能作楚相衣冠，抵掌足欺新丰鸡鸭，便谓得附正宗，于是天下之诗，俱言人所言，不复自言其志矣。①

杲堂拾起古老的"诗言志"的理论武器，从是否能言己志的角度追溯和梳理了从《诗经》到汉魏诗歌的发展历史，表示了对钟嵘《诗品》"必系曰某源出于某家"这种做法之不满，但他仍然认为诗歌此时尚没有"显然剽窃"之弊。而他特别反对李东阳（号西涯）等人优孟衣冠地学习唐诗，认为其学唐之失，正在于"俱言人所言，不复自言其志矣"。正是从这一认识出发，李邺嗣对李攀龙以及竟陵派的拟古亦颇有微词，其《证堂诗集序》曰：

> 夫诗之为用至近，以其能宣达性情也。论者谓读历下之诗，举篇即见一古人，得一故事，而性情不出；读竟陵之诗，尽卷不见一古人，不得一故事，而性情亦不出。②

另外，李邺嗣论诗，极力推尊杜甫，然其推尊之理由却与众不同，其《杜工部诗选序》曰：

> 夫杜陵之诗，奚复序哉？然余谓杜公，古今善学问人也。《大易》曰：君子以虚受人；夫子曰：乐道人之善，惟公有焉。盖

① 李邺嗣：《杲堂文续钞》卷一，《四明丛书》本。

② 李邺嗣：《杲堂文续钞》卷二，《四明丛书》本。

方公之时，海内词人竞起。山东李白，与公并驱而出者也；王中允维、襄阳孟浩然，与公分道而驰者也；高常侍适、岑嘉州参，亦与四家相颜行者也；他若常征君之灵心、元道州之老气，于诸公间自为一家者也。而杜公俱极相推服，誉之亹亹，若不容口；怀其人皇皇，如不至此。其虚怀乐善，岂古今人所可及！是以唐人之文，盛于中叶。若柳宗元、孟郊、张籍、皇甫湜诸君，俱藉昌黎而起，而唐人之文，终推韩公为第一。唐人之诗，盛于开、天间，即如李白、王维、高、岑诸君，俱藉杜陵而起，而唐人有韵之文，终推杜公为第一。近日竟陵钟惺选唐诗，喜录其不甚有名者，若王季友、孟云卿诗最佳，不知两君蚤经杜公品目，已著名字。然后知此老下笔有神，惟能得诸家之妙而集其成也。至后世名士则不然，观其外骄内忌，诋诃一时文人，俱龌龊不足道，若欲举世束手，而让此一夫独与于文章之事。使以杜公较之，其相去岂可丈尺哉！夫盛唐诗家，惟太白得与杜齐名。太白之诗，其逸才奔放，每有风流浮于句韵之间，此其独绝，若为律诗即疏矣。杜公于太白倾慕尤甚，遂得其纵横以为长句。而太白未能降心，终于法不合。试观两家诗，杜公赠怀李白之作，多至十余首；而供奉于杜甫，才一二见耳。此太白所以竟屈首此老之下也。然则文章家不能深服人，即太白尚有可议，况彼碌碌者哉！①

李邺嗣指出，杜甫是“古今善学问人”，认为杜甫之“乐道人之善”的性格是其在盛唐诸大家中首屈一指的根本原因。杲堂特别强调忠孝、道德和气节，认为“质先于文”，“文章气节，二者相须。”②故于李杜之比较中，亦落实到人品气质之差异，遂认为李不如杜，这都是其理学倾向的表现。

郑梁论诗之宗旨，亦承黄宗羲而来，与李邺嗣几乎同一声口。所不

① 李邺嗣：《杲堂文钞》，《清代诗文集汇编》第77册，第575页。

② 李邺嗣：《西汉节义传论》，张道勤校点《杲堂诗文集》，浙江古籍出版1988年版，第738、751页。

同的是,郑梁虽亦以"诗言志""思无邪""诗以道性情"这些原始儒家之论作为自己的理论武器,但其持论的理学色彩比李邺嗣要更为浓厚一些。当他将理学观与诗学观结合以后,又面对当时诗坛门户纷争与模拟之习,便形成了自己独特的认识。其《埜吟集序》曰:"盖诗所以道己之性情,而非以悦人之耳目……然天下事,凡视之为荣利之途,而思挟之以资身哗世者,古今来必不能佳,以其务悦乎人之耳目,而不敢自道其性情也。"①则郑梁反对荣利哗世对自身性情之歪曲与蒙蔽,认为这些因素会导致人们不敢"道己之性情"。他也注意到个体性情之差异,并且会随着时代、境遇而不断发生变化,故《四明四友诗序》曰:

> 人之性情本一,而时位之错出万殊,则性情亦遂从而别,此郑雅所以兼收,正变所以杂陈,《小弁》《凯风》,怨与不怨,所为无妨于人也。必欲以汉魏六朝、三唐两宋之性情律之,宜其隔靴搔痒,不求已而自已者也。②

郑梁强调"时位"对人之性情的影响,注意到性情的内在变化是诗歌发展的内驱力,故而诗坛上主张上而学汉魏六朝、三唐两宋,只能学其皮毛与形式,却遗落了性情之本质,故而只能是"隔靴搔痒"。所以郑梁之诗论是从根本上反对宗唐宗宋之争的,认为这只是形式上的纷争,未能深入儒家诗论的核心中去观照诗歌的本质问题。其《芝源适意草序》亦曰:

> 香山、坡老,言志者也,则毕而黜之为淫哇;康节、江门,思之无邪者也,则浅而易止为学究。而反取一种剿说陈言、浮浪不根之语,尸而祝之曰:此王孟也,此李杜也,此汉魏六朝也。不问其有志无志,又安论其无邪有邪乎?③

郑梁诗学是瓣香白香山、苏东坡以及理学家邵雍、陈献章的,面对世人

---

① 郑梁:《寒村诗文选·寒村五丁集》卷一,《四库全书存目丛书》集部第256册,齐鲁书社1997年版,第286页。

② 郑梁:《寒村诗文选·寒村息尚编》卷二,第559页。

③ 郑梁:《寒村诗文选·见黄稿》卷二,第228页。

对白、苏的“淫哇”之讥、对邵、陈的“浅易”“学究气”之诮，郑梁从“诗言志”“思无邪”的角度对他们的诗歌予以肯定，而对那些盲目学王孟、李杜、汉魏六朝，不知诗歌应先有志、应思无邪之人，则斥之为“剿说陈言、浮浪不根”。

裘琏（1644—1729），字殷玉、不器，号废莪子，晚号蔗村，世居横山，学者称横山先生，慈溪人。在浙东学派中，裘琏与郑梁最为友善，持论亦颇为相近。如其论文反对依傍和蹈袭前人，强调创作时的个体独立性，《郑太史文集序》曰：

> 先生平居与人议论，最不喜依傍门户、蹈袭前人，故虽博涉典坟，冥搜篇什，而及其下笔为文，则俨如立我于天开地辟时，无一人一物生乎吾前之概，岂惟贾、董、匡、刘、李、杜、韩、欧诸人不足以规矩束缚之，即典谟雅颂亦复何物，故能卓然自成一家之言，而又无斧凿枘炼、求异古人之迹，此其所以为自然之声章，可以被宇宙、垂古今者也。①

这些言论，可以说和郑梁、李邺嗣之说桴鼓相应，共同构成了浙东学派对诗歌史的整体看法。

总的来看，钱谦益对宋诗的提倡可谓导夫先路，黄宗羲继之而起，并率领门人弟子从不同侧面阐发了他们对诗分唐宋的看法。浙派虽然实际上对宋诗的兴盛起到了宣扬作用，但其诗论却一般都主张摒弃门户之见，不分唐宋，直道性情，以我为主，故其对唐宋诗之争多能采取相对超脱的态度，对诗歌史亦多主张兼容并包、不分轩轾。虽然以浙派初祖黄宗羲为核心的这个群体在诗歌方面并无很大成绩，但由于黄宗羲学术及人格的巨大影响，其门人弟子在经学、理学、史学等多方面又都取得了较大的学术成就，故其诗论可以说辐射涵盖了整个江浙地区，查慎行作为浙派的入室弟子，受其影响自不待言。对于清初这场关于唐

① 裘琏：《横山文钞》，《四库未收书辑刊》第9辑第18册，北京出版社2000年版，第125—126页。

宋诗的大讨论,齐治平总结道:"自清初诸老各抒己见以论唐、宋之诗,其体制、风格、源流、利弊,已大明于世;后起者即欲再事争辩,不过重复蹈袭,难出前人范围。"①所论极是。而查慎行最终提出"唐宋互参"之说,无疑就是在"清初诸老"以及浙派师友对唐宋诗长期争辩的基础上形成的诗学观,这种认识可以看做是查慎行对浙派内外纷纭诸说的一个总结和概括。

三、清初诗人的学诗蹊径概述

以下再从清初诗人学诗蹊径的角度来审视一下查慎行"唐宋互参"说的前因后果,为此,还需先从明人的学诗蹊径说起。其实明代对宋诗的提倡亦不乏其人,如都穆《南濠诗话》曰:

> 昔人谓:诗盛于唐,坏于宋,近亦有谓元诗过宋诗者,陋哉见也!刘后村云:"宋诗岂惟不愧于唐,盖过之矣。"予观欧、梅、苏、黄、二陈,至石湖、放翁诸公,其诗视唐,未可便谓之过,然真无愧色者也。元诗称大家,必曰虞、杨、范、揭,以四子而视宋,特太山之卷石耳。方正学诗云:"天历诸公制作新,力排旧习祖唐人。粗豪未脱风沙气,难诋熙丰作后尘。"非具正法眼者,乌能道此!②

"天历诸公"一诗出自方孝孺《谈诗五首》其四。游潜《梦蕉诗话》卷上评曰:

> 宋诗不及于唐,固也。或者矮观声吠,并谓不及于元,是可笑欤!方正学论之,诗云:"前宋文章配两周,盛时诗律亦无俦。今人未识昆仑派,欲笑黄河是浊流。""天历诸公制作新,力排旧习祖唐人。粗豪未脱风沙气,难诋熙丰作后尘。""祖"字上便正学立论尺寸。若刘后村,顾谓"宋诗岂惟无愧于唐,盖过之",斯言不免固为滥矣。近又见胡缵宗氏作《重刻杜诗后序》,乃直谓"唐有诗,宋

---

① 齐治平:《唐宋诗之争概述》,岳麓书社 1984 年版,第 69 页。

② 都穆:《南濠诗话》,《历代诗话续编》(下),第 1344—1345 页。

元无诗”,“无”之一字,是何视苏黄公之小也,知量者将谓之何?①方孝孺《谈诗五首》其一曰:“举世皆宗李杜诗,不知李杜更宗谁。能探风雅无穷意,始是乾坤绝妙词。”②李圣华指出,“这一口号不是新发明,而是近承宋濂、苏伯衡、胡翰等人的复古见解。”③方孝孺、都穆等人虽然注意到前后七子“诗必盛唐”说的褊狭与局限,开始认识到宋代诗歌的价值,但对元诗仍持贬抑态度。他们对宋诗的重新关注,完全是出于对“天历诸公”的反拨,且有夸大宋诗的苗头,对唐宋诗各自的艺术特色还未有充分的认识。因此如何权衡唐、宋诗的任务,便历史性地落在了清人的肩上。

清初大部分诗人虽然在口头上仍然肯定和推尊唐诗,但是已经普遍开始学习宋诗。至此,清人诗歌“学什么”的大方向基本确定下来,中间虽然也有过一些反复和波折,但是兼宗唐宋一直成为一种主流的认识和倾向,只是每人的侧重程度不同罢了。那么清人面临的下一个问题,就是解决“怎么学”的问题。既然唐宋诗不可偏废,那么学习唐宋诗的哪个阶段、哪些诗人,又成为聚讼纷纭的焦点问题。清人在各自的诗学实践中,于三唐两宋的诗人中分别作出了自己不同的选择。以下就清初一些著名诗人以及查慎行周围其他浙派诗人的学诗蹊径进行简要梳理,来管窥查慎行提出“唐宋互参”的时代氛围与诸家具体的蹊径选择。

作为清初诗风的引领者,钱谦益是由明入清诗学观念转变的关键人物,他力倡宋元诗风,对清初诗坛的走向产生了巨大影响。由于钱谦益诗歌转益多师、不专注一家,所以诗界对其具体诗法对象颇有异说,王英奎《西桥小集序》指出:“蒙叟才大学博,故其诗繁以缛、雄而厚,盖筋力于韩、杜,而成就于苏、陆也。”④其论可以作为钱牧斋诗学宗尚的

① 吴文治:《全明诗话》,江苏古籍出版社1997年版,第1524页。
② 方孝孺:《逊志斋集》卷二十四,宁波出版社2000年版。
③ 李圣华:《方孝孺的论诗绝句及其尚宋之调》,《古典文学知识》2014年第4期。
④ 许湜:《西桥小集》卷首,国家图书馆藏清乾隆十一年(1746)刻本。

重要参考。钱谦益《复遵王书》云：

仆少壮失学，熟烂空同、弇山之书。中年奉教孟阳诸老，始知改辕易向。孟阳论诗，自初、盛唐及钱、刘、元、白诸家，无不析骨刻髓，尚未能及六朝以上，晚始放而之剑川、遗山，余之津涉，实与之相上下。……汤临川亦从六朝起手，晚而效香山、眉山。袁氏兄弟则从眉山起手，眼捷手快，能一洗近代窠臼。①

吴伟业的诗论以宗唐为主，其"梅村体"能够融会唐代四杰、元白、韩杜之长。如汪学金曰："梅村歌行以初唐格调，发杜、韩之沉郁，写元、白之缠绵，合众美而成一家。"②王士禛以为"娄江源于元白，工丽时或过之。"③四库馆臣曰："其中歌行一体，尤所擅长。格律本乎四杰，而情韵为深；叙述类乎香山，而风华为胜。韵协宫商，感均顽艳，一时尤称绝调。"④

宋琬（1614—1674），字玉叔，号荔裳，山东莱阳人。其诗初学前后七子，中年遭遇生活变故后，开始冲破七子的束缚，师法宋诗，诗风发生了转变。王士禛曰："宋浙江后诗颇拟放翁，五古歌行时闯杜、韩之奥。"⑤宋琬《初秋即事》曰："瘦骨秋来强自支，愁中喜读晚唐诗。孤灯寂寂阶虫寝，秋风秋雨总不知。"亦表现出对晚唐诗的偏爱。有学者指出，宋琬论诗，经历了从诗必盛唐到诗法中晚唐再到兼宗唐宋的嬗变过程。⑥

李呈祥（1617—1687），字其旋，又字吉津，号木斋，山东沾化人。明崇祯癸未进士，改庶吉士。入清后，授编修，历官詹事府少詹事，兼侍

---

① 钱谦益著，钱曾笺注，钱仲联标校：《牧斋有学集》卷三十九，上海古籍出版社1996年版，第1359页。

② 汪学金：《娄东诗派》，《四库未收书辑刊》第九辑第30册，第181页。

③ 王士禛：《分甘余话》卷二，中华书局1989年版，第53页。

④ 永瑢等：《四库全书总目》卷一百七十三，中华书局1965年版，第1520页。

⑤ 王士禛：《池北偶谈》卷十一，中华书局1982年版，第254页。

⑥ 贾莹、张兵：《宋琬诗学思想及其诗歌创作倾向探析》，《陇东学院学报》2008年第1期。

讲学士，有《东村集》。论者以为，李呈祥论诗，重视学问，提倡通达包容，博采众长。① 查慎行对其诗歌颇为推崇，徐世昌《晚晴簃诗汇》引查慎行曰："先生诗气遒而力健，百余年来，词坛吟社，先后代兴，必称济上沧溟、阮亭之诗，盛行海内，抑知李后王前，乃有宫詹先生固可并驱方驾者乎？"②

施闰章（1619—1683），字尚白，号愚山，安徽宣城人。与宋琬并称"南施北宋"。其论诗有明显的尊唐斥宋倾向。他非常反对宋诗之议论，其《蠖斋诗话》曰："所谓诗家三昧，直让唐人独步。宋贤要入议论、着见解，力可拔山，去之弥远。"③不过施闰章晚年对宋诗的贬抑态度有所松动，对梅尧臣评价较高。赵伯陶便认为不应将其归入尊唐派，在唐宋之争中，施闰章属于转益多师、取向不甚明显者。④

孙枝蔚（1620—1687），字叔发，号豹人，陕西三原人。他在《与顾茂伦》中自称："仆于诗所师，独有杜老。"⑤又曰："予于宋贤诗，颇服膺东坡。"⑥施闰章《送孙豹人舍人归扬州序》以为其诗"出入杜、韩、苏、陆诸家"。⑦ 汪懋麟《溉堂文集序》曰："不见征君之为诗乎？最喜学宋，时之人或非之。"⑧杨泽琴指出，溉堂诗视野广阔，唐宋兼宗，诗学取向由早期宗唐发展到后期的兼宗唐宋。⑨

汪琬（1624—1691），字苕文，号钝庵、钝翁，江苏长洲人。其论诗推尊苏陆，《逯步诗集序》曰："宋诗以苏子瞻、陆务观为大家。"⑩而他在创作实践中，于宋人中多学范成大，在唐人中而又稍微取法白居易。

---

① 张晶晶：《李呈祥及〈东村集〉研究》，河北师范大学 2014 年硕士论文。
② 徐世昌：《晚晴簃诗汇》卷二十二，中华书局 1990 年版，第 692 页。
③ 施闰章：《蠖斋诗话》，《清诗话》本，第 378 页。
④ 赵伯陶：《读施愚山集》，《江淮论坛》1995 年第 3 期。
⑤ 孙枝蔚：《溉堂集》，上海古籍出版社 1979 年版，第 1114 页。
⑥ 孙枝蔚：《溉堂集》，上海古籍出版社 1979 年版，第 1044 页。
⑦ 孙枝蔚：《溉堂续集》卷首，上海古籍出版社 1979 年版，第 845 页。
⑧ 孙枝蔚：《溉堂文集》卷首，上海古籍出版社 1979 年版，第 1025 页。
⑨ 杨泽琴：《孙枝蔚诗学思想刍议》，《甘肃社会科学》2010 年第 6 期。
⑩ 汪琬：《尧峰文集》卷二十九，《四部丛刊》本。

郑方坤《尧峰诗钞小传》称其“今三复其集，大致脱去唐人窠臼，而专以宋为师。于宋人中所心摹手追者，石湖居士而已……古体圆融流亮，时闯入香山之室。”①据计东《钝翁生圹志》记载，汪琬“诗则游戏跳荡于范致能、陆务观、元裕之诸公间，而兼有其胜。其少年时所拟汉魏六朝三唐诸体，最为工似，近则夷然弃之不屑矣。”②

姜宸英（1628—1699），字西溟，好湛园，浙江慈溪人，为查慎行好友。《清史列传》称其“诗兀奡滂葩，宗杜甫而参之苏轼，以尽其变。”③

朱彝尊（1629—1709），字锡鬯，号竹垞，浙江秀水（今嘉兴）人。朱彝尊论诗崇唐薄宋，诗歌宗法盛唐，晚年亦颇阑入宋调，故沈曾植指出：“竹垞诗能结唐宋分驰之轨。”④

李因笃（1631—1692），字子德，号天生，陕西富平人。其《许伯子茁斋诗序》主张“学诗必本之《三百》”，“溯洄从之，必自三百”，“溯流从之，必自盛唐”。⑤ 李因笃对《诗经》、汉诗、杜诗有过深入研究。潘耒指出：“其诗本风骚，出入古歌谣乐府，而以少陵为宗。”⑥高春艳认为，李因笃之诗宗法盛唐，得杜诗之神韵。⑦

宋荦（1634—1713），字牧仲，号漫堂，又号西陂、绵津山人，河南商丘人。郑方坤《畏垒诗钞小传》曰：“商邱公开府三吴日，刻《江左十五子诗》，派别源流，率以韩、苏氏为职志。”⑧而宋荦自言：“余于子瞻，弥

① 郑方坤：《国朝名家诗钞小传》卷二，周骏富辑《清代传记丛刊·学林类 31》，台湾明文书局 1985 年版，第 169 页。

② 计东：《改亭文集》卷十四，《续修四库全书》第 1408 册，上海古籍出版社 2002 年版，第 259 页。

③ 《清史列传》卷七十一，周骏富辑《清代传记丛刊·综录类 2》，台湾明文书局 1985 年版。

④ 转引自钱仲联《梦苕庵诗话》，齐鲁书社 1986 年版，第 83 页。

⑤ 李因笃：《续刻受祺堂文集》卷一，《清代诗文集汇编》本，上海古籍出版社 2011 年版，第 139 页。

⑥ 李因笃：《受祺堂诗集》卷二十三，《四库全书存目丛书》集部第 248 册，第 683 页。

⑦ 高春艳：《李因笃文学研究》，中国社会科学出版社 2011 年版，第 237 页。

⑧ 郑方坤：《国朝名家诗钞小传》卷三，第 314 页。

觉神契。”①

唐孙华（1634—1723），字实君，号东江，江苏太仓人。他反对当时模拟雕琢和以门户相标榜之习，主张性灵与学问统一。郑方坤《东江诗钞小传》以为“其标置在少陵、义山之间，而尤于玉局为近。”②

王式丹（1645—1718），字方若，号楼村，江苏宝应人，他是“江左十五子”中成就最高的诗人。郑方坤《楼村诗钞小传》称其“诗排奡陡健，一洗吴音啴缓，盖以昌黎为的，而泛滥于庐陵、眉山、剑南、道园之间。”③阮元《淮海英灵集》曰：“海宁查初白推其诗，以为俯首下心，所兄事者。”④可见王式丹的诗学蹊径极有可能对查慎行产生过影响。

在由明入清的诗人中，顾炎武、朱彝尊、吴梅村、屈大均、李因笃等人都受到前后七子诗歌复古风气的影响，其格调都宗法唐音。而继这一辈诗人之后的第二代诗人，一方面受到前辈诗人的教育和影响，另一方面又受到宗宋之风的熏陶，取径已经和顾炎武等人大不相同。总的来看，清初诗人的学诗蹊径除了取径较宽、不立门户者之外，大致有以下三种模式：一是以唐诗为主要师法对象，然而在宋诗风的影响下，难免也沾染了一些宋诗风气。二是全学宋人，但每人的取法对象又各不相同。三是兼取唐宋，但是具体唐代学谁，宋代学谁，也不尽一致。当然也有人主张在学习唐宋的基础上，上溯汉魏六朝，但这样的选择毕竟是少数。张仲谋总结道：

> 假如要探寻一个贯穿近三百年清代诗史的基本线索，那就是“唐宋诗之争”。不管有多少人对分唐界宋的二分法表示不满，并且努力超脱于唐宋诗之争的是非之外，事实上大多数诗人都无以摆脱“不归杨则归墨”的怪圈。而且，即使有些诗人于唐宋诗不加轩轾，创作上亦是兼容唐宋，那也并不妨碍“唐宋诗之争”的线索

① 宋荦：《漫堂说诗》，《四库全书存目丛书》集部第421册，第126页。
② 郑方坤：《国朝名家诗钞小传》卷三，第253页。
③ 郑方坤：《国朝名家诗钞小传》卷三，第316页。
④ 阮元：《淮海英灵集》丙集卷一，《丛书集成新编》第58册，第311页。

> 功能。即所有的清代诗人都可以归入三类之下:宗唐者、宗宋者,还有兼宗唐宋者。①

而在唐宋元明众多诗人之中,清人师法的对象仅有屈指可数的几位。唐代以杜甫、韩愈、白居易、李商隐为多;宋代则以苏轼、陆游为主,当然也有学习杨万里、范成大者;元明诗人中,除了前后七子、竟陵派影响较大外,元好问、虞集也经常是人们取法的对象。而在所有的唐宋诗人中,杜甫、苏轼是清人师法最多、最集中的对象。上面提到的很多诗人,从年龄来看都是查慎行的前辈。可见当查慎行登上诗坛的时候,唐宋互参的做法早已蔚然成风、相当普遍。因此"唐宋互参"可以看作是清初整个时代的共同选择,并不能看作是查慎行的个人行为,而是一种集体行为。蒋寅总结道:"在艺术方面,清代诗人最主要的手段大致可以概括为这样两种:一种是同时师法前代两家以上风格不尽相同的诗歌,通过融合变化而别成一家,这主要集中在清代初期;另一种是仅仅将前代诗歌当作素养,实际创作时则绝去依傍,完全自由,独创一家,这主要出现在清代中叶。而无论是广师前贤还是力去依傍,他们所借鉴和针对的主要都是唐宋。"②

第二节 查慎行折中唐宋、兼法历代诸名家的诗学途径

一、查慎行"唐宋互参"理论的提出

查慎行幼年学诗所受的教育,对其"唐宋互参"诗学观的最终形成有着重要影响。他五岁时母亲即开始教授其唐诗,据《查慎行年谱》载:"母太淑人课之读,授唐人诗数百篇,即解切韵谐声大义。"③少年时

① 张仲谋:《清代宋诗师承论》,苏州大学1997年博士学位论文,第3页。

② 蒋寅主编:《中国古代文学通论》清代卷,辽宁人民出版社2005年版,第36页。

③ 陈敬璋撰,汪茂和点校:《查慎行年谱》,第13页。

期，查慎行又从陆嘉淑、钱澄之、查继佐等人学诗。陆嘉淑反对当时诗坛上强分门户之习，在《与王阮亭》诗中云："风雅历绵祀，遗芳一何繁。无论汉唐彦，变化难具言。扬波挹其澜，岂必卑宋元"，他认为阴铿、何逊、庾信、鲍照、杜少陵、杨诚斋、虞道园、陆放翁以至于盛明诸子，才力绝伦，均可师法。可见陆嘉淑的诗学思想，属于兼容并包型，这对查慎行产生了重要影响，使得他扭转了"卑宋元"之俗见，开始重视宋元诗歌。但是查慎行却最终却并未走上陆嘉淑为之设计的宽口径诗学之路，而是独取唐宋，个中缘由又是为何呢？检查慎行《初白庵诗评》，其中有些评语对他放弃学习汉魏六朝诗歌的缘由有所透露，如元好问《别李周卿三首》其二："古诗十九首，建安六七子。中间陶与谢，下逮韦柳至。"查慎行评曰："寻源溯流，确是正派，但恐置身太高，取径太难耳。"①查慎行认为元好问提出的从古诗十九首到建安七子、陶渊明、谢灵运乃至唐代的韦、柳为止的诗学脉络，从理论上说虽确实属于正派，但从实践来看，却是不易追踪模仿的，因此查慎行最终放弃了这条当时很多人认为是康庄坦途的诗学路径，走上了专门取径唐宋的道路。另外，在青年时期，查慎行还曾受诗法于钱澄之。朱彝尊评钱澄之曰："诗屡变而不穷，要其流派，深得香山、剑南之神髓而融会之。"②可见钱澄之亦有兼宗唐宋的倾向，并主要以白居易、陆游为取法对象。这种做法，一度对查慎行产生了不小影响。另外，查慎行的族伯查继佐对当时诗坛各持门户的做法表示不满，《东山外纪》载："时坛坫互兴，各为声气，独敬修（查继佐）之门不作彼此，曰：'求吾自胜，不求胜人。'……先生曰：昔有云：'五味在和，酸咸俱变。'吾愿吾党，咸奉此指。"③严迪昌先生指出，查继佐之诗"意理浓重，清削幽冷，显然是宋诗一路"，"圆转

① 查慎行撰，张载华辑：《初白庵诗评十二种》卷下。

② 朱彝尊：《明诗综》卷七十八，清康熙四十四年（1705）六峰阁刊本。

③ 刘振麟、周骧：《东山外纪》卷一，沈起撰，汪茂和校点《查继佐年谱》附录一，中华书局 1992 年版，第 107 页。

颇类放翁”，并认为这对于查慎行有着潜移默化的影响。①

查慎行正式提出“唐宋互参”的理论，见于其《吴门喜晤梁药亭》诗：

知君力欲追正始，三唐两宋须互参。皮毛洗尽血性在，愿及有志深劘勘。②

这是清初诗坛第一次明确提出“唐宋互参”的方向，具有重要的理论价值。查慎行《吴门喜晤梁药亭》收入《遄归集》之中，作于康熙二十二年（1683）夏，这年查慎行 34 岁。查慎行在诗中力劝“岭南三大家”之一的梁佩兰学习唐宋优秀诗人的诗作，抛弃狭隘的门户观念。据《清史列传》载，梁佩兰“诗从汉魏入，不借径三唐。”③因此查慎行劝梁佩兰改变“力欲追正始”的诗学途径，修正“不借径三唐”的超脱观念，和自己一起走一条折中唐宋的道路。这样一方面可以避免当时诗坛非唐即宋的门户之习，另一方面可以通过总结唐宋诗歌的优长与弊端，从而走上一条尽善尽美的诗学道路。此后查慎行又反复强调这一思想，其《得川叠前韵从余问诗法戏答之》曰：“唐音宋派何须问，大抵诗情在寂寥。”④《钱玉友有见寄长篇，极论作诗之旨，终以传世相期许，兼承不朽之托，连日阻风虎丘，舟中无事，赋此奉酬》曰：“惟诗亦云然，众美视斟酌。”⑤另外，查慎行提出“唐宋互参”理念之时，正是王渔洋倡导的“神韵说”风行海内之时，故而可以看到，查慎行经常把杜、韩诗与王、孟诗进行对比。如评杜甫《登岳阳楼》曰：“阔大沉雄，千古绝唱，孟作亦在下风。”以为杜甫和孟浩然的同题之作，杜甫要远超孟浩然。评杜甫《寒食》“田父要皆去，邻家闹不违。地偏相识尽，鸡犬亦忘归”四句曰：“储、王田家诸什所未曾道。”杜诗写田家人情物性之淳朴，表现自己与

① 严迪昌：《查慎行论》，《文学遗产》1996 年第 5 期。

② 《敬业堂诗集》卷四《遄归集》，第 104 页。

③ 《清史列传》卷七十一《文苑二》。

④ 《敬业堂诗集》卷二十八《翻经集》，第 771 页。

⑤ 《敬业堂诗集》卷三十四《迎銮集》，第 951 页。

邻里关系的融洽，查慎行认为这是在储、王的田园诗中看不到的。评韩愈《桃源图》曰："通畅流丽，较胜右丞。"那么查慎行这种判断和评价中是否也隐含着对崇尚王、孟诗歌的"神韵派"的某些不屑呢？因此可知，查慎行"唐宋互参"是在当时各种诗学思潮的碰撞中逐渐形成的，这一诗学思想既和当时以"神韵说"为主的各种诗学思潮有着密切的关联，又显示了查慎行自己独到的诗学取向与价值判断。

王英志指出，查慎行此时提出"唐宋互参"，尚有为宋诗争名的意思。① "在诗学上提倡唐宋互参，创作中则延续宋调，是一般宗宋者常用的策略。查慎行等人对唐诗都是肯定的，并不像宗唐者对宋诗的拒绝态度。"②查慎行确立"唐宋互参"的诗学道路，既是试图对清初唐宋诗之争进行调和与折中，也包含了宋诗派名唐而实宋的策略，即在不对抗传统主流诗学的基础上，为宋诗派的发展争得发展机会和空间。因此萧华荣认为，"清代诗学思想的主流可概括为'祧唐祢宋'……它在思想旨趣上折中于汉、宋而偏向于汉，在艺术风貌上折中于唐、宋而偏向于宋，它折中于情、理而偏向于理，折中于诗、文而偏向于文，折中于正、变而偏向于变。因而它形成自己独特风貌。"③如果把这话落实到查慎行身上，也是颇为恰切的。在查慎行"唐宋互参"理论指导下衍生出来的诗歌却并不是唐音，而恰恰是公认的宋调，这也充分说明查慎行在实际创作中更偏向于宋诗风，只是这种宋调是折中了某些唐音的混响罢了。所以查慎行的诗学理论与其实际创作是存在一定的落差的，也就是说，查慎行实际上是站在宋诗的角度上提出"唐宋互参"的口号，他实际上是以宋诗为本、唐诗为用，而非唐宋诗均衡平等地互参。那么对查慎行宋诗风中如何融会唐音的具体方法就需要作进一步的考察。

① 王英志：《清代唐宋诗之争流变史》，人民文学出版社 2012 年版，第 301 页。
② 王英志：《清代唐宋诗之争流变史》，第 159 页。
③ 萧华荣：《中国诗学思想史》，华东师范大学出版社 1996 年版，第 298、311 页。

二、学杜、学苏是查慎行"唐宋互参"的主要体现

查慎行在理论上主张"唐宋互参",那么在具体实践中主要师法唐宋的哪些诗人呢?为了搞清楚这个问题,下面先看看查慎行师友对其诗歌的评价。查慎行最初的诗集《慎旃集》《慎旃二集》结集之时,黄宗炎为之作序曰:"寻其佳处,真有步武分司(白居易),追踪剑南(陆游)之堂奥者。"①王士禛序曰:"余谓以近体论,剑南奇创之才,夏重或逊其雄;夏重绵至之思,剑南亦未之过,当与古人争胜毫厘。若五七言古体,剑南不甚留意,而夏重丽藻络绎、宫商抗坠,往往有陈后山、元遗山风","未敢谓夏重所诣,便驾前贤,然使起放翁、后山、遗山诸公于今日,夏重操蝥弧以陪敦盘,亦未肯自安鲁郑之赋也。"②《四库全书总目》则曰:"今观慎行近体,实出剑南,但游善写景,慎行善抒情,游善隶事,慎行善运意,故长短互形,士禛所评良允。至于后山古体,悉出苦思,而不以变化为长;遗山古体,具有健气,而不以灵敏见巧,与慎行殊不相似。核其渊源,大抵得诸苏轼为多。观其积一生之力,补注苏诗,其得力之处可见矣。"③沈德潜《清诗别裁集》亦曰:"所为诗得力于苏,意无弗申,辞无弗达,或以少蕴藉议之,然视外强中干袭面目而失神理者,固孰得而孰失也?惟学之者勿更扬其波,斯为善学者耳。"④可见清人对查慎行诗歌的认识,是从近似陆游的印象开始的,而后逐渐认识到苏轼才是查慎行之瓣香所在。当然黄宗炎也提到查慎行对白居易的学习,王士禛也注意到查慎行五七言古体对陈师道、元好问这些宋元诗人的学习。不过总体来看,清人对查慎行主要学苏、学陆有着基本一致的判断。而在苏、陆之中,苏轼才是查慎行最为欣赏的宋代诗人,陆游则又其次也。查慎行一生服膺苏轼,其《苏诗补注例略》曰:

---

① 《敬业堂诗集》附录黄宗炎序,第 1755 页。
② 《敬业堂诗集》附录王士禛序,第 1753 页。
③ 永瑢等:《四库全书总目》卷一百七十三,第 1528 页。
④ 沈德潜:《清诗别裁集》卷二十,河北人民出版社 1997 年版,第 377 页。

余于苏诗，性有笃好。向不满于王氏注，为之驳正瑕璺，零丁件系，收弃箧中，积久渐成卷帙。后读《渭南集》，乃知有《施注苏诗》，旧本苦不易购。庚辰（康熙三十九年）春，与商丘宋山言并客辇下，忽出新刻本见贻。检阅终卷，于鄙怀颇有未惬者。因复补辑旧闻，自忘芜陋，将出以问世……《补注》之役，权舆于癸丑（康熙十二年），迨己未、庚申后，往还黔楚，每以一编自随。己卯冬，渡淮北上，冰触舟裂，从泥沙中检得残本，淹浥破烂，重加缀葺。辛巳夏，自都南还，夜泊吴门，遇盗，探囊胠箧之余，此书独无恙也。自念头童齿豁，半生著述，不登作者之堂，庶几托公诗以传后，因闭门戢影，毕力于斯。追维始事迄今，盖三十年矣。虽蠡测管窥，何足仰佐万一！①

从24岁到53岁，查氏前后用了三十年的时间注释苏轼诗集，最终完成了《补注东坡编年诗》（又称《苏诗补注》）五十卷，从中可见查慎行对苏诗整理付出的大量心血。《四库全书总目》之《补注东坡编年诗》提要曰：

初，宋荦刻《施注苏诗》，急遽成书，颇伤潦草。又旧本霉黯，字迹多难辨识，邵长蘅等惮于寻绎，往往臆改其文，或竟删除以灭迹，并存者亦失其真。慎行是编，凡长蘅等所窜乱者，并勘验原书，一一厘正。又于施注所未及者，悉搜采诸书以补之。其间编年错乱及以他诗溷入者，悉考订重编……然考核地理，订正年月，引据时事，元元本本，无不具有条理，非惟邵注新本所不及，即施注原本亦出其下。现行苏诗之注，以此本居最，区区小失，固不足为之累矣。②

查慎行的《苏诗补注》在苏轼诗集的笺注方面取得了辉煌成就，成为当

① 查慎行：《苏诗补注例略》，王友胜点校《苏诗补注》，凤凰出版社2013年版，第1—5页。

② 永瑢等：《四库全书总目·集部七·别集类七》卷一百五十四，中华书局1965年版，第1327页。

时苏诗笺注本中不可逾越的巅峰，究其原因，与他对苏轼的终身笃好是分不开的，正所谓“知之者不如好之者，好之者不如乐之者”。对于自己笺释苏诗的成绩，查慎行曾自豪地说：“苏诗无恙，竟为吾家青毡。”[①] 在批点方回《瀛奎律髓》时，查慎行对苏轼《赠善相程杰》批曰：“阅过众人诗，忽见苏作，令我心开目明。”这些地方都可见出查氏对苏轼之青眼与钦服。因此可以说，对查慎行而言，如果在宋代只能选取一位诗人作为取法对象的话，苏轼无疑是唯一的人选。而陆游则只是青年诗人初出茅庐、小试锋芒的试验品。从《初白庵诗评》来看，陆游在查慎行诗学批评体系中甚至连第十的位置也排不到。

从开始整理苏轼诗集到查慎行明确提出“唐宋互参”的主张，经过了整整十年的酝酿。可见从24岁到34岁这段时间，是查慎行诗学思想逐渐成形的时期。但是学苏、学陆只是查慎行“唐宋互参”诗学主张的一半，那么查慎行对唐代主要师法哪些诗人呢？下面还是先看看前人的评价。黄宗炎《慎旃集序》曰：“寻其佳处，真有步武分司（白居易），追踪剑南（陆游）之堂奥者。”赵翼《瓯北诗话》曰：“要其功力之深，则香山、放翁后一人而已。”[②]黄宗炎和赵翼提到了唐代的白居易乃是查慎行取法的对象，究其原因，很可能是白诗的浅近与查慎行主张的白描与平淡有着极大的相通之处。此后之论者，多沿黄、赵之论而生发，如徐世昌《晚晴簃诗汇》曰：“国初诸老渐厌明七子末流科目，至初白乃专取径于香山、东坡、放翁，祧唐祖宋，大畅厥词，为诗派一大转关”[③]今人刘世南先生也认为，查慎行对唐宋诗人的取法，“更明显地是由白居易而苏轼而陆游。”[④]此论应据《瓯北诗话》《晚晴簃诗汇》而来。其实查诗主要学习白诗的说法是一种想当然，与查慎行的创作实际并

---

① 查慎行：《尺牍九通》其二，查慎行著，范道济辑校《新辑查慎行文集》，第183页。

② 赵翼：《瓯北诗话》卷十，人民文学出版社1963年版，第147页。

③ 徐世昌：《晚晴簃诗汇》卷五十六，民国间天津退耕堂刊本。

④ 刘世南：《清诗流派史》，人民文学出版社2004年版，第231页。

不完全相符。为了搞清楚这个问题，就需要到查慎行《初白庵诗评》中去寻找查慎行的真正师法对象。

在清人张载华辑录的《初白庵诗评》中可以看到，查慎行分别对陶渊明、李白、杜甫、韩愈、白居易、苏轼、王安石、朱熹、谢翱、元好问、虞集诗集以及方回《瀛奎律髓》进行了评点，这个名单应该就是查慎行“众美视斟酌”思想的具体落实。当然，除了《瀛奎律髓》外，查慎行对所评十一家诗人的用力大小轻重是不一样的。为了说明《初白庵诗评》评点侧重之不同，特绘制下表以说明之：

所评诗人	所评条目数量	所评诗人	所评条目数量
陶渊明	18 题 23 条	王安石	211 题 241 条
李白	22 题 23 条	朱熹	72 题 82 条
杜甫	319 题 450 条	谢翱	31 题 35 条
韩愈	101 题 157 条	元好问	204 题 289 条
白居易	158 题 180 条	虞集	27 题 30 条
苏轼	458 题 580 条		

从《初白庵诗评》批点的篇幅及用力程度来看，唐代诗人中以杜甫为最，宋代诗人中以苏轼之诗评语最为详细。由此可见，苏诗并不是查慎行唯一的瓣香师法对象，而只是雄踞宋代诗人第一位。至于其最为推尊的唐代诗人，则无疑应该是杜甫，而非白居易。白居易只占次席，韩愈则为第三。在《初白庵诗评》中，查慎行曾特别提到他对杜诗的“酷爱”：

> 平生酷爱杜诗，三十年中，手所批点凡四部：一留朱恒斋太守处，一为揆恺功总宪取去，一为陈允文所借，不复见还，家中止存一本。乙未二月，携之行笈，过南昌，李婿旸谷见之，经旬不释手，遂以相赠。五月杪到家，适有延陵之祸，摧痛余生，无以自遣，复出所藏旧本，细加校阅。间有评语，亦一时偶尔，未必有当于作者本怀，聊以示子孙云尔。是年仲秋月朔，阅后敬志数行。吾子孙倘以老

人为念，他日此本，勿轻畀人。初白翁手书。①

可见查慎行对杜诗的批点，先后共有五部，前后亦至少持续了三十余年，这和他对苏诗的笺注时间基本上是相同的，只是这一点很少为世人所知罢了。查慎行的同学郑梁为其《慎旃集》作序时，早就说过："彼区区以韩、欧、苏、陆之间拟之者，犹皮相矣。"②郑梁指出，查慎行之诗继承了屈原、杜甫诗歌的风雅精神，这才是《慎旃集》的精髓所在，可惜后人对郑梁此论未加留意。若四库馆臣亦能明了查慎行不仅积一生之力补注苏诗，而且同时积一生之力评点杜诗，就不会得出"核其渊源，大抵得诸苏轼为多"那样偏颇的结论了。然而由于《四库全书总目提要》的巨大影响，后来学界对查慎行诗学渊源的认识，几乎都无异词，以为其与苏诗最近，而对其学杜之倾向一直都惘然无觉。直至当代，对查慎行诗歌渊源的问题，少数学者已经有了"诗宗少陵，步法中晚"的认识③，这无疑比之前人有了很大进步，然而仍不够准确，悬揣这种认识的由来，很可能是从查慎行"三唐两宋须互参"这句诗中的"三唐"两字推衍出的结论。其实在唐代的诗人中，应该说查慎行推尊少陵，兼学韩、白，主要师法盛唐至中唐的三位大诗人。至于其对晚唐的态度，应该说是基本持反对态度的，尤其反对晚唐李商隐的西昆体和李长吉体，其详可参第四章第二节"查慎行论白描与用典"中的相关论述。

至于查慎行推崇杜诗的原因，张金明举出杜诗之"雄深雅健"、"劲"、"骨"、感情色彩等多方面的风格与初白之审美趣味与艺术理想的重合来加以说明④，所论甚是。需要补充的是，查慎行对杜诗的推尊并没有仅仅局限在理论上，而是在其诗歌创作中对杜诗风格、章法、技巧等方面都手摹力追。然而由于对查慎行诗学理论认识的局限，学界

---

① 查慎行著，张载华辑：《初白庵诗评十二种》卷上。

② 郑梁：《敬业堂诗集序》，《敬业堂诗集》附录，第 1758 页。

③ 周燕玲：《查慎行"唐宋互参"的诗学观及对康熙诗坛的影响》，《北方论丛》2010 年第 2 期。

④ 张金明：《查慎行诗歌新论》，中国人民大学 2011 年博士论文，第 320—328 页。

对查慎行诗歌中的这一特色尚未有足够清晰的认识，因此本论文拟在本章第三节，对查慎行诗歌学杜的具体情况进行详细讨论。为了避免重复起见，此先不赘。

综上所述，我认为学杜、学苏才是查慎行“兼宗唐宋”主张之主要体现。如果说，唐宋互参、兼宗唐宋尚不属于查慎行首创之论，那么在唐宋互参中选择以杜甫、苏轼两人为主进行师法和学习，就是查慎行诗学的独到之处了。在清初此起彼伏的流派纷争中，虽亦不乏学杜、学苏之人，但能于唐宋诸贤中选出这两位诗人学习的，却寥寥可数。查慎行能够选取唐宋两朝成就最高的杜甫和苏轼作为师法对象是独具慧眼的，这说明他眼界甚高，取径不肯落于下乘，有取法乎上的意思，这与其“碧海掣鲸”式的审美理想是分不开的。查慎行通过取法杜、苏的诗学路径独树高标，取得了辉煌成就，终于成为宋诗派毫无争议的代表，这也可充分说明他对诗学史具有多么犀利独到的洞察力。然而由于当时诗坛对于查慎行诗歌有着学苏、学陆的偏颇概括，致使查慎行“唐宋互参”这一选择中“唐诗宗杜”的部分，竟一直被遮蔽与掩盖。目前学界已有张金明、周燕玲等少数学者对此开始有了一定的认识，相信随着对查慎行诗学批评体系的不断梳理解析，学界对查慎行学杜、学苏的认识会越来越清晰明确。

三、“唐宋互参”体系中的王安石

除了苏轼之外，从评点的分量来看，在查慎行《初白庵诗评》诗学批评体系中占据宋代第二的诗人是王安石，而非陆游。在查慎行唐宋互参的诗学体系中，对宋代诗人主要是学习苏轼，而辅之以王安石，这是因为查慎行认为苏轼是宋代成就最大的诗人，而王安石则是宋人中学唐诗最为成功者之一。查慎行评王安石《登大茅山顶》诗曰：“半山诗无体不工，宋人学唐者，断推第一手。”①因此王安石应该是查慎行诗

① 《初白庵诗评十二种》卷下。

学“唐宋互参”中的重要人物，搞清楚查慎行对王安石诗歌的总体态度，对深入了解其诗学宗尚有重要的参考价值。综合查慎行对王安石诗歌的评点，主要体现出以下几个方面：

（一）对王安石诗歌渊源的揭示

查慎行的评点中，有许多是关于王安石诗歌渊源的。如王安石《岁晚怀古》，查慎行评曰：“八句中多用柴桑诗语作骨。”指出此诗八句主要内容皆来自陶渊明诗句。《两山间》：“只应身后冢，便是眼中山”，查慎行评曰：“作达语，从靖节‘南山有旧宅’句得来。”《散发一扁舟》：“散发一扁舟，夜长眠屡起。秋水泻明河，迢迢藕花底。”查慎行评曰：“嘘吸空明，倒倾沆瀣，太白得意处，不过尔尔。”查慎行认为，王安石诗歌得力于杜甫、韩愈、白居易最多，故常以三家之诗与王安石诗歌进行比较。如王安石《寄吴氏女子》“而吾与汝母”以下十句，查慎行评曰：“此种铺叙，似昌黎，亦似香山。”又如《垂虹亭》，查慎行评曰：“在杜、韩之间。”《猎较诗》，查慎行评曰：“得法于昌黎《琴操》。”《和平甫舟中望九华山二首》其二，查慎行评曰：“昌黎《南山诗》外别开生面。”《张氏静居院》，查慎行评曰：“通体似仿香山。”《送李太保知仪州》，查慎行评曰：“章法迢递似乐天。”《蒋山手种松》，查慎行评曰：“从香山《燕子楼》绝句脱化出来。”《游土山示蔡天启》“彼哉斗筲人”以下十八句，查慎行评曰：“如读杜老《八哀诗》。”王安石《吴长文新得颜公坏碑》：“堂堂鲁公勇且仁，出遇世难亲经纶。挥毫卓荦又惊俗，岂亦以此夸常民。但疑技巧有天得，不必勉强方通神。”查慎行评曰：“不从杜陵探讨，那得有此境界。”《纯甫出释惠崇画，要予作诗》“一时二子皆绝艺，裘马穿羸久羁旅。华堂岂惜万黄金，苦道今人不如古”四句，查慎行评曰：“与少陵《丹青引》结处同一感慨。”《出巩县》，查慎行评曰：“章法本杜。”《送明州王大卿》“尚可挥毫敌李舟”，查慎行评曰：“‘李舟’见杜少陵集。”按：杜甫乾元元年作《送李校书二十六韵》曰：“李舟名父子，清峻流辈伯。”李校书，即李舟。杜甫是王安石的主要艺术渊源之一，王安石诗歌对杜诗的学习和模仿之处很多，对此学界多有论述，读者自可参看①。

（二）对王安石诗风及艺术技巧的赞赏

查慎行论诗，主张平淡自然，且咏物诸作中多用白描，故其对王安石此类风格的诗歌非常关注。如王安石《题勇老退居院》："梦境此身能且在，明年寒食更相寻。"查慎行评曰："淡而旨。"《悟真院》："春风日日吹香草，山北山南路欲无。"查慎行评曰："烹炼之至，渐近自然。"王安石《虎图》"卒然我见心为动，熟视稍稍摩其须。固知画者巧为此，此物安肯来庭除。"查慎行评曰："白描高手，精采百倍。"又如《次韵平甫金山会宿寄亲友》："已无船舫犹闻笛，远有楼台只见灯。"查慎行评曰："一闻一见，写出江天空阔，确是夜景。"又曰："善写夜景，又切江天，移易他处不得，可以压倒原唱。"除了写景状物的恰切，查慎行倡导的平淡和白描，是蕴涵着深厚情韵和趣味的，故其评点中对这些内容也都有所侧重。如王安石《省兵》："骄惰习已久，去归岂能田。不田亦不桑，衣食犹兵然。"查慎行评曰："曲尽事情，只如口说。"王安石《移桃花示俞秀老》："我衰此果复易朽，虫来食根那得久。瑶池绀绝谁见有，更值花时且追酒，君能酩酊相随否。"查慎行评曰："情深语浅，如古谣词，非刻画所能到。"《北山》："细数落花因坐久，缓寻芳草得归迟。"查慎行评曰："闲趣写得别。"王安石《用前韵戏赠叶致远直讲》"熟视笼两手"以下三十六句，查慎行评曰："形容棋癖，曲尽机趣。"宋诗的主要弊端之一是议论过多，致使诗味淡薄，不过由于王安石能够融会唐宋，故其诗常常情趣盎然、妙趣横生，所以能够在很大程度上避免宋诗味同嚼蜡之弊。作为清初宋诗派的代表人物，查慎行当然也非常关注如何避免诗味淡薄这一问题，通过其对王安石诗趣味的评点，可以看出查慎行有以趣救平的倾向，这在其诗歌创作中也有一定的体现。

---

① 如左汉林：《论杜诗对王安石诗歌创作的影响》，《内蒙古民族大学学报》2012年第4期。

王安石中后期的诗歌已臻于成熟之境，呈现出风格多样的面貌，既有平易自然之作，也有奇崛夭矫、清新婉丽之篇。其《题张司业诗》曰："看似寻常最奇崛，成如容易却艰辛。"查慎行评曰："非独推美前人，亦自道其所得也。"对王安石此类诗作，查慎行颇为心折，故常不吝赞词。如《结屋山涧曲》："狂风动地至，万窍各啾喧。一瓢虽易除，岂在有无间。"查慎行评曰："胸次开阔，笔力夭矫。"又《登宝公塔》："倦童疲马放松门，自把长筇倚石根。江月转空为白昼，岭云分暝与黄昏。鼠摇岑寂声随起，鸦矫荒寒影对翻。当此不知谁客主，道人忘我我忘言。"查慎行评曰："具吞吐嘘噏之势，造化归其毫端。"又王安石《久雨》，查慎行评曰："短章难得如许豪横。"《送谢师宰赴任楚州》其二，查慎行评曰："起句（昆仑一支流向东）爽健。"《次韵祖择之登紫微阁二首》其二："浮云倒影移窗隙，落木回飚动屋山。"查慎行评曰："矫健。"王安石《游土山示蔡天启》"幸哉同圣时"以下八句，查慎行评曰："开阖极动荡，又极沉着。"查慎行以上"夭矫""豪横""爽健"之评，对于全面认识王安石的诗歌风格，无疑具有极高的参考价值。

陈师道《后山诗话》曰："王介甫以工，苏子瞻以新，黄鲁直以奇。"①精工雅丽与质朴奇崛共同构成了王安石诗歌的艺术风貌。查慎行评曰："半山诗无体不工，宋人学唐者，断推第一作手。"查慎行将王安石许之为宋代"第一作手"，是因为他认为王安石是宋人学唐诗的佼佼者，其本身就是"唐宋互参"的一个独特样本，这对查慎行贯彻"唐宋互参"无疑是一个重要的参照系，因此他对王安石诸体如何学唐下了很大功夫进行评点。如在《初白庵诗评》中，查慎行评王安石《忆北山送胜上人》"云埋樵声隔葱倩，月弄钓影临潺湲"曰："熟玩可悟炼句之法。"又如评《泉二首》"取遥比甘觉近美，与旧争洌知新寒"曰："炼句曲折。"又如《阴山画虎图》，查慎行评曰："读此等诗，须细讨浅深步骤，切莫作一往无前看。"《僧德殊家水帘求予咏》："清

① 胡仔：《苕溪渔隐丛话》前集卷四十二引，人民文学出版社 1962 年版，第 284 页。

风高吹鸾鹤唳，白日下照蛟龙涎。浮云妆额自能卷，缺月琢钩相与县。”查慎行评曰：“有上二句，则下二句不觉其纤，以切题也。”《岭云》：“寒荚著人榆历历，净华浮海桂团团”，查批曰：“二句含‘星’‘月’两字，对极工致。”可见查慎行对王安石诗歌技法颇为关注，尤其关注其诗歌的炼字、炼句。

（三）反对王安石诗歌中对前人成句的直接袭用

查慎行秉持“熟处求生”的诗学观念，非常反对直接袭用前人诗句。而王安石诗中直接袭用前人之处却比比皆是，故查慎行在其评点中对此类诗句都毫不客气地指出，认为乃是犯了不加检点之病。如其评王安石《又段氏园亭》“漫漫芙渠难觅路”句云：“半山最熟于唐诗，往往与古人句法暗合。如此句，岂不从‘冥冥蒲苇不知村’得来耶？”又如王安石《旅思》颈联曰：“看云心共远，步月影同孤。”查慎行评曰：“杜诗：片云天共远，永夜月同孤。五、六乃似掩袭。”又王安石《净相寺》“曾遭减劫坏，今遇胜缘修”，查慎行评曰：“末二句直录香山成语。”白居易《重修香山寺》曰：“曾随减劫坏，今遇胜缘修”，可见王安石《净相寺》后两句确实是对白诗的抄袭。又王安石《春日》“室有贤人酒，门无长者车”，乃是对杜甫《对雨书怀走邀许主簿》“座对贤人酒，门听长者车”二句稍加点化而成，查慎行评曰：“‘座对贤人酒，门听长者车’，少陵成语也。半山熟于唐诗，往往有此病。他如‘昔逢减劫坏，今遇胜缘修’二句，亦出乐天集，一时不及检点耳。”又如王安石《梅花》：“墙角数枝梅，凌寒独自开。遥知不是雪，为有暗香来。”查慎行评曰：“古乐府：‘庭前一树梅，寒多未觉开。只言花似雪，不悟有香来。’不署作者姓名，杨诚斋谓是苏子卿作，荆公略改数字耳。想与古人暗合，未必袭取也。”将古乐府原诗与王安石《梅花》进行比较就可以发现，王安石此诗抄袭模拟的成分着实过大，而查慎行“暗合”之评，想是为了给王安石留下一点颜面，实乃仁者宽厚之论。又查慎行评《胡笳十八拍十八首》曰：“此种诗，不作可也。集句虽工，何所取义？”王安石确实喜欢袭用前人诗句，这在他来说或许并不以为病，莫砺锋先生也认为，王安石这样作并非纯属消极意义，其早期作品中还不乏成功之例。① 然而在查慎行看来，王安石诗歌中这样“不加检点”地大量袭用前人成句，殊不可取。钱钟书先生亦曾严厉地批评王安石这种做法：“每遇他人佳句，必巧取豪夺。脱胎换骨，百计临摹，以为己有。或袭其句，或改其字，或反其意。集中作贼，唐宋大家无如公之明目张胆者。本为偶得拈来之浑成，遂著斧凿拆补之痕迹。”②则查慎行对王安石诗歌这种剽窃之习的指摘，并不能算是吹毛求疵。

四、“唐宋互参”体系中的陆游

查慎行早年诗学陆游，黄宗炎、王士禛《慎旃集序》颇以剑南诗风许之。黄宗炎曰：“寻其佳处，真有步武分司（白居易），追踪剑南（陆游）之堂奥者。”③王士禛曰：“姚江黄晦木先生常题目其诗，比之剑南。余谓以近体论，剑南奇创之才，夏重或逊其雄；夏重绵至之思，剑南亦未之过，当与古人争胜毫厘。”④查慎行岳父陆嘉淑《慎旃集序》曰：“晦木老友以为上武分司而下追射的，一言为智，知其不轻借游扬也。”⑤对黄宗炎的评价做了充分的肯定。查慎行的前辈好友李良年亦将查慎行《慎旃集》诗与陆游入蜀诗相比拟，其《与查夏重》云：

> 天末幕府，新历战场，晖凤就禽之日，陈徐记室之年。盾鼻马鞍，濡毫渍墨，岂止杜陵夔后、放翁入蜀？奉教无由，不免色飞心动耳。⑥

同时及其后，人们对查慎行学陆有着基本一致的认识，如赵翼《瓯北诗话》曰：

---

① 莫砺锋：《论王荆公体》，《南京大学学报》1994 年第 1 期。

② 钱钟书：《谈艺录》，中华书局 1993 年版，第 245 页。

③ 《敬业堂诗集》附录黄宗炎序，第 1755 页。

④ 《敬业堂诗集》附录王士禛序，第 1753 页。

⑤ 《敬业堂诗集》附录陆嘉淑序，第 1757 页。

⑥ 《秋锦山房外集》卷二，《四库全书存目丛书》第 251 册，第 239—240 页。

要其功力之深，则香山、放翁后一人而已。①

以初白律诗与放翁相较：放翁使事精工，写景新丽，固远胜初白，然放翁多自写胸臆，非因人因地，曲折以赴，往往先得佳句，而足成之。初白则随事随人，各如其量，肖物能工，用意必切，其不如放翁之大在此，而较放翁更难亦在此。②

查慎行游幕黔阳与陆游入蜀从军，这种人生经历的相似，无疑大大拉近了查慎行与陆游之间的心灵距离。查慎行以诗纪行旅，即目成篇，这一点就和陆游一致。陆游多咏从军乐，查慎行也有《滇南从军行八首》《军中行乐词十首》，这些都不难看出查慎行对陆游的模仿与学习。另外，将查慎行近体诗与陆游近体比对，也可发现二者诗风的相似之处，如查诗《夜观烧山和中丞公韵》：

寒空月黑焰初熏，照夜俄生万岭云。赤帜千人争赵壁，火牛百道走燕军。

危时莫以烽为戏，我意方忧玉亦焚。不信劫灰吹不尽，草间狐兔尚成群。③

全诗属对自然工整，运意圆润灵活，使事熨帖浅近，与陆游诗风极为相似。另如绝句《题杜集后二首》其二："漂泊西南且未还，几曾蒿目委时艰。三重茅底床床漏，突兀胸中屋万间。"④化用庄子语句，用反诘语气说出，将老杜《茅屋为秋风所破歌》压缩凝练成"三重茅底床床漏，突兀胸中屋万间"两句，语言凝重有力，论列风发，风格逼近陆诗。

然而随着阅历的丰富，查慎行逐渐摒弃和超越了陆游，最终确定以杜甫和苏轼作为自己最高的诗学典范。学习陆游其实只是其诗学历程中的一个阶段，查慎行并未能对放翁一生瓣香而不废。然而在诸种相关著作中，由于受到黄宗炎、王士禛评价的影响，常以偏概全，说查慎行

① 郭绍虞辑：《清诗话续编》第2册，上海古籍出版社1983年版，第1300页。

② 《清诗话续编》第2册，第1316页。

③ 《敬业堂诗集》卷二《慎旃集中》，第53页。

④ 《敬业堂诗集》卷四十五《吾过集》，第1320页。

诗歌以学苏、学陆为主，均未能从其诗学途径与理论渊源入手进行真正的把握与理解，这种认识是亟须纠正的。综观查慎行一生的诗歌创作，说其学苏则可，说其学陆则着实有些欠妥。为了真正搞清楚查慎行对陆游的态度，我们可以通过其对《瀛奎律髓》中陆游诗歌的评点一窥究竟。总的来看，查慎行对陆游诗歌的评点主要有以下几个方面的内容：

（一）称赏陆游诗歌艺术技巧的高妙之处

陆游诗歌在艺术上有许多成功之处，查慎行对此非常欣赏，故常于评点中予以揭示，其内容涉及章法、用典、字法、句法、对仗等诸多方面。如评《致仕述怀》尾联“冲雨归来晚，山花满笠红”曰：“‘山花满笠’从‘冲雨’得来，故非支凑。”①这是着眼于诗意的连贯性得出的认识。又如《十二月初一日得梅一枝绝奇，戏作长句，今年于是四赋此花矣》颈联“孤城小驿初飞雪，断角残钟半掩门”，查慎行评曰：“五六妙不可言，惜前后不称。明高青丘梅花诗翻出新奇，皆从此二语脱化。”②陆游此诗颈联是其名句，查慎行亦赞为“妙不可言”，但他仍指出此诗在艺术上“前后不称”的问题，可见查慎行论诗并不过于强调警句，而是更加看重一首诗在艺术上的一致性与整体性。当然，查慎行也不否认警句对全篇的作用，如评《病足累日不出庵门，折花自娱》第六句“粗知春在赖莺声”曰：“一语动人，全篇生色。”③对于陆游诗歌的用典，查慎行在评点中也颇为关注。评陆游《守严述怀》颔联“名酒过于求赵璧，异书浑似借荆州”曰：“用事必如此超脱，方称作家。”④《小雪》后四句“跨蹇虽堪喜，呼舟似更奇。元知剡溪路，不减灞桥时。”查慎行曰：“四句用两事，化旧为新。”⑤又如《六日云重有雪意独酌》尾联曰：“偶得芳樽须痛饮，凉州那得直葡萄”，查慎行评曰：“尾用翻案语，隽。”⑥陆游此诗

① 李庆甲：《瀛奎律髓汇评》卷六，第253页。

② 李庆甲：《瀛奎律髓汇评》卷二十三，第1012页。

③ 李庆甲：《瀛奎律髓汇评》卷十，第282页。

④ 李庆甲：《瀛奎律髓汇评》卷四，第202页。

⑤ 李庆甲：《瀛奎律髓汇评》卷二十一，第874页。

⑥ 李庆甲：《瀛奎律髓汇评》卷十九，第741页。

尾联乃是暗用典故,《三国志·魏书·明帝纪》注引《三辅决录》:“中常侍张让专朝政,孟他以葡萄酒一斛遗让,即拜凉州刺史。”①陆游《比从人觅酒皆酸薄戏作此诗》“酒尽聊凭折简求,不知人要博凉州”也是用此典故,然此诗“偶得芳樽须痛饮,凉州那得直葡萄”却反用典故,倍出新意,故查慎行赞之曰“隽”。以上这几则评例反映出查慎行对用典的明晰态度,即反对生吞活剥地用典,要求用典在形式上切忌板滞,要尽量做到灵活多变,同时要求用典应有利于丰富诗意蕴涵及顺畅表达。另外,查慎行对陆游诗歌中的字法、句法之妙亦多有揭示。如《甲子立春前二日》颔联“养熟犬鸡随坐起,性灵乌鹊报阴晴”,查慎行评曰:“‘性灵’二字用得活,不嫌其腐。”②评《后寓叹》曰:“句句斗笋,字字合拍,可见胸中有书。”③《麦熟市米价减,邻里病者亦皆愈,欣然有赋》颈联“邻翁濒死复相见,村市小凉时独游”,查慎行评曰:“五六瘦劲,非老境不能到。”④评《五月初夏病体轻偶书》曰:“第四句(三日无诗自怪衰)崛强。”⑤评《枕上作》曰:“‘酒冲愁阵出奇兵’,较第三句(愁得酒卮如敌国)更响亮奇横。”⑥《杜叔高秀才雨雪中相过,留一宿而别,口诵此诗以送之》颔联“风吹欲倒孤城远,雪落如箍野寺寒”,查慎行评曰:“三四寒气逼人,却成奇警。”⑦《戏咏闲适》颔联“箪瓢味美如烹鼎,邻曲人淳似结绳”,查慎行评曰:“三四对句,出人意表。”⑧放翁七律的对仗多有“滑熟”之弊,这是因为他在晚年创作数量过多,创作态度随意,往往脱口而出,在艺术上便难免失于讲究,这是艺术创新能力下滑的表现,查慎行对此是颇为不满的。然而“箪瓢”一联却能破除熟滑之弊,

① 钱仲联:《剑南诗稿校注》卷一,上海古籍出版社1985年版,第67页。
② 李庆甲:《瀛奎律髓汇评》卷十,第385页。
③ 李庆甲:《瀛奎律髓汇评》卷三十九,第1464页。
④ 李庆甲:《瀛奎律髓汇评》卷十一,第416页。
⑤ 李庆甲:《瀛奎律髓汇评》卷十一,第418页。
⑥ 李庆甲:《瀛奎律髓汇评》卷十,第384页。
⑦ 李庆甲:《瀛奎律髓汇评》卷二十四,第1100页。
⑧ 李庆甲:《瀛奎律髓汇评》卷二十,第807页。

对的出人意表,令人耳目一新,颇能收新警之效。而查慎行反对调熟、力求创新的艺术追求,从中亦可窥见一斑。

(二)反对陆游生吞活剥唐人诗句

反对模拟和抄袭是查慎行在《初白庵诗评》中的一贯思想,在对《瀛奎律髓》中陆游诗歌的评点中亦可见到他对放翁学古而不化的批评。如陆游《游山》其一颔联云:"蝉声入古寺,马影渡荒陂",查慎行评曰:"'蝉声集古寺,鸟影渡寒塘',少陵句也。放翁熟于杜律,不觉屡犯。"①评《十二月八日步至西村》曰:"第五句(多病所须惟药物)老杜成语。"又评陆游《入城至郡圃及诸家园亭游人甚盛》曰:"剑南诗非不佳,只是蹊径太熟,章法句法未免雷同,不耐多看。"②查慎行反对简单模拟的原因是他更注重诗歌的超越与创新,由于陆游诗中有章法句法雷同之处过多之病,查慎行颇为不满。如陆游《春日小园杂赋》颔联"风生鸭绿文如织,露染猩红色未干",查慎行评曰:"'鸭绿''猩红'与《春行》一首相同,但不点出湖水及海棠,全用替身字,不如前首老气。"又曰:"'鸭绿''猩红'再见,便少味。"③除了此诗颔联以'鸭绿'与'猩红'为对之外,陆游在《春行》诗中又使用了同样的遣词:"猩红带露海棠湿,鸭绿平堤湖水明",查慎行认为,无论艺术上的抄袭模拟还是对自己作品的简单重复都是诗病,不足为法,而如能从对前人的学习中自辟蹊径,为我所用,这才是学诗之上乘境界。如《题庵壁》颔联"身并猿鹤为三口,家托烟波作四邻",查慎行评曰:"梅妻鹤子,何妨算口;泛宅浮家,故可作邻。若移他用便非。与香山诗句法不殊,而炼句用意自别。"④《醉中作》前四句云:"宦游三十载,举步亦看人。爱酒官长骂,近花丞相嗔。"查慎行评曰:"三四俱用杜,亦紧顶'举步看人'意。"按:杜甫《戏简郑广文虔兼呈苏司业》:"醉则骑马归,颇遭官长骂。才名三

---

① 李庆甲:《瀛奎律髓汇评》卷三十三,第1381页。
② 李庆甲:《瀛奎律髓汇评》卷五,第230页。
③ 李庆甲:《瀛奎律髓汇评》卷十,第383页。
④ 李庆甲:《瀛奎律髓汇评》卷二十三,第1006页。

十年,坐客寒无毡。”又《丽人行》曰:“杨花雪落覆白苹,青鸟飞去衔红巾。炙手可热势绝伦,慎莫近前丞相瞋。”二诗即为陆游此诗颔联所本。然而查慎行认为陆游此联虽系化自于杜诗,但在此篇中与首联绾和得颇为紧密,故亦不可废。总之,以上这些评语都透露出查慎行的诗学宗旨,既要学古又要不拘泥于古,应力争在古人的基础上开拓创新,而不是一味地满足于亦步亦趋而导致优孟衣冠。

（三）对陆游诗歌的某些瑕疵进行指摘

值得注意的是,在查慎行对陆游诗歌的评点中,还有对其诗歌某些瑕疵的指摘,表现了查慎行的反思精神和客观态度。如陆游《春近》,查慎行曰:“虚谷原评云:烂熟。”间接地表明了自己的态度。《射的山观梅》颔联“照溪尽洗骄春意,倚竹真成绝代人”,查慎行评曰:“第四名句,难对。”①这实际上是隐晦地批评此联在对仗艺术上有不相称的毛病。评《巢山》其二曰:“三四(穿林双不借,取水一军持)放翁偶拈此六字作对,近日诗人好用此替身字眼,固是下乘。能知诗料非此之谓,则诗道进矣。”②扬雄《方言》:“丝作之者谓之履,麻作之者谓之不借。”可见“不借”即麻鞋之代称。又玄应《一切经音义》:“军持,正言捃稚迦,此译云瓶也。”可见“军持”即云瓶之代称。诗中用代称,虽然会为对仗带来一些方便,但毕竟会造成诗意的晦涩难懂,因此查慎行指出这只是一种下乘的技法,并不值得仿效。即使是对陆游的名篇,查慎行亦有指摘,如《临安春雨初霁》的颔联“小楼一夜听春雨,深巷明朝卖杏花”向来为人称道,而查慎行评曰:“五六(矮纸斜行闲作草,晴窗细乳戏分茶)凑泊,与前后不称。”③同样的,陆游《十二月初一日得梅一枝绝奇戏作长句今年于是四赋此花矣》颔联“孤城小驿初飞雪,断角残钟半掩门”,查慎行评曰:“五六妙不可言,惜前后不称。”可见查慎行的评点并不只是着眼于名联警句,而是能充分考虑到一首诗整体的艺术性。

① 李庆甲:《瀛奎律髓汇评》卷二十,第810页。

② 李庆甲:《瀛奎律髓汇评》卷三十三,第1383页。

③ 李庆甲:《瀛奎律髓汇评》卷十,第283页。

总之，由于陆游曾作为查慎行青年时期较早的师法对象，所以陆游对查慎行来说还是具有特殊意义的诗人。在查慎行的诗学体系中，陆游的地位虽次于苏轼、王安石等人，但仍是他在宋人中重要的取法对象之一。但通过查慎行对《瀛奎律髓》中所收陆游诗的评点，我们可以看到他对陆游既不虚美，亦不隐恶，而是能够对陆诗中的妙处与瑕疵作出较为客观的评价。在查慎行青年时期，陆游对他来说应该算是一座难以逾越的高峰了，而当经历了一生风雨之后，独坐于初白庵中评诗的查慎行已经能够俯视云烟缭绕的诗国群峦。陆游，那个曾经的兀然屹立的偶像，这时已经融入诗歌的群峰之中，已经化作其唐宋互参体系中的一个有机环节，而查慎行在他的诗评中正在全方位地描绘着其心中更高的诗学理想。因此对青年时期偶像的批评与解构，正可以看做诗人对自己的颠覆与超越。

五、"唐宋互参"体系中的元好问

如前所述，查慎行"唐宋互参"理论的前提是转益多师、兼容并包的思想。在这个理论体系中，除了学习和继承唐宋诗歌这两大优秀传统之外，还有兼顾元明诗学的内容。张载华《初白庵诗评纂例》曰："初白先生博览载籍，自汉魏六朝，迄唐宋元明诸家诗集，尤为融贯，每阅一编，必着评点，真所谓一字不肯放过也。"可见查慎行评点的眼光并不局限在唐宋这一时段之内，而是取径广阔。在《初白庵诗评》中，查慎行对金元之交的元好问和元代虞集的诗歌都予以详细的评点。其中对元好问诗歌评点的分量，排在全部诗人的第三位，可见查慎行对元好问的重视程度。因此可以通过分析查慎行对元好问诗歌的评点，来解析其对金、元诗歌的态度，作为其"唐宋互参"的重要补充与佐证。张静指出，查慎行《初白庵诗评》中选评校注元好问诗，为清人评点元好问诗开了先河，奠定了元好问诗批注的基础，对清代元好问诗歌的接受产生了深远的影响。①

① 张静：《元好问诗歌接受史》，中国社会出版社2010年版，第143页。

查慎行对元好问独具青眼的原因，是由于元好问诗歌旨趣与诗学路径与查氏有着高度的契合之处。元好问作为金元一代成就最高的诗人，对杜甫和苏轼的诗歌风格及技巧都进行了广泛地学习和继承。元好问曾编选《杜诗学》一书，该书已经散佚，但其所作《杜诗学引》却保留了下来。元好问还曾删选苏诗，编成《东坡诗雅目录》，又编有《东坡乐府集选》，因此元好问经常被看作是金代的苏轼。如李庭《云甫以斫云公耳之七首》其四曰："遗山落笔坐生风，惟许儋州秃鬓翁。"①元好问友人杜仁杰曰："敢以东坡之后请元子继，其可乎？"②其门人郝经《遗山先生墓铭》亦曰："直配苏黄氏。"③又《元遗山真赞》曰："与坡谷为邻。"④清代翁方纲《苏门山涌金亭苏书石本》曰："吾斋宝苏拜苏像，想应元子配食乎。"⑤《斋中与友论诗五首》其三曰："苏学盛于北，景行遗山仰。谁于苏黄后，却作陶韦想。"⑥《读元遗山诗四首》其三曰："遗山接眉山，浩乎海波翻。效忠苏门后，此意岂易言。"⑦可见由元至清，人们多将元好问作为学苏最为成功的诗人看待。而查慎行亦将苏轼作为主要的师法对象，故其对元好问学苏的经验最为关注，所以《初白庵诗评》中对元好问的关注度较高，其评点的分量位于杜甫、苏轼之后，占据了第三的位置，从中可见其重视程度。查慎行原有《题元裕之集后》之诗，然而检《敬业堂诗集》却不见了此诗的踪影，不过我们从揆叙的和诗中还是能大致揣想查慎行对元好问的赞赏态度。揆叙《和他山师题元裕之集后二首》曰：

幽兰一烬战尘飞，城郭萧条事已非。野史亭空野老在，别裁伪

---

① 李庭：《寓斋集》卷三，《续修四库全书》第1322册影印清宣统二年刻《藕香零拾》本，第319页。

② 元好问：《遗山先生文集》卷末附杜仁杰《遗山先生文集后序》，《四部丛刊初编》222册影印明弘治十一年刊本。

③ 胡聘之：《山右石刻丛编》卷二十九，清光绪刻本。

④ 郝经：《陵川集》卷二十二，《影印文渊阁四库全书》第1192册，第242页。

⑤ 翁方纲：《复初斋诗集》卷十五，《续修四库全书》第1454册，第497页。

⑥ 翁方纲：《复初斋诗集》卷六十二，《续修四库全书》1455册，第251页。

⑦ 翁方纲：《复初斋诗集》卷六十六，第299页。

体出天机。

桑田沧海阅前朝，掇拾丛残未寂寥。耶律遗风犹未泯，金才岂必尽胜辽。

撰叙诗中“别裁伪体”“金才胜辽”之语，当与查慎行对元好问的评价有关，可惜的是查诗原作已不可复见，不过其对元好问之诗的推尊态度，则是可以肯定的。总的来看，查慎行在《初白庵诗评》对元好问诗歌的评点有以下几个方面的内容：

（一）**揭示元好问诗歌之渊源**

对于元好问的诗歌渊源，郝经《遗山先生墓铭》评曰：“上薄风雅，中规李杜，粹然一出于正，直配苏黄氏。”①元好问诗歌能够兼宗众美，转益多师，查慎行在评点中对此多有揭示。如其评元好问《饮酒五首》其三“三更风露下，巾袖警微湿”二句云：“却是渊明未经道。”《后饮酒五首》其一“但愧生理废”四句，评曰：“情挚语，神似陶公。”又如《种松》“惘然一太息”至末，评曰：“意象从渊明‘种桑长江边’一首来。”指出元好问诗歌与陶渊明诗多有神似之处，对陶诗的语言风格和诗歌意象多有模仿借鉴。评《晓发石门渡湍水道中》云：“以拟颜谢，仿佛似之”，指出此诗具有南朝山水诗的风格。查慎行对元好问如何学杜最为关注，所评篇幅亦多。如评元好问《新野先主庙》“再世中兴事可常”句云：“即少陵‘运移汉祚终难复’之意，而词特翻新。”评《赠写真田生三章》其三“张颠草圣雄千古，却在孙娘剑器中”二句云：“用旧事如新，只是笔妙。”评《濦水》曰：“沉雄处不减《八哀》。”评《龙潭》云：“摹杜之作。”评《画马为邢将军赋》云：“真得杜之神髓，他手为之，仅得皮骨耳。”评《赤壁图》“事殊兴极忧思集”“凡今谁是出群雄”二句云：“杜句。”指出元好问诗不但化用杜诗语句和典故甚多，而且在写作手法和表现技巧方面也颇得杜诗神韵。

① 曾永义编：《元代文学批评资料汇编》上集第109页，台湾成文出版社有限公司，民国六十七年九月版。

此外，查慎行对元好问学习李白、白居易、刘禹锡、李贺、苏轼之处也多有评点。评元好问《南湖先生雪景乘骡图》云："气格在太白、坡翁二仙之间。"评《读书山雪中》"先生醉袖挽春回，万落千村满花柳"二句云："笔挟仙气。"评《愚轩为赵宜之赋》曰："全篇俱学苏，用事亦恰合。"评《鹳雀崖北龙潭》"藏珠骊龙颔，百斛快一吐。油油入无底，细散不濡缕"四句云："学苏。"元好问《颍谷封人庙》"人言君善谏，微意得郑子。特于悔悟时，一语发天理"四句，查慎行评曰："人情难强回，天性可微感，二语已为东坡道尽。"指出元诗对苏诗诗意的化用。评《闻歌怀京师旧游》云："全学香山。"评《感兴四首》其二云："俨然广大教化主后一人，风雅代兴，亦关五百年运数，良非偶然。"评《蜀昭烈庙》云："可与刘宾客五律并峙千古。"评《戏赠白发二首》其一曰："'贵人'句刘梦得成语。"评《南冠行》曰："'郎食'二句本李长吉。"从查慎行对元好问诗歌渊源的揭示，可以看出元好问兼宗众美的诗学取向，而这也正是查慎行将其纳入自己诗学体系的原因所在。

（二）对元好问诗风的激赏及诗歌技巧的揣摩

就诗风而言，查慎行既欣赏杜甫"碧海掣鲸"式雄浑豪壮的风格，也对陶渊明平淡有味的诗风颇为心仪，同时他还对模拟剽窃之风一直保持着充分的警惕。其《十叠前韵答寒中二首》其二便曾自道其审美倾向与论诗宗旨："曾思大海掣鲸鱼，牙后谁甘拾唾余。"①如元好问《论诗三首》其二"不信骊珠不难得，试看金翅擘沧溟"，查氏评曰："具大海掣鲸之力。"又《放言》"有来且当避，未至吾何求"，评曰："转折如意，由于力大。"《外家南寺》"眼中高岸移深谷，愁里残阳更乱蝉"，评曰："萧瑟峥嵘。"评《范宽秦川图》"全秦天地一大物，雷雨澒洞龙头轩。因山分势合水力，眼底廓廓无齐燕。"四句曰："大手笔作大开合，全秦形势在我目中矣。"评《后饮酒五首》其五"饮人不饮酒"四句曰："波澜动荡，章法不拘。"评《箕山》"至今阳城山，衡华两邱垤"二句曰："豪

① 《敬业堂诗集》卷二十八《翻经集》，第775页。

健。”《萧仲植长史斋》“天星无数不知名，色正芒寒才七个”，评曰：“老健。”而对元好问诗中平淡自然、含蓄蕴藉的风格，查慎行也颇为赞赏。如元诗《黄金行》“儿贫女富母两心，何论同袍不同梦”，查评曰：“如此方不蹈袭唾馀，亦觉淡而有味。”《济南杂诗十首》其三“六月行人汗如雨，西城桥下见游鱼”，评曰：“平淡中越显神味。”评《杂诗四首》其三曰：“言简而意长。”评《怀州子城晚望少室》“十年旧隐抛何处，一片伤心画不成”二句曰：“对此茫茫，百端交集，亡国感慨意，言外别有含蓄。”评《送高信卿》结句：“中原麟凤今如此，莫道皇家结网疏”曰：“感慨之音出以酝藉。”查慎行对元好问意蕴深厚而语言平淡自然的诗歌表现出特别的好感，这与他提倡白描的诗学理论是一致的，平淡而有韵味，含蓄而富有深意，这是他对诗歌艺术效果的至高追求。

除了艺术风格之外，查慎行对元好问诗歌的章法、句法、字法等艺术技巧亦能细心揣摩，真可谓“一字不肯放过”。如评《同梅溪赋秋日海棠二章》其一“琼枝不逐秋风老，自是人间日易斜”二句云：“笔有化工。”评《同儿辈赋未开海棠二首》其一“殷勤留着花梢露，滴下生红可惜春”二句云：“赋物诗难得细腻如许。”评《送王亚夫举家归许昌》“出门疾走勿反顾，正恐五鬼从之西”二句云：“趣极韵极。”评《过威州镐厉王故居》“抱蔓无人更可怜”句曰：“一语抵得黍离麦秀多少感伤。”评《王黄华墨竹》“雪溪仙人诗骨清，画笔尚余诗典刑。月中看竹写秋影，清镜平明白发生”四句云：“入题取径自别。”指出元好问写画竹却不从画入题，而是从画家的诗写起，入题别出心裁。评《虞坂行》云：“分作四层，愈转愈紧，直到末路方出正意，章法最灵。”指出元好问诗歌构思上善于不断蓄势，于结尾处水到渠成地托出主旨。评《游龙山》云：“篇中入路出路，前后井然，只是写得错综变化，不可端倪，使迷者观之，如堕云雾，正须明眼抉破，直作指掌图看。”指出元好问诗结构安排井然有序，然思路错综变化、不可端倪的特点。评《南湖先生雪景乘骡图》“看翁《弃瓢诗》，调戏鸱夷老子如儿童。雄吞已觉云梦小，寒缩宁作书生穷。”四句云：“余波未穷。结出图意，手法轻便。”指出此四句将画中南湖先生的文才武略、倜傥旷达自然而然的拈出，具画龙点睛之妙。又如评《观淅江涨》“纳污非无处，流恶聊自快”二句曰：“通篇只是形容铺排，不可少此斤两语。”指出此二句在全篇中的统率作用。评《北邙》“焉知原上冢，不有当年吾”云：“奇想中有妙理。”元诗由眼前所见之景，生发联想，由现在而将来，由人及己。查慎行认为元诗的设想虽然离奇，但合乎情理，具有深意。

（三）反对元好问直接袭用前人成句

在《初白庵诗评》中，同评点王安石诗歌一样，查慎行对元好问诗歌中直接袭用前人成句之处关注颇多。对于元好问化用变化前人之处，查慎行表示了充分肯定。如元好问《水帘记异》“世外果无物，邂逅乃一逢”，查慎行评曰：“‘世外无物’，亦用东坡《海市》语，却无痕迹。”按：苏轼《登州海市》云：“人间所得容力取，世外无物谁为雄。”元好问借用苏诗，化为己有，确实做到了毫无痕迹，故对这样的化用，查慎行是颇为欣赏的。又评《戏题新居二十韵》云：“回环合拍，化尽用古之痕，七古中唯髯苏一人，得先生而两，宜其高自位置也。”又如《岐阳三首》其二“岐阳西望无来信”二句，评曰：“用杜恰合。”按：杜甫《自京窜至凤翔喜达行在所三首》其一：“西忆岐阳信，无人遂却回。”元好问将两句五言的杜诗合并为一句七言诗，化用得巧妙而不生硬。又如《赠写真田生三章》其三“张颠草圣雄千古，却在孙娘剑器中。”查慎行评曰：“用旧事如新，只是笔妙。”元好问此诗所用之事，见杜甫《观公孙大娘弟子舞剑器行并序》：“往者吴人张旭，善草书书帖，数常于邺县见公孙大娘舞《西河剑器》，自此草书长进，豪荡感激，即公孙可知矣。”元诗虽用此典，却并未为典故所拘，而是能化为己用，故查慎行对此类用典颇为称赏。对于元好问在一些特殊情况下使用古人成句的情形，查慎行亦表现出较为宽容的态度，如《送弋唐佐还平阳》“苏州韦郎交分深，香山白傅金玉音，借渠两诗写我心”以下，查氏评曰：“如此用古人成句却不害，固自道破了也。”

然而由于查慎行反对机械模拟和公然剽窃，故对元好问诗歌中直接袭用前人之处,都毫不客气地指出,认为这是作者的“不检点”之处。由于元好问诗歌以学杜见长,故查慎行对元好问诗歌袭用杜诗之处指摘也最多。如元好问《去岁君远游,送仲梁出山》“华岳峰尖见秋隼,金眸玉爪不凡材”,查慎行评曰:“‘华岳’二句,皆少陵语。”按:上句出自杜甫《魏将军歌》:“魏侯骨耸精爽紧,华岳峰尖见秋隼。”下句出自杜甫《见王监兵马使说,近山有白黑二鹰二首》其二:“万里寒空只一日,金眸玉爪不凡材。”又《送高信卿》“无衣思南州”,评曰:“杜句。”按:此句出自杜甫《发秦州》。又《啸台感赋》“浩歌弥激烈”,评曰:“杜句。”按:此句出自杜甫《自京赴奉先县咏怀五百字》。《啸台感赋》又有“子规夜啼山竹裂,老鹤乱踏枯松折”句,查慎行评曰:“‘子规’句亦杜语。”按:“子规夜啼山竹裂”出自杜甫《玄都坛歌寄元逸人》。又《醉中送陈季渊》“爱君只欲苦死留”“眼高四海空无人”,评曰:“‘爱君’句,杜诗成语。‘眼高’句,东坡成语。”按:“爱君只欲苦死留”,系化自杜甫《送孔巢父谢病归游江东兼呈李白》“惜君只欲苦死留”。“眼高四海空无人”,出自苏轼《书元丹子所示李太白真》。《闻希贤得英府记室》“徒怀贡公喜”,评曰:“杜句。”按:此句化自杜甫《奉赠韦左丞丈二十二韵》“窃效贡公喜”。《壬子月夕》“遥怜小儿女,把酒望东州”,评曰:“‘遥怜’句,杜成语。”按:此句出自《月夜》“遥怜小儿女,未解忆长安”。《桐川与仁卿饮》“风流岂落正始后,诗卷长留天地间”,评曰:“‘诗卷’句,杜成语。”按:此句出自杜甫《送孔巢父谢病归游江东兼呈李白》。《晨起》“多病所须唯药物”,评曰:“‘多病’句,杜成语。”按:此句出自杜甫《江村》。《寄杨弟正卿》“东阁观梅动诗兴”,评曰:“‘观’字讹,当作‘官’,少陵成句。”按:此句出自杜甫《和裴迪登蜀州东亭送客逢早梅相忆见寄》。《题石裕卿郎中所居四咏·寓乐堂》“五陵衣马自轻肥”,评曰:“五陵,杜句。”此句出自杜甫《秋兴八首》其三。《留赠丹阳王炼师三章》其二“桃花一簇开无主”,评曰:“‘桃花’句,少陵成语。”此句出自杜甫《江畔独步寻花七绝句》其五。《怀益之兄》“三年浪走空皮骨”,评曰:“‘三年’句,用杜,唯‘浪’字不同。”按:此句出自杜甫《将赴成都草堂途中有作先寄严郑公五首》其四“三年奔走空皮骨”。查慎行评《赤壁图》曰:“先生好用古人现成句子,不一而足,即如此章后半,两犯少陵,毕竟是诗病,读者辨之。”在这里,查慎行表明了自己对这种做法的态度,即严格要求作者不能去古人集中做贼,否则便是“诗病”,不必为之讳言。

元好问诗歌除了学杜之外,亦学宋代苏、黄等大家,查慎行在评点中同样对其袭用苏、黄的诗句也予以指出。如元好问《赠休粮张炼师》“金砂雾散风雨疾,一点黄金铸秋橘”,查氏评曰:“‘一点’句,东坡成语也。”按:此句出自苏轼《送杨杰》。又评《此日不足惜》曰:“四十句东坡成语。”又《赠张润之》“人物尤难到衰世”,评曰:“‘人物’句,坡公成语。”按:此句系化用苏轼《子由新修汝州龙兴寺吴画壁》“人物尤难到今世”。《许道宁寒溪古木图》“留待他日不匆匆”,评曰:“‘留待’句,亦苏成语。”按:此句系化用苏轼《题王逸少帖》“待我他日不匆匆”。又如《同漕司诸人赋红梨花二首》其一“淡妆浓抹总相宜”,评曰:“结句坡公成语。”此句出自苏轼《饮湖上初晴后雨》。《游天坛杂诗十三首》其二,评曰:“结句东坡成语。”《赠司天王子正二首》其二“天容海色本澄清”,评曰:“‘天容’句,东坡成语。”按:此句见苏轼《六月二十日夜渡海》。又如《范宽秦川图》:“爱君恨不识君早,乃今得子胸中秦,作诗一笑君应闻。”查氏评曰:“末句乃东坡成语,想作者兴到,不暇检点耳。”按:“作诗一笑君应闻”句,见苏轼《书元丹子所示李太白真》。又如《世宗御书田不伐望月婆罗门引先得楚字韵》“两都秋色皆乔木”,评曰:“‘两都’句,山谷成语。”《赠答乐大舜咨》,评曰:“‘两都’句,山谷成语,先生诗中凡再犯。”《存殁》,评曰:“‘两都’,用山谷句,集中凡再见。”元好问在三首诗中都使用过山谷“两都秋色皆乔木”之句,可见其对这句诗的喜爱,不过查慎行均予指出,颇以为病犯。

此外,查慎行对元好问诗歌中对其他诗人成句的袭用之处也都一一指出。如元好问《杂著五首》,查慎行评曰:“五首皆陶句,题下应增‘集陶’二字。”《寄答仰山谦长老》“一鸟不鸣山更幽”,查氏评曰:“‘一鸟'句,王半山成语。"按:此句见王安石《钟山绝句》。《玄都观桃花》"人世难逢开口笑",评曰:"'人世'句,杜牧之成语。"按:此句见杜牧《九日齐山登高》。《和白枢判李定斋》"白日放歌须纵酒,清朝有味是无能",评曰:"五六联,出句是老杜,对句是小杜。"《同严公子大用东园赏梅》"翰林风月三千首",评曰:"'翰林'句,本欧阳公。"按:此句见欧阳雪《赠王介甫》。《杏花杂诗十三首》其八"错教人恨五更风",评曰:"'错教'句,王建《宫词》。"《秋江晓发图》末句"万里清江万里天",评曰:"结唐人成句。"按:此句见韩偓《醉著》。

应该指出的是,宋元之世,集句之风颇为盛行,集句者以唐人诗句或本朝名家诗句为材料,加以重新排列组合,集为百衲之衣,借以重新表达新的意思;又由于江西诗风盛行,以前人诗句为诗料,稍加变化,脱胎换骨的创作方法也极为普遍;更有甚者,径直将古人诗句纳入自己的诗作之中,亦并不以为忤。元好问诗歌中这种袭用古人的倾向尤其明显,诗人对此好像并不以为意,往往信手拈来,不加检点。然而在查慎行看来,这都属于严谨的作家应尽力避免的,因为这样的做法必将导致"滑熟"之弊,甚或有剽窃之嫌,这对秉持"熟处求生"、求新求变诗学观的查慎行来说是不能容忍的。另外,元好问诗歌能继承唐宋诸大家,自成一家,诗论家甚或有"集大成"之誉,他确实称得上金代诗歌成就最高的诗人,这与元好问转益多师、取法杜、苏是分不开的。故而查慎行对他的诗歌特别关注,重点参考和借鉴元好问师法唐宋诗的一些经验和教训。因此元好问虽不在唐宋诗人之列,但却正好作为查慎行取径唐宋的参照系,成为其诗学批评体系中重要的一环。

第三节 查慎行对杜诗的评点与学习

一、《初白庵诗评》中的杜诗评点

清初浙江海宁地区的注杜氛围极为浓厚,查慎行同时有许多海宁学者都曾为杜诗作注，据张忠纲《杜集叙录》著录，先后有陈之壎《杜工部七言律诗注》五卷、陈訏《读杜随笔》二卷、陈克鬯《杜诗注》十卷、陈世佶《杜诗集注》、朱昇《杜诗注》、羊光琤《杜诗恒言解义》四卷、管凤苞《杜诗纂注》四卷、管汝锡《杜诗详注》八卷、张为仪《读杜随笔》一卷、《读杜随笔续》一卷等。以上诸人中，除了陈之壎年齿稍长之外，其他人都是查慎行的同龄或晚辈。除此之外，在黄宗羲门人中，仇兆鳌更是以注杜闻名的学者，其《杜诗详注》为清代注杜的执牛耳之作。查慎行与仇兆鳌同为黄门弟子，黄宗羲集中有《九日同仇沧柱、陈子、子文、查夏重、范文园出北门，沿惜字庵至范文清东篱》，可见其相互之间的密切关系。此外，查慎行同年汪灏亦曾注杜，有《知本堂读杜诗》二十四卷。汪灏，字紫沧，休宁（今属安徽）人。康熙四十一年（1702）献赋召入内廷。次年赐进士，授翰林院编修，总武英殿纂修事，与查慎行同为随从词臣。后因累于戴名世《南山集》案被镌秩，以纂书有功得免死，事见全祖望《江浙两大狱记》。查慎行与汪灏过从甚密，其《闻汪紫沧同年出狱》诗曰："累朝岂少文章祸，圣主终全侍从臣。莫怪两家忧喜同，十年同事分相亲。"①总之，清初浓重的尊杜注杜风气，对查慎行的杜诗评点产生了深刻的影响。其《初白庵诗评》称："平生酷爱杜诗，三十年中，手所批凡四部。"②因其四次所评点之杜集，皆被朋友取走，康熙五十四年，年已 66 岁的查慎行又"复出所藏旧本，细加校阅"③。查慎行对杜诗的揣摩和评点，可谓呕心沥血，因此其评语对于了解他的诗学宗旨和理论倾向具有重要意义。然而由于《初白庵诗评》的流布颇为有限，造成了学界对其杜诗评点的成就和价值一直没有一个清晰的认识，故而目前亟须进行梳理和总结。总的来看，查慎行《初白庵诗评》中对杜诗的评点有以下几个方面的内容：

① 《敬业堂诗集》卷四十《长告集》，第 1130 页。

② 《初白庵诗评十二种》卷上。

③ 《初白庵诗评十二种》卷上。

（一）对杜诗的整体推尊与客观批评

查慎行对杜诗的诸种体式都颇为推尊，他认为杜甫的五七律许多都堪称典范，如评杜甫《和裴迪发蜀州东亭送客逢早梅相忆见寄》曰："看老手赋物，何曾屑屑求工？通体是风神骨力，举此压卷，难乎为继矣。"又杜甫《曲江二首》其一前三句"一片花飞减却春，花飘万点正愁人。且看欲尽花经眼"，查慎行评曰："三句连用三'花'字，一句深一句，律诗至此，神化不测，千古那有第二人！"又如方回《瀛奎律髓》评杜甫《涪城县香积寺官阁》诗有云："老杜七言律，晚唐人无之。凡学诗，五言律可晚唐，只如七言律不可不老杜也。"查慎行并不同意方回之论，其曰："予谓五律亦宜学杜。"评《客至》曰："自始至末，蝉联不断，七律得此，有掉臂游行之乐。"评杜甫《倦夜》曰："静极细极，此段境界，他人百舍不能至也。"又曰："首尾四十字无一虚设，五律至此，难矣，蔑以加矣！"查慎行评《瀛奎律髓》"论诗类"曰："老杜'为人性僻耽佳句'一首宜选冠此卷。"对杜甫的古体，查慎行亦颇为推崇，常以古乐府来比拟之。如评《兵车行》曰："起句（车辚辚，马萧萧）对用《诗》语，逼真古乐府。"又评《示从孙济》曰："中段点缀如乐府古辞。"评《曲江三章章五句》曰："七言五句成章，自我作古，历落可诵。"对于杜甫的七绝，历代学者的评价都不高，认为杜甫最不擅长此体，而查慎行对杜甫的七绝仍持肯定态度，其评《江畔独步寻花七绝句》曰："先生七绝，有意别开蹊径，他人学之，非俗即涩矣。"众所周知，查慎行对苏东坡的诗歌最为偏爱，而在《初白庵诗评》中，查慎行常常将苏轼与杜甫进行对比，如评杜甫《江汉》"片云天共远，永夜月同孤"曰："东坡《南归》诗云：'浮云世事改，孤月此心明'，与老杜千载相合。"又评杜甫《月》"四更山吐月，残夜水明楼"二句曰："东坡衍作五首，终逊此二语。"虽然他对东坡之诗格外青睐，但也承认东坡有不及杜甫之处，可见在其心目中杜甫占据着多么崇高的地位。

不过查慎行虽然对杜诗取得的成就极为推崇，但并不是一味地盲目推尊，而是能够采取较为客观的评价态度。例如评《春夜喜雨》曰：

"此种景,画家所不能绘,唯诗足以发之。微嫌结句落尖巧家数,与前六句不称。"《春夜喜雨》是杜甫的名篇,历来之好评可谓不绝于耳,然而查慎行却能从全诗艺术完整性的角度指出此诗尾联"晓看红湿处,花重锦官城"落入尖巧家数,成为全诗的艺术短板,其独立思考、独立批评的意识值得称道。另外查慎行赞同朱熹等人的意见,以为夔州以后之作"衰飒杂沓"。如《桥陵诗三十韵因呈县内诸官》"王刘美竹润"以下,查慎行评曰:"此种杂沓,颇似夔后之作。"于《晚出左掖》诗后评曰:"余独谓少陵夔州后诗渐近衰飒,非进境也。"对杜甫夔州及其以后诗作的评价历来褒贬不一,如黄庭坚《与王观复书》赞为"皆不烦绳削而自合者"①,而朱熹则有过不少负面的评价,如其《清邃阁论诗》曰:

杜陵夔州以前诗佳,夔州以后,自出规模,不可学。

杜诗初年甚精细,晚年横逆不可当,只意到处,便押一个韵。②

朱熹又曰:

人多说杜子美夔州诗好,此不可晓。夔州诗却说得郑重烦絮,不如他中前有一节诗好。今人只见鲁直说好,便都说好,如矮人看场耳。③

查慎行对杜甫夔州以后诗的认识,有可能是受到了朱熹的影响。客观地说,杜甫自出峡以后,辗转漂泊,依人乞食,生活的安定程度大大降低,加之诸病缠身,健康亦每况愈下,这种状况自然制约了杜甫在诗歌艺术上的精益求精。黄庭坚所谓"不烦绳削而自合"者,实乃过分尊杜之见。杜甫在夔州期间乃是其创作最为旺盛之时,而朱熹却对包括夔州诗在内的杜诗加以全面否定,亦非持平之论。不过查慎行并没有完全附和朱熹之论,而是将朱熹所谓"夔州诗不好"修正为"夔州后诗渐

---

① 黄庭坚:《宋黄文节公全集》正集卷十八,《黄庭坚全集》,四川大学出版社 2001 年版,第 470 页。

② 朱熹著,清朱玉辑:《朱子文集大全类编》第二册,《四库全书存目丛书》集部第 16 册,齐鲁书社 1997 年版,第 449 页。

③ 黎靖德编,王星贤点校:《朱子语类》卷一百四十《文学下》,中华书局 1999 年版,第 3326 页。

近衰飒”,其态度还算是客观公允的。然而在具体的评点中,查慎行对杜甫夔州诗以及夔州以后诗作用力较少,像《秋兴八首》《诸将五首》《咏怀古迹五首》这样的名篇竟无一语及之,还是有失偏颇的。但查慎行的杜诗评点能够秉持相对客观公正的批评态度,拒绝人云亦云的耳食瞽说,坚持自己的独立思考,这一点无疑应该加以肯定。

（二）重视阐发杜诗之“意”

查慎行曾说:“诗之厚,在意不在辞。”故其对杜诗的评点,亦侧重阐发诗歌的立意。如评《建都十二韵》曰:“凡读一诗,必先观作者命意所在。”可见其对诗歌命意构思的重视。又如评《释闷》曰:“此老意中,原望升平,故末句分外沉痛。”为了更好地阐释杜诗的思想内容,查慎行非常重视杜诗的写作背景与写作状态。如评杜甫《陪章留后侍御宴南楼得风字》曰:“时蜀中屡叛,节帅屡易,章梓州亦非乃心王室者,故少陵与之酬赠,往往多警动语。”评《北征》曰:“序事言情,不伦不类,拉拉杂杂,信笔直书,作者亦不知其所以然,而家国之感、悲喜之绪,随其枨触,引而弥长,遂成千古至文,独立无偶。”评《羌村三首》曰:“读此种诗,千载下尚为堕泪,况同时旁观者耶!”又评“苦辞酒味薄”以下曰:“乱后神情,绘画难尽,唯妙笔足以达之。”再如《陪郑广文游何将军山林十首》其四:

> 旁舍连高竹,疏篱带晚花。碾涡深没马,藤蔓曲藏蛇。词赋工无益,山林迹未赊。尽捻书籍卖,来问尔东家。

查慎行评曰:“此游当在献赋之后,故不免有愤激气,浅者不知,便谓轻薄武弁矣。”杜甫献《三大礼赋》之后仅得“参列选序”的资格,故于游何将军山林之时有“词赋工无益”这样的愤激之言,查慎行能结合杜诗创作的具体心境进行解析,颇具只眼。又如杜甫《秋日荆南述怀三十韵》末段:

> 得丧初难识,荣枯划易该。差池分组冕,合沓起蒿莱。不必伊周地,皆登屈宋才。汉庭和异域,晋史坼中台。霸业寻常体,宗臣忌讳灾。群公纷戮力,圣虑窅徘徊。数见铭钟鼎,真宜法斗魁。愿

闻锋镝铸，莫使栋梁摧。盘石圭多剪，凶门毂少推。垂旒资穆穆，祝网但恢恢。赤雀翻然至，黄龙讵假媒。贤非梦傅野，隐类凿颜坏。自古江湖客，冥心若死灰。

查慎行评曰:“末段言休兵图治，则群贤当自至。‘赤雀’二句，非公自喻，乃属望之辞。至‘隐类’以下，方说到冷落放废之状。须溪一浅人耳，何足语此哉!”按:查慎行此评乃针对刘辰翁之评而发。刘辰翁评曰:“‘赤雀’二句，非子美自喻耶?”查氏认为不然，“赤雀翻然至，黄龙讵假媒”二句“非公自喻，乃属望之辞”。细味诗意，查慎行所论良是，刘辰翁“自喻”之说实乃皮相之见也。

为了贯彻以意逆志、知人论世的解诗原则，就需要对杜甫的思想性格有一个较为全面的把握，查慎行对此亦颇为留意。例如杜甫《送高三十五书记》曰:

> 崆峒小麦熟，且愿休王师。请公问主将，焉用穷荒为。饥鹰未饱肉，侧翅随人飞。高生跨鞍马，有似幽并儿。脱身簿尉中，始与捶楚辞。借问今何官，触热向武威。答云一书记，所愧国士知。人实不易知，更须慎其仪。十年出幕府，自可持旌麾。此行既特达，足以慰所思。男儿功名遂，亦在老大时。常恨结欢浅，各在天一涯。又如参与商，惨惨中肠悲。惊风吹鸿鹄，不得相追随。黄尘翳沙漠，念子何当归。边城有余力，早寄从军诗。

查慎行评云:

> 此盖深不满于哥舒之穷兵，而惜高生之侧翅相随也。起四句冲口而出，下乃婉曲致意。高自云受国士知，乃告之曰:人实不易知，未必哥舒果能知子，子亦未可谓尽知哥舒也。一“慎”字深情毕露，“十年”二字，言此主将旗麾，不难自持耳，焉用随人哉?子既自谓特达之知，固吾所慰，老大成名，亦其时矣。“既”字、“亦”字，无限吞吐。高是先生得意之友，故其送之知诗，用意特深，末则不过惜别语耳。

查慎行此评深入解析了杜甫送别高适之诗的深厚用意，将杜诗的婉曲顿挫、无限深情之处尽行指出，所论较为透辟。又如评杜甫《苏大侍御访江浦赋八韵记异并序》曰："子美于人，岂轻易许可！乃考涣之生平，曾煽动领表，与哥舒晃作乱，殊不可解。"又《苏端薛复筵简薛华醉歌》"座中薛华善醉歌，歌辞自作风格老。近来海内为长句，汝与山东李白好。何刘沈谢力未工，才兼鲍照愁绝倒。"查慎行评曰："薛华歌辞，至与太白并举，此老非轻誉者，惜其诗竟不传。"《与李十二白同寻范十隐居》"李侯有佳句，往往似阴铿"，查氏评曰："古人不轻拟前辈如此。"评《春日忆李白》"清新庾开府，俊逸鲍参军"曰："前云似阴铿，此乃拟之庾、鲍，总不以时流目之，同一推许意。"通过以上几例可以看出，查慎行得出杜甫对友人从不轻易许可这一结论具有前后一致性和连贯性，只有对杜诗有了通盘把握才能做到这一点。

（三）对杜甫章法、句法、字法的详细剖析

除了重视阐发杜诗的深厚意蕴之外，查慎行同时还特别重视杜诗的章法、句法和字法。查慎行非常赞同方回在《瀛奎律髓》中意、格、字三者并重的说法，其曰："方君云：'以意为脉，以格为骨，以字为眼，则尽之。'作诗奥窍，无出此矣。"①又曰："方君云'然格高律熟，意奇句妥，若造化生成'，作诗必得此三昧。"②因此田金霞指出，意、格、法并重，是把握查氏诗学思想的关键。③

在诗歌的章法方面，查慎行的评点首先对诗歌是否切题分外关注，他认为诗歌应当先切题，然后再讲求前后照应和通体蝉联方称佳作。如评《同诸公登慈恩寺塔》曰："起法突兀，称题。"按：此诗首二句曰："高标跨苍穹，烈风无时休"，确实起得突兀有力，因为是登塔之作，如此开篇也是非常切合题意的，查氏所评极是。又如其评《送樊二十三侍御赴汉中判官》"二京陷未收，四极我得制。萧索汉水清，缅通淮湖

---

① 李庆甲：《瀛奎律髓汇评》卷四十二，第1512页。

② 李庆甲：《瀛奎律髓汇评》卷二十三，第993页。

③ 田金霞：《查慎行诗歌评点之学探论——以查评〈瀛奎律髓〉为例》，《聊城大学学报》2012年第6期。

税”四句曰：“极得体，极切题。”查慎行认为，既然此诗是送樊二十三侍御赴任汉中判官，这四句紧扣汉中的地理形势与经济军事地位来写，就极为扣题，显得笔法严谨而不散漫。又评《画鹰》曰：“极动荡之致，到底不离画。”因为题目是“画鹰”，所以诗中的描写笔笔不离画，亦是紧扣题目之意。又评《喜达行在所三首》曰：“题云喜，诗中却句句含愁，不历惨荒，不知当前之乐也。”此诗句句含愁，表面上看并未扣题目之“喜”，查慎行“不历惨荒，不知当前之乐”之评指出了这么写正是从反面扣题。又评杜甫《晴二首》其二“雨声冲塞尽，日气射江深”二句曰：“每遇一题，必有惊人之语。”评《江涨》曰：“就题抒写，语自惊人。”评《江上值水如海势聊短述》曰：“借题寓意。”评《登楼》曰：“破题多少感慨，他人便信手点过。”评《旅夜书怀》曰：“题中四字，分作上下两截写，各极其妙。”查慎行评点中关于诗题方面的评论如此之多，已清楚地表明了查慎行对诗意是否能切合题意的关注程度，这是因为切合题意正是诗歌章法的根本立足点。因此他对杜诗中某些不甚切题之处亦能不加避讳地予以指出，如《十二月一日三首》其二：

> 寒轻市上山烟碧，日满楼前江雾黄。负盐出井此溪女，打鼓发船何郡郎。新亭举目风景切，茂陵著书消渴长。春花不愁不烂漫，楚客惟听棹相将。

查慎行毫不客气地评曰：“此首与题不合。”杜甫此诗前四句写云安景事，后四句感慨中原战乱，自己无心赏花，闻船棹之声而急盼出峡，从诗意来看，此首确实并未紧扣题面的“十二月一日”来写。不过诗歌其实并无固定模式，杜甫有时会抛开题目，自由生发感慨，查慎行对此亦能予以肯定，如其评《乐游园歌》“却忆年年人醉时，只今未醉已先悲。数茎白发那抛得？百罚深杯亦不辞”四句曰：“撇开题目，自写襟怀，何等淋漓悲壮！”又评“圣朝亦知贱士丑，一物自荷皇天慈。此身饮罢无归处，独立苍茫自咏诗”四句曰：“诗人本意，在此一段。”既然诗人的目的是借春日游园抒发一生理想和抱负难以实现的感慨，又何必非得拘于题面来写呢，可见查慎行的评点尺度还是相当灵活的。这样的例子还有一些，例如评《赠高式颜》曰："用意在起结，中间两联不必黏题，自然脉络连贯，五律之变调也。"既然诗歌的首尾两联是诗人用意的重点，中间两联再寸步不失地黏题来写，那么题目对于诗意的表达岂不成了一种束缚吗？所以查慎行称此诗中二联"不必黏题，自然脉络连贯"，其评点中的灵活性值得称道。

无论是律诗还是古体，查慎行都非常注重其章法的连贯性与整体性。如评《白丝行》曰："起句已具全旨，白则必染，有染则必有污，染则新，污则故，故则必见弃，只是一意婉转蝉联到底。"又评《闻官军收河南河北》曰："由浅入深，句法相生。自首至尾，一气贯注，蝉联而下，句句相生。似此章法，香山而外，罕有其匹。"查慎行对杜诗中某些特殊章法也多加提示，如杜甫《甘园》：

> 春日清江岸，千甘二顷园。青云羞叶密，白雪避花繁。结子随边使，开笼近至尊。后于桃李熟，终得献金门。

查慎行评曰："结句从第六句出，此法亦创自少陵。"意即"终得献金门"乃从"开笼近至尊"而来，查慎行指出这种独特的结法乃是杜甫的首创。又如《对雨》：

> 莽莽天涯雨，江边独立时。不愁巴道路，恐湿汉旌旗。雪岭防秋急，绳桥战胜迟。西戎甥舅礼，未敢背恩私。

查慎行评曰："第四句生出下半首来。"细品诗意，查慎行所论良是。

查慎行曰："诗以气格为主，字句抑末矣。然必句针字砭，方可进而语上，虚谷先生评诗之意以此，余之丹黄亦以此。"①字句是气格的基础，是构成诗意的基本组成部分，因此对杜诗字法的评析占据了《初白庵诗评》中较大的篇幅，这充分体现了查慎行诗歌评点"一字不肯放过"的特点。如其评《上兜率寺》"江山有巴蜀，栋宇自齐梁"二句曰："俯仰形胜，上下古今，只在一两字中，于此可悟炼字之法。妙处赞叹不尽，已见《石林诗话》中。"又如《野望》："远水兼天净，孤城隐雾深。

① 李庆甲：《瀛奎律髓汇评》卷一，第1页。

叶稀风更落，山迴日初沉。独鹤归何晚，昏鸦已满林”，查氏评曰：“每句中看他炼字之法。”评《晚晴》“夕阳熏细草，江色映疏帘”二句曰：“细味之，可悟炼字之法。”评《对雨书怀走邀许十一簿公》“震雷翻幕燕，骤雨落河鱼”二句曰：“‘翻’‘落’两字，他人炼不出。”评《春日江村五首》其四“燕外晴丝卷，鸥边水叶开”二句曰：“‘外’‘边’两字，百炼难到。”评《放船》“江市戎戎暗，山云淰淰寒”二句曰：“叠字生新。”评《向夕》“深山催短景，乔木易高风”二句曰：“‘催’字意想所及，‘易’字匪夷所思。”

查慎行对杜诗的句法也颇为关注，解析也较为细致，时有新见。例如《屏迹三首》其三“鸟下竹根行，龟开萍叶过”二句，查慎行评曰：“此种句法，似仿庾兰成。”按：兰成为庾信小字，查慎行此论颇新，非熟于庾信诗者不能道出。经过细检庾信诗集，发现确有此类句法，例如庾信《和何仪同讲竟述怀》曰：“萤排乱草出，雁舍断芦飞。”又《和李司录喜雨》曰：“云逐鱼鳞起，渠从龙骨开。”①庾信诗中这两联与杜诗“鸟下竹根行，龟开萍叶过”的句法确实极为相似，当为杜甫所本。杜甫对庾信推崇备至，诸如《咏怀古迹》：“庾信平生最萧瑟，暮年诗赋动江关。”《戏为六绝句》：“庾信文章老更成，凌云健笔意纵横。”而查慎行这里指出杜诗的句法本之于庾信，历代杜诗注家却从未有能指出者，可见查慎行之苦心揣摩与明察秋毫。从中亦可看出，查慎行并未拘泥于对唐宋诗歌的学习，而是对整个诗歌史上的著名诗人都下很大的功夫进行过揣摩和学习，这也可以作为他“众美视斟酌”思想的一个生动例证。

在对杜甫句法的分析中，对于对仗的评点占据了绝大多数，这表明查慎行对于律诗对仗艺术的侧重程度。如其评《登高》曰：“对起有飒沓之势，结句亦对。”评《奉侍严大夫》首联“殊方又喜故人来，重镇还须济世才”曰：“对起两意都到。”评《严公仲夏枉驾草堂兼携酒馔》首联

① 庾信著，倪璠注，许逸民校点：《庾子山集注》卷三，中华书局 1980 年版，第 225 页。

“竹里行厨洗玉盘,花边立马簇金鞍”曰:“对起不觉。”评《南邻》曰:“五六(秋水才深四五尺,野航恰受两三人)化尽律家对属之痕。”评《所思》颔联“可怜怀抱向人尽,欲问平安无使来”曰:“无心属对,自然合拍。”从这些评语中可以看出,查慎行心目中最好的对仗是能够超越锤炼斧凿痕迹的“自然属对”,这是因为对平淡自然的追求是查慎行的最高审美理想之一。

(四) 论杜诗之“平淡自然”与“奇崛雄壮”

在对杜诗风格的揭示方面,查慎行最为偏好的是“平淡自然”与“奇崛雄壮”,这与其独特的审美观有着密切的联系。如杜甫《水槛遣心二首》其一:

> 去郭轩楹敞,无村眺望赊。澄江平少岸,幽树晚多花。细雨鱼儿出,微风燕子斜。城中十万户,此地两三家。

查慎行评曰:“三四不如五六,取其自然。”按:“细雨鱼儿出,微风燕子斜”一联缘情体物,天然工妙,确实比颔联“澄江平少岸,幽树晚多花”来得自然。又如《客亭》颔联“日出寒山外,江流宿雾中”,查慎行评曰:“不事垆鞴,他人百炼不到。”按:此联为杜诗名句,方回评曰:“王右丞诗云:‘江流天地外,山色有无中’。此诗三四以写秋晓,亦足以敌右丞之壮。”①钟惺《唐诗归》评曰:“最真最妙,入峡始知。”②方回之评是着眼于杜诗写景之壮阔,钟惺又指出此联写景之真切,而查慎行则更加关注杜诗炼句的自然与不事锤炼,三者相较,其论诗旨趣之差异自可见出。又评《赠卫八处士》曰:“感今怀旧,如风行水上,自然成文,若涉一毫客气,便成两撅。”又如杜甫《和裴迪登蜀州东亭送客逢早梅相忆见寄》:

> 东阁官梅动诗兴,还如何逊在扬州。此时对雪遥相忆,送客逢春可自由。幸不折来伤岁暮,若为看去乱乡愁。江边一树垂垂发,

① 李庆甲:《瀛奎律髓汇评》卷十四,第 503 页。

② 钟惺、谭元春著,张国光点校:《唐诗归》卷二十一,湖北人民出版社 1985 年版,第 424 页。

朝夕催人自白头。

查慎行评曰:“通首跌宕自如,林君复、陆务观梅花诗,连篇累牍,争新出奇,看先生澹澹写来,自然高出一格。”评《山寺》“乱石通人过,悬崖置屋牢”二句曰:“琢炼极工,而出之若无意,所以难到。”

除了关注杜诗中“平淡自然”的风格之外,查慎行对杜诗中的“奇崛”“雄健”“豪宕”之处也颇为欣赏。如其评杜甫《君不见简苏徯》“百年死树中琴瑟,一斛旧水藏蛟龙”二句曰:“奇崛。”评《高都护骢马行》曰:“前身作马通马语,奇绝横绝。”评《奉先刘少府新画山水障歌》曰:“奇幻峭健,发端奇横。”又评“反思前夜风雨急,乃是蒲城鬼神入”二句曰:“尤奇。”评《三川观水涨二十韵》“声吹鬼神下,势阅人代速。不有万穴归,何以尊四渎”四句曰:“造物不足供其驱使,何等心力,何等腕力。”评《魏将军歌》曰:“语语精爽雄健。”评《重题郑氏东亭》“紫鳞冲岸跃,苍隼护巢归”曰:“豪健。”评《四松》“我生无根带,配尔亦茫茫。有情且赋诗,事迹可两忘”四句曰:“直是豪宕。”评《送韦十六评事充同谷郡防御判官》“吹角向月窟,苍山旌旆愁。鸟惊出死树,龙怒拔老湫。古来无人境,今代横戈矛”六句曰:“笔端可泣鬼神。”评《义鹘行》曰:“奇事以奇笔写之,如兔起鹘落,少纵则逝矣。”评《短歌行赠王郎司直》曰:“十一字长句,太白所未有,通篇磊砢英奇,集中别调也。”评《陪章留后惠义寺饯嘉州崔都督赴州》曰:“山水清奇,矫于康乐。”评《可叹》“天上浮云似白衣,斯须改变如苍狗”二句曰:“奇而确。”杜诗的风格本是千汇万状的,但查慎行仅对其中的“平淡自然”和“奇崛雄壮”这两种风格表现出浓厚的兴趣,从中可以看出他的艺术趣向与创作追求。

另外,对于杜诗的表现力,查慎行常赞不绝口,认为杜甫常常能于寻常景物中写出惊人之句,这得力于杜甫超强的笔力。如评《夜宴左氏庄》“风林纤月落,衣露净琴张。暗水流花径,春星带草堂”四句曰:“好景只在眼前,写得远近离合,不可端倪。”评《雨不绝》“鸣雨既过渐细微,映空摇扬如丝飞。阶前短草泥不乱,院里长条风乍稀”四句云:“读其诗,若人人意中有此景,却何人能道只字。”评《戏为双松图歌》

“白摧朽骨龙虎死,黑入太阴雷雨垂”二句曰:“寻常比拟,总非意想所及。”评《又观打鱼》“小鱼脱漏不可记,半死半生犹戢戢。大鱼伤损皆垂头,屈强泥沙有时立”四句曰:“此意亦人所有,但无此笔力耳。”评《故武卫将军挽歌三首》其二“赤羽千夫膳,黄河十月冰。横行沙漠外,神速至今称”四句曰:“穷边冰雪,馈运或不继,则资射生为活,此亦事之所有,一经老杜形容,遂觉十分精彩。”评《江村》“自去自来堂上燕,相亲相近水中鸥”曰:“眼前语却未经人道。”评《可惜》云:“开口一句(花飞有底急),何人道得。”评《寒食》“田父要皆去,邻家闹不违。地偏相识尽,鸡犬亦忘归”四句曰:“储、王田家诸什所未曾道。”评《王十七侍御抡许携酒至草堂,奉寄此诗,便请邀高三十五使君同到》“老夫卧稳朝慵起,白屋寒多暖始开。江鹳巧当幽径浴,邻鸡还过短墙来”四句曰:“只自写草堂之景,蹊径簇新。”查慎行指出,对于司空见惯的寻常事物,或人皆有之却不能表达出来的感想,杜甫皆能用生化妙笔准确完美地呈现出来,令读者眼前一亮,此种超强的笔力实非常人所能有。

(五) 查慎行“唐宋互参”与杜甫“转益多师”的关联

如前所述,查慎行所倡导的“唐宋互参”,其核心是一种兼容并包的精神,即对文学史上所有的优秀传统加以继承和吸收,这种思想最早是其岳丈陆嘉淑予以启蒙。陆嘉淑《与王阮亭》曰:“风雅历绵祀,遗芳一何繁。无论汉唐彦,变化难具言。扬波挹其澜,岂必卑宋元。”而查慎行《三月十七夜与恒斋月下论诗》则曰:“向来风骚流,泛滥无津涯。可传必有故,长松出藩柴。明明正变途,花叶殊根荄。”又《钱玉友有见寄长篇,极论作诗之旨,终以传世相期许,兼承不朽之托,连日阻风虎丘,舟中无事,赋此奉酬》曰:“惟诗亦云然,众美视斟酌。”那么如果再往上追溯,陆嘉淑、查慎行翁婿二人这种以风雅为准绳、兼宗众美的思想又出自何处呢? 也许查慎行《初白庵诗评》对杜甫《戏为六绝句》的评点会对我们有所启发。杜甫《戏为六绝句》曰:

> 庾信文章老更成,凌云健笔意纵横。今人嗤点流传赋,不觉前贤畏后生。

王杨卢骆当时体，轻薄为文哂未休。尔曹身与名俱灭，不废江河万古流。

纵使卢王操翰墨，劣于汉魏近风骚。龙文虎脊皆君驭，历块过都见尔曹。

才力应难夸数公，凡今谁是出群雄。或看翡翠兰苕上，未掣鲸鱼碧海中。

不薄今人爱古人，清词丽句必为邻。窃攀屈宋宜方驾，恐与齐梁作后尘。

未及前贤更勿疑，递相祖述复先谁。别裁伪体亲风雅，转益多师是汝师。

杜甫认为，应该尊重文学史在发展过程中"递相祖述"的历史事实，对古人和今人都要"别裁伪体"，同时又要"转益多师"，多方面学习风骚以来一切优良的艺术形式和技巧。郭绍虞先生指出，"盖其一生诗学所诣，与论诗主恉所在，悉萃于是，非可以偶而游戏视之也。"①查慎行对《戏为六绝句》评曰：

前三首指轻薄辈，后三首先生自谓。前三章讥一时轻薄后生敢于议古人者，"才力"一首致慨于当今之乏人。后二章先生自述著作苦心，今人且不敢薄视，况古人乎！虽递相祖述，固当取法乎上。苟近于风雅，则皆可为吾师也，作者之虚怀集益如此。

通过查慎行对杜甫"虚怀集益"的赞美，可以见出其对杜甫所云"别裁伪体亲风雅，转益多师是汝师"的高度认同。因此可见，查慎行"唐宋互参"的精神实质并不是折中与调和，而是兼宗与包容。而这种兼收并蓄的包容精神，我们如果追踪溯源的话，都可以在杜诗中找到理论源头，这同时也说明了杜甫对查慎行的影响已经不仅仅局限于诗歌技巧方面，而是从诗学观念到审美理想都有着极其深刻的影响。

① 郭绍虞：《杜甫〈戏为六绝句〉集解序》，人民文学出版社1978年版，第3页。

二、查慎行诗歌学杜论析

查慎行是清初宋诗派的代表人物，如前所述，同时及后世论者多将其与陆游、苏轼相比拟。如昭梿《啸亭续录》曰："国初诗人，以王、施、宋、朱为诸名家。查初白慎行继以苏、陆之调，著名当时。"①然而若明乎初白所秉持的"唐宋互参"诗歌理论以后，我们便不难将其师法对象由宋代的陆游、苏轼移向唐代诗人。徐世昌《晚晴簃诗汇》谓"国初诸老渐厌明七子末流科目，至初白乃专取径于香山、东坡、放翁，祧唐祖宋，大畅厥词，为诗派一大转关。"②在提到查慎行"祧唐祖宋"的师法对象时，于唐代仅举出白居易，于宋代仍举苏、陆。其实在唐代诗人当中，查慎行学习最多的诗人并非白居易，而是杜甫。查慎行在《初白庵诗评》中对杜诗进行了详尽的评点，从中也可看出他对杜诗的高度重视。然而目前学界对于查慎行诗歌与杜诗之间的关系认识尚嫌肤浅，探讨亦未能深入。究其原因，当系对查、杜二家诗歌之熟悉程度不能兼顾所致。另外，受传统评价的影响，学界往往过于关注查慎行对苏轼、陆游学习的成分，从而忽略了查诗与杜诗的密切关联。故本节力图通过将查诗与杜诗进行对比，探寻查诗与杜诗之间的关系，从而加深对查慎行"唐宋互参"艺术实践的进一步理解。

（一）对杜诗句法字法的模拟与化用

查慎行《敬业堂诗集》中对杜诗字法句法的模拟化用之处很多，这些大量模拟杜诗之处可以充分说明，查慎行对唐诗的学习是以师法杜诗为主的，这对理解查慎行兼宗唐宋的具体做法具有重要的认识意义。查慎行诗歌中有些句法对杜诗的模拟显得颇为直接，如《奉送玉峰尚书徐公南归五十韵》中以"公在士气伸，公归士气病"之句，对当时南党领袖徐乾学大加赞扬。此种句法来自于杜诗，杜甫《八哀诗 · 赠左仆

① 昭梿：《啸亭续录》卷二，中华书局 1980 年版，第 412 页。

② 徐世昌：《晚晴簃诗汇》卷五十六，民国间天津退耕堂刊本。

射郑国公严公武》中对严武评价曰："公来雪山重，公去雪山轻。"又如查慎行《不见》曰："不见杨生久，相逢苦告劳。"此诗题目及首句也明显是模仿杜甫《不见》："不见李生久，佯狂真可哀。"第二句"相逢苦告劳"，又是从杜甫《梦李白二首》其二"告归常局促，苦道来不易"化出。又如《过郴江口有感于杜工部事》"十载游巴峡，三年客楚疆"，乃直接模仿杜甫《去蜀》："五载客蜀郡，一年居梓州。"《鹰坊歌同实君、恺功作》"康熙天子神圣姿，驾驭英雄兵不黩"，乃据杜甫《投赠哥舒开府翰二十韵》"君王自神武，驾驭必英雄"化出。有时查慎行甚至在诗中直接使用杜诗成句，如《甲辰除夕与德尹润木敬业堂守岁》"就我生春色，为欢卜夜除"，句下自注曰："前十日已立春，故借用杜句。""就我生春色"，见杜甫《舍弟观赴蓝田取妻子到江陵喜寄三首》其二"他乡就我生春色"；"为欢卜夜除"，出自杜甫《宴王使君宅题二首》其二"留欢卜夜闲"。又《与时庵别五旬，计程当入阆中矣，七月十六夜，梦其渡桔栢江，有诗见寄，醒而作此》"暮雨葭萌驿，秋风桔栢江"，系学习杜甫《春日忆李白》颔联："渭北春天树，江东日暮云"之句法。杜甫此联采用了寓情于景、寓人于物的方法，表达了诗人的思念之情。仇兆鳌曰："公居渭北，白在江东，春树暮云，即景寓情，不言怀而怀在其中。"①这种以两地之景来寄寓别情的手法在杜诗中颇为常见，如"寒空巫峡曙，落日渭阳情"（《奉送卿二翁统节度镇军还江陵》）、"地阔峨嵋晚，天高岘首春"（《赠别郑炼赴襄阳》）、"黄牛峡静滩声转，白马江寒树影稀"（《送韩十四江东省觐》）等，均是一写客方之所，一写己留之地，通过两地情景映带出友朋之间互致思念的情意。这种手法可谓言少意多，含蓄凝练。有学者还曾以"己客双提"为名进行过总结。② 另外，查慎行《周广庵编修席上分赋萩芦十六韵》中有"露压梢梢重，声添叶叶凉"之句，这种句法也是对杜诗的学习，杜甫《屏迹三首》其二曰："村鼓时时急，

① 仇兆鳌：《杜诗详注》卷一，中华书局1979年版，第52页。
② 赵艳喜：《试论杜甫送行诗中的"己客双提"》，《杜甫研究学刊》2006年第3期。

渔舟个个轻”，两相比较，查慎行对杜诗的模拟便不难看出。查氏同诗又曰：“白疑先挟雪，青爱乍经霜”，这两句为一/四句式，其特点是将颜色字置于句前，目的是对读者造成强烈的感官刺激，以达到先声夺人的艺术效果。其实此种句法亦源自杜甫，杜诗中如“紫收岷岭芋，白种陆池莲”（《秋日夔府咏怀奉寄郑监审李宾客之芳一百韵》）、“青惜峰峦过，黄知橘柚来”（《放船》）、“碧知湖外草，红见海东云”（《晴二首》）都是使用的此类表现手法。查慎行七律和七绝中还有许多“当句对”，如“去舫校多来舫少，远山不动近山移”（《舟过大雷岸二首》其二）、“三面城根三面水，一层树杪一层楼”（《大石山房歌》）、“瘴花瘴草重阳候，秋雨秋风绝徼行”（《少司马杨公见和》其一）、“半浮半没树头树，乍合乍离山外山”（《晓发胥口》）、“半醉半醒他乡酒，黄叶黄花古郡秋”（《重阳前一日至越州》）。其实这种形式独特的对仗形式亦是来源于杜诗，如“桃花细逐杨花落，黄鸟时兼白鸟飞”（《曲江对酒》）、“朱樱此日垂朱实，郭外谁家负郭田”（《惠义寺送辛员外》）、“自来自去堂上燕，相亲相近水中鸥”（《江村》）、“此日此时人共得，一谈一笑俗相看”（《人日二首》其二）、“一重一掩吾肺腑，山鸟山花吾友于”（《岳麓山道林二寺行》）等。钱钟书先生认为当句对“创于少陵，而定名于义山。”①此说有不确之处。韩成武指出，杜甫并非当句对的首创者，早于杜甫的沈佺期、武则天都曾在五律中使用过当句对这种形式。而杜甫却是把五律的当句对引入七律的第一人。② 中唐白居易诗中亦有此类句法，如《寄韬光禅师》：“东涧水流西涧水，南峰云起北峰云。”晚唐诗人李商隐对杜甫此种句法颇为心折，屡有模仿，如“座中醉客延醒客，江上晴云杂雨云”（《杜工部蜀中离席》）、“纵使有花兼有月，可堪无酒又无人”（《春日寄怀》）、“池光不定花光乱，日气初涵露气干”（《当句有对》）等等。宋人梅圣俞的“南岭禽过北岭叫，高田水入低田流”

① 钱钟书：《谈艺录》，中华书局 1987 年版，第 11 页。

② 韩成武：《杜诗艺谭》，河北教育出版社 2002 年版，第 174—178 页。

(《春日拜垄经田家》)、黄庭坚的"野水自添田水满,晴鸠却唤雨鸠来"(《自巴陵略平江临湘入通城》),其句法均自杜诗而来。作为一个"唐宋互参"的诗人,查慎行对"当句对"这类源自杜诗的句法颇为熟悉,故在其诗作中亦屡见模仿与学习之处。

此外,查慎行诗歌中语词、用典等方面对杜诗的化用之处甚多。如《嘐城孙恺似编修欲行善于其乡,竟遭吏议。今方罢官就讯,吴中相遇,感愤成诗》:"苍狗如云极可哀,危机翻自诏恩来。家承忠孝身尤重,祸起衣冠势易摧。善不可为宁论恶,人皆欲杀我怜才。乾坤直似蜗庐窄,怀抱除非醉始开。"诗中"苍狗如云极可哀"句,系化用杜甫《可叹》中"天上浮云如白衣,斯须改变如苍狗"。另外,查诗中"人皆欲杀我怜才",亦是化用杜甫《不见》("近无李白消息")中"世人皆欲杀,吾意独怜才"二句。《送赵秋谷宫坊罢官归益都四首》云:"欲逃世网无多语,莫遣诗名万口传。"还有《次实君溪边步月韵》:"新诗未必能谐俗,解事人稀莫浪传。"乃化用杜甫《公安送韦二少府匡赞》"将诗不必万人传"、《泛舟送魏十八仓曹还京》"将诗莫浪传。"《京师与德尹守岁五首》其四"明诏欻见征",乃化用《奉赠韦左丞丈二十二韵》"主上顷见征,欻然欲求伸。"《恩赐哆啰雨衣恭纪》亦系模仿杜甫《端午日赐衣》,其中"燥湿推恩惭厚庇,短长衬意荷终身",几乎就是杜诗"意内称长短,终身荷圣情"的翻版。《将赴洞庭书局,雨中与徐淮江别二首》其一"人间尚有君怜我",乃是化用杜甫《哭台州郑司户、苏少监》"故旧谁怜我?平生郑与苏。"《读张趾肇徐安序冬日感怀唱和诗次原韵二首》其一"倚竹何心矜翠袖",以及《园中西府海棠秋尽忽发花》"天寒怜袖薄",均系化用杜甫《佳人》"天寒翠袖薄,日暮倚修竹。"《与许旸谷时许初自山右归》:"可怜我亦称人子,负米归来晚为身",诗后自注:"少陵诗:'负米晚为身,无食脸必泫。'"所引杜诗出自《八哀诗·故秘书少监武功苏公源明》。又《题周少谷杏林双鹿图,为老友徐韩奕寿》:"我如麋鹿尔为群,丰草长林同此性。"乃是化用杜甫《进三大礼赋表》:"与麋鹿同群而处,浪迹于陛下丰草长林,实自弱冠之年矣。"《哭王右朝四首》其二“卅载交亲气谊中”，乃是化用杜甫《投赠哥舒开府翰二十韵》“交亲气概中”。《除夕与润木分韵二首》其二“灯花檐雨夜沉沉”，系化用杜甫《醉时歌》“清夜沉沉动春酌，灯前细雨檐花落。”《送田纶霞大鸿胪巡抚江苏二首》其二“不妨小吏日抄诗”，出自杜甫《赠李八秘书别三十韵》“钞诗听小胥”。《王黄湄给谏属题红袖乌丝图二首》其二“谏草焚来不遣知”，出自杜甫《晚出左掖》“避人焚谏草”。又如《得树楼初成以诗落之九首》其五“身在吾敢辞，茫茫配根蒂。”诗后自注：“用少陵《四松》诗中语。”是指杜甫《四松》中“我生无根带，配尔亦茫茫”之句。《酬别郑寒村》：“阑风伏雨兼旬卧，晴路一钩新月破。”“阑风伏雨”出自杜甫《秋雨叹三首》其二：“阑风伏雨秋纷纷，四海八荒同一云。”“月破”出自杜甫《雨》：“悠悠边月破，郁郁流年度。”《德尹举第二子，同学数人醵钱为汤饼之会，席上口占四首》其一：“大儿已识之无字，个是徐卿第二雏。”这是化用杜甫的《徐卿二子歌》：“君不见徐卿二子生绝奇，感应吉梦相追随。孔子释氏亲抱送，并是天上麒麟儿。大儿九龄色清彻，秋水为神玉为骨。小儿五岁气食牛，满堂宾客皆回头。吾知徐公百不忧，积善衮衮生公侯。丈夫生儿有如此二雏者，异时名位岂肯卑微休！”当然，杜甫此诗作为经典亦曾为东坡使用，其《贺陈述古弟章生子》曰：“郁葱佳气夜充闾，始见徐卿第二雏。”从句式来看，查诗直接化自苏诗似更有可能，但苏诗本身无疑也是来源于杜诗。查慎行同诗其二“一钱旧是看囊物，半月前头助洗儿”，乃是化用杜甫《空囊》：“囊空恐羞涩，留得一钱看。”再如《奇祝汪韦斋年伯七十寿时官巩昌郡丞》“变白果能生黑否”一语，亦是化用杜诗《苏大侍御访江浦赋八韵记异》“白间生黑丝”。由上述这些诗例可见查初白对杜甫之瓣香心折。

（二）对杜诗谋篇立意之模仿与学习

查慎行诗歌中亦有对杜诗谋篇立意进行模仿者，由于并非字句形式上的学习，故其学杜痕迹很难看出，可谓化用无痕，深得杜诗神韵，例如查慎行《望砀山》云：

万乘东南巡，本厌天子气。匹夫乃心动，走向此中避。云气随真龙，人谁踪刘季。可怜秦皇愚，不及吕后智。英雄论成败，孰者意料事。秋色中原来，苍然入淮泗。蜿蜒忽横亘，一束千里势。丰沛袒右肩，濠梁舒左臂。古来亲王霸，要岂山所致。吾将诉真宰，铲尔作平地。山色如死灰，呜呼识天意。

对于此诗的主旨，聂世美解释道："诗人借题发挥，决意要拂去笼罩在砀山之上的神秘气氛，其旨还在于恢复历史的本来面目……反映了初白不迷信鬼神而初步具有唯物史观。"①由于未能详细考察查慎行此诗之学杜渊源，聂世美此论并未能深入把握到此诗之思想实质。其实查慎行《望砀山》之立意完全是模仿杜甫的《剑门》诗，杜诗曰：

惟天有设险，剑门天下壮。连山抱西南，石角皆北向。两崖崇墉倚，刻画城郭状。一夫怒临关，百万未可傍。珠玉走中原，岷峨气凄怆。三皇五帝前，鸡犬各相放。后王尚柔远，职贡道已丧。至今英雄人，高视见霸王。并吞与割据，极力不相让。吾将罪真宰，意欲铲叠嶂。恐此复偶然，临风默惆怅。

两相比较可以发现，查慎行的《望砀山》与杜甫的《剑门》在谋篇立意上极为相似，所以《望砀山》并非旨在"恢复历史的本来面目"，反映其"不迷信鬼神的唯物史观"，而是和杜甫《剑门》诗一样，由芒砀山的形胜与险峻，而联想起历史上曾据险起事、终成王霸之业的刘邦与朱元璋。然而查慎行与杜甫一样，反对"并吞与割据，极力不相让"，他认为"古来亲王霸，要岂山所致"，也就是说王霸事业并不是托庇于山势之险峻所得，故而杜甫说"吾将罪真宰，意欲铲叠嶂"，意思是希望永绝据险作乱，割据一方的祸根；而初白则云"吾将诉真宰，铲尔作平地"，同样是警告那些不识"天意"的"匹夫"，见此砀山横亘之势，切莫产生称王称霸的妄想，如前代刘邦、朱元璋等人之故事。需要顺便指出的是，由于不明查慎行此诗立意之所本，注释者还犯了不少望文生义的错误。如

① 聂世美：《查慎行选集》，上海古籍出版社 1998 年版，第 283 页。

此诗中“丰沛袒右肩，濠梁舒左臂”一联用典的问题，联系此诗上文“云气随真龙，人谁踪刘季”，则上句“丰沛袒右肩”当是指刘邦反秦起事。而下句“濠梁舒左臂”，聂世美先生则引《庄子·秋水》：“庄子与惠子游于濠梁之上。”实则不然。这则注释明显偏离了本诗诗意，犯了释事忘义的毛病。“丰沛袒右肩，濠梁舒左臂”这一联本是对仗，“丰沛”既是指刘邦起事，则所谓“濠梁舒左臂”者，仍应是指起义造反，并非指庄子惠子的濠梁之游。“濠梁”，实即濠州与梁州，是指朱元璋于濠州、梁州起兵反元之事，正好与上句“丰沛袒右肩”构成工整的对仗。另查慎行《过凤阳城外二首》其一曰：

帐下居然识帝王，千秋闾墓表滁阳。时来将相皆同里，泪落英雄有故乡。芒砀天青云气散，江淮月白水声凉。龙蛇变灭须臾事，犹指山名号凤皇。

此诗是查慎行行经凤阳时感慨追溯明太祖如何于此发迹之事所作，诗中提到了“芒砀天青云气散”，仍是以汉高祖暗指朱元璋。此外，查慎行《夹马营》曰：“君不见，蛇分鹿死辟西京，丰沛归来燕代平。至今芒砀连云气，不似萧萧夹马营。”夹马营为宋太祖赵匡胤之出生地，查诗将赵匡胤与刘邦相比较，讽刺宋太祖立国伊始不能收复燕云十六州，以至于造成数百年积弱之势。诗中“至今芒砀连云气”，显然也是指刘邦。这些诗均可作为解读《望砀山》一诗之注脚。

查慎行诗歌中还有一些谋篇立意来自于杜诗者，然而由于与杜诗的体式不同，一直未能引起学界的注意，如《闸口观罾鱼者》曰：

闸河一线才如沟，戢戢鱼聚针千头。其中巨者长二寸，领队已足称豪酋。尔生亦觉太局促，漂沤散沫沉复浮。不知世有海江阔，长养何异蒙拘囚。纵教族类繁鳅鲩，变化讵得同蛟虬。居民活计乃在此，劳不撒网逸不钩。竹竿绷罾密作眼，驾以一叶无篷舟。朝来暮去寻丈内，细细黏取银花稠。庖厨却缘琐碎弃，曝向风日干初收。微鲑苟适饲狸用，性命肯为纤毫留。吾闻王政虽无泽梁禁，鲲鲕尚有洿池游。人穷微物必尽取，此事隐系苍生忧。一钱亦征入市税，末世往往多穷搜。①

此诗先慨叹运河闸口之水浅鱼小，而这些小鱼恰恰是“罾鱼者”之生计所在，故驾舟以密眼绷罾捕捞，竟至不分巨细，竭泽而渔。然后，诗人联想到官府对穷人之严苛税政亦有类于此，乃发出“末世往往多穷搜”之警戒。关于此诗之来历，聂世美先生以为“诗学白居易之讽谏诗，一事一咏，篇末‘卒章显志’，揭出本旨。”②此言虽大致不差，然检白居易之《新乐府》，诸如《卖炭翁》《上阳白发人》《井底引银瓶》等，其题材均有关于人事，未见有从自然界生物发慨者。故查慎行此诗虽对白居易的讽谏诗在形式上有所借鉴，却并不完全出自白诗。若深入钩稽此诗之谋篇立意，便能发现其完全是模拟杜甫之《白小》：

白小群分命，天然二寸鱼。细微沾水族，风俗当园蔬。入肆银花乱，倾筐雪片虚。生成犹拾卵，尽取义何如？

杜甫此诗作于大历二年（767）客居夔州时，诗人看到渔民对白小（俗称面条鱼）竭泽而渔之举，感慨当地民俗之不仁，表现了诗人民胞物与、生灵莫伤的人道主义精神。清石闾居士评曰：“此《白小》诗是悲细民之同遭屠戮，一则忠君之心如见，一则爱民之念独深，真粹然儒者之言。”③将杜甫《白小》与查慎行《闸口观罾鱼者》进行对比后就可以发现，查慎行此诗乃是对杜诗立意的借用，他接续了杜诗“生成犹拾卵，尽取义何如”的仁义情怀，并将杜诗中隐含的爱民之念予以落实，并进一步发挥，联想到“一钱亦征入市税”的社会现实，指出“此事隐系苍生忧”。故沈德潜《清诗别裁集》评曰：“主意在贪残尽取，末路一点，知通体全注于此。”④从字面来看，查慎行此诗对杜甫《白小》模仿的痕迹也很明显：“其中巨者长二寸”，出自“天然二寸鱼”；“细细黏取银花稠”之“银花”，出自“入肆银花乱”；“人穷微物必尽取”，出自“尽取义何如”。除此之外，还

① 《敬业堂诗集》卷九《春帆集》，第250页。
② 聂世美：《查慎行选集》，第152页。
③ 石闾居士：《藏云山房杜律详解》五律卷五，清光绪元年（1875）刻本。
④ 沈德潜：《清诗别裁集》卷二十，河北人民出版社1997年版，第377页。

有语词出自杜甫相似题材之作,如“戢戢鱼聚针千头”之“戢戢”,又出自杜甫《又观打鱼》:“小鱼脱漏不可记,半死半生犹戢戢。”

清汪佑南《山泾草堂诗话》曰:

> 学少陵五律易成假面空腔,调似杜而实非杜,令人生厌,查初白有《次古兄自粤西扶先伯榇归里》二律,上首曲折写来,题面似已了结,下首提粤西说入归途不易,并写生前德政,亦题中应有之义。不易归而竟归,疑在梦中,题意十分酣足。初白未必有意学杜,转得杜之神理,言情到真挚处,往往有此境界。……此等诗,名家稿中亦不多见也。①

汪佑南说得不错,查慎行《次古兄自粤西扶先伯父榇归里二首》的谋篇布局甚得杜诗神理,诗中多有模仿杜诗之处,如“泪尽干戈外,魂经瘴疠边”,乃仿杜甫《梦李白二首》其一:“江南瘴疠地,逐客无消息。”再如《朱仙镇岳忠武祠》末曰:“二百年来崇庙貌,两行桧柏干霄翠。北风怒吼白日昏,犹有英雄不平气。”从格调来看,对杜甫《蜀相》《古柏行》的模仿痕迹较为明显。此外,查慎行《将有南昌之行示儿建》《将出都门感怀述事上泽州冢宰陈公一百韵》《残冬展假病榻消寒聊当呻吟语无伦次录存十六首》等诗,详细剖析个人经历与内心世界,对杜甫《自京赴奉先县咏怀五百字》《北征》《秋日夔府咏怀奉寄郑监、李宾客一百韵》等诗歌形式的模仿痕迹非常明显,这些地方都是查慎行对杜诗手摹力追之处。

(三)对杜诗情境之模拟与变化

由于对杜诗的高度熟悉,查慎行在面临人生的种种情境时,往往情不自禁地套用杜诗,并加以某些变化,从而含蓄而不露痕迹地表达自己的情感。如在京师守岁时,查慎行会想起当年困守长安的杜甫,如其《京师与德尹守岁,用少陵“飞腾暮景斜”句为韵,各赋古诗五首》,即用杜甫《杜位宅守岁》诗句为韵脚,其蕴涵之人生况味,真是意在言外。

---

① 汪佑南:《山泾草堂诗话》,《山泾草堂诗存》附,民国三十年(1941)铅印本。

诗人自食其力种菜时,也想起杜甫当年在夔州种菜的情景,杜甫于大历二年(767)作《园官送菜》诗曰:“清晨送菜把,常荷地主恩。”查慎行《种菜四章》其四曰:“杜陵客西川,种艺颇有园。清晨送菜把,乃感地主恩。兹事吾不取,恐为贪夫援。于世苟无求,食力稍自尊。英雄亦如此,无事且闭门。”当怀念舍弟时,查慎行便又想到杜甫的《远怀舍弟颖观等》诗,写下《自正月以后不得德尹消息,用少陵〈远怀舍弟颖观等〉一首六韵》。而当与朋辈游园宴集之时,查慎行又想到杜甫的《陪郑广文游何将军山林十首》以及《重过何氏五首》,如《刘若千前辈招集听雨楼,用少陵〈重过何氏园林五首〉韵》即是如此。查慎行经行兖州时,想起杜甫当年亦曾来此,故作诗曰:“老为东郡客,才减少陵诗”(《过兖州城外有感》)。又如《燕九日郭于宫、范密居招诸子社集,演洪稗畦〈长生殿〉传奇,余不及赴,口占二绝句答之》曰:“曾从崔九堂前见,法曲依稀焰段传。不独听歌人散尽,教坊可有李龟年?”此诗明显是从杜诗化出。杜甫《江南逢李龟年》曰:“岐王宅里寻常见,崔九堂前几度闻。正是江南好风景,落花时节又逢君。”杜诗前两句忆昔,后两句慨今,极写今昔盛衰之感,可谓言简意赅,寓慨深沉。而查慎行此诗作于康熙四十九年(1710),上距康熙二十八年(1689)的《长生殿》事件已经过去了二十一年,当年同被贬斥之旧友中,洪昇于康熙四十四年酒后坠水而死,赵执信则终身放废,其他旧友,多已云散。故此情此景,尚不及老杜当年尚有李龟年可诉款曲,乃有“不独听歌人散尽,教坊可有李龟年”之叹息。故此诗虽取法乎杜,而其感慨则又深于杜矣。又如查慎行的名篇《舟夜书所见》:“月黑见渔灯,孤光一点萤。微微风簇浪,散作满河星。”①此诗开头两句的艺术构思,受到杜甫《春夜喜雨》颈联“野径云俱黑,江船火独明”的启发,通过明与暗的对比,渲染舟夜之景。然而查慎行除了借鉴杜诗以取境外,更能作熟处求生的艺术创新,此诗的后两句“微微风簇浪,散作满河星”,又陡然化静为动,可谓别开生面。康熙三十六年(1697),查慎行于老屋改筑

① 《敬业堂诗集》卷九《春帆集》,第239页。

小楼，名曰“得树楼”，其楼名也是出自于杜诗。查慎行《得树楼集序》曰：“吾家自丧乱后，仅存横溪老屋，与两弟同居。余所栖在西北隅，年深瓦落，不足以庇风雨。丁丑春，大儿幸举南宫，挈之还家，爰即旧址改筑小楼，楼成而老木数十章，皆在几榻间。因取少陵诗意，颜曰得树。”①查慎行虽然已经说明“得树楼”之名乃是出于“少陵诗意”，但却未明确指出出于哪一首杜诗，以至于学界诸人在解释“得树”二字时往往都是含糊其词，一笔带过，并未有真能找到答案者。其实“得树”二字之出处应是杜甫《秦州杂诗二十首》其十二：“老树空庭得。”另外，查慎行《馀波词》之命名，亦是得之于杜甫《偶题》“前辈飞腾入，馀波绮丽为”之诗意，其诗曰：“绮丽馀波入小词，枉抛心力悔难追”，②亦可为证。

（四）对杜诗精神层面的模仿与追继

查慎行《题杜集后二首》曰：

> 此老原非谏争姿，许身稷契复奚疑。可怜官马还官后，徒步归犹号拾遗。
>
> 漂泊西南且未还，几曾蒿目委时艰。三重茅底床床漏，突兀胸中屋万间。③

可见其对杜甫许身稷契的崇高人格与仁民爱物的伟大思想之推崇。张金明还从海宁查氏家族的文化传统的角度，对查慎行民胞物与情怀的思想渊源进行了梳理和考察，其论足资参考④。查慎行诗歌能够继承杜甫的“诗史”精神，特别关注下层百姓的疾苦。其《吴江田家行》曰：

> 高田去水一尺许，低田下湿流沮洳。半扉潦退尚留痕，两足泥深难觅路。土墙颓塌茅屋倒，时见牵船岸上住。家家网得太湖鱼，米少鱼多无换处。朝廷闻下宽大诏，今岁江南免田赋。野老犹供

---

① 《敬业堂诗集》卷二十三，第628页。

② 查慎行：《旧有〈馀波词〉二卷原稿失去将四十年沈房仲楚望椒园兄弟忽以抄本来归即用词字为韵口占二绝谢之》其一，《敬业堂诗集》续集卷三《馀生集上》，第1599页。

③ 《敬业堂诗集》卷四十五《吾过集》，第1320页。

④ 张金明：《查慎行诗歌新论》，中国人民大学2011年博士论文，第136—138页。

计亩租，官仓自贷输粮户。田家田家尔最苦，有铁何烦铸农具。半生衣食在江湖，卖犊扬帆从此去。①

此诗表现了对吴江百姓艰苦劳作的深切同情以及对清政府残酷压榨的客观记录。应该指出的是，此诗不仅承继了杜诗忧国爱民的一贯思想，其中"田家田家尔最苦，有铁何烦铸农具"，亦是化用杜句。杜甫《蚕谷行》曰："焉得铸甲作农器，一寸荒田牛得耕。牛尽耕，蚕亦成。不劳烈士泪滂沱，男谷女丝行复歌。"在从军西南期间，查慎行更是目睹了民生的残破，在《雪后平溪道中》中曾发出"书生亦有伤时泪，袖湿征鞭裹朔风"②那样的悲慨之声。其《渡百里湖》曰："湖面宽千顷，湖流浅半篙。远帆如不动，原树竞相高。岁已占秋旱，民犹望雨膏。涸鳞如可活，吾敢畏波涛。"③此诗作于西南入幕从军途中，查慎行看到西南地区的严重旱情，心中为之忧虑，甚至说老天若能真下一场透雨，解民倒悬，即使自己承受水路波涛之险也心甘情愿，其无私情怀很容易让人联想起杜甫《茅屋为秋风所破歌》《喜雨》等诗。又如查慎行《饶阳道中作》："造物岂不仁，饥寒盈道旁。目存力匪逮，恻恻中自伤。"④此诗也有对杜甫《遣遇》诗模仿的痕迹。《遣遇》曰："石间采蕨女，鬻市输官曹。丈夫死百役，暮返空村号。闻见事略同，刻剥及锥刀。贵人岂不仁，视汝如莠蒿。索钱多门户，丧乱纷嗷嗷。奈何黠吏徒，渔夺成逋逃。自喜遂生理，花时甘缊袍。"又如《黔阳杂诗四首》其四："吹唇沸地势纵横，约束人称峡路兵。间道无援防豕突，丛祠有火散狐鸣。残年租赕催何急，鬼俗流离命已轻。勿倚弓刀能杀贼，向来渔猎本苍生。"⑤诗人对民间武装有着清醒的认识，认为他们不过是因交不起租税才被迫铤而走险的普通百姓，因此不能对这类人赶尽杀绝、残酷镇压。这种思想与

---

① 《敬业堂诗集》卷二十《游梁集》，第579页。
② 《敬业堂诗集》卷二《慎旃集中》，第54页。
③ 《敬业堂诗集》卷一《慎旃集上》，第15页。
④ 《敬业堂诗集》卷三十四《西阡集》，第937页。
⑤ 《敬业堂诗集》卷二《慎旃集中》，第57页。

杜甫《有感五首》其三“不过行俭德，盗贼本王臣”正是如出一辙！又《六月廿四夜枕上作》曰：“季夏之月魃行虐，三旬苦热兼无风。暗雨卧闻来自北，明星起视生于东。民劳尚悬饥渴望，吏酷聊借驱除功。杜陵句似为我设，未免忧国思年丰。”①此诗末联是借用杜甫《吾宗》：“在家常早起，忧国愿年丰。”查慎行这类诗作与杜甫一样，均体现了其仁民爱物的儒者情怀。对于查慎行诗歌与杜诗精神层面的相似性，其同时人已经有所认识，如查慎行的晚辈陆奎勋《题初白先生证因图》曰：“先生金闺彦，诗格亚杜圣。”②然非熟知慎行者，不能道此也。

李圣华指出，在查慎行的晚年，由于遭受查嗣庭案的打击，其诗风由漫与而趋于悲郁，近于杜陵夔州之变。③ 因此从某个具体阶段来看，不排除查慎行诗风与杜诗有某些接近之处。然而若从总体艺术风格来看，查慎行的诗风与杜诗的风格则表现出迥然不同的风貌。杜诗风格虽千汇万状、无施不可，但仍以沉郁顿挫为主。而前人对查慎行诗风的评价，常以清真妥帖、流丽、平易等进行概括，故而查、杜二人的诗风从总体来看相去甚远。学杜而不似杜，这是一个比较普遍的现象，袁枚《与稚存论诗书》曰：

> 古之学杜者，无虑数千百家，其传者皆其不似杜者也。唐之昌黎、义山、牧之、微之，宋之半山、山谷、后村、放翁，谁非学杜者？今观其诗，皆不类杜。④

其实在清初诗坛上，所有主张学杜的诗人与流派，其实际风格亦与杜诗均不相符合。如李因笃、顾炎武、陈廷敬、傅山、申涵光及其领导的河朔诗派，莫不以学杜相标榜，但是其诗风均与杜诗有着一定的差距。这是因为，由唐以迄清初，中国古典诗歌的发展已历经八九百年，即便是单

① 《敬业堂诗集》续集卷三《余生集上》，第1602页。
② 陆奎勋：《陆堂诗集》卷十二，《四库全书存目丛书》集部第271册，齐鲁书社1997年版，第103页。
③ 李圣华：《查慎行与查嗣庭案及其晚年诗风之变》，《中国文学研究》2014年第1期。
④ 袁枚：《小仓山房诗文集》卷三十一，上海古籍出版社1988年版，第1848页。

纯对杜诗的学习，也已衍生出各种诗学传统及流派，中途发生过多次变异。且在其衍变过程中，又不断吸收各种诗学元素，故最终导致貌似杜而实非杜的结果，故学杜而不似杜，到了清代已属极为正常的现象。在清初诗坛总体宗唐学杜的大背景下，查慎行亦不能不为时代风气所熏染。况且查慎行的老师黄宗羲、钱澄之等人对杜诗都极为尊崇。黄宗羲在《万履安先生诗序》中特别强调要继承杜甫的诗史精神，在易代之际坚持民族气节，力图"以诗补史"，并亲自批点杜诗（据《张心友诗序》）。其门下弟子仇兆鳌、陈訏、李邺嗣等人都曾选杜注杜，有《杜诗详注》《读杜随笔》《杜工部诗选》等著述传世。正是在这样浓厚的师门氛围的影响与熏陶之下，查慎行对杜诗下大功夫进行了长期的评点、揣摩与学习。然而查慎行并不囿于杜诗一家，能够转益多师，取径广泛，兼宗唐宋元诸大家，故能既学杜而又变杜，终至独树一帜，成为浙派诗歌的领袖。统观查慎行的《敬业堂诗集》，其中不乏与杜诗神似之作，对杜诗字法、句法、章法、用典的模拟之处更是比比皆是。因此查慎行的诗歌得益于杜诗颇多，受其影响也相当大。杜诗为查慎行的诗歌创作提供了大量的艺术营养，因而成为其重要的艺术渊源和艺术典范之一。由于目前学界对查慎行"瓣香苏陆"的认识基本趋于一致，从而相对忽略了查诗尊杜学杜的事实。应该说，片面强调查慎行对苏轼、陆游的学习，便不能真正全面地理解查慎行诗歌的艺术渊源。而充分认识到杜诗对查慎行诗歌的深刻影响，对进一步考察查慎行兼宗唐宋、唐宋互参的诗学主张不仅是一个有力的补充，同时也有助于加深对查慎行诗歌艺术技巧与艺术风格的理解。

第四节　查慎行对苏诗的评点与学习

一、《初白庵诗评》中的苏诗评点

在《初白庵诗评》中，查慎行评苏轼《赠善相程杰》曰："阅过众人诗,忽见苏作,令我心开目明。”将其对苏诗的情有独钟表露无遗。又评朱熹《楞伽院李氏山房》曰:“朱子于苏氏兄弟挥斥不遗余力,而诗中则称为苏仙,往往次其旧韵,极相引重,亦可见公道难泯,未必非吕东莱、汪端明尺牍捄正之功。”其对朱子贬抑苏轼之举表示了不满,并指出朱熹诗中对苏轼亦“极相引重”,认为这正是“公道难泯”的表现。另外,在《初白庵诗评》中,评点其他诗人的时候,查慎行都是直呼其名号,而只在评点杜甫与苏轼诗歌时尊称为“先生”,不过称杜甫为“先生”之处较少,而在评点苏轼诗歌时大多数都尊称为“先生”,这些地方都可见出查慎行对苏轼的偏爱与敬重。王友胜还指出,“查慎行既补注苏诗,又首开清人评点苏诗之风,其《初白庵诗评》卷中选评苏诗430余首,数量为所评历代大诗人之冠。”①按:王友胜的统计数字不确,经反复验核,《初白庵诗评》卷中共评点苏诗458题580条,这个数字,确实是位居《初白庵诗评十二种》中诸家之冠的,从中可以看出查慎行对苏轼诗歌的重视程度。查慎行是清代最早的苏诗评点者,并对其后的汪师韩、纪昀等人的苏诗评点产生了一定影响,因此在苏诗评点史上占据了重要地位。综观查慎行《初白庵诗评》中的苏诗评点,有以下几个方面的内容值得关注:

(一)对苏诗的文献考证

查慎行花费毕生精力注释苏诗,其《苏诗补注》颇为学界所称道。然而《初白庵诗评》中对苏诗的评点却旨在揭示苏诗的艺术特色、剖析苏诗的艺术技巧,这虽与《苏诗补注》的旨趣大相径庭,不过其中仍存有分量不少的文献考证类的评语,涉及诗歌之辨伪、系年、校勘、写作背景等诸多方面的考证。之所以会在其评点中出现大量的文献考证内容,王友胜认为:“此实为其尝注释过苏诗,有一些杂感不得不发所致。”②可见查慎行《初白庵诗评》中的文献考证是《苏诗补注》过程中

① 王友胜:《苏诗研究史稿(修订本)》,中华书局2010年版,第226页。

② 王友胜:《查慎行的苏诗选评》,《中国文学研究》2000年第2期。

产生的副产品，也是对《苏诗补注》的补充，这些内容对于了解苏诗的整理研究史不无裨益。具体而言，以下三类内容较为突出。

1. 关于苏诗真迹原件的记载。

查慎行《初白庵诗评》对苏诗的评点中，存在着大量对于苏诗手书真迹的记载。如评《游庐山次韵章传道》曰："公手书墨迹此诗题云：轼谨次传道先生游庐山韵。末云：阅讫幸即付去，人送公弼郎中、禹功太博、明州教授各乞一首，轼上。此段见《式古堂书画汇考》。"评《留别释迦院牡丹呈赵倅》曰："此诗刻吴山紫阳庵石壁间，乃先生真迹，余三十年前犹及见之。"评《芙蓉城》曰："公手书此诗真迹后有鲜于枢、倪瓒两跋。"评《次韵秦太虚见戏耳聋》曰："此诗先生手书真迹作行书于纸上，见张丑书画舫。"又评《寒食雨二首》其二曰："此诗公手书真迹后有山谷跋，旧为檇李项氏所藏，后归成容若侍卫，竹垞曾为题签。"评《金山妙高台》曰："此诗及《煎茶》《听贤师定惠琴》《过南华寺》共四篇，先生手书真迹后有徐石楼、文信国诸跋，项墨林亦有跋，不知此卷今藏谁氏。"评《武昌西山》曰："此诗公手书真迹在江陵岑象求岩起家，岑跋云：'子瞻内翰昔窜谪黄冈，游武昌西山，观圣求所题墨迹，时圣求已贵处北扉，而子瞻方忤时远放，流落穷困，不二年，遂与圣求对掌诰命，并驱朝门，同优游笑语于清切之禁，在常人固足感叹，有文而深于情者，宜何如哉！此前诗所以作也。元祐丁卯二月，因会饮子功侍郎宅，子瞻为余笔此，遂记而藏之云。'后有四明楼钥跋，明正德朝，为陆都宪全卿所得，李长沙为跋尾。"评《送家安国教授归成都》："公此诗有墨迹册子传世，小行书白粉宋纸本，元至元辛巳石涧陈有宗跋尾。"评《书王定国所藏烟江叠嶂图》曰："此诗公手书真迹在太仓王长公家，见张丑书画舫。"至于查慎行如此重视苏轼手书真迹藏于何处、何人跋尾等情形之原因，当是由于这些苏轼亲自书写的真迹既是校勘苏轼诗集的重要文本，又是苏轼佚诗辑补的重要文献来源。而这些内容对于查慎行编纂《苏诗补注》都有着至关重要的作用，因此他才会不厌其烦地在评点中加以记录。

2. 对苏轼重出诗的辨伪。

查慎行的《苏诗补注》在对苏轼诗歌的补遗与辨伪方面取得了突出的成绩，其《苏诗补注》卷四十九、五十对苏诗与他诗歌重出之作90首分别进行了考辨和甄别。而在《初白庵诗评》苏诗评点部分之末，查慎行也对这些重出误收之作大部进行了辨析。然将《初白庵诗评》与《苏诗补注》卷四十九、五十对读后可以发现，二者的结论虽基本一致，但文字上却有繁简之别。《初白庵诗评》中对苏诗辨伪时往往仅有寥寥数字的断语，而《苏诗补注》则详细说明所论何据。因此给人的初步印象是，《初白庵诗评》所载苏诗辨伪这部分内容，好像是《苏诗补注》卷四十九、五十的初稿或节略本。例如《初白庵诗评》评《赠仲勉子文》曰："亦见山谷集。"而《苏诗补注》卷五十于此诗后加按语曰：

> 右一首，亦见山谷集，题云"和高仲本喜相见"。按：仲，本名宿。山谷过万州，高为太守，有《与万州太守高宿游岑公洞夜雨连明绝句》，亦讹入东坡集中。万州，唐为南浦郡，与此诗起句（雨昏南浦曾相对）正合，其为黄作无疑，今据此驳正。①

两相比较，《初白庵诗评》仅指出此诗与黄庭坚诗重出，尚未加以甄辨。而《苏诗补注》则通过考证明确指出"其为黄作无疑"。《初白庵诗评》中关于苏诗辨伪的内容，大部分均与此相类，至于二者孰先孰后，很难定论。王友胜指出，"他在考辨苏诗重出、伪作方面也体现出深厚的功力，可算是古代第一个对苏诗进行全面考辨真伪的学者，其成果值得我们重视。"②应该承认，查慎行《初白庵诗评》在对某些苏诗甄别辨伪中体现出深厚的文献功力。如其评《少年时尝过一村院，见壁上有诗云……》曰："此诗全首载《宋文鉴》中，乃潘阆《夏日宿西禅寺》诗。"又评《题织锦图上回文三首》曰："据少游集引先生跋语，此三诗非先生诗

---

① 查慎行著，王友胜校点：《苏诗补注》卷五十，凤凰出版社 2013 年版，第 1474 页。

② 王友胜：《苏诗研究史稿（修订本）》，第 185 页。

也，当删。”这些考辨所得结论都是较为确实可信的。不过查慎行的辨伪有时并没有文献依据，而只是通过诗歌的口吻语气进行判断，如评《次韵王巩颜复同泛舟》曰：“此诗亦见山谷集，细观语气，确是先生家法，非黄作也。”这种辨伪方法和标准似乎又显得过于主观武断，并不能令人完全信服。

3. 以苏证苏，诗文互证。

由于对苏轼文集烂熟于胸，所以查慎行能够从总体上把握苏轼的性格特点、生平交游等方面内容，故其评点苏诗，常能将不同苏诗进行互证，或苏诗与苏文互证，也就是以苏证苏，彼此参观。如评《自金山放船至焦山》“山林饿卧古亦有，无田不退宁非贪”二句曰：“《金山诗》结句云‘有田不归如江水’，故此处更深一层，合观两诗，其妙乃见。”又评《次韵参廖师寄秦太虚三绝句时秦君举进士不得》其二“回看世上无伯乐”曰：“先生《与秦太虚尺牍》云：‘见解榜，不见太虚名字，此不足为太虚损益，但吊有司之不幸耳。’即此诗意。”又于《送蒋颖叔帅熙河》“边虿事首卤”后曰：“公集中《代张方平谏用兵书》可为此处注脚。”又如评《生日刘景文以古画松鹤为寿，且贶佳篇，次韵为谢》“岂待相愿言，方为不休托”二句曰：“交谊深厚，本集有《荐景文状》，须合看。”又如评《次韵周开祖长官见寄》“近忆张陈与老刘”句曰：“先生《杂记》云：吾昔自杭移高密，与杨元素同舟，而陈令举、张子野皆从吾，过李公择于湖州，遂与刘孝叔俱至松江。”“以苏证苏”是一种高级的研究方法，非熟悉苏诗全集者不能做到。由于查慎行长期致力于苏轼诗文的整理研究，故对这一方法运用起来得心应手，而且常能收到单刀直入、立竿见影之奇效。

（二）揭示苏诗之主旨与立意

如前所述，查慎行的诗歌评点中，对“意”的阐发一直是其重点之一，其对苏诗的评点也表现出对诗歌思想内容的侧重。如苏轼《爱玉女洞中水，既致两瓶，恐后复取，而为使者见给，因破竹为契，使寺僧藏其一，以为往来之信，戏谓之调水符》诗云：

欺谩久成俗，关市有契繻。谁知南山下，取水亦置符。古人辨淄渑，皎若鹤与凫。吾今既谢此，但视符有无。常恐汲水人，智出符之余。多防竟无及，弃置为长吁。

查慎行评“常恐汲水人”以下四句曰：“此举原近逆诈，故须补正意以救其病，非进一层语，亦非宽一层语。”剖竹以为调水之符契本属无奈之举，若汲水人以欺诈而得，亦防不胜防，故东坡“弃置为长吁”，这就是查慎行所指出的本诗之“正意”。又如《司竹监烧苇园，因召都巡检柴贻勖左藏以其徒会猎园下》：“戍兵久闲可小试，战鼓虽冻犹堪挝。雄心欲搏南涧虎，阵势颇学常山蛇。”查慎行评曰：“从题中正意说入。”因此诗题面有“会猎园下”字样，而此诗从“戍兵久闲可小试”才开始着重描摹会猎情景，故查氏指出“戍兵”以下方为此诗“正意”，所论良是。又评《送周正孺知东川》“清时养材杰，杞梓方培拥。未应遗合抱，取用及把拱。如君尚出麾，顾我宜耕垄”六句曰：“一篇正意在此。”苏轼于周正孺知东川之际，殷殷嘱以爱惜人才、重用人才，查慎行指出这才是这首送别诗的“正意”。又如《怀西湖寄晁美叔同年》：

西湖天下景，游者无愚贤。深浅随所得，谁能识其全。嗟我本狂直，早为世所捐。独专山水乐，付与宁非天。三百六十寺，幽寻遂穷年。所至得其妙，心知口难传。至今清夜梦，耳目余芳鲜。君持使者节，风采烁云烟。清流与碧巘，安肯为君妍。胡不屏骑从，暂借僧榻眠。读我壁间诗，清凉洗烦煎。策杖无道路，直造意所便。应逢古渔父，苇间自延缘。问道若有得，买鱼勿论钱。

查慎行评“三百六十寺”至末曰：“山水之间，俗吏原无置身处，示以幽寻之诀，语虽直而意良厚。”可以看出，查慎行所谓“正意”与“厚意”，都本之于诗人的清高品行与磊落胸怀，因此我们常可以看到《初白庵诗评》中对苏轼仁爱忠孝的称许，如《送鲁元翰少卿知卫州》“斯民如鱼耳，见网则惊奔。皎皎千丈清，不如尺水浑”四句，查慎行评曰：“仁人之言，蔼然如春风被物。”又评《五禽言》其五曰：“与退之《羑里操》同一忠孝至性。”评《南堂五首》其五“客来梦觉知何处，挂起西窗浪接天”

二句曰:"想见襟怀。"评《赠章默》"心知义财难,甘就贫友乞"二句曰:"气骨凛然,读之起敬。"相反,在对苏诗的评点中,查慎行有时还顺便对品行有亏的历史人物进行委婉的批评,如评《十二月二十八日蒙恩,责授检校水部员外郎、黄州团练副使,复用前韵》"试拈诗笔已如神"句曰:"钱牧斋出狱后,用'试拈'名集,惜末后行止,无颜谢天下耳,为之一叹。"这很容易让人联想起查慎行在《拂水山庄三首》其三中"生不并时怜我晚,死无他恨惜公迟"①那样的评价。可见正是出于对东坡人格精神的无比敬仰,使得查慎行在评点苏诗时格外留意对诗意的阐发,这一点是和他对其他诗人的评点有着很大区别的。

(三)论苏诗之章法

在诗歌章法的诸要素中,查慎行非常关注诗意与诗题的关合程度,因此其苏诗评点中关于诗题方面的内容较多。如苏轼《九日次定国韵》:

> 朝菌无晦朔,蟪蛄疑春秋。南柯已一世,我眠未转头。仙人视吾曹,何异蜂蚁稠。不知蛮触氏,自有两国忧。我观去来今,未始一念留。奔驰竟何得,而起无穷羞。王郎误涉世,屡献久不酬。黄金散行乐,清诗出穷愁。俯仰四十年,始知此生浮。轩裳陈道路,往往儿童收。封侯起大第,或是君家驺。似闻负贩人,中有第一流。炯然径寸珠,藏此百结裘。意行无车马,倏忽略九州。邂逅独见之,天与非人谋。笑我方醉梦,衣冠戏沐猴。力尽病骐骥,伎穷老伶优。北山有云根,寸田自可耰。会当无何乡,同作逍遥游。归来城郭是,空有累累丘。

苏轼此诗纵横排宕,俯仰古今,颇得庄子之神韵,纪昀评曰:"洒洒而来,却屈曲自如,无一沓语。"②这完全是从篇法的角度进行的分析。查慎行则评曰:"绝无一语及九日,直是自写胸期,无暇检点。"因为诗题曰"九日

① 查慎行:《敬业堂诗集》卷十八《并辔集》,上海古籍出版社 1986 年版,第 448 页。

② 苏轼著,王文诰辑注:《苏诗诗集》卷三十五,中华书局 1982 年版,第 1907 页。

次定国韵”，然整首诗却无一语及“九日”，并未扣题，故查氏乃有“无暇检点”之评，从中可见查氏评点之着眼点。又评《宋曾子固倅越得燕字》曰：“入题（醉翁门下士，杂还难为贤）飘忽，结意（安得万顷池，养此横海鳣）独远，《三百篇》所谓赋而比也。”又如《越州张中舍寿乐堂》：

青山偃蹇如高人，常对不肯入官府。高人自与山有素，不待招邀满庭户。卧龙蟠屈半东州，万室鳞鳞枕其股。背之不见与无同，狐裘反衣无乃鲁。张君眼力觑天奥，能遣荆棘化堂宇。持颐宴坐不出门，收揽奇秀得十五。才多事少厌闲寂，卧看云烟变风雨。笋如玉筯椹如簪，强饮且为山作主。不忧儿辈知此乐，但恐造物怪多取。春浓睡足午窗明，想见新茶如泼乳。

查慎行评曰：“入手奇崛，一转合题。”按：此诗开篇“青山偃蹇如高人，常对不肯入官府”数句描绘寿乐堂周围山势，并未扣题；而至“张君眼力觑天奥，能遣荆棘化堂宇”笔锋方转，开始描写张中舍对寿乐堂的经营与优游之乐，故查慎行谓之“一转合题”。又评《和李邦直沂山祈雨有应》“一转入题，笔力陡健。”评《荔枝叹》“君不见武夷溪边粟粒芽”至末曰：“耳闻目见，无不可供我挥霍者，乐天讽喻诸作，不过就题还题，那得如许开拓。”又如《夜泛西湖五绝》：

新月生魄迹未安，才破五六渐盘桓。今夜吐艳如半璧，游人得向三更看。

三更向阑月渐垂，欲落未落景特奇。明朝人事谁料得，看到苍龙西没时。

苍龙已没牛斗横，东方芒角升长庚。渔人收筒及未晓，船过惟有菰浦声。

菰蒲无边水茫茫，荷花夜开风露香。渐见灯明出远寺，更待月黑看湖光。

湖光非鬼亦非仙，风恬浪静光满川。须臾两两入寺去，就视不见空茫然。

查慎行评曰：“五首章法联络不断，前人所未有，亦先生集中变格也。”

又如《九日黄楼作》曰：

去年重阳不可说，南城夜半千沤发。水穿城下作雷鸣，泥满城头飞雨滑。黄花白酒无人问，日暮归来洗靴袜。岂知还复有今年，把盏对花容一呷。莫嫌酒薄红粉陋，终胜泥中千柄锸。黄楼新成壁未干，青河已落霜初杀。朝来白露如细雨，南山不见千寻刹。楼前便作海茫茫，楼下空闻橹鸦轧。薄寒中人老可畏，热酒浇肠气先压。烟消日出见渔村，远水鳞鳞山齾齾。诗人猛士杂龙虎，楚舞吴歌乱鹅鸭。一杯相属君勿辞，此境何殊泛清霅。

查慎行评“朝来白露如细雨”以下八句曰：“阴阳晦明，摄入毫端，作大开合，浅人但见写景耳，吁！”

和评点其他诗人不同的是，查慎行对苏诗的评点很少提到炼字，这是因为他认为苏轼的律诗根本不讲究炼字，所以在评点中亦付之阙如。如其评《初自径山归，述古召饮介亭，以病先起》“迟暮赏心惊节物，登临病眼怯秋光”一联曰：“公七律不讲炼字之法，似此反是变调。”从中可见其对苏轼七律字法的认识与判断。东坡虽不甚讲究字法句法，然而诗中不乏警句和绝对，查慎行对此颇有好评。如评《过永乐文长老已卒》“三过门间老病死，一弹指顷去来今”曰：“天然绝对。”又评《和子由四首·送春》“酒阑病客惟思睡，蜜熟黄蜂亦懒飞”曰：“对句不测。”评《登玲珑山》“翠浪舞翻红罢亚，白云穿破碧玲珑”曰：“以虚对实法。”评《溪阴堂》“酒醒门外三竿日，卧看溪南十亩阴”一联曰：“无意作联，自尔合拍。”

（四）论苏诗之“不可端倪”

苏轼无疑是宋代成就最高的诗人，那么苏轼诗歌中最为独特的气质与最不为人所及之处是什么呢？对此问题，清人曾从多个角度加以论析，如方东树曰：“杂以嘲戏，讽谏谐谑，壮语悟语，随兴生感，随事而发，此东坡之独有千古也。”①赵翼则称赞苏轼“才思横溢，触处生春，胸

① 方东树：《昭昧詹言》卷十一，人民文学出版社1961年版，第236页。

中书卷繁复，又足以供其左旋右抽，无不如志。其尤不可及者，天生健笔一枝，爽如哀梨，快如并剪，有必达之隐，无难显之情，此所以继李杜后为一大家也。”①而查慎行却认为，苏诗中的“不可端倪”“不可捉摸”之处，才是苏诗迥异于诸家之处，也是苏诗最为独有之特质。例如苏轼《次韵吴传正枯木歌》：

> 天公水墨自奇绝，瘦竹枯松写残月。梦回疏影在东窗，惊怪霜枝连夜发。生成变坏一弹指，乃知造物初无物。古来画师非俗士，妙想实与诗同出。龙眠居士本诗人，能使龙池飞霹雳。君虽不作丹青手，诗眼亦自工识拔。龙眠胸中有千驷，不独画肉兼画骨。但当与作少陵诗，或自与君拈秃笔。东南山水相招呼，万象入我摩尼珠。尽将书画散朋友，独与长铗归来乎。

查慎行评“妙想实与诗同出”以下五句曰：“忽从一‘诗’字生出两层，曲折变幻，不可端倪。”又评“龙眠胸中有千驷”以下四句曰：“从诗画推开一层说，结处另是一意。”这就将此诗变化动荡的关键点明确指出，较为准确地点明了此诗为人所不及之处。类似的例子还有一些，如评《杨康功有石，状如醉道士，为赋此诗》曰：“发端落想，迥不犹人，笔亦不可捉摸。”评《白水山佛迹岩》曰：“字字刻画，句句变化，云烟离合，不可端倪。”东坡才大力雄，常想落天外，加之他对诗歌的各种艺术技巧均能得心应手、举重若轻，故令人常有变幻莫测之感，这确实是苏诗的重要艺术特质之一，查慎行一眼觑定此关键处，其眼光无疑是独到的。不过应该指出的是，称苏诗“不可端倪”并非查慎行首倡，金代王若虚《滹南诗话》中即曰：“东坡，文中龙也。理妙万物，气吞九州岛，纵横奔放，若游戏然，莫可测其端倪。”②然而王若虚所论尚属泛泛，查慎行则通过具体剖析苏诗从艺术构思到章法笔法的变化莫测，试图将苏诗的

---

① 赵翼：《瓯北诗话》卷五，《清诗话续编》，上海古籍出版社 1983 年版，第 1195 页。

② 王若虚：《滹南诗话》卷二，丁福保辑《历代诗话续编》，中华书局 1983 年版，第 517 页。

独特异质予以剖析，进而将这种创作规律及艺术手法吸收把握，为我所用。在查慎行看来，东坡之才力虽不可企及，但调动诸种艺术手段时总得依靠一些具体做法才能实现其夭矫神变，故其在评点中常常试图把握苏轼笔法的出人意表之处，这些地方表明，查慎行为接近苏诗的神髓作出了最大限度的努力。如苏轼《龙尾砚歌》曰：

黄琮白琥天不惜，顾恐贪夫死怀璧。君看龙尾岂石材，玉德金声寓于石。与天作石来几时，与人作砚初不辞。诗成鲍谢石何与，笔落钟王砚不知。锦茵玉匣俱尘垢，捣练支床亦何有。况瞋苏子凤咮铭，戏语相嘲作牛后。碧天照水风吹云，明窗大几清无尘。我生天地一闲物，苏子亦是支离人。粗言细语都不择，春蚓秋蛇随意画。愿从苏子老东坡，仁者不用生分别。

查慎行评“碧天照水风吹云”以下四句曰：“忽为砚吐语，笔法开展，匪夷所思。”按：此诗开篇咏龙尾砚是以诗人的口吻感叹称赏，而至“碧天照水风吹云，明窗大几清无尘。我生天地一闲物，苏子亦是支离人”则又转换成龙尾砚的口吻语气评论东坡，故查氏以“笔法开展，匪夷所思”赞之。又如苏轼《小圃五咏·薏苡》：

伏波饭薏苡，御瘴传神良。能除五溪毒，不救谗言伤。谗言风雨过，瘴疠久亦亡。两俱不足治，但爱草木长。草木各有宜，珍产骄南荒。绛囊悬荔支，雪粉剖桄榔。不谓蓬荻姿，中有药与粮。春为芡珠圆，炊作菰米香。子美拾橡栗，黄精诳空肠。今吾独何者，玉粒照生光。

查慎行评“能除五溪毒”以下十四句曰：“句句开，笔笔转。”又如《甘露寺》“楼台断崖上，地窄天水宽。一览吞数州，山长江漫漫”四句，查慎行评曰：“收得尽，放得开，是为才人之笔。”评《画鱼歌》曰：“短篇故作波澜，一味苍茫，初学何自穷其涯岸。”又如《和柳子玉〈喜雪次韵〉仍呈述古》：

诗翁爱酒长如渴，瓶尽欲沽囊已竭。灯青火冷不成眠，一夜捻须吟喜雪。诗成就我觅欢处，我穷正与君仿佛。曷不走投陈孟公，有酒醉君仍饱德。

查慎行评曰:“波澜动宕,机趣横生。”查慎行所谓“开展”“收放”“波澜”等,对于深入理解和把握苏轼诗歌的灵动夭矫,确实颇具启发意义。又如《赠眼医王生彦若》:

针头如麦芒,气出如车轴。间关络脉中,性命寄毛粟。而况清净眼,内景含天烛。琉璃贮沆瀣,轻脆不任触。而子于其间,来往旋锋镞。笑谈纷自若,观者颈为缩。运铁如运斤,去翳如拆屋。常疑子善幻,他技杂符祝。子言吾有道,此理君未瞩。形骸一尘垢,贵贱两草木。世人方重外,妄见瓦与玉。而我初不知,刺眼如刺肉。君看目与翳,是翳要非目。目翳苟二物,易分如麦菽。宁闻老农夫,去草更伤谷。鼻端有余地,肝胆分楚蜀。吾于五轮间,荡荡见空曲。如行九轨道,并驱无击毂。空花谁开落,明月自朏肭。请问乐全堂,忘年老尊宿。

查慎行评“而我初不知”以下八句曰:“游刃有余,汪洋自恣,漆园之言也,不谓有韵之文,亦能驰骋至此。”可见查慎行认为,苏轼之所以能够做到超乎侪辈,不可端倪,是由于他不仅具备他人难以企及的高超技巧,更是由于苏轼的精神气质中融化了庄子之恢宏诡谲之浪漫精神,这些认识都是发人深省的独到之见。

(五)评苏诗之议论与“以文为诗”

苏轼诗中喜发议论,有以文为诗的倾向,有时议论过多会冲淡诗味、影响诗歌的形象性,不过查慎行却并不以之为病,而是对苏诗中的议论颇为肯定。如评《和子由论书》“苟能通其意,常谓不可学”二句曰:“直是以文为诗,何意不达!”评《泗州僧伽塔》“耕田欲雨刈欲晴,去得顺风来者怨。若使人人祷辄遂,告物应须日千变。我今身世两悠悠,去无所逐来无恋。得行固愿留不恶,每到有求神亦倦”八句曰:“说透至理,觉昌黎《衡山》一章尚带腐气。”评《自普照游二庵》曰:“劈头二句(长松吟风晚雨细,东庵半掩西庵闭),全题已无余景,此后都入议论。”又评《至秀州赠钱端公安道并寄其弟惠山老》“怪君颜采却秀发,无乃迁谪反便美。天公欲困无奈何，世人共抑真疏矣”四句曰：“透快，无坚不破。”又如苏轼《登州海市》：

东方云海空复空，群仙出没空明中。荡摇浮世生万象，岂有贝阙藏珠宫？心知所见皆幻影，敢以耳目烦神工。岁寒水冷天地闭，为我起蛰鞭鱼龙。重楼翠阜出霜晓，异事惊倒百岁翁。人间所得容力取，世外无物谁为雄？率然有请不我拒，信我人厄非天穷。潮阳太守南迁归，喜见石廪堆祝融。自言正直动山鬼，岂知造物哀龙钟。伸眉一笑岂易得，神之报汝亦已丰。斜阳万里孤鸟没，但见碧海磨青铜。新诗绮语亦安用？相与变灭随东风。

查慎行评曰：“起便超脱，以下迎刃矣。只‘重楼翠阜出霜晓’一句着题，此外全用议论，亦避实击虚法也。若将幻影写作真境，纵摹拟尽情，终属拙手。”又苏轼《秀州僧本莹静照堂》：

鸟囚不忘飞，马系常念驰。静中不自胜，不若听所之。君看厌事人，无事乃更悲。贫贱苦形劳，富贵嗟神疲。

查慎行评曰：“发论必透彻中边。”查氏所谓“中边”涉及诗论中的“中边言诗”。中边，原系佛教术语，《辨中边论》是唯识宗的重要论典，又《如来庄严光明智慧入一切佛境界经》云：“虚空无中边，诸佛身亦然。”苏轼在其《东坡题跋》和诗歌中常引用这一概念，如《安州老人食蜜歌，赠僧仲殊》曰：“恰似饮茶甘苦杂，不如食蜜中边甜”，自注曰：“佛云：吾言譬如食蜜，中边皆甜。”东坡借以指诗境之浑融无迹、化去町畦。以中边言诗，后来在明清诗论中较为常见，如方以智《通雅诗说》曰：

词与意，皆边也。素心不俗，感物造端，存乎其人，千载如见者，中也。……闻乐知德，因语识人，此几知否？①

方以智所谓边，指呈现于外的文章的内容和语词，所谓中，则是融汇贯穿于内容和语词之中的内在的精神气质。查慎行在其评点中对“中边”这些理论范畴的引入，除了说明他对苏诗的熟悉之外，也同时表明

① 吴文治主编：《明诗话全编》第十册，江苏古籍出版社 1997 年版，第 10585 页。

他对当时诗坛的理论动向颇为了解。又如《送岑著作》：

懒者常似静，静岂懒者徒？拙则近于直，而直岂拙欤？夫子静且直，雍容时卷舒。嗟我复何为，相得欢有余。我本不违世，而世与我殊。拙于林间鸠，懒于冰底鱼。人皆笑其狂，子独怜其愚。直者有时信，静者不终居。而我懒拙病，不受砭药除。临行怪酒薄，已与别泪俱。后会岂无时，遂恐出处疏。惟应故山梦，随子到吾庐。

查慎行评曰："一意萦拂，转换不穷。"苏诗此诗纯以议论说理为主，语意上虽流转回环，但终觉形象性不强，可以说这是宋人以议论为诗不可避免的缺陷，今人黄永武便曾指出："像这样的句子，只像在玩一正一反的回文游戏……这样语意回环，纵使说理透彻，转换不穷，只能作为一组机智的隽语来看，毕竟不是诗的正道。"①然而查慎行对苏轼的此类做法却颇为称赏，其诗学旨趣于此表露无遗。

苏轼好为翻案文章，查慎行的评点中也有与苏轼意见偶尔相左之处，如其评《凤翔八观·秦穆公墓》"乃知三子殉公意，亦如齐之二子从田横"二句曰："议论自开辟，但事出六经，恐难翻案。"按："三子殉公"，是指秦国之"三良"为秦穆公殉葬之事。据《左传·文公六年》："秦伯任好卒，以子车氏之三子奄息、仲行、针虎为殉，皆秦之良也，国人哀之，为之赋《黄鸟》。"故后人释《黄鸟》诗的主旨时，多以为乃是揭露秦穆公的残暴，对三良深表同情。而苏轼在诗中为之翻案，认为三良之殉穆公，"亦如齐之二子从田横"，即主动的舍生取义，完全是出于自愿。查慎行却认为虽然苏轼这种说法"议论自开辟"，但是三良之殉穆公出于六经之一的《诗经》，恐难翻案。其实查慎行此论实在有些保守，郑玄为毛诗作笺即曰："三良自杀以从死。"《史记正义》引应劭曰：

秦穆公与群臣次酒酣，公曰："生共此乐，死共此哀"。于是奄息、仲行、针虎许诺。乃公薨，皆从死，《黄鸟》诗所为作也。

---

① 黄永武：《中国诗学·鉴赏篇》，新世界出版社2012年版，第72页。

历史上的秦穆公并不算一个暴君，而是以知人善任、举贤用能著称，三良为之殉葬极有可能并非出于被迫，而是主动的，因此苏轼“乃知三子殉公意，亦如齐之二子从田横”这样的议论并非没有道理，查慎行对此似乎并未深考，乃至信成说而不疑，未能体察诗人之用心，实属遗憾。

（六）论苏诗与前代诗人之间的关联

苏轼诗歌千门万户，风格多样，这得益于其对前代诗歌的广泛学习。查慎行在其评点中，对苏诗与前代诗歌的关联与承继就颇为留意。如苏轼《寄吴德仁兼简陈季常》：

> 门前罢亚十顷田，清溪绕屋花连天。溪堂醉卧呼不醒，落花如雪春风颠。我游兰溪访清泉，已办布袜青行缠。稽山不是无贺老，我自兴尽回酒船。恨君不识颜平原，恨我不识元鲁山。铜驼陌上曾相见，握手一笑三千年。

查慎行评曰：“笔挟仙气，故是太白后身。”又评《龟山》曰：“似拟中晚，而骨力胜之。”评《李颀秀才善画山，以两轴见寄，仍有诗，次韵答之》曰：“先生不满意于乐天、东野，然一时学其格，如此篇者，移置《长庆集》正复难辨。”评《新城陈氏园次晁补之韵》曰：“忽作韦、柳格调，才人何所不能。”评《和章七出守湖州二首》其一“早岁归休心共在，他年相见话偏长”二句曰：“淡语似乐天，亦似牧之。”评《次韵仲殊〈雪中游西湖〉二首》其一“夜半幽梦觉，稍闻竹苇声。起续冻折弦，为鼓一再行”四句曰：“忽作东野语。”又评《和仲伯达》“绣谷只应花自染，镜潭长与月相磨”二句曰：“二句刻画过巧，骎骎乎离晚唐而趋宋矣。”对于查慎行此评，王友胜说：“清初诗人尊唐宗宋，坛坫甚浓，查评此处标举‘宋调’，意在推崇宋诗，为宋诗争地位，其诗学观至为显然。”①其实综观《初白庵诗评》，查慎行并没有借助评点宣扬“宋调”的倾向，故看到查慎行的评语中有“趋宋”二字就联系到查氏是要推崇宋诗，这实在是一种想当然。倘若按照这种逻辑，那么查慎行评语中提到苏诗似太白、乐

---

① 王友胜：《苏诗研究史稿（修订本）》，第233页。

天、东野、牧之,难道就是要提倡尊唐吗?这显然是不对的。如上所引,查慎行的苏诗评点中凡是涉及苏诗与前代渊源的评论,都是意在指出苏轼与前代诗人之间的关联痕迹,并无强分轩轾之意。其评苏轼《定惠院寓居月夜偶出》《次韵前篇》甚至说:“两篇曲折清真,自作风格,不知汉魏,何论六朝、三唐,与《定惠院海棠》各极其妙,即在先生集中亦不易多得。”可见查慎行认为真正的好诗不一定非得宗唐学宋才行,无所崇尚、自作风格照样可以成为杰作。其实查慎行自己“唐宋互参”理论的核心精神也是兼容并包,对此前已述及,此不再赘。所以我们不能把《初白庵诗评》中的评点看成查慎行贩卖其宗宋理论的工具,那样就把查慎行理解得过于狭隘了。

(七)论苏轼对杜诗的学习与借鉴

值得指出的是,查慎行“唐宋互参”是以杜甫和苏轼两位大诗人为主要的学习对象,而苏轼诗中对杜诗亦多有模仿和学习,因此查慎行在其评点中较为关注苏轼对杜甫的学习和借鉴之处。如杜甫《遭田父泥饮美严中丞》开篇曰:“步屧随春风,村村自花柳。田翁逼社日,邀我尝春酒”,查慎行评曰:“东坡用之作《安国寺寻春》起法。”按:苏轼《安国寺寻春》开头曰:“卧闻百舌呼春风,起寻花柳村村同。城南古寺修竹合,小房曲槛敧深红。”两相比较,苏诗学习杜诗的痕迹确实较为明显。又如杜甫《太平寺泉眼》“北风起寒文,弱藻舒翠缕。明涵客衣净,细荡林影趣。”查慎行评曰:“东坡得此意,发为《泛颍》诗。”按:苏轼《泛颍》诗曰:

> 我性喜临水,得颍意甚奇。到官十日来,九日河之湄。吏民笑相语,使君老而痴。使君实不痴,流水有令姿。绕郡十余里,不驶亦不迟。上流直而清,下流曲而漪。画船俯明镜,笑问汝为谁?忽然生鳞甲,乱我须与眉。散为百东坡,顷刻复在兹。此岂水薄相,与我相娱嬉。声色与臭味,颠倒炫小儿。等是儿戏物,水中少磷缁。赵陈两欧阳,同参天人师。观妙各有得,共赋泛颍诗。

苏轼此诗的风格语言与杜甫《太平寺泉眼》本不相类,然杜诗中所描写的风水相发、林影交错之趣，对苏轼《泛颍》诗确有启发，故查慎行方有此评。又评苏轼《寓居定惠院之东，杂花满山，有海棠一株，土人不知贵也》曰："此种诗境，从少陵《乐游园歌》得来，遇其神理，而化其畦畛，斯为千古绝作。"可见查慎行能自如地将杜、苏两位诗人的作品加以比较和联系，着重于诗意衍生关系的深入钩稽，确能抓住二者之间的深层关联，非深于二家诗者道不出也。这样的例子还有不少，例如评苏轼《安国寺浴》"衰发不到耳"二句曰："故用闲笔补衬，从少陵'眼复几时暗'句得来。"按："眼复几时暗，耳从前月聋"出自杜甫的《耳聋》。又评杜甫《江汉》"片云天共远，永夜月同孤"二句曰："东坡《南归》诗云：'浮云世事改，孤月此心明'，与老杜千载相合。"评苏轼《新年五首》其二曰："格律纯学少陵。"评苏轼《新居》"朝阳入北林，竹树散疏影。短篱寻丈间，寄我无穷境"四句曰："神似杜陵。"评苏轼《倦夜》曰："通首俱得少陵神味。"评苏轼《予来儋耳，得吠狗曰乌觜，甚猛而驯，随予迁合浦，过澄迈，泅而济，路人皆惊，戏为作此诗》"长桥不肯蹑，径度清深浦。拍浮似鹅鸭，登岸剧虓虎。盗肉亦小疵，鞭棰当贯汝"六句曰："沉酣于少陵，乃有此跌宕雄深境界。"

有时将查慎行的杜诗评语与苏诗评语对读，往往还可以得出一些新的认识。如查慎行评苏轼《和子由记园中草木十一首》其五"黄叶倒风雨，白花摇江湖"二句曰："衰飒处偏说得轩昂。"其实查慎行也曾指出过杜诗中的类似特点，如其评杜甫《投简咸华两县诸子》"南山豆苗早荒秽，青门瓜地新冻裂。乡里儿童项领成，朝廷故旧礼数绝。自然弃掷与时异，况乃疏顽临事拙"六句曰："萧瑟中自有傲兀气概。"评杜甫《楠树为风雨所拔叹》"干排雷雨犹力争，根断泉源岂天意"二句曰："每于萧瑟中作倔强语，气色百倍。"因此，查慎行对苏诗"衰飒处偏说得轩昂"之评，正是暗中揭示苏诗与杜诗某些风神气味的相似性，这种地方最容易被读者轻易放过，故特此指出。这样的例子还有一些，例如查慎行评苏轼《次韵李端叔谢送牛戬鸳鸯竹石图》"知君论将口，似予识画眼"二句曰："不伦不类，写得拉杂。"王友胜认为，"查慎行此评是对苏轼某些诗句语意重复、拖沓杂冗的现象提出批评,虽从反面立论,亦说明查氏评苏诗非常重视语言的简洁性。”①此论实为皮相之见,其实查慎行并不主张古体诗的凝练,如其评杜甫《北征》曰:“序事言情,不伦不类,拉拉杂杂,信笔直书,作者亦不自知其所以然,而家国之感、悲喜之绪,随其枨触,引而弥长,遂成千古至文,独立无偶。”因此,查氏“不伦不类,拉拉杂杂”之评是有特殊语境的,有信笔所之、自然而然的意味,并非负面评价。又如查慎行评杜甫《三川观水涨二十韵》曰:“造物不足供其驱使,何等心力,何等腕力!”又曰:“感时触景,拉沓奔凑。”这里的“拉沓”之评,也含有自然成文、不假修饰之意,亦非贬义。可见只有将《初白庵诗评》整体通观,才能正确掌握查慎行某些评语的真正含义,否则将犯望文生义的错误,也难免“只见树木,不见森林”之偏颇。

(八)对苏诗的少量批评

查慎行在《初白庵诗评》中尚有十余条对苏诗的批评,这对于我们了解查慎行的诗学倾向也有一些帮助。在这些少量的批评之中,查慎行首先最反对艺术上的重复,所谓重复包括两个方面的意思:第一,同样的诗句在不同诗歌中的重见。第二,同一首诗中语意上的重复。例如评《答陈述古二首》其一曰:“结句(人老簪花却自羞)集中再见。”按:苏轼《吉祥寺赏牡丹》首句亦曰:“人老簪花不自羞”,与《答陈述古二首》其一的结句仅差一字,故属重复。又如《纵笔三首》其一:“寂寂东坡一病翁,白须萧散满霜风。小儿误喜朱颜在,一笑那知是酒红。”查慎行评曰:“‘白头’句,集中再见。”按:《儋耳四绝句》其四曰:“寂寂东坡一病翁,白头萧散满霜风。小儿误喜朱颜在,一笑那知是酒红。”两诗相较,仅第二句相差一字,故实是一诗。又评《李思训画长江绝岛图》“沙平风软望不到,孤山久与船低昂”二句曰:“二句已见公《颍口》七律,然在此处较为确切。”按:查慎行所谓《颍口》七律,是指苏轼《出颍口初见淮山,是日至寿州》,此诗颔联下句曰:“青山久与船低昂”,与

① 王友胜:《查慎行的苏诗选评》,《中国文学研究》2000年第2期。

"孤山久与船低昂"仅差一字;尾联上句曰:"波平风软望不到",与"沙平风软望不到"仅相差一字,故查慎行指出其犯重。此外他还对二诗进行了比较,认为这两句还是用在《李思训画长江绝岛图》中描摹得较为确切。又评《次韵韶守狄大夫见赠二首》其一"痴绝还同顾长康"句曰:"'痴绝'句,集中再见。"按:苏轼《次韵子由赠吴子野先生二绝句》其一有"痴疾还同顾长康"之句,两相比较,仅有一字之差。应该承认,苏诗中这种重复使用成句的现象,说明了苏轼创作态度的随意,而这是严谨的查慎行所不能容忍的,故均予指出。此外,查慎行对于苏诗语意上的重复也较为敏感。如《次韵许遵》:"蒜山渡口挽归艎,朱雀桥边看道装。供帐已应烦百两,击鲜无久溷诸郎。问禅时到长干寺,载酒闲过绿野堂,此味只忧儿辈觉,逢人休道北窗凉。"查慎行评曰:"既用'诸郎',复云'儿辈',未免重复。"评《游博罗香积寺》"要使真一流天浆"句曰:"前云'要令',此云'要使',句调犯重。"按:此诗前有"要令水力供臼磨"之句,后面又出现"要使真一流天浆",句式重复,故查慎行颇以为病。

除了对重复问题的关注之外,查慎行还对苏轼的某些押韵较为留意。如评《游灵隐寺得来诗复用前韵》"绝胜絮被缝海图"曰:"'图'字未免凑韵。"所谓凑韵,俗称"挂脚韵",即作诗时,无适当之字可叶韵,硬凑上去与诗意无关之字,结果为了押韵而有损内容。此诗写灵隐寺的兴建历史与周围山势景物及寺内之香火鼎盛,然忽接以"凝香方丈眠氍毹,绝胜絮被缝海图"之句,这与全诗之命意确实有所背离,故有凑韵之嫌。又评《次韵曾仲锡承议食蜜渍生荔支》曰:"以险韵押难题,未免牵强着迹。"按:此诗所押之韵为下平声"九青"韵,此韵部中的韵字较少,实为险韵,而诗题又是咏"蜜渍生荔支"这样的偏难之题,故查慎行认为实在牵强,即使才大如苏轼,因艺术上的回旋余地较小,故诗作亦不能佳。

对苏轼个别诗表意上的前后矛盾,查慎行也予以指出。如《盐官绝句四首·塔前古桧》:"当年双桧是双童,相对无言老更恭。庭雪到腰埋不死,如今化作雨苍龙。”查慎行评曰:“第二句有病,与末句稍碍。”按:查慎行认为,既然双桧“老更恭”,那么末句突然又将其比拟为桀骜不驯的苍龙,与前面的描写相矛盾,故以为“稍碍”。

另外,查慎行还指出苏诗的个别句子有浅俗之病。如评《和陈述古拒霜花》“细思却是最宜霜”曰:“浅。”评《刁同年草堂》“青山有约长当户,流水无情自入池”二句曰:“出笔太易。”评《东坡八首》其八曰:“结句(失一当获千)失体。”评《赵令晏崔白大图幅径三丈》“往来不遣凤衔梭,谁能鼓臂投三丈”二句曰:“刻画近俚。”这是由于查慎行一贯反对浅俗,提倡高格;反对纤巧雕琢,提倡平淡自然。此点后文将有详论,此不备述。

总之,查慎行的苏诗评点表现出对诗歌立意与风格技巧并重的特点,侧重于揭示苏轼的独特风貌与旨趣及其原因。他试图从诗法的角度剖析苏轼某些诗歌的章法句法技巧,其着眼点是力图通过总结苏诗的创作特点,归纳出有章可循的语言规律和有法可依的炼句法则,目的是在创作中能够复制和再现苏轼的神韵与风格。另外,通过对苏诗与杜诗之间渊源的追寻,查慎行试图理清唐宋时代两大代表诗人之间的种种关联,其实质是旨在找到沟通唐宋的桥梁,从而在实践中明确“唐宋互参”的具体路径。不过在查慎行的苏诗评点中,文献考证类的内容竟然占据了绝大多数,而关于诗歌艺术方面的评点反而相对较少,这恐怕是由于查慎行立志做苏轼功臣,倾注毕生的精力注释完成《苏诗补注》,因此其兴趣点集中于苏诗的辑佚、辨伪、校勘等方面,故在评点中不由自主地陷于文献考据中而不能自拔。这些内容虽有助于理解苏诗的思想内容与写作背景,但却在无形中削弱与冲淡了他对苏诗精神风格的真正揭示。因此,考据癖制约和束缚了查慎行苏诗评点理应达到的高度。另外,由于查慎行秉持过分尊苏的评点态度,这使其眼界和视野都受到了一定的局限,因此他未能真正认识到和揭示出以苏轼为代表的宋诗中浅易粗率、动辄大段议论、谈禅说理等弊端,这对于清初宋诗派的健康发展,都将产生不利的影响。

二、查慎行诗歌学苏论析

在历代诗人中，查慎行对苏轼最为青睐。从 24 岁到 53 岁，查慎行前后花费了三十年时间注释苏诗，完成了《补注东坡编年诗》五十卷。这种长期注释苏诗的主要目的之一，当然是为了更好地学习和揣摩苏轼诗歌。对于查慎行诗歌主体学苏的认识，由清迄今，几无异辞。如《四库全书总目》曰："核其渊源，大抵得诸苏轼为多。"①沈德潜评价查慎行曰："所为诗得力于苏，意无弗申，辞无弗达。"②邓之诚曰："诗学苏、陆，尝注苏诗，甚有体要，知其寝馈功深。"③张仲谋说："从诗法渊源来看，慎行虽然于唐之杜、韩、白诸大家皆有所得，其瓣香心折，尤在苏轼。"④其实查慎行诗歌学习苏诗是其"唐宋互参"理论的重要组成部分，因此只有将其学苏置于唐宋互参的背景之下加以考察，方能理解苏轼诗歌对查慎行的特殊意义。另外，虽然历代论者对查慎行诗歌学苏有了较为一致的认识，但是对查慎行具体如何学苏却未能深入考察，因此详细分析查慎行诗歌对苏轼的学习与继承之处，对于明晰查慎行诗论中的学苏程度与比重都是不可或缺的。总的来看，查慎行诗歌学苏体现在以下几个方面：

（一）对苏诗字法句法的模仿

查慎行一生倾力注释苏诗，对苏诗中的语词典故可谓烂熟于胸，因此在其诗歌中随处可见化用苏诗字句之处，这为查诗与苏诗风格的相似与接近，起到了较为直接的作用。如查慎行《苑东移居》其三："抟沙放手终同散"，乃是化用苏轼《二公再和，亦再答之》："亲友如抟沙，放手旋复散。"苏轼还特别喜欢用"烟鬟"来比喻峰峦，其《送程七表弟知

① 永瑢等：《四库全书总目》卷一百七十三，第 1528 页。

② 沈德潜：《清诗别裁集》卷二十，《四库禁毁书丛刊》集部第 158 册，北京出版社 2000 年版，第 785 页。

③ 邓之诚：《清诗纪事初编》，中华书局 1965 年版，第 788 页。

④ 张仲谋：《清代文化与浙派诗》，东方出版社 1997 年版，第 162 页。

泗州》曰："淮山相媚好，晓镜开烟鬟。"查慎行诗中也喜用"烟鬟"字样，如《晓发胥口》："借取日光磨一镜，吴娘船上看烟鬟。"又《小孤山》："峨峨百里外，烟鬟望欻矐。"欻矐，倏忽闪现貌。此诗乃是化用苏轼《李思训画长江绝岛图》："峨峨两烟鬟，晓镜开新妆。"又查慎行《盆中二咏吴元朗斋分韵》其二："不随千树暗，只似一枝斜。"系化用苏轼《梅花》"江头千树春欲暗"之句。《题吴宝崖雪龛煨芋图》曰："何似雪龛风味好，平生不吃懒残残。"①"懒残残"，出自苏轼《除夜访子野食烧芋戏作》："牛粪火中烧芋子，山人更吃懒残残。"按，懒残为唐代高僧，天宝初居衡岳寺为众僧执役，众僧食毕，收其余而食之，性懒而食残，故号懒残。又如查慎行《舟中即目》曰："分明寒食江南路，剩欠桃花三两枝。"系化用苏轼《惠崇春江晚景》其一："竹外桃花三两枝"之句。又如《母猪洞观瀑》："石牙互参错，吞吐霹雳舌。"系化用苏轼《寄钟山泉公》："电眸虎齿霹雳舌，为予吹散千降云。"《天擎洞歌》："又疑蜥蜴吐沫散冰雹，寒气飒飒生回风。"系化用苏轼《蝎虎》诗："今年岁旱号蜥蜴……能衔渠水作冰雹。"《冉家桥》："记得去年鞭马渡，满渠春涨拍桃花。"乃是化用苏轼《次韵王定国南迁回见寄》："相逢为我话留滞，桃花春涨孤舟起。"又《大风至刘婆矶》："压浪一叶轻，疾行固其宜。""一叶"，见苏轼《赠邵道士》："相将乘一叶，夜下苍梧滩。"同诗又曰："不见东海畔，中有踏浪儿"，"踏浪儿"，语见苏轼《读孟郊诗》之二："嫁与踏浪儿，不识离别苦。"又《从刺萦园步至陶然亭》："贪得凭栏一晌闲"，似仿苏轼《鹧鸪天》"又得浮生一日凉"，而苏词此句出自唐代李涉《题鹤林寺壁》"偷得浮生半日闲"。又查诗《闻村家打稻声》："鹊豆篱边扪腹行，惰游筋力负归耕。自惭饱吃丰年饭，闲听邻家打稻声。"苏轼《寓居定惠院之东，杂花满树，有海棠一株，土人不知贵也》诗曰："先生食饱无一事，散步逍遥自扪腹。"查诗中"饱吃""扪腹"的悠闲形象明显出于苏诗，而对自己不劳而获的惭愧，亦是苏诗中常见的情思轨迹。当

① 《敬业堂诗集》卷三十七《槐簃集上》，第1018页。

然，追根溯源，“扪腹”一词当来自白居易《饱食闲坐》：“扪腹起盥漱，下阶振衣裳。”《郑春荐唐殿宣诸子招集湖舫》：“谁遣秋娘来唤渡，忽携风雨到尊前。老夫借得缠头费，无数跳珠乱入船。”诗的末句明显系化用苏轼《六月二十日望湖楼醉书》“白雨跳珠乱入船”之句。张仲谋还指出：“慎行此诗非仅借用一喻，其由风雨而跳珠，而秋娘缠头，整个诗的构思都是由苏轼的妙喻联想生发的。”①苏诗想象奇妙，比喻新奇，妙趣横生，《百步洪二首》其一：“有如兔走鹰隼落，骏马下注千丈坡。断弦离柱箭脱手，飞电过隙珠翻荷。”连用七个比喻，极言百步洪之湍急险峻，堪称神来之笔。查慎行《初白庵诗评》评此四句曰：“联用比拟，局阵开拓，古未有此法，自先生创之。”②这说明查慎行对于苏诗善于比喻的特点深有会心。在查诗中亦可见到不少联用比拟之例，如《钱玉友有见寄长篇，极论作诗之旨，终以传世相期许，兼承不朽之托，连日阻风虎丘，舟中无事，赋此奉酬》曰：

> 吾观工画人，胸本蕴丘壑。云烟资变幻，山水赴脉络。又闻国手棋，惜子不轻落。翻新布奇势，全局如一著。良医去成见，因病施方药。巧匠先量材，运斤乃盘礴。羿射无诡遇，驺琴有醉攫。高僧厌苦空，八棒解拘缚。老仙出狡狯，九锁启橐钥。惟诗亦云然，众美视斟酌。神功须力到，佳境岂意度。人皆信手成，孰肯苦心作。同心得钱子，洞见非隔膜。③

在这首诗中，查慎行凭借他天才的诗思，一连用了八个比喻，真切生动、气势贯畅地从不同角度描述了作诗之旨，可谓深得苏轼诗之三昧。

（二）对苏诗章法风格与谋篇立意的学习

在查慎行《敬业堂诗集》中，有大量用苏诗原韵之作，显示出查慎行对苏轼诗歌的追拟痕迹。如《无功索题蒹葭书屋图用东坡寄傲轩

① 张仲谋：《清代文化与浙派诗》，第163页。

② 《初白庵诗评十二种》卷中。

③ 《敬业堂诗集》卷三十四《迎銮集》，第951页。

韵》①《二月六日舟泊白田乔无功介夫兄弟招同王方若饮纵棹园梅花下用东坡雨中看牡丹韵各赋三首》②《除夕前四日宫恕堂寓斋消寒雅集次东坡答段屯田韵》③《花朝集忍冬斋月下饮汜光春用东坡定惠院月夜韵》④《雪后次东坡韵二首》⑤。以上这些诗歌,显示了苏轼对查慎行的直接影响。除了直接步和苏诗原韵之外,查慎行许多诗歌的章法与构思都有学习苏诗的明显痕迹。例如查慎行《望蒙山同定隅、德尹作》曰:"叠翠浮岚不记重,群山络绎走苍龙。若论举眼人人识,只有知名一两峰。"此诗写诗人眺望蒙山时的感受,后两句蕴涵着深刻的哲理。严迪昌曰:"这使人很自然地想起查慎行的师法对象之一苏轼,他的名作《题西林壁》描写庐山景色云:'横看成岭侧成峰,远近高低各不同。不识庐山真面目,只缘身在此山中。'查慎行此诗虽然所反映的道理与之相异,但手法却正自相同。"⑥应该说《望蒙山同定隅、德尹作》与苏轼的《题西林壁》从章法来看确实如出一辙,模仿学习的痕迹相当明显。又如《大风至刘婆矶》:

江豚忽掉头,微动青玻璃。俄看黑云起,遥指天南陲。须臾坠我前,横截江两涯。拔江喷作雨,白日潜光辉。初疑鳌山倾,又若鳄窟移。举舟向空掷,绠断谁能縻?长年束手叹,有力不得施。而我于中流,高枕故咏诗。明知怖无益,聊复忍少时。男儿可怜虫,造物终见慈。既济乃思痛,嗒焉中心脾。投文诉江神,略陈危苦辞。水从西南来,风亦西南吹。谁欤激使怒,若是不可矶。自我涉江湖,十三年于兹。南浮及北渡,履险间有之。此胡太酷烈,性命轻崄巇。仕宦涉江来,扬帆若扬旗。船尾点画鼓,船头插黄旗。大

① 《敬业堂诗集》卷二十七《过夏集》,第737页。
② 《敬业堂诗集》卷二十八《偷存集》,第758页。
③ 《敬业堂诗集》卷三十七《槐簃集上》,第1041页。
④ 《敬业堂诗集》卷三十八《槐簃集下》,第1050页。
⑤ 《敬业堂诗集》卷四十五《吾过集》,第1325页。
⑥ 严迪昌编注:《元明清诗》,天地出版社1997年版,第139页。

贾涉江来，满载居赢奇。放溜如放马，控纵从人驰。我船何所载，载书载鸱夷。压浪一叶轻，疾行固其宜。如何强弓弯，寸进恒苦迟。神于我乎薄，厚彼宁独私。咄哉穷旅人，初受俗眼嗤。揶揄到五鬼，渐渐伺路歧。惟神实正直，倚赖相扶持。今朝大戏剧，漂泊将谁依？祷詈似有感，抚枕魂依稀。神来入我梦，责我大有词。风水涣成文，变化岂汝知？滔天初滥觞，至险出坦迤。汝以耳目料，何异握管窥。汝又好远游，远游计终痴。万里走从军，还家仍布衣。十年就场屋，逐众趋京师。人皆取巍科，三黜名独遗。谓宜自揣量，息影甘荆扉。兹来非宦游，又非竞刀锥。皇皇义奚取，放浪形骸为。汝居颇有园，园中颇有池。好风皱池面，浮花舞涟漪。此岂有惊波，来溷汝息机。汝自舍之出，去安而即危。不闻南山阶，下有季女饥。不见东海畔，中有踏浪儿。两者听自取，抉择休然疑。叩头谢江神，痼疾神所治。大梦初唤醒，行当早旋归。①

此诗首写行舟至刘婆矶突遇大风情状，抒发了诗人为谋生计而跋涉江湖的感慨，诗人祷詈江神之后，却忽然宕开一笔，以江神之责词翻出新意，最后则以诗人叩谢江神作结，从整体结构上明显是模仿苏轼的名篇《游金山寺》。又查慎行《自题庐山纪游集后》：“仙灵幽秘苦雕镌，云雾苍茫每深匿。忽逢生客一呈露，可惜无才收不得。”是说庐山的神秘意态每每藏于苍茫云雾之后，令人难以领略，而自己此行，竟然深得仙灵眷顾，不吝呈露。在苏轼的《登州海市》中也能找到这样的构思：“东方云海空复空，群仙出没空明中……潮阳太守南迁归，喜见天廪堆祝融。自言正直动山鬼，岂知造物哀龙钟。伸眉一笑岂易得，神之报汝意已丰。”两相比较，学习模仿的痕迹非常明显。查诗最后说：“如何汲汲向城市，若赴严程拘漏刻。他年终伴采芝翁，临别有言吾敢食。”亦是学苏轼《游金山寺》“江山如此不归山，江神见怪惊我顽。我谢江神岂得已，有田不归如江水”那样的结尾。又如《月夜自湖口泛舟还湓城同恒

① 《敬业堂诗集》卷十四《湓城集》，第374—375页。

斋太守赋》：

空江夜东注，月光似俱流。举头看青天，水去月自留。移帆忽西向，月又随我舟。而月岂有心，适与吾目谋。澄观得静趣，含景无停休。不辞川路长，获此清夜游。远树小池口，孤钟锁江楼。须臾灯烛光，候骑迎沙头。谁知太守乐，梦亦同凫鸥。①

洪永铿等人指出，此诗“辞意宛转而畅达，又富哲理，独具理趣，极有苏诗特色。”②查慎行《高斯亿为余画竹，以诗报之》以诗论画，其章法乃得之于苏轼的《王维吴道子画》。又如查慎行《和竹垞御茶园歌》：

朝廷玉食自不乏，何用置局灾黎元。追思兴也实祸首，幸保要领归九原。山灵曷不请于帝，按《女青律》笞其魂。传语后来者：毋以口腹媚至尊。

按：苏轼名篇《荔枝叹》的末段曰：“君不见，武夷溪边粟粒芽，前丁后蔡相宠加。争新买宠各出意，今年斗品充官茶。吾君所乏岂此物，致养口体何陋耶？洛阳相君忠孝家，可怜亦进姚黄花。”又杜甫《石笋行》曰：“惜哉俗态好蒙蔽，亦如小臣媚至尊。”比较后不难发现，《和竹垞御茶园歌》的立意与苏轼《荔枝叹》极为相似，当然同时也化用了杜诗的语词。

查慎行诗中有许多内容与苏诗情趣亦有趋同性。如苏轼《纵笔》诗曰：“寂寂东坡一病翁，白须萧散满霜风。小儿误喜朱颜在，一笑那知是酒红。”查慎行诗中亦常见类似的情趣与构思，如《大风抵张夏戏题旅壁》：“四幅帷裳巧障风，到来村巷聚儿童。此中闭置疑新妇，一笑那知是老翁。”③《朝发小浆村暮抵紫溪途中口号四首》其二：“篮舆承盖午风凉，戏折山花插两旁。行处儿童齐拍手，白头老子拥红妆。”④

① 《敬业堂诗集》卷十四《溢城集》，第386—387页。

② 洪永铿、贾文胜、赖燕波：《海宁查氏家族文化研究》，浙江大学出版社2006年版，第86页。

③ 《敬业堂诗集》卷三十四《西阡集》，第938页。

④ 《敬业堂诗集》卷四十四《步陈集》，第1307页。

《清明日再同诸弟西阡看玉兰戏作吴体》:“赢得村童齐拍手,白头五老又重来。”①以上这些诗中,查慎行将深沉的人生感慨寄寓于白发童颜的对比之中,颇得苏诗三昧。

另外,苏轼性格诙谐幽默,于其诗中时常流露,而在查慎行集中也不时可以看到相似之处,如《赠汤西崖》曰:“敢拟微之并乐天,才名官职两殊悬。只余一事差相似,恰比先生老七年。”自注谓:“乐天长于微之七岁。”如此精巧的构思、诙谐幽默的笔调,也是深得苏诗神韵的。又如《廉让寓斋送春分韵得有字》:

> 小时逢春爱花柳,逐伴年年开笑口。年来年去春复春,不料侵寻成老丑。来如东门遇游女,去若河桥别良友。明知邂逅两无端,未免依违怅分手。镜中毵毵白发长,门外滚滚红尘走。曹生也是不羁徒,为饯春归召侪偶。朱樱紫笋忆乡味,欲致僧厨无一有。失路随余学放颠,得钱赖尔能沽酒。有情相对且沉醉,万事苍茫一回首。

这些诗歌与苏诗颇为神似,是查慎行学苏最为成功之作。张仲谋分析道:

> 单纯的俳谐易流于浅薄,伤春感逝易沉入悲惋,苏轼善于调和二者,以科诨冲淡悲感,反过来也可以说是以深沉节制幽默,从而形成了一种似乎带有玩世不恭意味但仍不失深沉的艺术风格。慎行此诗已几于神似,尤其是最后二句,直可以说是苏轼式的结尾。②

又如查慎行《晓过德州感旧》:“十年牛马走,力尽往来中。”③《酬别郑寒村》曰:“燕山此度六往来,未免征衫被尘涴。”④前诗的结尾是以十年奔走力尽发叹,后诗以前后六度往来燕山抒慨,其实这种写法也都是

① 《敬业堂诗集》续集卷四《余生集下》,第 1675 页。

② 张仲谋:《清代文化与浙派诗》,第 164 页。

③ 《敬业堂诗集》卷四十二《计日集》,第 1226 页。

④ 《敬业堂诗集》卷六《假馆集上》,第 175 页。

学习苏轼的结果。苏轼《淮上早发》曰:“淡月倾云画角哀,小风吹水碧鳞开。此生定向江湖老,默数淮中十往来。”两相比较,查慎行学习模仿苏诗的意味非常明显。然而查慎行仅师其意而未师其词,可谓遗貌取神,深得苏诗之精髓。

(三)查慎行对苏轼精神层面的接受

查慎行喜欢苏轼,主要是由于精神上的气味相投。苏轼不仅在诗歌的构思和技巧方面给予查慎行直接的启发,其对查慎行潜移默化的影响更多地体现在精神层面。查慎行的“初白庵”之号,即出自苏诗。据《查慎行年谱》,康熙四十年春,“属禹司宾之鼎作《初白庵图》,取东坡‘身行万里半天下,僧卧一庵初白头’诗意也。”①“身行万里半天下,僧卧一庵初白头”,见于苏轼《龟山》诗,查慎行非常喜欢苏轼这两句诗,乃剪截诗中“庵初白”三字,将书斋命名曰“初白庵”,并自号初白。其《初白庵诗评》中对苏轼此诗评曰:“似拟中晚而骨力胜之。”查慎行《跋范文白先生楷书四十二章经后》曰:

> 吾邑范文白先生与尔旋法师为方外交,晚岁益密。每春秋佳日,幅巾棁杖来游东林。余时年甫弱冠,幸获追随。有作辄就正于先生。所以奖借而嘘植之者,不啻口出。尝与旋公书,于余兄弟有“二谢”“两苏”之目。虽心愧其言,然生平知己之感,终不敢忘也。②

年近七旬的查慎行深情地回忆起自己青少年时从游受教于故乡名士范骧先生的往事。范骧以“二谢”“两苏”比附查慎行、查嗣瑮兄弟,查慎行虽“心愧其言”,心里却也颇为认同。查慎行《德尹四十初度二首同润木作》其二曰:“十年多少回头事,我是苏家白发兄。”注:“用东坡寿子由诗中语”③,则又确实已将自己兄弟二人与苏轼兄弟相提并论了。查慎行《以庭前新枣饷德尹》:“比似洞天无核枣,一枝聊解此生馋。”自

① 《查慎行年谱》,第24页。
② 查慎行:《查悔馀文集》,北京大学馆藏稿本丛书,天津古籍出版社1987年版。
③ 《敬业堂诗集》卷十三《劝酬集》,第347页。

注曰："东坡云：朱明洞天是蓬莱第七洞天，有无核枣。唐永乐道士侯大华以食枣仙去，予在岐山下亦得食一枚云。"查诗自注所引苏轼语见《东坡志林》，查慎行将其作为诗料，可以见出苏轼对其潜移默化的影响。

此外，苏轼的空静思想对查慎行有着很大的影响。苏轼《送参廖师》曰："欲令诗语妙，无厌空且静。静故了群动，空故纳万境。"苏轼认为，只有保持空静的心境，才能创作出清新隽永的诗作。查慎行吸收并继承了苏轼这种空静观，其《月夜自湖口泛舟还湓城同恒斋太守赋》曰："澄观得静趣，会景无停休。"①《得川叠前韵从余问诗法戏答》曰："唐音宋派何须问？大抵诗情在寂寥。细比老蚕初引绪，健如强弩突回潮。闲来谨侯炉中火，众里心防水面瓢。"②《次韵答恺功二首》其一曰："若向此中微领会，诗情原在寂寥间。"③《古诗五章呈吉水大司空李公》其二曰："物理与天机，静观皆性情。"④王英志指出："从诗歌创作方式来看，这是典型的宋诗气质。"⑤

晚年的查慎行受到其弟查嗣庭案的牵连，就京诣狱，其《敬业堂诗集》中《诣狱集》的某些诗作便深受苏轼"乌台诗案"中入狱诗的影响。《诣狱集》中次东坡韵的共有六首，分别是《和胡元方中丞次东坡入狱诗第一章韵》《元方又用东坡入狱第二首韵，余亦次和》《东坡有咏御史台榆槐竹柏诗……赋孤柳四章》。此外，《元方以三绝句见投追忆武英书局旧事次韵以答》曰：

> 乞归分作老农师，遥望觚棱记往时。同调只今零落尽，忽从台狱和苏诗。
>
> 偕隐相期出帝都，白头岂料复长途。鸰原急难由兄弟，不敢重

① 《敬业堂诗集》卷十四《湓城集》，第386页。
② 《敬业堂诗集》卷二十八《翻经集》，第771页。
③ 《敬业堂诗集》卷十七《冗寄集》，第458页。
④ 《敬业堂诗集》卷十九《酒人集》，第541页。
⑤ 王英志：《清代唐宋诗之争流变史》，第157页。

夸四杖图。①

此诗因狱中难友胡元方投诗追忆武英书局旧事而作,"忽从台狱和苏诗"则明确表露出查慎行的心态,即通过和苏诗来排遣和慰藉自己备受摧残的心灵。日人高津孝说:

> 这些诗都产生于严酷的狱中生活,但绝不严酷,更不觉悲怆。不如说,诗里很多地方还流露出幽默。这是由查慎行自身性格决定的。从这个意义上讲,他倒可以说是东坡诗的真正继承者。这就是说,他在那位伟大前辈的遗产中继承的,主要不是艺术风格,而是超然的乐观性与幽默感。②

如果说《诣狱集》是因为查慎行与东坡有着相似的经历而产生共鸣的话,其《余生集》之名则直接取自苏诗。《余生集上》自题云:

> 雍正初元,再逢癸卯,余年七十有四矣。江海余生,吟情未废,正如病马嘶枥,枯葵泫霜。窃取东坡此意名此集,既以志感,亦以志痛也。③

可见此集名乃是取自苏诗,苏轼《神宗皇帝挽词三首》其三曰:"接统真千岁,膺期止一章。周南稍留滞,宣室遂凄凉。病马空嘶枥,枯葵已泫霜。余生卧江海,归梦泣嵩邙。"查慎行《苏诗补注》卷二十五引《许彦周诗话》曰:"东坡受知神庙,虽谪而实欲用之。东坡微解此意,后作《挽词》。'病马空嘶枥'四句云云,非深悲至痛,不能道此语。"④经历了家族惨祸后,九死一生的查慎行以东坡之"病马空嘶枥,枯葵已泫霜"倾吐心中的深悲至痛,从中亦可以看出其精神世界已经与东坡融为一体。

(四)查慎行与苏轼诗风之差异辨析

查慎行评元好问《论诗三十首》其二十六"苏门果有忠臣在,肯放

---

① 《敬业堂诗集》续集卷五《诣狱集》,第 1693 页。

② [日本]高津孝著,程章灿译:《论查初白〈诣狱集〉》,许惟贤、王相宝编《当代海外汉学研究》,江苏人民出版社 1997 年版,第 200 页。

③ 《敬业堂诗集》续集卷三《馀生集上》,第 1598 页。

④ 查慎行:《苏诗补注》卷二十五,凤凰出版社 2013 年版,第 744 页。

坡诗百态新"二句曰:"苏门诸君,无一人能继嫡派者,才有所限,不可强耳。"查慎行认为苏门六君子、苏门四学士、苏门四小学士诸君因为才力所限,无一人能真正继承苏轼诗歌的精髓。作为一个全力追模苏轼的诗人,说出这样的话,除了深沉的历史感慨之外,应亦有查氏个人的志向与抱负在内。其言外之意是说,自己愿做苏轼的忠臣,成为其忠实的追随者。赵永纪先生便曾指出,查慎行这话"显然是以苏轼的继承者自勉"①,可谓知言。然而查慎行诗歌虽然学苏轼,但由于时代的不同以及个性气质的差异,查慎行毕竟不能成为苏轼,其诗风与苏轼也有相当的距离。对于查氏学苏而不似苏的原因,张仲谋分析道:

> 学苏轼而不可及处,主要在人格而不在诗法。东坡人格至大至刚,既富理性又不乏激情,故其诗不张扬而自见大器。慎行为人谨小慎微,依违求全,虽然出于情势之不得已,然而于其诗力是有损的。其当初则不敢狂,后遂不能狂。自我约束太紧太重,遂致人格萎缩,性灵凋丧,故其诗严谨有余而活泼不足。而其醉后、梦中、戏作一类,往往歪打正着,有平日诗中所少有的光彩。②

张仲谋指出,查慎行诗风与苏轼诗风不能完全契合的根本原因在于二人人格上的巨大差距。查慎行所处的清代初年正是满清政权统治日益稳固的阶段,其对汉人的文化钳制也正日益严酷。查慎行自己先后经历了《长生殿》案、查嗣庭案等文字狱,也目睹了江南科场案、奏销案、通海案、《明史》案、《南山集》案等,精神上早已风声鹤唳、噤若寒蝉,其《小除夜椒嵓招同沈韩锡陈叔毅谈未庵家声山集王岩士枢部斋限韵》曰:"座中放论归长悔,醉里题诗醒自嫌。"③从中颇能看出查慎行战战兢兢、如履薄冰的心态,这都是当时严酷的政治环境给查慎行造成的心理阴影与精神摧残。所以这样一个文禁森严的时代已经不可能再塑造出一个风神飞扬的苏东坡,只能雕琢出一个谨小慎微、既慎且悔的查初

① 赵永纪:《清初诗歌》,光明日报出版社 1993 年版,第 371 页。
② 张仲谋:《清代文化与浙派诗》,东方出版社 1997 年版,第 165 页。
③ 《敬业堂诗集》卷五《踰淮集》,第 162 页。

白。这是时代的必然，也是查慎行的宿命。张氏所论虽大致不差，然其持论给人的感觉仍嫌过于苛刻。时代精神之差异固然导致了查慎行诗学精神的萎靡，查慎行之才亦确实不如苏轼，然而查慎行的优势在于晚起与后生，此时的他可以从容地对整个古典诗歌史上的优秀诗人进行选择性地师法，将一切适合于自己的诗歌手法与技巧进行学习，充分地汲取前人的艺术经验。这一点可以很大程度地弥补时代给予查慎行的精神压抑所导致的诗性精神的萎缩。不能否认的是，查慎行是历代学苏诗人中最为成功的一个，其诗歌取得的成就毋庸置疑。因此将两个时代中的两个诗人作平行对比不仅是不妥当的，也是不公平的。查慎行所处的清初，是各种诗学思想激烈交锋、不断碰撞和裂变的时代，清初任何一个成功的诗人，其诗学途径都已经不可能单纯师法前代的某一个人。也就是说，转益多师、兼宗唐宋已经成为时代的潮流与诗人们必然的选择，查慎行自然也不能超脱于时代之外去纯粹地学习和模仿苏轼一人。则其学苏而不似，不仅不值得过多的嗟叹与惋惜，而且正体现了时代的进步与诗学的发展。所以查慎行学苏最终却不完全像苏的根本原因，是由于其秉持兼宗唐宋的诗学理念，除了主要师法和瓣香苏轼之外，他还广泛学习杜甫、韩愈、白居易、王安石、陆游、元好问等历代著名诗人，因此才能兼容并包，并越度前人，自成一家。查慎行说“惟诗亦云然，众美视斟酌”，则苏轼只是诗歌史上的“众美”之一。虽然东坡的诗歌乃至人格精神对查慎行的影响与熏陶位居唐宋元所有诗人之上，但是他也只能是诗国璀璨星空中的一颗星辰而已，却不能代表整个星空。

总之，在唐宋诗之争的大背景下，清初诗人分别采取了灵活的师法蹊径，亦各自取得了不同的成绩。查慎行通过广泛借鉴与交流，能够采撷众长、斟酌损益，提出“唐宋互参”之说，其核心是确定以杜甫、苏轼作为最高师法对象，这不仅抓住了唐宋诗的精髓，而且能够在唐宋互参中扬长避短，在充分汲取唐诗营养的同时，尽力避免宋诗之弊，从而形成了自己独特的风格与诗学路径。“唐宋互参”摒弃了清初诗坛分唐界宋的积习，体现了查慎行诗学的理性包容精神，这既是清代诗学的重要理论纲领，也是清人的重大理论贡献。正是在这种理论指导下，查慎行《初白庵诗评》又通过批评历代诸家诗歌的亲身实践，对唐宋诗歌之优劣有了清晰的认识，因而他选择了一条以学杜学苏为主，同时又出入唐宋元诸大家的诗学路径，进而形成了一种迥异于诸家的独特诗风。表现在其创作上，查慎行的诗歌能够在一定程度上避免唐宋诗之弊端，而又兼具唐宋元诸名家之长，这既是学宋派在实践上的极大成功，也是查慎行在理论上圆融成熟的重要表现。张仲谋指出，查慎行"把宋诗大范畴中的奇涩劲健与平易晓畅二派调和起来，从而形成他那清真稳惬的艺术风格"，同时，又"在清真妥帖中时见风骨。"①张金明认为，查慎行的诗歌创作典型地体现了清诗折中于唐、宋而偏向于宋的集大成的性质，通过以宋救唐、以唐济宋的方式进而实现了《四库全书总目提要》所谓的"得宋人之长而不染其弊"。② 查慎行所倡导的"唐宋互参"，是在清初唐宋诗之争那个特定时代下出现的，其时宗宋派虽然处于上升势头，但其势力仍明显不敌传统的宗唐派。因此查慎行虽有兼宗唐宋的胸怀，却也只能和其师黄宗羲一样，以"唐宋互参"作为幌子为宋诗，争取发展的机会和空间。故而"唐宋互参"其实是宋诗派与唐诗派相折中的产物，而从实际效果来看，宋诗派的这一策略无疑取得了极大的成功。也就是说，查慎行等人领导的宋诗派在汲取唐诗菁华的同时，将清代诗坛总体上导向以宗宋为主的道路。因此虽未得其名，却得其实。王英志评曰："若与明朝人普遍的'宗唐贬宋'观念相比，则可发现重视宋诗是清人在文学批评史上作出的最为重要的贡献之一，是清人文学史观中新异的特质。"③实际情况确实如此。查慎行明确提出"唐宋互参"的理论主张，不仅是对清初四十年诗学论争的一次高度总结，代表了对清代诗坛走向的明确认知，也对后来诗人产生了很大影响。如浙派的后辈领袖厉鹗在《查莲坡蔗塘未定稿序》中曰：

① 张仲谋：《清代文化与浙派诗》，东方出版社1997年版，第160、167页。

② 张金明：《查慎行诗歌新论》，中国人民大学2011年博士论文，第263页。

③ 王英志：《清代唐宋诗之争流变史》，第6页。

> 诗之有体,成于时代,关乎性情,真气之所存,非可以剽拟似,可以陶冶得也。……去卑而就高,避缛而趋洁,远流俗而向雅正。少陵所云“多师为师”,荆公所谓“博观约取”,皆于体是辨。众制既明,炉鞴自我,吸揽前修,独造意匠。又辅以积卷之富,而清能灵解,即具其中。盖合群作者之体而自有其体,然后诗之体可得而言也。①

厉鹗所论,可以概括为“唐宋互济”之说,这与查慎行所论“唐宋互参”颇为相似,因此可以看成是查慎行“唐宋互参”的接武与嗣响。

---

① 厉鹗:《樊榭山房集》文集卷三,《四部丛刊》本。

第四章

查慎行的几个重要诗学理论

查慎行的诗学理论带有极为鲜明的实践特色，也就是说，其所有的理论都是直接为其诗歌创作服务的。在这个实践特色极为鲜明的理论体系中，查慎行对于“熟处求生”的追求，对“诗成亦用白描法”的提倡，以及对诗歌“意厚”“气雄”“空灵”“淡脱”之论析，都是其诗论中最有心得和创见的核心部分，故以下对这几个方面的内容分别详加考述。

第一节 查慎行论“熟处求生”

查慎行在《涿州过渡》中说：“自笑年来诗境熟，每从熟处欲求生。”①此诗收于《游梁集》，作于康熙三十四年(1695)七月至十二月间，查慎行时已 46 岁。张维屏评曰：“熟处求生，尤为甘苦深历之语。”②可见，“熟处求生”可以看作是查慎行对自己前半生诗歌创作经验的总结与回顾。邱炜萲曾比较查慎行与袁枚诗歌之异同曰：“余以查、袁皆主性情，诗境亦复相似，尝取两家之集而互勘之，查则能熟而又

① 《敬业堂诗集》卷二十《游梁集》，第 551 页。

② 张维屏著，陈永正点校，苏展鸿审定：《国朝诗人征略初编》卷十九，中山大学出版社 2004 年版，第 276 页。

能生，袁则不生而乃病熟，则查又未尝不胜乎袁也。"[1]可见查慎行的诗歌确实具有由熟返生的特点。那么查慎行为何要由熟返生呢？在查慎行的诗学体系中，"诗境"到底是指什么呢？"熟"和"生"又究竟是指什么？这些问题都值得深入探讨。

一、"熟处求生"与艺术创新

关于查慎行所云"每从熟处欲求生"的含义，目前学界均理解为一种创新精神。如赵甫义认为，"熟处求生"是查慎行提出的适应时代特点的创新主张，即诗歌内容的创新。[2] 李世英认为，查慎行所说的"熟"是指"诗境"和章法句法的熟，"他认为在这两个方面都应力避庸熟。避免诗境庸熟，就必须发现新题材，开掘新境界。"[3]王运熙、顾易生认为，"熟处求生"之论反映了查慎行追求宋诗生新的倾向。[4] 张金明也指出，查慎行所阐述的"熟处求生"与"搜奇抉险"理论，固然注重诗歌创作"技"之表现，但更重要的还是"道"之层面，这是一种典型的"宋诗精神"。正是这种"宋诗精神"首开清初宗宋诗派，在清初宗唐与宗宋诗风演变中的贡献与作用不容忽视。[5] 查慎行所提倡之艺术创新，主要有两方面的含义：一是反对沿袭与雷同，二是强调在前人的基础上进行开拓与创新。查慎行在诗中多次表达过对于诗坛万口雷同之不满，如《酬别许旸谷》曰："方今侪辈盛称诗，万口雷同和浮响。"[6]《龚蘅圃属题摄山秋望图》曰："词客吊兴亡，动云清泪潸。探怀发深趣，此事天

① 邱炜萲：《五百石洞天挥麈》卷三，《袁枚全集》附录三《袁枚评论资料》，江苏古籍出版社 1993 年版，第 491 页。

② 赵甫义：《浅议查慎行诗歌的创新性》，《长春理工大学学报》（高教版）2009 年第 7 期。

③ 李世英：《熟处求生开新境——论查慎行对清代诗歌的贡献》，《北方工业大学学报》1998 年第 4 期。

④ 王运熙、顾易生：《中国文学批评史》下册，上海古籍出版社 2002 年版，第 176 页。

⑤ 张金明：《查慎行之宋诗精神首开清初宗宋诗派》，《河北学刊》2011 年第 5 期。

⑥ 《敬业堂诗集》卷十一《竿木集》，第 302 页。

宁悭。如何雷同声，万口若是班。”[①]《十叠前韵答寒中二首》其二曰：“曾思大海掣鲸鱼，牙后谁甘拾唾馀。”[②]《吴门程汝谐乞诗为节母孙太君寿》曰：“古人乞言重名义，今人乞言重势位。数篇排比达官名，满幅雷同锦屏字。”[③]《题项霜田读书秋树根图》曰：“文成有韵或吞剥，事出无据徒搘捋。熟从牙后拾王李，纤入毛孔求钟谭。橐驼马背所见少，自享敝帚矜著簪。雷同不满识者笑，人尽能此燕无函。”又曰：“搜奇抉险富诗料，然后所向无矛锬。”[④]这里表现出查慎行对艺术创新和艺术个性的不懈追求。他还在《与韬荒兄竟陵分手，兄至荆州，余往监利，滞留且一月矣，作诗以寄》提出：“陈言务扫荡，妙解生创辟。”[⑤]即主张要创新，不能因循守旧，人云亦云。因此张金明认为：“‘搜奇抉险’基本上也可视为‘熟处求生’之一种。”[⑥]相应地，查慎行在其诗评中对古人诗歌创新之处往往予以特别抉出。如评李白《越中览古》结句“只今唯有鹧鸪啼”曰：“用一句结上三句，章法独创。”评方回《瀛奎律髓》“论诗类”云：“老杜‘为人性僻耽佳句’一首宜选冠此卷。”查慎行认为应将杜甫《江上值水如海势聊短述》冠于“论诗类”之卷首，这是因为杜甫此诗云：“为人性僻耽佳句，语不惊人死不休”，这充分表明查慎行对诗艺创新的重视程度。其评杜甫《晴二首》其二“雨声冲塞尽，日气射江深”云：“每遇一题，必有惊人之语。”评杜甫《江涨》云：“就题抒写，语自惊人。”这些都是查氏诗论倾向的一贯表现。

然而由于查慎行所云“自笑年来诗境熟，每从熟处欲求生”说的是自己对自己的突破，故亦有学者着力于探索查慎行诗歌的自我超越与自我更新等内容。如于海鹰认为[⑦]，查慎行诗歌“熟处求生”有两个表

① 《敬业堂诗集》卷八《人海集》，第 214 页。
② 《敬业堂诗集》卷二十八《翻经集》，第 775 页。
③ 《敬业堂诗集》卷十六《并辔集》，第 444 页。
④ 《敬业堂诗集》卷十九《酒人集》，第 525—526 页。
⑤ 《敬业堂诗集》卷一《慎旃集上》，第 18 页。
⑥ 张金明：《查慎行诗歌新论》，中国人民大学 2011 年博士论文，第 6 页。
⑦ 于海鹰：《查慎行诗歌研究》，山东大学 2008 年博士论文，第 85—96 页。

现途径：一是吟咏古人未曾吟咏或较少吟咏过的事物，如《菰茭》之咏菰茭花、《腊梅》之咏腊梅、《雾凇花》之咏雾凇花即是如此；二是对同一题材反复吟咏中的求新求变，如查慎行集中有九首咏赵北口之作，但他每次都能敏锐地捕捉到心境及景物的细微变化，使用不同的表现方式，做到了熟处求生。又如西阡赏梅之题，查慎行先后写了十四首诗，题材虽然相同，但他从赏梅人物的变化、时间的差异、每次着眼点的不同等方面入手，毫无雷同之感，实现了"熟处求生"的目的。又如对于习以为常的题材，如《大雪暮抵开封汤西崖前辈留饮学署二首》其二，查慎行能从全新的角度切入，亦属于熟处求生。然而从逻辑上说，如此解析查慎行的"熟处求生"仍是有问题的。虽然同样题材的内容历经多年吟咏仍无雷同，体现了不断出新的开创精神，但是不能说原来的同题诗作写得就已经很"熟"了，而后来的续作也不能说比之以前之作就"生"了。因此，从同题之作的前后变化来试图解析查慎行的"熟处求生"只是一种想当然。而要真正理解查慎行所云之"诗境熟"与"熟处求生"，还得到查慎行的诗学批评体系的语境中去才能确切把握。

查慎行在评陆游《入城至郡圃及诸家园亭游人甚盛》时说："剑南诗非不佳，只是蹊径太熟，章法句法未免雷同，不耐多看。"①又如评陆游《游山》其一颔联云："蝉声入古寺，马影渡荒陂"，查慎行评曰："'蝉声集古寺，鸟影渡寒塘'，少陵句也。放翁熟于杜律，不觉屡犯。"②从查慎行这两则批点中，可以大致了解其所谓"熟"，乃是指章法句法之雷同，甚或是指对古人句法的模仿与抄袭。但是章法句法显然还不能和"诗境"画等号，因此所谓"诗境熟"与"章法句法之雷同"含义上或有交叉，但给人的感觉是二者之间尚有一定的距离。那么查慎行所谓"诗境熟"到底还包括哪些内容？从《初白庵诗评》中的这则评语或许可以得到启示。白居易《中秋月》诗曰：

---

① 《初白庵诗评十二种》卷下。

② 李庆甲《瀛奎律髓汇评》卷三十三，第 1381 页。

万里清光不可思，添愁益恨绕天涯。谁人陇外久征戍，何处亭前新别离？失宠故姬归院夜，没蕃老将上楼时。照他几许人肠断，玉兔银蟾远不知。

全诗所写诸种人等于中秋之时望月思亲之情，从内容、立意到结构、语言，并无特别新警之处，故查慎行评曰："诗境平熟。"又如白居易《咏怀》诗"遑遑干世者"至末，查慎行评曰："诗境正以屡见为嫌。"可见查慎行所谓"诗境熟"既指内容和立意上的陈旧庸常，也包括章法句法的雷同板滞。查慎行对过于平熟重复之作是非常不满的，这确实表现了他对诗艺求奇求生的追求。

二、历代诗论中关于"生熟"之讨论

查慎行以生熟论诗境，这在诗学批评中似乎并不常见，故需认真追溯和梳理"生""熟"这些概念在古代的特指对象及其在明清之际特定语境下的具体含义。

宋人较早谈到了诗歌中的"生"与"熟"，胡仔《苕溪渔隐丛话》引《复斋漫录》云：

韩子苍言，作语不可太熟，亦须令生。近人论文，一味忌语生，往往不佳。东坡作《聚远楼诗》，本合用"青江绿水"对"野草闲花"，以此太熟，故易以"云山烟水"，此深知诗病者。予然后知陈无己所谓"宁拙毋巧，宁朴毋华，宁粗毋弱，宁僻毋俗"之语为可信。①

韩驹，字子苍，乃宋代诗论家，创作上属江西诗派。其所谓生熟，主要是指诗歌语言而言，其所举苏轼《聚远楼诗》以"云山烟水"对"野草闲花"，确实比"青江绿水"这样的惯常用语显得生新脱俗。此外，元代的方回也常以生熟论诗，其《恢大山西山小稿序》曰：

① 胡仔纂辑，廖明德校点：《苕溪渔隐丛话》后集卷二十七，人民文学出版社 1962 年版，第 203 页。

他人之诗,新则不熟,熟则不新。熟而不新则腐烂,新而不熟则生涩。惟公诗熟而新,新而熟,可百世不朽。①

又方回《跋俞仲畴诗》曰:"贾岛、姚合、魏野、林逋,欲道未道,馀料遗意,仲畴能剔决而新之。且律调皆熟,其用心亦至矣。于熟之中,更加之熟,则不可;熟而又新,则可也。"②在方回看来,诗歌的新与熟应互相调剂,过新则生涩,过熟则腐烂。诗境须熟而后新方可,而熟后更熟则陷于腐烂。则其所谓"新",意即韩子苍之所谓"生"。

明代谢榛《四溟诗话》曰:

或问作诗中正之法,四溟子曰:贵乎同不同之间。同则太熟,不同则太生。二者似易实难,握之在手,主之在心。使其坚不可脱,则能近而不熟,远而不生,此惟超悟者得之。③

又曰:"夫能写眼前之景,须半生半熟,方见作手。"④谢榛此论仍是谈诗歌创作上"生"与"熟"二者的辩证关系,认为应把握好生熟之度,做到"近而不熟,远而不生",才算得到了"作诗中正之法"。清方东树《昭昧詹言》卷二十一所论与谢榛完全相同,当属袭用。

清初贺贻孙也曾以生熟论诗文,其《诗筏》曰:

杜诗韩文,其生处即其熟处,盖其熟境,皆从生处得力。百物由生得熟,累丸斫垩,以生为熟,久之自能通神。若舍难趋易,先走熟境,不移时而腐败矣。⑤

叶矫然《龙性堂诗话》曰:

作诗须生中有熟,熟中有生。生不能熟,如得龙鲊熊白,而盐豉烹饪,稍有未匀,便觉减味;熟不能生,如乐工度曲,腔口烂熟,虽

① 方回:《桐江续集》卷三十三,《四库全书珍本初集》本。
② 方回:《桐江集》卷三,《元代珍本文集丛刊》本。
③ 谢榛:《四溟诗话》卷三,丁福保《历代诗话续编》,中华书局 1983 年版,第 1181—1182 页。
④ 谢榛:《四溟诗话》卷三,第 1182 页。
⑤ 贺贻孙:《诗筏》,《清诗话续编》,第 137 页。

字真句稳，未免伧气。能兼两者之胜，殊难其人。①

此外，陈仅《竹林答问》曰：

诗不宜太生，亦不宜太熟；生则涩，熟则滑，当在不生不熟之间，"捶钩鸣镝"，其候也。②

叶燮《原诗》曰：

生熟、新旧二义，以凡事物参之：器用以商、周为宝，是旧胜新；美人以新知为佳，是新胜旧。肉食以熟为美者也，果实以生为美者也，反是则两恶。推之诗独不然乎？舒写胸襟，发挥景物，境皆独得，意自天成，能令人永言三叹，寻味不穷，忘其为熟，传益见新，无适而不可也。若五内空如，毫无寄托，以剿袭浮辞为熟，搜寻险怪为生，均为风雅所摈。③

综上可见，历代诗话中之生与熟，多是论其二者之辩证关系，认为"生"与"熟"二者之间应互相调剂，取长补短，通过二者的折中与调和，以期达到"不生不熟"或"半生半熟"之程度与境地。然而查慎行说"每从熟处欲求生"讲的却并不是生与熟之辩证，他在生熟二者之间更加强调的是"生"，这种"生"乃是从"熟"处生发而来，并非作为"熟"的对立面而出现。故而查慎行的"熟处求生"与历代诗话所论之"生""熟"在理论上仍存在一定的差距，则其理论渊源仍需进一步钩稽。

三、"熟处求生"与明清书画理论之关联

除了诗话之外，关于生与熟的问题，明清书画理论家多有论述。明清书画中凡是涉及生熟问题，往往都是对艺术境界的讨论。有些关于"生"与"熟"的讨论，亦是将二者作为辩证的对立关系来看的。如明唐

① 叶矫然：《龙性堂诗话初集》，《清诗话续编》，第938页。

② 陈仅：《竹林答问》，《清诗话续编》，第2246页。

③ 叶燮：《原诗·外篇(上)》，人民文学出版社1979年版，第44—45页。

志契《绘事微言》引李仰怀语："画山水不可太熟，熟则少文；不可太生，生则多戾。练熟还生，斯妙矣。"①清方熏《山静居画论》曰："时有举石谷（王翚）画问麓台（王原祁），曰：太熟。举二瞻（查士标）画问之，曰太生。张征君瓜田（庚）服其定论。张庚曰：盖以不生不熟自处也。仆以谓石谷之画不可生，生则无画；二瞻之画不可熟，熟则便恶。"可见论画者讲究生熟之间的辩证，要在生熟之间把握适度，过熟与过生，都是画家应该避免的。

然而明代画坛上对于"生"与"熟"的讨论，多有将"生"作为"熟"后之另一境界者，这与诗论中的生熟又有所不同。如明董其昌《画旨》曰："画与字各有门庭：字可生，画不可不熟，字须熟后生，画须熟外熟。"②吴德旋《初月楼论书随笔》曰："董思翁云：'作字须求熟中生'，此语度尽金针矣。山谷生中熟，东坡熟中生，君谟、元章亦尚有生趣。赵松雪一味纯熟，遂成俗讥。"③被誉为"清初画圣"的王翚（字石谷）一生求工、求熟，晚年精力不及，笔墨渐趋生拙，反增无穷韵味；而董其昌则主动追求于熟外稍露点生。可见"熟而后生"既可出于无意或被动，也可有意为之。王世襄评曰："所谓熟外熟，自不得与熟同一面貌，而玄宰所谓画之熟外熟，他家亦有称之为熟外生者，二者属同一阶段，皆熟至于极，而后又生变化之境界，名异而实同。"④王世襄所谓"他家亦有称之为熟外生者"，应是指董其昌的同辈顾凝远《画引·论生拙》曰：

画求熟外生，然熟之后，不能复生矣。要之，烂熟、圆熟，则自有别，若圆熟则又能生也。工不如拙，然既工矣，不可复拙；惟不欲

① 唐志契：《绘事微言》，俞剑华主编《中国古代画论类编》，人民美术出版社2004年版，第1286页。

② 董其昌：《画眼》，邓实辑《美术丛书》初集三辑一册，神州国光社铅印本，第1页。

③ 吴德旋：《初月楼论书随笔》，王伯敏、任道斌、胡小伟主编《书学集成》清代卷，河北美术出版社2002年版，第464页。

④ 王世襄：《中国画论研究》上卷，三联书店2013年版，第160页。

求工，而自出新意，则虽拙亦工，虽工亦拙。生与拙惟元人得之。①

熟外之生，实乃极为难得之进境，此生与拙，脱胎于极熟与极工，专注于“自出新意”，为极熟与极工所不能造之境界。故“生”“拙”乃至“丑”“支离”都已不是贬义词，而是艺术臻于全新境界之代名词。清初傅山《作字示儿孙》附记中云：“宁拙勿巧，宁丑勿媚，宁支离毋轻滑，宁直率毋安排。”其实说的也是力脱俗巧、直追真美的艺术经验。明汤临初《书指》曰：

> 书必先生而后熟，亦必先熟而后生。始之生者，学力未到，心手相违也；熟而生者，不落蹊径，不随世俗，新意时出，笔底具化工也。故熟非庸俗，生不雕疏……故由生入熟易，由熟得生难。②

汤临初明确指出“生”有两个阶段，一是初学者心手相违之生，一是“先熟后生”之生。后者脱离熟境，能够时出新意，臻于化工。明人张岱把生熟之间的这种辩证关系阐发得极为透辟，其《与何紫翔》曰：

> 弹琴者，初学入手，患不能熟；及至一熟，患不能生。夫生，非涩勒离歧、遗忘断续之谓也。古人弹琴，吟猱绰注，得手应心，其间勾留之巧，穿度之奇，呼应之灵，顿挫之妙，真有非指非弦，非勾非剔，一种生鲜之气，人不及知、己不及觉者。非十分纯熟，十分陶洗，十分脱化，必不能到此地步。盖此练熟还生之法，自弹琴拨阮，蹴鞠吹箫，唱曲演戏，描画写字，作文做诗，凡诸百项，皆藉此一口生气。得此生气者，自致清虚；失此生气者，终成渣秽。吾辈弹琴，亦惟取此一段生气已矣。③

张岱此论虽就琴技而发，但其已指出，“练熟还生之法”适用于包括“作文做诗”的多种技艺。其“练熟还生”的目的，是为了追求一种“生鲜之气”，若能练熟还生，便可“自致清虚”。

---

① 顾凝远：《画引》卷一，明崇祯间诗瘦阁刊本。

② 汤临初：《书指》，王伯敏、任道斌、胡小伟主编《书学集成》元明卷，河北美术出版社 2002 年版，第 688 页。

③ 张岱：《琅嬛文集》卷三，岳麓书社 1985 年版，第 147 页。

至于烂熟与圆熟之间的区别,王世襄解释道:“烂熟指油滑而言,熟成滥套,不复能化。圆熟乃得心应手,触纸成趣之谓。熟可以生巧,巧可以生变。熟可以工,熟之极乃可以拙。未熟而先能工能拙者,未之有也。”①伍蠡甫分析道:“烂熟好像臻于完美,实则已罄其所有,只好停滞下来,难以再进。圆熟则不然,因为蕴蓄丰富,无意于刻画求工或取巧争妍,反能随机生发,在生拙平淡中有变化,有创造,为烂熟所不能为,故有‘新意’。”②董其昌、顾凝远所谓“熟外熟”和“熟外生”确如王世襄先生所言,都是属于作画的同一阶段,臻于此阶段的画家,面临在极熟阶段如何进益、如何新变的问题。当然这里有一个前提,即首先画技应已极熟,若尚未得心应手,还谈不上如何由熟转生的问题。

明代论者有时还将“生”“熟”与“甜”“软”概念相联系,亦可从另一角度见出其“生”“熟”之内涵。如董其昌曰:“赵(孟頫)书因熟得俗态,吾书因生得秀色,赵书无弗作意,吾书往往率意。”董其昌这里说的也是书法高手的进境的问题,他认为赵孟頫书法因过熟而“得俗态”,故其为避免因熟生俗,乃转而求“生”,反而于“生”中“得秀色”。可见此种境界必熟极之后方能达到,须先有“熟外求生”之“生”,才可以达于“秀”,脱于“俗”。明陈衎曰:“(黄)大痴论画,最忌曰甜。甜者秾郁而软熟之谓,凡为俗、为腐、为板,人皆知之,甜则不但不忌之而喜之。自大痴拈出,大是妙谛。”③黄大痴,即元代画家黄公望,大痴乃其号。这里是说极熟之后,不仅会生出俗、腐、板等流弊,而且过于秾郁,濒于软熟,则又生出过“甜”之弊。这都说明高手作画,于技法极熟之后,应需避免由烂熟带来的诸种流弊。若欲继续追求下一个高级阶段和境界,就必须有意识地打破成法与定式,由熟反生。但是此时的生与拙,

① 王世襄:《中国画论研究》上卷,第160页。

② 伍蠡甫:《漫谈“气韵生动”与“骨法”、“用笔”》,复旦大学中文系《中国古代美学艺术论文集》,上海古籍出版社1981年版,第42页。

③ 方熏著,郑拙庐标点注译:《山静居画论》,人民美术出版社1959年版,第73页。

与初入门时的生拙又迥乎不同，顾凝远《画引》曰：

学者既已入门，便拘绳墨，惟古人静女，仿书童稚，聊自抒其天趣，辄恐人见，而称说是非。虽一一未肖，实有名流所不能及者。生也，拙也，彼之生拙，与入门更自不同。盖画之元气，苞孕未泄，可称浑沌初分，第一粉本也。①

则此"生拙"，是指苞孕未泄之元气，亦即自然天趣也。顾凝远还说："然则何取于生且拙？生则无莽气，故文，所为文人之笔也；拙则无作气，故雅，所为雅人深致也。"②在顾凝远看来，由熟返生之后的生拙，是"莽气""作气"的反面词，其意则接近于文雅和自然。董其昌也有相似的认识，其曰：

诗文书画，少而工，老而淡，淡胜工，不工亦何能淡？东坡云："笔势峥嵘，文采绚烂，渐老渐熟，乃造平淡。"实非平淡，绚烂之极也。③

这是强调以简驭繁、以淡代工。则熟极之后，由绚烂造于平淡，这与"熟外生"虽取径相同，但结果已有显著差异。因为绚烂之极，归于平淡，好像是不经意、不用心、出于偶然，此平淡已超越了生与拙，实已臻于艺术之化境。故董桥认为："熟处求生，当是艺术追求之最高境界。"④可为知言。查慎行一方面主张白描，另一方面主张创新，力求熟处求生。而这两种主张看似互不关联，其实从上文梳理的"熟处求生"之"生拙"的含义来看，此"生拙"与"自然天趣""平淡"的含义有所交叉，故而查慎行的白描与熟处求生在理论上是相互通融的，二者都是追求诗歌艺术至高境界的手段和途径。正如查慎行评王安石《悟真院》"春风日日吹香草，山北山南路欲无"二句时所云："烹炼之至，渐近自然。"而当追求平淡与追求创新这二者发生矛盾和冲突的时候，查慎行

① 顾凝远：《画引》卷一，明崇祯间诗瘦阁刊本。

② 顾凝远：《画引》卷一，明崇祯间诗瘦阁刊本。

③ 董其昌：《画禅室随笔·画旨》，《容台别集》卷四，明崇祯刻本。

④ 董桥：《初白庵著书砚边读史漫兴》，《读书》1996年第1期。

宁愿牺牲后者而保全前者。例如其评赵章泉《出郭》曰:“三四(春风收雨雨收后,白日变晴晴变时)调虽新,却无趣味,后人学之,最坏手笔。”①评王建《原上新春》时曰:“宁取平易,勿取艰涩生新。”②这些艺术倾向都体现了查慎行对艺术境界的不懈追求。

对“生”与“熟”之间的关系,周积寅曾总结道:“凡艺术技巧,无不求熟,因熟能生巧,可以随心所欲,运用自如,在书画上却不喜太熟、过熟,更不喜烂熟,因太熟、烂熟则易生习气,易流于圆滑、草率,缺乏厚重古拙之气。故画不可不熟,不熟则心手不相应;不可太熟,太熟则庸俗无新意。至于生,既为画家所忌,又为画家所需。初则忌生,必须勤学苦练,以求其熟;既熟之后,又必须济之以生,大巧若拙,似能似不能,然后能控制太熟的流弊而有清新天真的气息。”③应该指出的是,明清书画界对“生”与“熟”的讨论,对清代文化界的影响极为深远,如上海博物馆藏乾隆戊寅十月郑燮画《竹石图》轴,有其题诗曰:“四十年来画竹枝,日间挥写夜间思。冗繁削尽留清瘦,画到生时是熟时。”所谓“画到生时是熟时”,即熟中求生之意。而郑板桥对画境生熟的深刻认识,明显亦是受到李仰怀、董其昌、顾凝远、方熏等人的影响。可见到了清代中期,人们对熟处求生的认识已经非常普遍了。而博学的查慎行应对书画界这些理论颇为熟稔,故而顺手将书画界“熟处求生”的理论移植到诗歌中来,并将其作为自己诗歌创作的艺术追求之一。

综上可见,查慎行所谓“熟处欲求生”,最初乃是得益于明清画论中关于书画生熟之理论认识,并将之移植、借用到诗论之中,以对自己诗歌某个阶段进行形容譬喻,而其所谓“生”,有很大一部分含义是指绚烂之极,乃造平淡之境界,这样的平淡境界,也极容易让人联系起查慎行“诗成每用白描法”之平淡、率真的艺术追求。故而其“熟处求生”

① 方回评选,李庆甲集评:《瀛奎律髓汇评》卷十,第386页。

② 方回评选,李庆甲集评:《瀛奎律髓汇评》卷十,第337页。

③ 周积寅:《中国画论辑要·创作论》,江苏美术出版社2005年版,第119—120页。

理论，虽从字面含义的角度很容易解读成艺术创新之意，然而若从明清画论的角度解读，“熟处求生”与其对“白描”的艺术追求之间是可以相互通融的，而这层含义，学界诸家似未及见，故特为拈出。

第二节　查慎行论白描与用典

何谓白描？白描乃是中国画中最简单的一种表现方式。唐朝的吴道子曾用焦墨勾勒、施以淡彩的方法作画，人们称之为“白画”。宋代的李公麟更是完全用线条的细细勾勒来表现形象，淡毫轻墨，扫去粉黛，不使用任何颜色进行白描。而将白描之法移植到诗歌创作中，就是指用最少的笔墨，传神地勾勒出事物的形象与风貌，不设喻、不用典、去粉饰。刘勰《文心雕龙·物色篇》曰：“物色虽繁，而析辞尚简。”白描的作用在于以少胜多，以简胜繁，以无色胜有色，以无法胜有法。

一、查慎行对“白描”之提倡

查慎行特别反对在诗歌中用典，主张使用白描之法。其《东木与楚望叠鱼字凡七章连翩传示再拈二首以答来意》其二曰：“插架徒然万卷馀，只图遮眼不翻书。诗成亦用白描法，免得人讥獭祭鱼。”自注曰：“来诗夸余藏书之富，故有此答。”①在诗中查慎行特意将学问与诗歌创作的关系进行了区分，认为二者不能等同，也没有必然的联系。他表示虽然自己藏书万卷，但“只图遮眼”，在诗歌创作中却只用白描法，这是为了避免西昆派的獭祭之弊。其实查慎行并未忽视学问对诗歌的作用，其《赵功千漉舫小稿序》曰：“盖诗之为道，虽发于性情，而授受渊源，必推所自。学之贵有本也，如是夫！”②可见查慎行并不反对将深厚

① 《敬业堂诗集》续集卷三《馀生集上》，第1628页。

② 查慎行著，范道济辑校：《新辑查慎行文集》卷二，第52页。

的学养作为诗歌创作的基础与底色,但他惩于宋以来以学问为诗的积弊,认识到应对诗歌中学问的流露予以最大限度之克制,特别是对典故的运用予以充分之警惕,这当然是为了防止诗歌偏离言志抒情之正确轨道。那么既然如此,深厚的学养对诗歌创作到底还有什么作用呢?王英志、赵娜指出:"查慎行重视学问,侧重在探究万物之'理',表现在诗中,便是一种审视、凝思的精神,而不是显示学问、典故。"①此论虽有见地,却也令人迷惑。所谓诗中的"审视、凝思精神",固然须以学问为基础,然诗歌创作中的理性精神与"探究万物之理趣"的《周易玩辞集解》这样的学术内容究竟不能画等号。甚至可以说,如果是单纯地为了写好一些理趣诗歌,大可不必费尽周章地大搞学问。那么藏书积学与诗歌创作之间到底应是什么关系呢?实际上,学问除了可以增加诗歌的理性精神之外,主要作用还在于能够通过扩大诗人的知识面来开阔视野,通过长期自然的浸淫,将其作为诗料储备,当下笔之一刻,才能做到古今万象,尽供其驱使。查慎行的挚友唐孙华即曾说过:

> 日读大家之文,而袭其形貌,不可谓之文。日诵名家之诗,而摹其声调,不可谓之诗。必也根柢经史,贯穿百氏,融会变化,一以我法御之。大风济而众窍应,秋水至而百川知,庶乎可以云为文为诗矣。②

但是查慎行认识到这种作用并不是直接的,而是间接的、潜移默化的。学问因素在诗歌中的表现不能是直接将学问移到诗歌中以逞学问之博,因为这对表情达意往往不仅不能起到促进作用,相反还会制约真实情感的表达。虽然清初诗坛上以学为诗的风气已经愈演愈烈,钱谦益、顾炎武、王士禛、朱彝尊等人对此不仅没有激烈的批评,甚或还有推波助澜之嫌。因此查慎行决心在理论和实践上走另外一条截然不同的道路,即以白描、平淡为主的宋诗化道路。当然这种宋诗化并非是江西诗

① 王英志等:《清代唐宋诗之争流变史》,人民文学出版社 2012 年版,第 164 页。

② 顾陈垿:《唐先生孙华传》,钱仪吉《碑传集》,台湾明文书局 1985 年版,第 59 卷 381 页。

派资书以为诗的道路，而是以陶渊明、范成大、杨万里、陆游以至于明代公安派追求自然浅易、抒写真率性灵的诗学倾向为主，并与清初诗坛的学问化思潮适当结合。这种平淡白描的诗歌便不同于宋诗之白描，而是不可避免地带上了学问的底色。查慎行以其自身的独特经历与独特诗学思想，在其创作中将白描与用典巧妙地、令人难以察觉地结合起来，并取得了极大成功。因此查慎行对诗歌中“白描”的提倡一方面显示了他诗论中独特的、激进的一面，同时也表现出折中与调和的倾向。但是不能因为查慎行的折中而忽视他诗论中独特的价值。

在提倡白描、反对用典、反对藻饰等诗学主张时，查慎行往往采用以画论诗的形式。如《雨中发常熟回望虞山》曰：“钱生约看吾谷枫，轻装短棹来匆匆。夕阳城西岚气紫，正值万树交青红。天工似嫌秋太浓，变态一洗归空蒙。湖波蒸云作朝雨，用意不在丹黄中。大痴殁后无传派，此段溪山复谁画？老夫新句亦平平，要与诗家除粉绘。”①《自题庐山纪游集后》曰：“偶然兴至或留题，聊藉微吟豁胸臆。诗成直述目所睹，老矣焉能事文饰。仙灵幽秘苦雕劖，云雾苍茫每深匿。忽逢生客一呈露，可惜无才收不得。”②《秋花》曰：“画工那识天然趣，傅粉调朱事写生。”③《邓尉山看梅与谭蕿城都谏分韵》曰：“自然惬幽趣，真景非粉缋。”④查慎行指出，画作中“空蒙”“苍茫”之境，都得之于天然，高超的画工往往并不凭借浓丽的色彩，而是纯用白描来表现。故而他对画工“傅粉调朱”、不识“天然趣”的做法表示反对，认为“真景非粉缋”，要求“诗成直述目所睹”，也即尽量使用白描之法为诗家去除粉绘，以求表达自然之趣。

无独有偶的是，倡导性灵的袁枚也用论画之语来评价查慎行诗歌中的白描特色，其《仿元遗山论诗》其五曰：“他山书史腹便便，每到吟

① 《敬业堂诗集》卷二十《游梁集》，第578—579页。

② 《敬业堂诗集》卷十五《云雾窟集》，第432页。

③ 《敬业堂诗集》卷四十六《望岁集》，第1358页。

④ 《敬业堂诗集》卷十六《并辔集》，第445页。

诗尽弃捐。一味白描神活现,画中谁似李龙眠。"[①]将查慎行的诗歌比之为宋代白描派著名画家李公麟的画作,极为形象贴切。《随园诗话》亦云:"查他山先生诗,以白描擅长;将诗比画,其宋之李伯时乎?"[②]《答李少鹤书》又云:"他山是白描高手,一片性灵,痛洗阮亭敷衍之病,此境谈何容易。"[③]朱庭珍《筱园诗话》曰:"查初白诗宗苏、陆,以白描为主,气求条畅,词贵清新,工于比喻,善于形容,意婉而能曲达,笔超而能空行,入深出浅,时见巧妙,卓然成一家言。"[④]应该说只有袁枚和朱庭珍在白描这一点上是查慎行的真正知己。赵翼虽是大力推尊查慎行诗歌之人,对查慎行在白描方面的艺术苦心却并未能体察理解,他认为查诗"白描太多,稍觉寒俭","惟其书卷较少,故稍觉单薄"。不过赵翼谓查诗"随事随人,各如其量,肖物能工,用意必切"[⑤],倒是对查诗使用白描的艺术效果给予了充分肯定。也许是时代隔得远了,反而看得更加清楚,清末张维屏对查慎行诗歌用典与白描的概括颇为恰切,其《听松庐诗话》曰:"初白先生诗极清真,极隽永,亦典切,亦空灵,如明镜之肖形,如化工之赋物,其妙只是能达。"[⑥]查慎行的诗歌并不排斥用典,但是他追求的首先是畅达、恰切与神似,在营造空灵意境的同时,亦能兼顾诗意的典雅,那对查慎行来说是完美的状态。倘或二者不能得兼,他倒宁愿乱头粗服、不衫不履,选择平淡的白描,去追求至真的诗魂,也不愿用那些无比沉重的学问镣铐,来锁梏自己灵动的诗心。

① 袁枚著,王英志主编:《袁枚全集》第一册《小仓山房诗集》卷二十七,江苏古籍出版社1993年版,第594页。

② 袁枚著,顾学颉校点:《随园诗话》卷八,人民文学出版社1982年版,第258页。

③ 袁枚著,王英志主编:《袁枚全集》第五册《小仓山房尺牍》卷八,江苏古籍出版社1993年版,第170页。

④ 朱庭珍:《筱园诗话》卷二,《清诗话续编》本,第2358页。

⑤ 赵翼著,霍松林、胡主佑校点:《瓯北诗话》卷十,第160—161页。

⑥ 《查慎行年谱》附录一,第57页。

二、白描与用典之争的历史回顾

查慎行主张在诗歌中使用白描，这是相对于用典而言的。因此需要将古人对白描与用典的辩证认识过程稍作梳理，从而看清查慎行在清初强调白描的诗学史意义。

在中国古典诗歌的源头《诗经》与楚辞当中并没有“用典”这一表现手法。然而随着文学形式的不断发展，文学渊源的不断丰富，用典就越来越成为后代诗人重要的艺术手段之一。用典固然可以达到言少意多、含蓄蕴藉的艺术效果，然而不加节制地在诗文中使用典故，亦导致了形式主义的泛滥，以至于很多理论家对用典不无微词。如钟嵘在《诗品序》中就反对用典：

> 夫属词比事，乃为通谈。若乃经国文符，应资博古；撰德驳奏，宜穷往烈。至乎吟咏情性，亦何贵于用事？“思君如流水”，既是即目；“高台多悲风”，亦惟所见；“清晨登陇首”，羌无故实；“明月照积雪”，讵出经史？观古今胜语，多非补假，皆由直寻。颜延、谢庄，尤为繁密，于时化之。故大明、泰始中，文章殆同书钞。近任昉、王元长等，辞不贵奇，竞须新事，尔来作者，寖以成俗。遂乃句无虚语，语无虚字，拘挛补衲，蠹文已甚。但自然英旨，罕值其人。词既失高，则宜加事义。虽谢天才，且表学问，亦一理乎！①

钟嵘重视诗歌的自然之美，他非常不满宋、齐时期“文章殆同书钞”的时代风习，因而提倡诗歌的“直寻”与“自然”。张少康指出，“以自然为最高美学原则，是钟嵘《诗品》中贯穿始终的一个重要思想。”②

唐代诗歌的学问化倾向，以杜甫、韩愈、李商隐最为突出。杜甫“读书破万卷，下笔如有神”，并强调“别裁伪体亲风雅，转益多师是汝师”，他在诗中大量使用典故，宋人以为达到了“无一字无来历”的程

---

① 钟嵘著，陈延杰注：《诗品注》，人民文学出版社 1980 年版，第 4 页。

② 张少康：《中国文学理论批评发展史》（上），北京大学出版社 1995 年版，第 266 页。

度。张戒指出:“诗以用事为博,始于颜光禄而极于杜子美。”[1]韩愈以渊深的学养用于诗歌创作,将大量经史典故融入诗歌之中,体现出较为鲜明的学问化倾向,故沈德潜《说诗晬语》曰:“昌黎豪杰自命,欲以学问才力跨越李杜之上。”[2]李重华《贞一斋诗话》曰:“诗家奥衍一派,开自昌黎,然昌黎全本经学,次则屈宋扬马,亦雅意取裁,故得字字典雅。”[3]晚唐诗坛上,李商隐的诗歌喜欢用典,且深僻绵密,然而由于用典太多,有填塞故实、意旨隐晦之病,被人讥为“獭祭鱼”和“点鬼簿”。吴炯《五总志》:“唐李商隐为文,多检阅书史,鳞次堆积左右,时谓为獭祭鱼。”[4]惠洪《冷斋夜话》曰:“诗到李义山,谓之文章一厄,以其用事僻涩,时称西昆体。”[5]元好问《论诗绝句三十首》其十二曰:“望帝春心托杜鹃,佳人锦色怨华年。诗家总爱西昆好,独恨无人作郑笺。”然而这其实只是李商隐诗歌风格的一个方面而已,刘学锴指出,除了这类典丽精工型的作品之外,义山诗歌中还有一大批质量相当高的、遍及各种诗体的以白描为主要特征的佳作。[6] 其实前人对李商隐诗歌中多用白描的特点早有认识,如范晞文《对床夜语》曰:“‘虹收青嶂雨,鸟没夕阳天’,‘月澄新涨水,星见欲销云’,‘池光不受月,野气欲沉山’,‘城窄山将压,江宽地共浮’,‘秋应为红叶,雨不厌苍苔’,皆商隐诗也,何以事为哉!又《落花》云:‘落时犹自舞,扫后更闻香’,《梅花》云:‘素娥唯与月,青女不饶霜’,尤妙。”[7]清代吴仰贤《小匏庵诗话》亦曰:

> 余初学诗,从玉溪生入手,每一握管,不离词藻,童而习之,至老未能摆脱也。然义山实有白描胜境,如《咏蝉》云:“五更疏欲断,一树碧无情。”《咏柳》云:“桥回行欲断,堤远意相随。”《李花》

---

① 张戒:《岁寒堂诗话》卷上,《历代诗话续编》本,中华书局 1983 年版,第 452 页。
② 沈德潜:《说诗晬语》,人民文学出版社 1979 年版,第 211 页。
③ 李重华:《贞一斋诗话》,《清诗话》本,上海古籍出版社 1979 年版,第 932 页。
④ 吴炯:《五总志》,《丛书集成初编》295 册,第 12 页。
⑤ 惠洪:《冷斋夜话》卷四,《丛书集成新编》78 册,第 386 页。
⑥ 刘学锴:《白描胜境话玉溪》,《文学遗产》2003 年第 4 期。
⑦ 范晞文:《对床夜语》卷四,《历代诗话续编》上册,第 438 页。

云:“自明无月夜,强笑欲风天。”《落花》云:“高阁客竟去,小园花乱飞。”《乐游原》云:“夕阳无限好,只是近黄昏。”《即日》云:“重吟细把真无奈,已落犹开未放愁。”《复至裴明府所居》云:“求之流辈岂易得,行矣关山方独吟。”数联皆不着一字,尽得风流。①

可见李商隐诗歌除了有用典绵密的特点之外,确也有擅长白描的特点。故而刘熙载《艺概·诗概》曰:“诗有借色而无真色,虽藻缋实死灰耳。李义山却是绚中有素,敖器之谓其‘绮密瑰妍,要非适用’,岂尽然哉!”刘熙载“绚中有素”的评价,已经认识到李商隐诗歌的两种风格,可谓知言。然而宋初杨亿、刘筠等人片面地继承了李商隐密丽隐晦之诗风,标榜雕章丽句,挹其芳润,挦扯故实,掀起了耸动天下的西昆之风。

宋代以黄庭坚等人为代表的江西诗派继承了西昆体及王安石、苏轼诗歌创作学问化倾向,讲求“夺胎换骨”“点铁成金”。黄庭坚《答洪驹父书三首》其三曰:“老杜作诗,退之作文,无一字无来处,盖后人读书少,故谓韩、杜自作此语耳。古之能为文章者,真能陶冶万物,虽取古人之陈言入于翰墨,如灵丹一粒,点铁成金也。”②故其诗歌表现出用典繁复博奥、绵密深僻的特点,并对有宋一代产生了深远的影响。当然宋人对江西诗风之流弊亦不乏反思与检讨,作为“三宗”之一的陈与义就曾对江西诗派过于依赖用典的创作方法有所反省,其曰:“要必识苏、黄之所不为,然后可以涉老杜之涯涘。”③他还提起崔鹏告诫他的关于作诗的两个要点,其中之一就是“不可有意于用事。”④应该说这是参透了江西诗派创作流弊之言。杨万里活泼自然,饶有谐趣的“诚斋体”,往往能够敏锐地捕捉到富有情趣的生活瞬间,来表达诗人对人生哲理的体悟,也主要是借助于白描手法来表现的,因而与用典繁密的江西诗风大异其趣。范成大的田园诗极力摹写桑麻菽麦、耕耘纺织等田园生

---

① 吴仰贤:《小匏庵诗话》,清光绪八年(1882)刻本。
② 黄庭坚:《豫章黄先生文集》卷十九,《四部丛刊初编》本。
③ 陈与义:《简斋集》,《文渊阁四库全书》本。
④ 徐度:《却扫编》卷中,《文渊阁四库全书》本。

活的真实内容,白描也是他主要运用的艺术手段。

明代公安派袁宏道等人反对七子的模拟之风,提出"独抒性灵,不拘格套"的口号,他们认为"文章新奇,无定格式,只要发人所不能发,句法、字法、调法,一一从自己胸中流出,此真新奇也"。① 公安派这种对真率性灵的追求,体现出强烈的革新意愿与反传统的叛逆精神。如果抛开反对七子的诗学背景,仅从诗歌表现方法的角度出发,就会发现其强调诗歌从胸中自然流出,其中无疑蕴涵着一定的白描因素。浙派初祖黄宗羲对公安派不愿"一字祖袭"的做法颇为称赏,但他认为"公安解缚而失法"②,对公安派完全不遵守诗法的做法表示反对,黄宗羲这些观点无疑对查慎行都产生了一定的影响。

清初钱谦益、顾炎武等人由于学养深厚,喜欢在诗歌中大量使用典故。王士禛、朱彝尊更是继承了钱谦益等人好资书以为诗的风气,在诗歌中大量征引典实,诗歌中的书卷气颇为浓厚。厉鹗甚至专喜引宋人笔记小说中的僻冷故实入诗,把资书以为诗、以学问为诗的倾向发展到了极致。清初诗坛之所以出现这样明显的学问化倾向,与他们的理论认识有直接关系。如钱谦益《定山堂诗序》曰:"诗之为道,性情学问参会者也。性情者,学问之精神也。学问者,性情之孚尹也。"③在性情与学问关系问题上,王士禛之持论与钱谦益颇为相似,其在《师友诗传录》中说:

> 司空表圣云:"不着一字,尽得风流",此性情之说也;扬子云:"读千赋则能赋",此学问之说也。二者相辅相行,不可偏废。若无性情而侈言学问,则昔人有讥点鬼簿、獭祭鱼者矣。学力深,始

① 袁宏道:《答李元善》,《袁宏道集校笺》卷二十二,上海古籍出版社 1981 年版,第 786 页。

② 黄宗羲:《董巽子墓志铭》,沈善洪、吴光主编《黄宗羲全集》第十册,浙江古籍出版社 2005 年版,第 489 页。

③ 龚鼎孳:《定山堂诗集》,《续修四库全书》第 1402 册,上海古籍出版社 2002 年版,第 340 页。

能见性情,此一语是造微破的之论。①

黄宗羲亦强调应博学广识,为作文积聚充分的材料,如其《诗历题辞序》曰:"读经史百家,则虽不见一诗,而诗在其中。"②其《论文管见》又曰:"学文者须熟读三史八家,将平日一副家当尽行籍没,重新积聚。竹头木屑,常谈委事,无不有来历,而后方可下笔。"③受黄宗羲的影响,查慎行也重视学问对诗歌潜在的润饰作用,但他与同时人最大的不同之处在于,他不主张在诗歌中直接引入学问,认为应尽量使用白描手法作诗,以期能够如盐入水,化学入诗,不见故实。这样做的目的是追求诗歌流畅自然地表达性情,芟除影响性情顺畅表达的因素,突出诗歌吟咏情性的特性。如查慎行评白居易《弄龟罗》"汝生何其晚,我年行已衰。物情小可念,人意老多慈"曰:"白描高手,只是善达性情。"④评白居易《履道春居》曰:"谁谓香山浅易?皆耳食而不味其蕆者也。"⑤评苏轼《和晁同年九日见寄》"古来重九皆如此"二句曰:"淡而弥旨,知此者鲜矣。"⑥评王安石《移桃花示俞秀老》"我衰此果复易朽"至末曰:"情深语浅,如古谣词,非刻画所能到。"⑦从其评语中可以看出其对白描与性情之间关系的认识。而自宋代西昆诗派、江西诗派开始,以迄清初诗坛,虽然历代的有识之士不断对诗歌中过度炫耀学问表达了不满与批评,但是大量使用典故入诗,考据式的、掉书袋式的诗歌创作倾向在诗界却愈演愈烈。特别是明末清初诗坛,拟古复古风气盛行,诗歌出现了日益学问化的趋势,这些因素都导致了诗歌愈加背离表达一己之

① 王士禛:《师友诗传录》,《清诗话》本,上海古籍出版社 1979 年版,第 125 页。

② 沈善洪、吴光主编:《黄宗羲全集》第十一册,浙江古籍出版社 2005 年版,第 204 页。

③ 沈善洪、吴光主编:《黄宗羲全集》第十册,浙江古籍出版社 2005 年版,第 668 页。

④ 查慎行著,张载华辑:《初白庵诗评十二种》卷下。

⑤ 方回评选,李庆甲集评:《瀛奎律髓汇评》卷十,上海古籍出版社 1986 年版,第 335 页。

⑥ 《初白庵诗评十二种》卷中。

⑦ 《初白庵诗评十二种》卷下。

性情的本质。诗歌中典故的使用不仅无助于情感的表达,相反愈来愈成为束缚诗人思想的桎梏,甚至没有学问因素的诗歌往往因害怕不能逢迎世俗的接受预期而被诗人摒弃。过分的矫饰不仅遮盖了诗人的主体性情,而且也使得他们不敢直率地表达个人的性情与情感,不加节制的典故因素,已经对健康情感的抒发构成新的障碍。

综上可见,相对用典而言,白描一直是中国诗歌史上未受关注的艺术传统与创作方法。历代诗家对用典可谓情有独钟,而对白描却鲜有人问津,更少有理论建树者。而从创作实践来看,虽然历代都有对白描手法有所偏重的诗人,但无疑宋代诗人中崇尚白描、追求平淡的数量最多。查慎行在清初针对诗坛的种种流弊,独具慧眼地提倡白描,无疑具有遥承宋诗的意味。严迪昌先生说查慎行的诗歌"以白描形态而深发绵至透辟之意理,在读者群、在诗人圈、在众多的流派竞争中坚实地强化了'宋调'的艺术魅力,浙派与宋诗的概念叠合亦由此强化而愈见显豁。"①白描与用典的使用问题,此时其实已经超出了单纯艺术手法的层面,在白描与用典的辩证关系中,隐含的是诗歌如何表达性情的本质问题。对此,还是赵翼《瓯北诗话》论析得较为透彻:

> 诗写性情,原不专恃数典,然古事已成典故,则一典已自有一意,作诗者借彼之意,写我之情,自然倍觉深厚,此后代诗人不得不用书卷也。吴梅村好用书卷,而引用不当,往往意为词累。初白好议论,而专用白描,则宜短节促调,以遒紧见工;乃古诗动千百言,而无典故驱驾,便似单薄。故梅村诗嫌其使典过繁,翻致腻滞,一遇白描处,即爽心豁目,情馀于文。初白诗又嫌其白描太多,稍觉寒俭,一遇使典处,即清切深稳,词意兼工。此两家诗之不同也。如初白与朱竹垞各咏甘泉汉瓦,两诗相较:竹垞诗光怪陆离,令人不敢逼视;初白诗平易近人,便难争胜。至与竹垞《水碓联句》《观造纸联句》,各搜典故,运用刻划,工力悉敌,莫可轩轾。有书无书

① 严迪昌:《清诗史》,浙江古籍出版社2002年版,第559页。

之异，了然可见矣。①

赵翼虽然也承认“诗写性情，原不专恃数典”，但是他认为用典能够将性情表达得更为深厚，所以“后代诗人不得不用书卷”。赵翼已经注意到查慎行与同时的吴伟业、朱彝尊等诗人在使用典故上的差别。虽然已经认识到查慎行并不是不会用典，但他仍对查慎行使用白描的做法表示了稍许的不解与遗憾，乃至有“单薄”“白描太多，稍觉寒俭”之评价。其实查慎行诗歌中，并不一味是白描，只是在特定题材如山水和咏物诗中多用白描，其他题材中使用典故之处比比皆是。但是查慎行着重学习苏轼、陆游诗歌的流畅，注意消解典故造成的诗意滞碍，故而做到了既典雅又流畅，何曰愈在《退庵诗话》中称查慎行诗歌“流丽”，可谓知言。

查慎行并不反对在诗歌中用典，但他特别反对西昆派的雕琢与獭祭，也不认同江西诗派“无一字无来历”的过度用典倾向。他主张根据表达的需要适度用典，而且典故要尽量用得自然，最好能做到如盐著水，浑化无痕。因此查慎行对以李商隐为代表的西昆体用典之弊多有批评，而对古人使用典故自然浑化之处则特别留意称赏。如在《初白庵诗评》中，评李商隐《杨本胜说于长安见小儿阿衮》“寄人龙种瘦，失母凤雏痴”二句曰：“义山集中，‘衮师我娇儿’五古一章绝佳，今乃称为‘龙种’‘凤雏’，夸张似乎太过。”②查慎行这里强调的是自然顺畅的表达，而李商隐此诗以“龙种”“凤雏”称其子衮师，虽显得文辞典雅，且有出处，但龙凤字样却并不符合李商隐之子的真实身份，故查慎行认为其“夸张太过”，这当然是由于李商隐诗歌过分追求雕绘的结果。而在杜甫诗歌中，有些典故用得就颇为自然，甚至有时暗用典故，竟能做到毫无痕迹，对这些用典技法查慎行就颇为心折。如杜甫《孟氏》曰：“孟氏

① 赵翼著，霍松林、胡主佑校点：《瓯北诗话》卷十，人民文学出版社 1963 年版，第 160 页。

② 《初白庵诗评十二种》卷下。

好兄弟,养亲惟小园。承颜胼手足,坐客强盘飧。负米夕葵外,读书秋树根。卜邻惭近舍,训子学谁门?”此诗是赞美孟氏兄弟二人交友孝亲的优良品德。其中颔联“承颜胼手足,坐客强盘飧”,历代的杜诗注本均以为未用典故,故未加任何注释。查慎行却别具只眼地指出:“三四暗用《茅容传》中事。”按:茅容事迹见《后汉书·郭太传》:

> 茅容,字季伟,陈留人也。年四十馀,耕于野,时与等辈避雨树下,众皆夷踞相对,容独危坐愈恭。郭林宗行见之,而奇其异,遂与共语,因请寓宿。旦日,容杀鸡为馔,林宗谓为己设,既而以供其母,自以草蔬与客同饭。林宗起拜之曰:“卿贤乎哉!”因劝令学,卒以成德。①

杜甫《孟氏》一诗正是称美孟氏兄弟二人交友孝亲的优良品德,故用“林宗过茅”的典故于诗意而言是非常恰切的,而杜甫将这一典故运用得颇为自然浑融,竟然令人难以察觉,实已臻于如盐著水之化境,所以一直为历代苦心钩稽杜诗语源出处的注家们所忽略,直至清初方被查慎行一眼觑出,其功力着实令人叹服。查慎行能找出杜诗中暗用之典,一方面可以说明他对用典的态度与倾向,即主张用典不能妨碍情感的顺畅表达;另一方面,当然也得力于他深厚的学养与敏锐的眼光。查慎行对《后汉书》中“林宗过茅”的故事颇为熟稔,其《阅陈留县志杂题十绝句》其四曰:“杀鸡自作高堂馔,草具何妨对客供。一饭成名真有幸,天教季伟遇林宗。”②又如苏轼《和孔君亮郎中见赠》“只恐掉头难久住,应须倾盖便深论”,查慎行评曰:“使事无痕,可以为法。”“只恐掉头难久住”,乃是化用杜甫《送孔巢父谢病归游江东兼呈李白》首句“巢父掉头不肯住”。“倾盖”,语出《孔子家语·致思》,苏轼在送孔子四十八世孙孔君亮时暗用《孔子家语》之语典,显得既含蓄又巧妙。查慎行认为苏轼如此将前人语典化入自己的诗意之中,且能做到“使事无痕”,

---

① 范晔:《后汉书》卷六十八,中华书局 1999 年版,第 1505 页。

② 《敬业堂诗集》卷二十《游梁集》,第 559 页。

这才是真正上乘的用典之法。又如曾几《荔子》“兰蕙香浮襟解后，雪冰肤在酒酣间”，查慎行评曰：“三用‘罗襟既解，微闻香泽’，四用‘姑射仙人，肌肤若雪’，烹炼入化。”[①]查慎行认为曾几此诗颔联虽连用两个典故，但与诗意浑融一体，自然顺畅，故赞为“烹炼入化”。再如陆游《到严十五晦朔，郡酿不佳，求于都下，既不时至，欲借书读之，而寓公多秘不肯出，五以度日，殊惘惘也》颔联“名酒过于求赵璧，异书浑似借荆州”，化用了《史记·廉颇蔺相如列传》“完璧归赵”及《三国志·吴书·鲁肃传》刘备借荆州之事，二句虽属用典，然紧扣诗人情志，将陆游到严州后无酒无书之寂寞表现得淋漓尽致，故查慎行评曰：“用事必如此超脱，方称作家。”又如评元好问《戏题新居二十韵》诗云：“回环合拍，化尽用古之痕，七古中唯髯苏一人，得先生而两，宜其高自位置也。”其着眼点，也是出于对滥用典故之弊的警惕与反拨。

三、查慎行提倡白描的原因分析

查慎行提倡白描，反对用典的原因，既有历史渊源，又有现实指向。为了辨析查慎行此论背后的诗学理论内涵，既需要进入古典诗歌发展史、接受史中去进行实际考察，也需要将查慎行此论放到明末清初诗学这一特定的历史环境中进行具体、综合地分析。

（一）“白描”说的现实指向之一：反对二冯鼓吹西昆体

查慎行对西昆体的态度总的来看是不满的，他认为应该尽量不要染指这种诗体。其侄查为仁模仿李商隐作《无题诗》一卷，请其为序，查慎行遂在《无题诗序》中集中阐发了对西昆体的看法，其云：

> 犹子心穀从患难中发奋著书，所为诗文，多与古人相颉颃，其《花影集》经沧州先生序而传之。暇搜箧衍，又得无题诗如干首，谒予为序。予惟有梁钟仲伟，谓张司空文字务为妍冶，疏亮之士，恨其儿女情多，仅置中品，似矣。窃谓司空千篇一体，谢康乐尝以为讥，

---

① 李庆甲：《瀛奎律髓汇评》卷二十七，第1203页。

若以华艳为说，不免过甚。夫屈骚佩戴纕寋山榛隰苓，开之古人兴托有在，固不必因梦中兰若，并疑及楚天云雨也。新城王西樵喜作艳体，有诫之者，西樵曰：是特阻吾两庑升牢耳。钝翁《说铃》载之。余谓西樵盖谩作是语，其寄托有无，事自明者。心縠固学道人，从坎壈中得禅悟者九年矣。岂诚以瘁音弗华，乃以描脂绘粉自愉悦耶？昔王右丞抗行周雅，辆口元谈，克践摩诘之号，而洛阳女儿、闺人春思诸篇，馀力犹及焉。东坡与僧潜诗歌康云："多生绮语磨不尽，尚有宛转诗人情。"夫诗人之情，亦何限哉！心縠出之宛转，蕴之遥深，庶几香草美人，共成千古。若丛台昆体，已成潭府蟾光矣。心縠年甚富，读书日益多，他日撰述，当更有进于此者，老人将重为序之。五十九年岁次庚子长至后二日，初白庵主人慎行。①

查慎行虽然肯定自张华以至于王西樵所作"儿女情多"的艳诗乃和屈骚中"香草美人"一样乃是有兴寄之作，并非庸俗的"楚天云雨"，但他明显反对"丛台昆体"的俗艳，强调无题诗应该"出之宛转，蕴之遥深"方符合诗人之情。查慎行所谓"丛台昆体"是指李商隐无题诗中涉及绮行者。义山曾力辞柳仲郢所赠之歌妓张懿仙，其《上河东公启》云："至于南国妖姬、丛台妙妓，虽有涉于篇什，实不接于风流。"大约此时有人以义山诗中的艳语为口实，怀疑其曾涉绮行，故义山辩白曰："使国人尽保展禽，酒肆不疑阮籍"。所谓"潭府蟾光"，应是指李商隐《嫦娥》一类的诗作。韩愈《符读书城南》诗曰："一为公与相，潭潭府中居。"后遂以"潭府"尊称他人的居宅。"蟾光"，是指月光。因此查慎行所云"丛台昆体，已成潭府蟾光矣"，便是特指那些有关男女私情的无题诗。查慎行虽然为查为仁开脱说："心縠固学道人，从坎壈中得禅悟者九年矣。岂诚以瘁音弗华，乃以描脂绘粉自愉悦耶？"但他还是忍不住表露了对此类昆体之作的疏离与反感，故他又说："心縠年甚富，读书日益多，他日撰述，当更有进于此者，老人将重为序之。"言外之意是

① 查为仁：《蔗塘未定稿》，《清代诗文集汇编》第273册，第370页。

希望查为仁少尽量作这一类诗作，并希望他随着学力的增长，能够尽快超越昆体创作这一阶段。

基于对过度用典的反感，查慎行进而亦反对西昆派作家的用典作风。《自题癸未以后诗稿四首》其四云："拙速工迟任客夸，等闲吟遍上林花。平生怕拾杨刘唾，甘让西昆号作家。"①甚至诗题中还曾明确表示："七夕，同德尹、润木作，禁用故实。"②蒋寅先生认为，"清人的任何理论主张都与诗坛风会，与流行的诗风密切相关。"③因此查慎行这里对西昆体作家的反对，其中也必然有现实针对性。至于查慎行特别提出反对西昆体的原因，赵永纪解释说："这是因为慎行主张白描，与西昆体堆砌故实、注重辞藻的诗风大不相同的缘故。"④其实除了审美观念与诗风的差异之外，查慎行对西昆体的反感中还折射出清初诗坛的特殊背景，对此尚需要进行深入挖掘。

应该指出的是，查慎行"平生怕拾杨刘唾，甘让西昆号作家"之语，乃是借用汪琬康熙十一年所作《读宋人诗五首》其五："平生不拾江西唾，枉被勾牵入社中。"⑤当然汪琬所论，当系櫽栝元好问《自题中州集后》"北人不拾江西唾，未要曾郎借齿牙"以及《论诗绝句三十首》其二十八"论诗宁下涪翁拜，未作江西社里人"而成。查慎行将元好问、汪琬诗中的"江西唾"改作"杨刘唾"，将他们对江西诗派的否定，修订为对西昆派诗人的否定，委婉地体现了其论诗宗旨，从中也可见出汪琬对其产生的影响。廖宏昌曾经指出，清代西昆与江西之争，是唐、宋诗之争的一种类型。⑥ 若明乎此等背景，就会明白查慎行将汪琬反江西改

① 《敬业堂诗集》卷四十《长告集》，第 1168 页。

② 《敬业堂诗集》卷十三《劝酬集》，第 353 页。

③ 蒋寅：《王渔洋与清初宋诗风之兴替》，《文学遗产》1999 年第 3 期。

④ 赵永纪：《清初诗歌》，光明日报出版社 1993 年版，第 372 页。

⑤ 汪琬：《尧峰文钞》卷五，《四部丛刊初编》本。

⑥ 廖宏昌：《清代诗学西昆、江西之争与纪昀的折中》，北京大学中国古文献研究中心编《中国古文献学与文学国际学术研讨会论文集》，《北京大学中国古文献研究中心集刊》第 7 辑，北京大学出版社 2008 年版，第 721 页。

为反西昆，正好侧面体现了清初诗坛江西诗派与西昆体之争。而且查慎行在反西昆体的主张中，也透露出“三唐两宋须互参”的具体倾向，即在两宋诗歌中反对相对接近唐音的西昆体，而对更能代表宋调的江西诗派则采取包容的态度。虽然查慎行对江西诗派的某些论诗主张并不接受，但相对于清初诗坛西昆体的流弊而言，他只能先致力于廓清雕琢藻绘的昆体之风，而暂时对江西诗派采取不置可否的态度。

清初的昆体创作出现了极为兴盛的局面，在宗尚昆体的诗人群体中，最有代表性的当属虞山诗派。虞山诗派中的钱谦益、释道源、钱龙惕、朱鹤龄、冯舒、冯班、钱良择等人均主张学习李义山之西昆体，其中又以二冯对昆体之提倡最为突出。除了二冯之外，以吴伟业为代表的娄东诗派，对昆体亦有所承袭，然而其声势远不能与二冯相比。由于二冯倡导之西昆体在当时掀起了巨大波澜，产生了深远影响，故查慎行对昆体的批评，应该主要是针对虞山诗派中的二冯而言。二冯论诗，特别强调“美辞秀致”①和“炼饰文采”②，因而提倡学习齐梁的徐、庾以及晚唐的温、李和宋初的西昆体。冯班在《同人拟西昆体诗序》中提出做诗要“以温李为范式”，以期纠正“今日耳食之徒，羞言昆体”之时弊③。四库馆臣《冯定远集》提要曰：

> 班与其兄舒，皆以诗名一时，称海虞二冯。其侄冯武作所评《才调集》凡例，称舒之论诗……然二人皆以晚唐为宗，由温、李以上溯齐梁，故《才调集》外，又有《玉台新咏》评本。盖其渊源在二书也，其说力排严羽，尤不取江西宗派，持论亦时有独到。然所作则不出于昆体，大抵情思有馀，而风格未高，纤佻绮靡，均所不免。④

---

① 冯武：《二冯批点才调集凡例》，纪晓岚编《删正二冯批点才调集》卷首，《丛书集成三编》第34册，新文丰出版公司1997年版，第561页。

② 冯班：《陈郛仙旷谷集序》，《钝吟文稿》，《四库全书存目丛书》集部第216册，第566页。

③ 冯班：《钝吟文稿》，《四库全书存目丛书》集部第216册，第566页。

④ 永瑢等：《四库全书总目·集部三十四·别集类存目八》卷一百八十一，中华书局1965年版，第1642页。

又《二冯评点才调集》提要曰：

> 凡所持论，具有渊源，非明代公安、竟陵诸家所可比拟，故赵执信祖述其说。然韦縠之选是集，其途颇宽，原不专主晚唐，故上至李白、王维，以至元、白长庆之体，无不具录。二冯乃以国初风气，矫太仓历城之习，竞尚宋诗，遂借以排斥江西，尊崇昆体。黄、陈、温、李，龂龂为门户之争。不知学江西者，其弊易流于粗犷；学昆体者，其弊亦易流于纤秾。除一弊而生一弊，楚固失之，齐亦未为得也。王士祯谓赵执信崇信是书，铸金呼佛，殊不可解。①

对二冯崇尚昆体之举，四库馆臣认为属于“除一弊而生一弊”，堪称公允之论。在二冯对昆体的提倡中，包含了对江西诗派的排斥之意，而查慎行对昆体的批评中，也就自然地包含了对江西诗派的暗自褒扬。此外，查慎行对清初虞山诗派对李商隐诗集的笺注整理曾表示过不满，这也可以从侧面佐证其对当时昆体之批评主要是针对虞山诗派。其《初白庵诗评》中评元好问“诗家总爱西昆好，独恨无人作郑笺”曰：“后世笺李诗者，未必即玉溪功臣，奈何！”②对李商隐诗集的整理是从明末释道源之注开始的，王士禛《论诗绝句》以“千秋毛郑功臣在，尚有弥天释道安”赞之。此后朱鹤龄《笺注李义山诗集》、钱龙惕《玉溪生诗笺》、吴乔《西昆发微》等注本都为清初李商隐诗歌的热潮起到了推波助澜的作用。而释道源之笺本后来由钱谦益送给了朱鹤龄，钱龙惕笺注中也对其笺注成果予以借鉴。可见这些李商隐诗集的注者，均与虞山诗派关系密切。然而在查慎行看来，这些注者均不能作义山之功臣，其对虞山诗派隐含的不满之意是很清楚的。

查慎行对虞山诗派倡导昆体之风特别警惕与反对，倘若从师承关系来看，其认识似本于钱澄之之论。钱澄之对李商隐诗歌非常贬斥，其《吴震一诗序》云：“魏晋而下，以及唐季，所为歌曲，直叙男女之私，声

① 永瑢等：《四库全书总目·集部四十四·总集类存目一》卷一百九十一，第1735页。

② 《初白庵诗评十二种》卷中。

情艳冶,荡心惑志,犹是桑濮《溱洧》之遗音耳,亦何所托寄哉!”①不过在清初诗坛上,钱澄之这样反对的声音是非常微弱的,而以钱谦益、二冯为代表的虞山诗派,却声势浩大地掀起了一股学习和模仿西昆体的诗学潮流。从查慎行“平生怕拾杨刘唾,甘让西昆号作家”这样的诗句中,可以感觉到波诡云谲的清初诗坛上虞山诗派与娄东诗派的巨大冲击力。不过吴梅村虽然在诗歌上对昆体不无学习模仿之处,但在理论上并未如二冯那样大张旗鼓地鼓噪。故而查慎行“甘让西昆号作家”之讥,主要还是针对二冯而发。

如上所述,我们从查慎行反对西昆、提倡白描的诗论中可以嗅到汪琬对其潜移默化的影响。其实汪琬也是清初和王士禛一起鼓吹宋诗的先行者之一。当吴之振北上京师,将其所刻《宋诗钞》遍送京师诸人之时,汪琬的反应最为积极,其《读宋人诗五首》集中反映了他的宗宋主张。汪琬在兼宗唐宋的师法选择上,应该对查慎行诗学也有启发。其《遽步诗集序》曰:“唐诗以杜子美为大家,宋诗以苏子瞻、陆务观为大家。此三家者,皆才雄而学赡,气俊而词伟,虽至片言只句,往往能写不易名之状与不易吐之情,使读者爽然而觉,跃然而兴,固非饾饤雕画者所能得仿佛其万一也。”②而杜甫、苏轼与陆游均是查慎行主要的师法对象,故汪琬诗论与查慎行诗学路径的相合,恐怕并不算一种巧合。

(二)“白描”说的现实指向之二:查慎行对黄庭坚及江西诗派的复杂态度

查慎行反对诗歌过分用典,主张白描,而江西诗派作诗讲究“无一字无来历”“脱胎换骨”“点铁成金”,黄庭坚的诗风更是以瘦硬奇崛、拗峭生新著称。这种作法和查慎行诗论是有着本质上的矛盾和冲突的。虽然查慎行也曾明确表示过:“宁取平易,勿取艰涩生新”,③但是他未

① 钱澄之:《田间诗学》卷十五,《影印文渊阁四库全书》第84册,台湾商务印书馆1986年版。

② 汪琬:《尧峰文钞》卷二十九。

③ 李庆甲:《瀛奎律髓汇评》卷十,上海古籍出版社1986年版,第337页。

对以黄庭坚为首的江西诗风有过激烈的批评，反倒是对黄庭坚不无推尊之词，如《初白庵诗评》中评点元好问《论诗绝句》“论诗宁下涪翁拜，未作江西社里人”二句曰：“涪翁生拗锤炼，自成一家，值得下拜，江西派中，原无第二手也。”①揣其原因，仍与查慎行对虞山二冯诗论的反感有关。二冯是清初对黄庭坚及江西诗派攻驳最为激烈之人，如冯舒评黄诗曰：“不好不好，只是不好；不爱不爱，只是不爱。此人出诗狱，我入诗狱。”②又曰：

江西之体，大略如农夫之指掌、驴夫之脚跟，本臭硬可憎也，而曰强健。老僧嫠妇之床席，奇臭恼人，而曰孤高守节。老妪之絮新妇，塾师之训弟子，语言面貌，无不可厌，而曰吾正经也。山谷再起，吾必远避，不则别寻生活，永不作有韵语耳。③

可见其对黄庭坚之诗极端厌恶之情。对此，纪昀评曰：“大抵二冯纯尚西昆，一见宋诗，先含怒气。”④此论可谓一针见血，点出了问题的关键。黄庭坚学杜，最推崇杜甫晚年平淡的诗风，其《与王观复三首》其二曰：“但熟观杜子美到夔州后古律诗，便得句法。简易而大巧出焉，平淡而山高水深，似欲不可企及。”⑤这当然遭到了崇尚藻丽的二冯的强烈反对。冯舒驳曰：“诗亦浓淡随宜耳，五言律必要淡，又被黄、陈所误，香雾、清辉，何尝淡乎？”⑥又曰：“此胸中终有黄、陈积滞在，若不信此言，请还读老杜，何尝尚平淡耶？”⑦冯班曰：“律诗出于南北朝，排偶须藻丽瑰奇，方为作手。若摆落膏艳，直为古体可矣，何事区区于声律之间耶？余论律诗，以沈宋为正始，老杜为变格，然杜诗殊工整，不似黄、陈辈粗

① 《初白庵诗评十二种十二种》卷中。
② 李庆甲：《瀛奎律髓汇评》卷十七，第695页。
③ 李庆甲：《瀛奎律髓汇评》卷四十七，第1714页。
④ 李庆甲：《瀛奎律髓汇评》卷一，第15页。
⑤ 黄庭坚：《豫章黄先生文集》卷十九，《四部丛刊初编》本。
⑥ 李庆甲：《瀛奎律髓汇评》卷二十三，第955页。
⑦ 李庆甲：《瀛奎律髓汇评》卷二十三，第970页。

硬也。"①二冯分别从不同的角度表达了黄庭坚以枯淡瘦硬学杜的不满，这其实涉及对杜甫晚年诗风的判断问题。黄庭坚所论杜诗之平淡简易，说的是杜甫夔州以后之作。而冯班以杜甫至德元载（756）陷贼长安之《月夜》诗"香雾云鬟湿，清辉玉臂寒"为证，质问杜诗"何尝淡"，真是牛唇不对马嘴的强词夺理。冯班又从律诗肇自齐梁的历史渊源来说明，反对"摆落膏艳"，这才真正露出了他们好尚西昆的真正面目。而查慎行论诗讲究平淡和白描，反对藻饰与雕绘，故他在黄庭坚与二冯的这场隔代争论之间，当然更加倾向于黄庭坚所提倡的"简易而大巧出焉，平淡而山高水深"，这应是查慎行并不反对黄庭坚的一个重要的现实原因。另外，查慎行其师黄宗羲对黄庭坚诗歌最为推崇，其《史滨若惠洮石砚》曰："吾家诗祖黄鲁直。"②这也从某种程度上影响着查慎行的论诗倾向。其实在清初的宋诗派中，吴之振、王士禛等人也都有推尊黄庭坚之论。而且查慎行格外重视和认同元好问的诗学倾向，元好问《论诗绝句》曰："论诗宁下涪翁拜，未作江西社里人"，此论将黄庭坚与江西诗派作了切割，尊黄而贬江西，元好问这个态度对查慎行的影响也是非常大的。黄庭坚是清初宗宋派诗人的主要取法对象之一，当然相对于苏轼和陆游二人而言，黄庭坚的受欢迎程度要稍微逊色一些。③ 清初宗宋派大都标举以学问为根柢，主张将学问与性情合一，但在实际创作中往往又过于重视学问，喜用典故，而将性情置于次席。因此，在这样的氛围之中，查慎行虽然对江西诗派过分用典的倾向有所不满，但却很少行诸文字。而且查慎行自遭遇《长生殿》事件以后，一直谨言慎行，形成了"慎与悔"的精神品格，以至于对古人亦不愿妄下雌黄。如查慎行曾在《初白庵诗评》中总评元好问《论诗绝句三十首》

---

① 李庆甲：《瀛奎律髓汇评》卷二，第51页。

② 黄宗羲：《南雷诗历》卷二，《四部备要》第84册，中华书局1989年版，第161页。

③ 以上观点，参考了陈伟文《清代前中期黄庭坚诗接受史研究》，中国人民大学出版社2012年版，第38页。

曰:“文人习气,好评量古人,而又恐人议己,先生亦复不免。”可见查慎行是不主张议论古人之长短的。同样的,他对同时诗人之优劣更是三缄其口,唯恐引祸及身。因此不易找到查慎行对江西诗派的批评之语。但是仔细寻绎查慎行的诗学思想脉络,还是可以发现其对江西诗派之不满。如查慎行《初白庵诗评》评点《瀛奎律髓》时,对赵章泉《早立寺门作》“青山表见花颜色,绿水增添鹭雨仪”评曰:“俗调”,并明确表示:“‘表见’‘增添’四字浅而俗,此吾所以不喜‘江西派’也。”又如黄庭坚《赠惠洪》首联“数面欣羊胛,论诗喜雉膏”,查慎行评曰:“‘羊胛’出《唐书·回纥传》:骨利干部昼长夜短,日入烹羊胛,熟,东方已明,盖近日出处也。‘雉膏’出《易·鼎卦》,《臆乘》云:‘雉膏不食,云美也。’《说文》云:‘未戴角曰膏。’用事必如此,终觉艰涩少味。”

总之,查慎行在推尊苏、陆的同时,并不贬抑黄庭坚,他只是对江西诗派滥用典故的某些做法不敢苟同,提出訾议,这是对江西诗派的优长与弊端深刻反思后的结果。张仲谋已经指出,查慎行“以苏、陆为主而不废山谷,这使查慎行的诗表现为骨肉停匀、雅拙得宜的风调。”①

总之,重学问、喜用典是清初诗坛的一个总体趋势,而此时的查慎行却并不随俗俯仰,而是主张摒弃书卷与学问对诗歌创作的干扰,倡导白描,即事体物,不求文饰,力求去除藻饰与雕绘,这在清初诗坛普遍为学问化笼罩的氛围下,便显得戛戛独造,空谷足音。魏中林指出:“他不喜欢在经史子集中到处挦扯而大量引学入诗,这是他同清代大部分作诗的学人不同的地方,他在诗歌创作时保留了‘诗心’,不让学问掩抑了性情。他不是因学问苍白而使诗歌具有‘伧气’,而是有意避免直接用学问来填充诗歌内容,用典故来代替情感的深度挖掘。”②查慎行对白描的提倡,在其诗论中是最具个性的部分。白描在查慎行这里已经不仅限于一种艺术表现手法的问题,而是蕴涵了其正本清源、纠谬补

① 张仲谋:《清代文化与浙派诗》,东方出版社1997年版,第166页。

② 魏中林等:《古典诗歌学问化研究》,中国社会科学出版社2012年版,第405页。

弊的理想与追求。这一独辟蹊径的诗学理论与诗学倾向,正是其区别于同时浙派其他诗人的主要标志之一,可以说体现了平和中的傲骨,圆滑中的峥嵘。白描这一主张的提出,是查慎行在长期创作实践中摸索体悟出的诗学之道,体现了他对诗歌艺术最高境界的不懈追求。然而同时人及后代评论家却很少了解查慎行这一理论上的独创性,乃至像赵翼那样尊崇查慎行的诗论家对其坚持白描的做法都不能理解,甚或有"寒俭"之讥。蒋心馀还曾将查慎行"全集痛加诋斥,谓是山歌村唱。"①浙派诗人中亦少见如查慎行一样从理论高度对白描有此认识者,这或许就是查慎行能够在浙派诗人中独造高标的原因之一,也是他能做到"得宋人之长而不染其弊"的重要原因。

第三节　查慎行论"意厚""气雄""空灵""淡脱"

查慎行的诗歌理论虽然大多蕴涵于《初白庵诗评十二种》中,但囿于评点这种形式,显得颇为琐碎,给人以散金碎玉之感,若不细加寻绎,则难于掌握其理论体系与论诗倾向。查慎行曾为族侄查为仁讲授诗法,由于这是查慎行诗学理论的一次集中阐发,较为直接地体现查慎行诗学主张,故对于理解查慎行的论诗倾向极为关键,需要进行深入辨析。

查为仁《莲坡诗话》曰:

> 家伯初白老人尝教余诗律,谓:"诗之厚,在意不在辞;诗之雄,在气不在直;诗之灵,在空不在巧;诗之淡,在脱不在易。须辨毫发于疑似之间。"②

---

① 周寿昌:《思益唐日札》卷六,《周寿昌集》,岳麓书社 2011 年版,第 323 页。

② 查为仁:《莲坡诗话》卷上,丁福保辑《清诗话》,中华书局 1963 年版,第 482 页。

对查慎行此论，袁枚《随园诗话》卷四、潘清撰《挹翠楼诗话》卷一、杨钟羲《雪桥诗话》卷三、《清史列传》等均予以征引，然文字互有异同，容后详辨。至于查慎行教授查为仁诗律的具体时间已经不可确考，不过陈玉兰等人考出，从水西庄的始建时间和“海宁二查”的出处情况看，查慎行、查嗣瑮兄弟与查日乾、查为仁父子的往还及师授当在康熙五十年(1711)顺天科场案前，且地点应是在北查的于斯堂中，并不是在水西庄中。[①] 又查慎行于康熙五十九年(1720)五月二日曾为查为仁《无题诗》作序，亦可作为查慎行与查为仁交往时间之另一佐证。

如果将查慎行“诗之厚，在意不在辞；诗之雄，在气不在直；诗之灵，在空不在巧；诗之淡，在脱不在易”这几句话换一种表现形式的话，似可以表述为“诗宁意厚而不辞厚，宁气雄而不气直，宁空灵而勿使巧，宁淡脱而不浅易。”正是在这种辩证取舍中，查慎行总结了自己毕生的创作经验，在貌似毫厘的似与不似之间，竟然有天渊之别。若欲厘清查慎行此论之来龙去脉及具体内涵，就需要结合《敬业堂诗集》以及《初白庵诗评》等相关文献，对查慎行此论中涉及的诸种概念与范畴详加考辨。

一、“诗之厚，在意不在辞”

杨钟羲《雪桥诗话》卷三引此句作“诗之厚，在意不在词”。首先需要搞清楚的问题是，查慎行这里所谓的“厚”究竟何指。因其曰“诗之厚，在意不在辞”，是将“厚”与“意”联系起来的，并且强调“意”对于表现诗之厚的关键作用，同时否定了“辞”对“厚”的决定意义。因此，查慎行所谓“意厚”，就极易让人联想到诗歌的表现内容与构思立意。毋庸置疑，诗歌的表现形式无疑对立意是起着很大作用的，但是查慎行认为这种作用只能是次要的，并且永远不能凌驾于思想内容之上。需要

---

① 陈玉兰、项姝珍:《天津查氏水西庄雅集的江南文化特质》,《苏州大学学报》2014 年第 4 期。

指出的是，查慎行并不是第一个对此问题进行论析者。在查慎行之前，对辞与意之间的辩证关系已经有过不少讨论。如刘勰《文心雕龙·情采》曰：

> 夫铅黛所以饰容，而盼倩生于淑姿，文采所以饰言，而辩丽本于情性。故情者文之经，辞者理之纬；经正而后纬成，理定而后辞畅，此立文之本源也。①

刘勰对于情理与文辞之间的辩证关系进行了较为清晰的揭示，即内容与形式相辅相成，内容决定形式，但形式有独立性，又会反作用于内容。宋代刘攽《中山诗话》曰：

> 诗以意为主，文词次之，或意深义高，虽文词平易，自是奇作。世效古人平易句，而不得其意义，翻成鄙野可笑。②

“以意为主，文词次之”所论虽大致不差，但他又进而说“或意深义高，虽文词平易，自是奇作”，这就过于看重意义而忽略了文辞的作用。明代谢榛《四溟诗话》对辞意之间的关系也有过详细的讨论：

> 凡立意措辞，欲两其工，殊不易得。辞有短长，意有大小，须构而坚、束而劲，勿令辞拙意妨。意来如山，巍然置之河上，则断其源流而不能就辞；辞来如松，挺然植之盘中，窘其造物而不能发意。夫辞短意多，或失之深晦；意少辞长，或失之敷演。名家无此二病。③
>
> 诗有辞前意、辞后意。唐人兼之，婉而有味，浑而无迹。宋人必先命意，涉于理路，殊无思致。及读《世说》：“文生于情，情生于文。”王武子先得之矣。
>
> 宋人谓作诗贵先立意，李白斗酒百篇，岂先立许多意思而后措

---

① 刘勰著，詹锳义证：《文心雕龙义证》卷七，上海古籍出版社1989年版，第1157页。

② 刘攽：《中山诗话》，何文焕辑《历代诗话》，中华书局1981年版，第285页。

③ 谢榛著，宛平校点：《四溟诗话》卷三，人民文学出版社1961年版，第69—70页。

词哉？盖意随笔生，不假布置。①

有客问曰："夫作诗者，立意易，措辞难，然辞意相属而不离。若专乎意，或涉议论而失于宋体；工乎辞，或伤气格而流于晚唐。窃尝病之，盍以教我？"四溟子曰："今人作诗，忽立许大意思，束之以句则窘，辞不能达，意不能悉……此乃内出者有限，所谓'辞前意'也。或造句弗就，勿令疲其神思，且阅书醒心，忽然有得，意随笔生，而兴不可遏，入乎神化，殊非思虑所及。或因字得句，句由韵成，出乎天然，句意双美。若接竹引泉而潺湲之声在耳，登城望海而浩荡之色盈目，此乃外来者无穷，所谓'辞后意'也。"②

谢榛指出，在具体的创作中，对辞与意的侧重之度很难把握。他将"意"详细区分为"辞前意"与"辞后意"，显然他反对由意生辞，对意随笔生、兴不可遏的"辞后意"更为倾心，也就是更加强调创作中的即兴生发，反对对诗意表达的预定束缚。到了清代，对辞与意问题的认识更加全面深刻。王夫之《姜斋诗话》曰：

无论诗歌与长行文字，俱以意为主。意犹帅也，无帅之兵，谓之乌合。李杜所以称大家者，无意之诗，十不得一二也。烟云泉石，花鸟苔林，金铺锦帐，寓意则灵。③

王士禛《师友诗传续录》中也有过类似的表述，其曰：

问：萧亭先生论诗，修辞为要，辞佳而意自在其中，未达其旨。答：以意为主，以辞辅之，不可先辞后意。④

王士禛与王夫之一样，都主张以意为主，强调意对辞的统帅作用，反对当时诗坛上某些人本末倒置的做法，因此查慎行"诗之厚，在意不在

① 谢榛著，宛平校点：《四溟诗话》卷一，第23页。

② 谢榛著，宛平校点：《四溟诗话》卷四，第116页。

③ 王夫之著，夷之校点：《姜斋诗话》卷二《夕堂永日绪论内编》，人民文学出版社1961年版，第146页。

④ 王士禛：《师友诗传续录》，丁福保辑《清诗话》，上海古籍出版社1978年版，第151页。

辞”的说法并非自创，很可能是袭自王士禛等人之论。不过查慎行这里并非有意着重论析意与辞之间的关系，而是更加关注和强调“意”对于“诗之厚”的决定作用。这又涉及古代诗论中对于“厚”“薄”范畴的一些论析。清初贺贻孙《诗筏》中曾论及诗文之“厚”，正可与查慎行之论相互印证，其曰：

诗文之厚，得之内养，非可袭而取也。博综者谓之富，不谓之厚；秾缛者谓之肥，不谓之厚；粗僿者谓之蛮，不谓之厚。

厚之一言，可蔽《风》《雅》。《古诗十九首》，人知其澹，不知其厚。所谓厚者，以其神厚也，气厚也，味厚也。即如李太白诗歌，其神气与味皆厚，不独少陵也。他人学少陵者，形状庞然，自谓厚矣，及细测之，其神浮，其气嚣，其味短。画孟贲之目，大而无威；塑项籍之貌，猛而无气，安在其能厚哉！①

贺贻孙详细分析了“厚”的内涵以及“厚”与“富”“肥”“蛮”等概念之间的区别，提倡李杜诗于神、气、味三方面之厚，反对神浮、气嚣、味短之薄。清人牟愿相《小澥草堂杂论诗》亦云：“储、王作清诗，定有厚气里其笔端。”②可见先要有深厚的内涵，笔端方能发吐为清音。故“诗之厚”，是由诗人的内在修养决定的。袁枚以为查慎行之论诗“其言颇与吾意相合”，他在《续诗品三十二首·崇意》中也反对“多辞寡意”，认为“意似主人，辞如奴婢。主弱奴强，呼之不至。”③又《随园诗话补遗》曰：“吴西林处士云：‘诗以意为主人，以词为奴婢。若章（疑为意）少词多，便是主弱奴强，呼唤不动矣。’”④

通过上述对清代诗论中有关“意”“辞”“厚”的讨论，或许可以了

① 郭绍虞辑：《清诗话续编》，上海古籍出版社1983年版，第135—136页。

② 牟愿相：《小澥草堂杂论诗》，郭绍虞辑《清诗话续编》，上海古籍出版社1983年版，第920页。

③ 袁枚著，周本淳标校：《小仓山房诗集》卷二十，上海古籍出版社1988年版，第483页。

④ 袁枚著，顾学颉校点：《随园诗话补遗》卷四，人民文学出版社1982年版，第653—654页。

解查慎行所云“意厚”之大致含义。简单地说，所谓“意厚”就是学养深、立意正、取格高、构思新。查慎行曾以“深厚之气”评价苏轼的《种松得徕字》，这对于理解查慎行所谓“厚”正好有些帮助。苏轼《种松得徕字》诗曰：

> 春风吹榆林，乱荚飞作堆。荒园一雨过，戢戢千万栽。青松种不生，百株望一枚。一枚已有馀，气压千亩槐。野人易斗粟，云自鲁徂徕。鲁人不知贵，万灶飞青煤。束缚同一车，胡为乎来哉。泫然解其缚，清泉洗浮埃。枝伤叶尚困，生意未肯回。山僧老无子，养护如婴孩。坐待走龙蛇，清阴满南台。孤根裂山石，直干排风雷。我今百日客，养此千岁材。茯苓无消息，双鬓日夜摧。古今一俯仰，作诗寄余哀。

此诗是诗人因见野人贩运徂徕松苗而发的感慨，因鲁人不知以松为贵，将松苗束缚捆绑于车上运输，致使松苗枝伤叶困，生意不展，苏轼伤其不遇其人，乃为之解缚洗尘，细心养护。查慎行评此诗“泫然解其缚，清泉洗浮埃。枝伤叶尚困，生意未肯回”四句曰：“曲折中具深厚之气。”则其所谓“深厚之气”，是指诗中所寓之深沉感慨。在诗人“胡为乎来哉”之嗟问中，隐然有孔子西狩获麟，“吾道穷矣”之叹，显然诗人已经不止于慨叹松苗之不遇，而是由此扩展到对于宇宙人生之深沉思考，而如此深沉含蓄的主题，正是查慎行之所谓“意厚”。在《初白庵诗评》中，直接以“意厚”作评者，见于对杜甫《示从孙济》的评点：

> 初疑后段语殊无谓，有老友方曼云：当与《杜位宅守岁》诗参看，则知其妙。余因两诗对看，始知其字字深婉也。（“权门多噂沓”）“权门”，或即指杜位等。盖位，林甫婿也，细玩此诗，亦有不满于济之意。然于彼则曰“谁能更拘束，烂醉是生涯”，言不为博醉，决不来也；于此曰“所来为宗族”云云，语意厚薄了然。

查慎行将《杜位宅守岁》“谁能更拘束，烂醉是生涯”与《示从孙济》“所来为宗族，亦不为盘飧”进行对比后指出，《示从孙济》比之《杜位宅守岁》语意更厚。这是因为《杜位宅守岁》表达的是个人对于时光飞逝而自己一事无成的感伤，故借权门之酒杯来浇自己胸中之块垒，曰"谁能更拘束，烂醉是生涯"；而《示从孙济》通过层层比兴，委婉含蓄地强调宗族情意，勉励从孙应敦厚同姓，故查慎行评曰"字字深婉"。可见查慎行所谓"意厚"是明显与诗作立意高下相联系的，并且强调诗意的含蕴深婉。又如其评刘禹锡《晨起》首联"晓色教不睡，卷帘清气中"曰："起句轻率无味，试思老杜'客睡何曾着，秋天不肯明'，是何等手法。""客睡何曾着，秋天不肯明"出自杜甫《客夜》首联，"何曾""不肯"四字写客夜漫漫、辗转难眠之状，委婉含蓄，含蕴深厚。与刘禹锡"晓色教不睡，卷帘清气中"相比，深浅厚薄之别立见，可见轻率无味正是作为含蕴深厚的对立面为查慎行所反对的。

查慎行《三月十七夜与恒斋月下论诗》云："明明正变途，花叶殊根荄。须求作者意，勿使本分乖。"①其论诗宗旨中，重视对作者之意的追寻，而对作者于风雅正变中所处的位置，初白尤为留心。至于查慎行所谓"意厚"的内涵，只有到其具体的批评语境中去，方能把握。如查慎行评杜甫《忆昔二首》曰："一治一乱，两边叙来，了如指掌，足为后王鉴戒，回翔反复，而终属望于中兴之主，作者之心良苦矣。"这里对《忆昔二首》中的治乱主题以及现实借鉴意义的提示，都表明查慎行对诗歌主旨及立意的关注，因为这才是决定诗歌意义的关键所在。又如评韩愈《泷吏》曰："通篇以文滑稽，亦《解嘲》《宾戏》之变调耳，特失职之望少，而负愿之意多，遂成儒者气象。"评苏轼《送周正孺知东川》"清时养才杰，杞梓方培拥。未应遗合抱，取用及把拱"四句曰："一篇正意在此。"评苏轼《王颐赴建州，钱监求诗及草书》"丁宁劝学不死诀"曰："通首不脱此意。"评刘禹锡《西塞山怀古》曰："专举吴亡一事，而南渡、五代以第五句含蓄之，见解既高，格局亦开展动宕。"因此可见，查慎行所谓"意厚"，除了诗歌主题应具有深厚的内涵之外，还要有极高的见解方能达到，这要求作者应下大力气进行构思和立意。

① 《敬业堂诗集》卷十四《溢城集》，第 387 页。

除了立意高远、构思超凡可致“意厚”之外，诗歌之情深方能动人，这也是成就“意厚”的重要途径。因此查慎行的诗歌评点中，对于诗歌深厚的情感内涵多有揭示。如其评白居易《送敏中归幽宁幕》“弟兄垂老相逢日”曰：“只消直叙，自尔情到。”又评白居易《哭崔儿》“掌珠一颗儿三岁”四句曰：“悲痛入情。”评韩愈《崔十六少府摄伊阳，以诗及书见投，因酬三十韵》曰：“掇拾琐细，具见真情，初读似平淡，愈读愈有味，累幅连行，不觉其冗，使元白为之，未免涉浅易矣。”又如苏轼《朱寿昌郎中少不知母所在，刺血写经求之五十年，去岁得之蜀中，以诗贺之》“嗟君七岁知念母，怜君壮大心愈苦，羡君临老得相逢”，查慎行评曰：“他人数百言不能了者，先生只以三语了之，能使人人堕泪。”

查慎行的诗歌将辞与意完美地结合起来，具有“意无弗申，辞无弗达”的特点。虽然他更为强调“意”对“辞”的决定作用，但也特别注意到“辞”对“意”的辅助作用。在《初白庵诗评》中，查慎行非常注意诗人对辞的运用是否能够有效地达意。如其评刘禹锡《赴苏州别乐天》曰：“香山妙处，在辞达而无俗气。”评苏轼《送晁美叔发运右司年兄赴阙》曰：“信手拈来，无不委曲畅达。”评苏轼《和子由论书》“苟能通其意”二句曰：“直是以文为诗，何意不达。”评苏轼《次韵孔毅父久旱已而甚雨三首》其一“阴阳有时雨有数，民是天民天自恤。我虽穷苦不如人，要亦自是民之一”四句曰：“可称词达。”又评曹汝弼《中秋月》“众望自疑别，孤高非异常”二句云：“意好而辞未畅。”可见即使有好的立意，但由于“辞未畅”，终究不能称之为好诗。只有将“意”与“辞”恰巧地相互配合，才能成为辞达而意厚的佳作。如其评沈佺期《塞北》一诗云：“句句用意，对仗工整，可为长律之法。”查慎行还非常欣赏那些言简而意尽的诗句，如其评韩愈《云居寺孤桐》曰：“言简而意尽，不在排比见长。”顺便可以指出的是，查慎行弟子纳兰揆叙的诗歌亦具有“辞达”之特点，孙致弥《益戒堂集序》曰：

> 辞必达意，语必肖题。于人也，甲不可以冒乙；于事也，此不可以易彼；于时也，今不可以移昨。或隐之而愈显，或离之而愈合，使

读者神摇目眩，不能名其故。而重规叠矩，井然秩然。①

杨钟羲《雪桥诗话》卷三曰："恺功诗功力实过于乃兄，孙恺似序《益戒堂集》谓其辞必达意，语必肖题，非虚语也。""辞必达意，语必肖题"极有可能是出于查慎行之教，而这正好可以作为查慎行诗学追求的侧面佐证。

二、"诗之雄，在气不在直"

按：此句文字，《清史列传》《雪桥诗话》所引与查为仁《莲坡诗话》所引不同。"在气不在直"，《清史列传》《雪桥诗话》作"在气不在貌"，而袁枚《随园诗话》卷四则作"在气不在句"。三种异文相较，似以《莲坡诗话》"在气不在直"为胜。袁枚《续诗品三十二首·理气》诗曰："吹气不同，油然浩然。要其盘旋，总在笔先。汤汤来潮，缕缕腾烟。有馀于物，物自浮焉。"②王英志认为，这是强调诗人创作构思时首先要具备旺盛的精神，处于最佳的思维状态，而不是先考虑遣词造句。即强调"气盛言宜"之旨，而气盛则诗雄。③ 在查慎行之前，唐代柳冕、李翱曾将"气"与"直"并列来说，柳冕《答衢州郑使君论文书》曰：

> 夫善为文者，发而为声，鼓而为气。直则气雄，精则气生，使五彩并用，而气行于其中。故虎豹之文，蔚而腾光，气也；日月之文，丽而成章，精也。精与气，天地感而变化生焉，圣人感而仁义行焉。④

又李翱《答朱载言》曰："理辩则气直，气直则辞盛。"⑤不过柳冕、李翱并没有将"气"与"直"二者对立来看，而是认为"直则气雄""气直则辞盛"，这与查慎行所论尚有天渊之别。查慎行这里所谓的"气"，是与

---

① 纳兰揆叙：《益戒堂自订诗集》，《清代诗文集汇编》第236册，第2页。
② 袁枚著，周本淳标校：《小仓山房诗集》卷二十，第485页。
③ 王英志：《袁枚评传》，南京大学出版社2002年版，第436页。
④ 郭绍虞主编：《中国历代文论选》上册，中华书局1962年版，第426页。
⑤ 李翱：《李文公集》卷六，《四部丛刊》影印明成化间刻本。

"雄"直接联系的。而在明代谢榛《四溟诗话》中,已有"气贵雄浑"之说①,这与查慎行所论已经颇为相近。查慎行喜爱的杜甫、韩愈、苏轼、陆游、元好问等诗人,其诗风都有雄健的特色,因此查慎行对"气雄"的推崇,表现了其独特的价值判断与诗学取向。周燕玲进而认为,查慎行对"厚"与"雄"的提倡,有以雄浑壮阔以矫神韵说流弊的意味。② 其论属于大胆的猜测,核以查慎行之平素诗论,却并不一定能站住脚。在查慎行的诗歌批评体系中,其"气"的概念很少单用,而是常常以"气骨""气概""气象""气势""气格""气味"等词语来表现。如其批《才调集》曰:"词家妙手,诗亦纤秾入格,时当离乱,不减悲凉,与韩致尧相近,气骨逊之。"③评杜甫《江汉》云:"牢落之况,经子美写出,气概亦自高远。"评崔颢《登黄鹤楼》曰:"此诗为后来七律之祖,取其气局开展。"评韩愈《次潼关先寄张十二阁老使君》曰:"气象开阔,所谓卷波澜入小诗者。"评苏轼《六月二十日夜渡海》曰:"前半四句俱用四字作叠,而不觉其板滞,由于气充力厚,足以陶铸镕冶故也。"评元好问《南湖先生雪景乘骡图》曰:"气格在太白、坡翁二仙之间。"评元好问《涌金亭示同游诸君》曰:"前半有气势,后半铺排稍平。"评苏轼《诏赐宫烛法酒书呈同院》曰:"通首气味好。"从以上这些评论来看,查慎行所谓"气",当指诗歌中基于语言的刚健精要和诗人的阔大胸襟所表现出的高远的气概、阔大的气象,雄健有力的气势。查慎行认为诗歌的雄健在于其由内而外散发出来的慷慨刚健之气,而不是靠语言的粗鄙直露就能实现的。

查慎行取"气"而不取"直",在其诗歌评点中亦有所体现,其于《初白庵诗评》中对直率、粗俗之弊便多有指摘。如评杜荀鹤《旅泊遇郡中叛乱示同志》曰:"通篇语太直率,不足取。"韩愈的诗歌亦多有雄直之

① 谢榛著,宛平校点:《四溟诗话》卷一,第10页。

② 周燕玲:《论查慎行"厚"、"雄"、"灵"、"淡"的诗学观》,《国学学刊》2014年第1期。

③ 韦縠:《才调集》卷三,国家图书馆藏查慎行批点明刻本。

气，张籍《祭退之》便称其“独得雄直气，发为古文章”①，查慎行对韩愈某些雄直之作便颇有微词，如其评韩愈《陆浑山火和皇甫湜用其韵》曰：“此种格调，只应让先生独步，后人不能学，亦不必学也。”“不必学”者，显然是由于不甚欣赏此种雄直之格调所致。与反对“雄直”之相对应的，查慎行特别强调诗歌表达方式的曲折委婉。由于杜诗在表现手法上的曲折含蓄表现得最为典型，故查慎行常以杜诗为例进行评析。如其评杜甫《奉赠韦左丞丈二十二韵》“尚怜终南山”至末曰：“去国别所知，依恋之怀，曲折尽致。”评杜甫《范二员外邈吴十侍御郁特枉驾，阙展待，聊寄此作》曰：“曲折尽致，有情有文。”评杜甫《将赴成都草堂途中有作先寄严郑公五首》曰：“五首是将归时情事，故多意拟想象之词，与到家后有别，细心体会，乃知曲折尽致。”评杜甫《溪涨》“岂唯入吾庐，蛟龙亦狼狈，况是鳖与鱼”三句曰：“三句三转。”评杜甫《破船》“平生江海心，宿昔具扁舟。岂惟清溪上，日傍柴门游”四句曰：“自远而近，四句三折。”评《寄杜位》曰：“中两联（逐客虽皆万里去，悲君已是十年流。干戈况复尘随眼，鬓发还应雪满头）句句转。”除了杜诗之外，在表现方式的委婉曲折方面，查慎行对唐宋其他诗人亦多有赞赏之词，如评白居易《府斋感怀酬梦得》曰：“曲折如意。”评白居易《小童薛阳陶吹觱篥歌》曰：“节节变，声声换，无意不透，无笔不灵。”评李商隐《隋宫》“紫泉宫殿锁烟霞，欲取芜城作帝家。玉玺不缘归日角，锦帆应是到天涯”四句曰：“前四句中转折如意。”评韩愈《答友问》“当其斩马时”六句曰：“曲折如愿。”评张宛邱《和即事》“啅雀踏枝飞尚袅”二句曰：“曲折细润。”查慎行对曲折委婉表达方式的青睐，正是源于其对粗直浅陋之弊的反感。因为表达方式的曲折细润，有助于避免语言的苍白直露，能够更为淋漓酣畅地表现诗歌的情感内容，提高诗歌的情韵与感染力。《四库全书总目》曰：“明人喜称唐诗，自国朝康熙初年窠臼渐深，往往厌而学宋，然粗直之病亦生焉。得宋人之长而不染其弊，数十

① 彭定求等：《全唐诗》卷三百八十三，中华书局1979年版，第4301页。

年来,固当为慎行屈一指也。”①可见“粗直之病”是清初诗歌学宋产生的主要弊端之一,查慎行对这种创作倾向已有所警觉。故查慎行“诗之雄,在气不在直”的提法,其现实针对性极强,这对矫正清初宗宋派的缺陷具有重要的理论意义。

三、“诗之灵,在空不在巧”

袁枚《随园诗话》这样阐释诗文之“空”:

> 严冬友曰:“凡诗文妙处,全在于空。譬如一室内,人之所游焉息焉者,皆空处也。若窒而塞之,虽金玉满堂,而无安放此身处,又安见富贵之乐耶?钟不空则哑矣,耳不空则聋矣。”范景文《对床录》云:“李义山《人日》诗,填砌太多,嚼蜡无味。若其他怀古诸作,排空融化,自出精神。一可以为戒,一可以为法。”②

吴功正说:“空灵是一种特殊的诗美形态和表现,它使诗歌的审美素质在不可征实的状态中得以显示,使接受者不可捉摸却又体验得到,不可印证却能体味再三。”③它往往标志着意境的完美登上了更高的台阶。

在查慎行的诗评中,评以“空”“清空”者并不多见。在其诗中,查慎行好像更喜欢用“静观”“澄观”“寂寥”来表达“空”之内涵。查慎行《得川叠前韵从余问诗法戏答》曰:“唐音宋派何须问?大抵诗情在寂寥。细比老蚕初引绪,健如强弩突回潮。闲来谨侯炉中火,众里心防水面瓢。”《再次芝田韵一首》曰:“烂漫人情沉醉后,寂寥诗味卷帷中。”《次韵答恺功二首》其一曰:“若向此中微领会,诗情原在寂寥间。”《月夜自湖口泛舟还湓城同恒斋太守赋》曰:“澄观得静趣,会景无停休。”《古诗五章呈吉水大司空李公》曰:“清浊具本性,澄观得其源。”查慎行认为只有处于空静寂寥的状态,才能澄怀无虑,从而超越俗巧,以达空

---

① 纪昀等:《四库全书总目》卷一七三,中华书局 1965 年版,第 1528 页。

② 袁枚著,顾学颉校点:《随园诗话》卷十三,人民文学出版社 1982 年版,第 461 页。

③ 吴功正:《唐代美学史》,陕西师范大学出版社 1999 年版,第 379 页。

灵之境。查慎行的“空静”观，当系源于刘勰《文心雕龙·神思》：“是以陶钧文思，贵在虚静。”①只有虚静，才能淡泊超脱，而诗思方可灵动无碍。故杜甫《寄张十二山人彪三十韵》曰：“静者心多妙”。这里的“静”，也是虚静淡泊之意。苏轼《送参寥师》亦曰：“欲令诗语妙，无厌空且静。静故了群动，空故纳万境。”从查慎行的《初白庵诗评》中，可以看到查氏对“静”的强调，如其评杜甫《遣意二首》其二曰：“静中微会，方得其神理。”评杜甫《倦夜》曰：“静极细极，此段境界，他人百舍不能至也。”评苏轼《舟中夜起》曰：“极奇极幻，极远极近，境界俱从静中写出。”评赵师秀《冷泉夜坐》曰：“妙句从静中得。”宗白华《论文艺的空灵与充实》说：“精神的淡泊，是艺术空灵化的基本条件。”②查慎行要求诗人以虚静淡泊的心境对山水进行审美观照，从而创造一种空灵超脱的意境。张金明指出，查慎行的“静观”论融合了佛禅、道家与儒家的思想基因，既重视创作主体与外界隔绝的沉思冥想，又重视主体心灵与外界的感应兴发。③

一般而言，与“空灵”和“清空”相对应的概念是“质实”，如张炎《词源》曰：

> 词要清空，不要质实；清空则古雅峭拔，质实则凝涩晦昧。姜白石词如野云孤飞，去留无迹；吴梦窗词如七宝楼台，眩人眼目，碎拆下来，不成片段。此清空质实之说。④

然而查慎行却说“诗之灵，在空不在巧”，而不是说“在空不在实”，他将“巧”作为“空”“灵”的对立面。“巧”即小巧、纤巧，即诗歌技法上的雕琢。若滞于技术层面的“巧”，便落于质实，也便不能达到空灵。因此查慎行在诗歌评点中是非常反对纤巧的。如其评岑参《宿关西客舍，寄东山严、许二山人》曰：“此等炼字，遂开纤巧之门。”评吴融《微雨》

---

① 刘勰著，詹锳义证：《文心雕龙义证》卷六，第976—977页。

② 宗白华：《美学散步》，上海人民出版社1981年版，第22页。

③ 张金明：《查慎行诗歌新论》，中国人民大学2011年博士论文，第382页。

④ 张炎著，夏承焘校注：《词源注》，人民文学出版社1981年版，第16页。

曰："第一句小巧太甚，粉重黄浓，可以入词，亦不可入诗。"评赵师秀《移居谢友人见过》曰："小巧有馀。"评于良史《春山月夜》"掬水月在手，弄花香满衣"二句曰："句法虽工，终属小巧。"又如杨万里《和仲良春晚即事》："贫难聘欢伯，病敢跨连钱。梦岂花边到，春俄雨里迁。一犁关五秉，百箔候三眠。只有书生拙，穷年垦纸田。"方回评曰："'一犁''五秉''百箔''三眠'，凑合亦佳，但恐少年作未自然，学诗者不可不由此入也。"然而查慎行不同意方回此论，反对学诗者走此类小巧之路，其云："学诗者若由此入，便误走蹊径。"又评赵章泉《出郭》曰："三四（春风收雨雨收后，白日变晴晴变时）调虽新，却无趣味，后人学之，最坏手笔。""春风收雨雨收后，白日变晴晴变时"一联上下两句中均重复一字，句法虽貌似奇巧，却破坏了句子的凝练，又失之油滑，况且"雨收后""晴变时"纯为议论，又缺乏形象性，故查慎行颇以为病。周燕玲指出，"在空不在巧"，是指要有"空静"的心态，不为言辞与形式的"巧"束缚，如此才能营造出心骛空明的至境。①

朱起予认为，查慎行"诗之灵，在空不在巧"之说继承了宋人严羽与清人王士禛的论诗宗旨，即诗歌应该追求隽永超诣，读之令人兴味清远，悠然空灵。这对纠正饾饤文字、意蕴苍白支离的诗风是有积极意义的。② 朱起予还说：查氏此论与严羽、王士禛的论诗观点相较又有了新意。王士禛所谓"神韵"的属性主要在于"清"与"远"，所以他特别推崇王维、孟浩然等人的山水诗。查氏固然也极喜隽永超诣的山水诗，然而，他在重"空"即意境清悠冲澹的同时，也反对"巧"即饾饤文字、精雕细琢而露斧凿痕迹。查氏所说的"诗之淡，在脱不在易"是对此论的补充。欲作清远散澹的诗歌，必先追求沉冥冲澹的美学意境，"在脱不在易"实际上是一个怎样营造这一意境的手法问题。③ 不管怎样，查慎行

① 周燕玲：《论查慎行"厚"、"雄"、"灵"、"淡"的诗学观》，《国学学刊》2014 年第 1 期。

② 蒋祖怡等：《中国诗话辞典》，北京出版社 1996 年版，第 148 页。

③ 蒋祖怡等：《中国诗话辞典》，北京出版社 1996 年版，第 754 页。

提倡诗歌的空灵,上承明代公安派“独抒性灵”之论,下启袁枚的性灵说,是性灵诗歌理论史上的重要一环。其后性灵诗派的主将袁枚便对查慎行诗歌所倡导的“性灵”甚为推崇,其《答李少鹤书》云:“他山是白描高手,一片性灵,痛洗阮亭敷衍之病,此境谈何容易。”①又张维屏《国朝诗人征略初编》引《听松庐文钞》云:

> 盖初白之诗,空灵变化,有广大教主(白居易)之风,先生(赵翼)诗与之相近,故不觉为针芥之投。然合观全体,渔洋之高秀,竹垞之厚重,初白亦有所未逮。唯初白生当王、朱并峙之时,独能陶冶性灵,自成面目,此所以位不可及。而先生舍王、朱而特举之,亦可云独具只眼矣。②

可见查慎行的诗歌因“陶冶性灵,自成面目”,故能继渔洋、竹垞之后屹然为大家。且其对“空灵”的提倡早于袁枚数十年,因此可以看作是袁枚领导的性灵诗派的先声。故陈伯海评曰:“查初白可谓是十八世纪最早地以自己的丰硕诗作标举性灵文学精神的巨擘,是十八世纪性灵文学思潮的开山祖之一。”③

四、“诗之淡,在脱不在易”

袁枚《随园诗话》对此句的征引,则作“诗之淡,在妙不在浅”。“浅”与“易”于意虽近,然“妙”与“脱”却相去甚远。那么中国古典诗论中,“脱”这一概念的内涵如何呢?清初的徐增、金圣叹似乎是较早对“脱”这一概念进行阐述者。徐增《而庵诗话》曰:

> 余三十年论诗,只识得一“法”字,近来方识得一“脱”字。诗盖有法,离他不得,却又即他不得。离则伤体,即则伤气。故作诗

---

① 袁枚:《小仓山房尺牍》卷八,王英志主编《袁枚全集》第五册,江苏古籍出版社1993年版,第170页。

② 张维屏撰,陈永正点校,苏展鸿审定:《国朝诗人征略初编》卷三十八,中山大学出版社2004年版,第558页。

③ 陈伯海主编:《近400年中国文学思潮史》,东方出版中心1997年版,第242页。

者先从法入，后从法出，能以无法为有法，斯之谓“脱”也。①

可见徐增是将“脱”与“法”联系起来而论的，其所谓“脱”，即以无法为有法，完全脱去诗法的束缚，是诗法运用的高级阶段。而金圣叹则使用了“脱卸”一词，其《第五才子书施耐庵水浒传》第五十一回批语曰：“文章妙处，全在脱卸，脱卸之法，千变万化，而总以使人读之，如神鬼搬运，全无踪迹，为绝技也。”金圣叹所言与徐增之意近似。汪涌豪认为，“‘脱’这个概念在传统文学批评中，指写景、状物和述情不沾滞，透脱空灵。”②可见“脱”这个概念，是与“空灵”密切相关的。因此查氏所谓“诗之淡，在脱不在易”是与“诗之灵，在空不在巧”相互渗透的。只不过查慎行这里是将“脱”作为“易”与“浅”的对立面出现，又将其与“淡”联结在一起而论。因此，查慎行所谓“脱”，其着眼点和归宿应该是“淡”，也就是使诗歌达于平淡自然之境。查慎行曾说：“诗中澹味炼难成”③，诗歌平淡自然的艺术韵味不是靠诗法锤炼而能达到的，也不是使用浅易的语词就能实现的，实现诗之平淡自然的关键的因素就在于“脱”。应该指出的是，有的学者将查慎行的“脱”简单地理解成“洒脱”，例如日人高津孝引查为仁《莲坡诗话》中查慎行此论后解释曰：“他重视的是情感含蓄、充实、雄厚，讲究诗风洒脱。”④这么说是不全面的。那么“脱”在查慎行诗学批评体系中的具体内涵是什么呢？从《初白庵诗评》中，或许能得到启发。查慎行评苏轼《次韵滕大夫三首·雪浪石》“承平百年烽燧冷，此物僵卧枯榆根。画师争摹雪浪势，天工不见雷斧痕”四句曰：“看他脱卸出落法，便捷如转丸。”评苏轼《次韵子由书清汶老所传秦湘二女图》“春风消冰失瑶玉，我本无身安有触。羊生

① 徐增：《而庵诗话》，丁福保辑《清诗话》，上海古籍出版社 1978 年版，第 433 页。

② 汪涌豪：《中国古代文学理论体系：范畴论》，复旦大学出版社 1999 年版，第 570 页。

③ 查慎行：《史蕉饮前辈招集一亩园分赋》，《敬业堂诗集》卷三十一《直庐集》，第 871 页。

④ [日本]高津孝著，程章灿译：《论查初白〈诣狱集〉》，许惟贤、王相宝编《当代海外汉学研究》，江苏人民出版社 1997 年版，第 198 页。

得妇如得风，握手一笑未为辱”四句曰：“清脱至此，不知从何处着笔。”评苏轼《夜泛西湖五绝》其三、其四云：“潇洒浑脱，笔墨俱化，此种境界浅人不易解。”评苏轼《海市》诗云：“起便超脱，以下迎刃矣。”评陆游《守严述怀》“名酒过于求赵璧，异书浑似借荆州”句云：“用事必如此超脱，方称作家。”评杜甫《和裴迪登蜀州东亭送客逢早梅相忆见寄》诗云：“通首跌宕自如。林君复、陆务观梅花诗，连篇累牍，争新出奇。看先生澹澹写来，自然高出一格。”由以上评论可以看出，“脱”在查慎行的诗学概念中，包含了立意的超脱高迈、诗思的灵动无碍，结构的跌宕自如、语言的自然流畅，诗风的清雅洒脱等因素。而做到这些方面的根本之点，就是要摆脱诗法的束缚。

查慎行认为，诗歌的平淡自然并不是语言的浅易，既要避免语言流于浅易，但同时亦应摆脱繁缛与艰深，因此他反对过分用典而阻滞诗思。他评王建《原上新春》曰：“宁取平易，勿取艰涩生新。”这应是查慎行的理论底线，他本来是反对平易的，但是相对平易而言，他更反对“艰涩生新”，这不仅是因为艰涩生新是平易的对立面，更是因为过于艰涩正是不能超脱的明显表现。在查慎行的诗学体系中，对平淡自然的追求，主要体现在其对白描的推崇上。其《东木与楚望叠鱼字，凡七章，连翩传示，再拈二首，以答来意》曰：“诗成亦用白描法，免得人讥獭祭鱼。”《自题庐山纪游集后》曰：“偶然兴至或留题，聊藉微吟豁胸臆，诗成直达目所睹，老矣焉能事文饰。”《雨中发常熟回望虞山》曰：“老夫新句亦平平，要与诗家除粉绘。”这些诗句都明确表达了其崇尚白描、反对粉饰的诗学宗旨。关于查慎行对于白描与用典的评论，详见本章第二节，兹不赘述。

周燕玲指出，在“厚”“雄”“灵”“淡”四者之中，“淡”是查慎行的最终旨归，是查慎行诗美的最高理想，亦是他诗歌创作的终极归宿。① 查慎行对平淡的艺术追求，核其渊源，当来自于苏轼“渐老渐熟，乃造平

① 周燕玲：《论查慎行“厚”、“雄”、“灵”、“淡”的诗学观》，《国学学刊》2014 年第 1 期。

淡”之论，宋周紫芝《竹坡诗话》曰：

> 有明上人者，作诗甚艰，求捷法于东坡，作两颂以与之，其一云：“字字觅奇险，节节累枝叶。咬嚼三十年，转更无交涉。”其一云：“衡口出常言，法度法前轨。人言非妙处，妙处在于是。”乃知作诗到平淡处，要似非力所能。东坡尝有书与其侄云：“大凡为文，当使气象峥嵘，五色绚烂，渐老渐熟，乃造平淡。”余以不但为文，作诗者尤当取法于此。①

对苏东坡此论，明代董其昌作了进一步的发展，其《画旨》曰：

> 诗文书画，少而工，老而淡。淡胜工，不工亦何能淡？东坡云：“笔势峥嵘，文采绚烂，渐老渐熟，乃造平淡。”实非平淡，绚烂之极也。

明代李东阳《麓堂诗话》中对“浓”与“淡”的辩证关系亦有过较为详细的论述：

> 诗贵意，意贵远不贵近，贵淡不贵浓。浓而近者易识，淡而远者难知。如杜子美“钩帘宿鹭起，丸药流莺啭”，“不通姓字粗豪甚，指点银瓶索酒尝”，“衔泥点涴琴书内，更接飞虫打著人”，李太白“桃花流水杳然去，别有天地非人间”，王摩诘“返景入深林，复照莓苔上”，皆淡而愈浓，近而愈远，可与知者道，难与俗人言。②

查慎行《初登惠山酌泉》曰：“至味淡乃全”③，这正是绚烂之极、归于平淡之意。在查慎行的《初白庵诗评》中，对那些富含韵味的平淡之作最为推崇，如其评苏轼《和晁同年九日见寄》“古来重九皆如此，别后西湖付与谁”二句曰：“淡而弥旨，知此者鲜矣。”评苏轼《和章七出守湖州二首》其一“早岁归休心共在，他年相见话偏长”二句曰：“淡语似乐天，亦似牧之。”评晁冲之《临江仙》“情知春去后，管得落花无”二句曰：“淡

① 周紫芝：《竹坡诗话》，何文焕辑《历代诗话》本，中华书局1981年版，第348页。

② 李东阳：《麓堂诗话》，丁福保辑《历代诗话续编》本，中华书局1983年版，第1369—1370页。

③ 《敬业堂诗集》卷二十二《中江集》，第621页。

语有深致,咀之无穷。”评周邦彦《点绛唇》(辽鹤归来)曰:“淡淡写来,深情无限,宜楚云为之感泣也。”评元好问《黄金行》“儿贫女富母两心,何论同袍不同梦”二句曰:“如此方不蹈袭唾馀,亦觉淡而有味。”然而他在提倡平淡的同时又反对浅易俚俗,如评白居易《东城桂》其二“卖作苏州一束柴”曰:“太浅则近俚。”这样的评语这很容易让我们联想其“诗之淡,在脱不在易”之论。严迪昌先生曰:

> 核之其创作实践,重意、重气、求淡宕、求空灵,大抵与其主张相符。如果说当年竟陵钟、谭立论甚高,也具灼见,而在实践中却流于貌,陷于易的话,那么查初白弥补了这缺陷。当然,“拙速”之病他自己也承认,有时出语太快,难免有“易”之弊,白描与平易确实仅一纸之隔。①

严迪昌认为,查慎行反对“易”,是为了扭转明末竟陵派“流于貌,陷于易”之弊,此说较为少见,也令人稍感意外。对竟陵派钟、谭创作的弊端,历来一般都认为是“深幽孤峭”,而非什么“流于貌,陷于易”。不过竟陵派曾提出“厚出于灵”“必保此灵心,方可读书养气,以求其厚”,钱钟书先生指出竟陵派诗论是“以‘厚’为诗学,以‘灵’为诗心”②,这与查慎行所论“厚”“灵”还是有不少关联的。然而白描与平易之间的细微差别,确实极不易分辨,真是得“须辨毫发于疑似之间”,而这些地方,正体现了查慎行诗论的精微之处。

今人李文初认为,合观《莲坡诗话》所引查慎行之论,说明诗人所追求的是诗之“厚”“雄”“灵”“淡”的风格,他不偏于一端、拘守一格,而是浑厚与灵秀共存,雄健与清淡并赏。③ 这是将查慎行所论四个方面作总体考虑而得到的观感。其实细揣查慎行的本意,似乎并不是追求一种浑融并包的风格,而是分别对诗歌的四种审美范畴进行逐个阐述,但诸种范畴之间并不是各自独立,而是互有交叉。故李文初从总体

---

① 严迪昌:《严迪昌论文自选集》,中国书店 2005 年版,第 95 页。

② 钱钟书:《谈艺录》,中华书局 1993 年版,第 103—106 页。

③ 李文初:《中国山水诗史》,广东高等教育出版社 1991 年版,第 393 页。

论的角度进行考察所得出的结论虽具有启发意义，但其结论还是值得商榷的。另外马积高以为，查慎行此论“以厚、空、脱(超脱)与直、巧、易对言，亦含有辨雅、俗之意，而着眼于诗之风格立言。”①所论大致不差。意厚、气雄显指诗的内蕴及抒情主体的气质，对诗人的学问修养与人格精神提出较高要求；而空灵、淡脱显指诗的艺术境界与艺术表现，要求诗人具有直寻兴会、灵动活脱的艺术敏感与艺术直觉。

查慎行此论一出，在清代诗坛产生了不小的影响。陶元藻《全浙诗话》高度赞扬查慎行此论“诚词苑之良规，学海之宝筏”。② 潘清撰《挹翠楼诗话》亦赞曰：“此诚后学津梁，操觚家所当奉为圭臬也。”③值得注意的是，朱庭珍《筱园诗话》曰：

> 查初白诗宗苏、陆，以白描为主，气求条畅，词贵清新，工于比喻，善于形容，意婉而能曲达，笔超而能空行，入深出浅，时见巧妙，卓然成一家言。④

朱庭珍对查慎行的评价，句句紧扣查慎行诗论中的“意”“气”“灵”“空”“淡”“脱”，极有可能是将查慎行上述诗论看成了夫子自道，故而又进一步紧扣其诗歌创作进行了评价，基本上可以看成是对查慎行上述诗论的撮述。总的来看，查为仁《莲坡诗话》所引查慎行诗论，是查慎行诗学理论与诗学经验之高度浓缩，具有极高的辩证性与较为丰富的内涵，既体现了查慎行平淡自然的审美理想，又极具现实针对性，并且与竟陵派、神韵说和性灵派都有一定的关联，故其论虽至为简易，却恰可与《初白庵诗评》互为补充、相互印证，成为查慎行诗歌批评理论中一个不可或缺的有机组成部分。

① 马积高：《清代学术思想的变迁与文学》，湖南人民出版社 2002 年版，第 61 页。

② 陶元藻：《全浙诗话》卷四十四，清嘉庆元年怡云阁刻本。

③ 潘清撰：《挹翠楼诗话》，清同治二年(1863)潘氏自刊巾箱本。

④ 朱庭珍：《筱园诗话》卷二，郭绍虞编《清诗话续编》本，上海古籍出版社 1983 年版，第 2358 页。

第五章

《敬业堂文集》和《初白庵诗评》的论诗倾向

第一节 《敬业堂文集》中体现的诗学观念

查慎行《敬业堂文集》中的许多篇章都不同程度地表露了其论诗宗旨及对当时诗坛现状的看法,故对于理解查慎行诗学思想是一个有力的补充。范道济在《新辑查慎行文集·前言》中也指出,查慎行文集中的序跋"或委婉叙述其与作者之经历交谊,或真切评骘其所作之得失优劣,或发表诗学理论见解和诗歌创作主张,均平实温雅,理彻辞赅,是了解与研究初白翁生平经历与诗学思想的重要资料"。① 特别是在查慎行文集中有三十篇诗序,这些文献可以验证查慎行的诗学道路与诗学交游,也集中反映了查慎行的诗学思想倾向及其在当时的影响,故而极具参考价值。如《王勇涛怀古吟序》曰:

> 王勇涛先生与余同方同学,侨居东山草堂。是时如外舅辛斋、族父伊璜(查继佐)诸前辈,一时征逐唱和切劘,先生无不在焉。②

李圣华指出,查慎行从学族伯查继佐之事在文献中少有记载,《王勇涛

① 查慎行著,范道济辑校:《新辑查慎行文集》,第9页。
② 查慎行著,范道济辑校:《新辑查慎行文集》,第36页。

怀古吟序》正可作为重要佐证。[①] 又如《仲弟德尹诗序》曰：

> 先大夫不遽令习应举业，(二弟查嗣瑮)则与余退而学诗。既冠且娶，始从慈溪叶师学为时文，而性之所好，尤在吟咏，久之遂成卷。父执陆射山、范默庵两先生，家伊璜(查继佐)、二南(查诗继)两伯父，互加奖饰，则益自喜，又相约为咏史诗。是时弟(查嗣瑮)年二十六，余视弟两年以长，形影相随，未尝一日离也。[②]

这些文献记录了查慎行早年学诗的启蒙过程，对于了解查慎行诗学思想渊源颇有参考价值。此外，通过查慎行文集中为别人所作数量不少的诗序，我们还可以感知到其在海宁及其周围地区的诗学领袖地位，如他在《沈仲房诗序》中曰："我自归田后，里中有学为诗者，谬推为识途老马，往往以所作过问。"[③]虽然查慎行表现得非常谦逊，但这些话可以证明诗人归里之后的诗名已经闻名遐迩。除此之外，查慎行文集中那些浸含着查慎行诗学观点的篇章，对于研究查慎行诗学思想倾向最有帮助。总体来看，其诗学思想在文集中的表现约有以下数端：

一、论诗格与人品

查慎行论诗文章中格外强调诗格与人品的重要性，如其于《沈一斋集序》中赞扬沈一斋曰："君怀抱落落，风骨棱棱，人之遇之者，莫不多其才，服其品，久与之居，不觉爱而生敬也。"[④]查慎行认为，诗人的道德情操是决定其诗歌作品的根本因素，《王勇涛怀古吟序》曰：

> 今古诗人多矣，乃代不数家者，夫岂排比铺陈格律音调已哉？当其始，必别有一团英爽精奇、不可磨灭者，得于天，成于学，而藏于胸久矣。触事成诗，盖其馀也。善读者，窥之隐隐隆隆，磅礴蕴

① 李圣华：《查慎行与明遗民社会——关于"明遗民二代"文化心态的典型解析》，《浙江社会科学》2014 年第 10 期。

② 查慎行著，范道济辑校：《新辑查慎行文集》，第 52—53 页。

③ 查慎行著，范道济辑校：《新辑查慎行文集》，第 62 页。

④ 查慎行著，范道济辑校：《新辑查慎行文集》，第 59 页。

结，究归自然，乃知可与天地古今相终始。①

在查慎行看来，从古到今那些卓有成就的诗人，无论是因为得之天授，还是出于后天的学习，其心中必有一团磅礴蕴结的英爽精奇之气，当这种气由其胸中自然发出之时，便会自然触事成诗，并且可以流传久远，“可与天地古今相终始”。可见人格之修养的作用，要远远超出“排比铺陈格律音调”这些形式因素。又如其《紫幢诗钞序》曰：

古今称诗家，率言品格，义盖取乎高也。顾格以诗言，而品则当以人言。世固有能诗，而品未必高者矣。亦有品高，而未必能诗者矣。要未有高品之诗，而格不与俱高者也。吾尝读《易》，而得“高”之义焉。“天下有山”，卦名为“遁”，盖天不自以为高，而远出乎山之上。山亦不自以为高，而艮止于天之下。故上三爻曰好、曰嘉、曰肥，皆吉，而无不利。《蛊》之上九，亦不以干蛊为事，而高尚之名归之。然则圣人之微意，约略可推矣。②

在查慎行看来，人品既高，诗格亦与人品相符，这才是他心目中的理想诗人。查慎行还在《凤晨堂诗集序》中曰：“余闻诸先正曰：诗以品重，顾品必自重，然后人重之。”其又曰：“先生自沧桑以后，乐志丘园，独立万物之表，法《遁》之‘上九’以肥身。其品高，故其诗如星斗在天、嵩岳在地，令人翘瞻遐跂，可望不可即也。”③查慎行精通《周易》，曾著有《周易玩辞集解》十卷、《易说》一卷，故其论诗品时常以《易》来说譬。“遁”卦是六十四卦之第三十三，乾上艮下，又称“天山遁”，其卦之“上九”爻辞曰：“遁肥，无不利。”“肥”者，有宽容自在之意。查慎行所谓“天不自以为高，而远出乎山之上。山亦不自以为高，而艮止于天之下”，描述的是一种经天纬地的高尚人格，他所谓的高品是指诗人自觉的道德追求。

① 查慎行著，范道济辑校：《新辑查慎行文集》，第 36 页。

② 查慎行著，范道济辑校：《新辑查慎行文集》，第 63—64 页。

③ 查慎行著，范道济辑校：《新辑查慎行文集》，第 57 页。

从查慎行所推重的高品来看，他对前辈诗人中那些谦退淡泊之士常表现出特别的敬意。如《自吟亭诗稿序》称赞沈越轩之父“归憩林庐，孤吟独诣。其志洁，故其神清；其品高，故其辞简。”①又如《王方若诗集序》曰：

> 余充京兆乡贡时，年已四十有四，又十年，奏名礼部，顾瞻汇进，英英皆少年。其间俯首下心，夙昔所爱敬而兄事者，癸酉则慈溪姜西溟，癸未则宝应王方若而已。两先生咸负当代重名，差池晚达，先后以高第入史馆，一时称风雅者兼归焉。西溟綦兀峥嵘，不肯轻假牙颊。其论诗以峭拔为骨，湛淡为神。方若宽和弘霭，与人交，必尽其忻欢。发为吟咏，极笔墨之淋漓，而一泽于古雅。两家诗品之不同如此。②

再如《侄基字说》曰：

> 夫士之处世，无过两途，不患其不能进也；既进矣，则当思退步……世固有挟一往之气，直视无前，自谓驰骤纵横，靡适不可，要其终如泛梗飞蓬，贸贸焉不知归宿之何在，然后悔其无退身地步。……其进也不穷于晚节，其退也不负其初心，夫是之谓考祥，夫是之谓元吉，至是而独行之愿遂，履道之能事毕矣。③

另外在《人海记自序》中，查慎行还征引了苏轼与东方朔的诗文来形容自己在京师三十年旅宦生活的感触：“苏子瞻诗云：‘惟有王城最堪隐，万人如海一身藏’，与东方曼倩‘陆沉金马’之意略同。”④“陆沉金马”语出《史记·滑稽列传》：“（东方）朔曰：‘如朔等，所谓避世于朝廷间者也，古之人乃避世于深山中。’时坐席中，酒酣，据地歌曰：‘陆沉于俗，避世金马门。宫殿中可以避世全身，何必深山之中、蒿庐之下。’”⑤

---

① 查慎行著，范道济辑校：《新辑查慎行文集》，第44页。
② 查慎行著，范道济辑校：《新辑查慎行文集》，第67页。
③ 查慎行著，范道济辑校：《新辑查慎行文集》，第98页。
④ 查慎行著，范道济辑校：《新辑查慎行文集》，第37页。
⑤ 司马迁：《史记》，卷一百二十六，中华书局1999年版，第2428页。

这就是查慎行所追求的理想人格:既进而思退,身在魏阙而志存江海。这不正是查慎行自己一生出处之真实写照吗?即便在史馆供职,亦谨言慎行,甚至以官为隐,最后他终于得以告老还乡。心有余悸的诗人遂如倦鸟之归林、游鱼之返渊,然而他不知道,竟然还有惨烈血腥的查嗣庭科场案正在前面等着他。

总之,查慎行在不少诗序中都表露了对清高人品的钦羡与向往,这些正可以看作其自己的心灵独白,因此我们可以触碰到查慎行"慎与悔"的人格追求,这对深入理解其人生出处的选择颇有裨益。此外,在查慎行对诗格与人品的表述中,也可以嗅到浙东学派的一些理学味道,这说明黄宗羲等人重视和强调道德对精神的砥砺作用,这对查慎行诗学观一直有着潜移默化的影响。

二、论"天资必从学力到"

查慎行在其论诗诗中,力主以学力来辅助天资,其《酬别许旸谷》曰:

> 男儿有才人见之,如眉在额指在掌。兰苕翡翠大海鲸,相去中间几霄壤。天资必从学力到,拱把桐椅视培养。方今侪辈盛称诗,万口雷同和浮响。或模汉魏或唐宋,分道扬镳胡不广。何曾入室溯流源,未免窥樊借依傍。我持此论嗤者众,同志吴中乃得两。①

通观查慎行为人所作诗序,也同样贯彻了以学力滋养天资这一思想。其《赵功千漉舫小稿序》曰:"盖诗之为道,虽发于性情,而授受渊源,必推所自。学之贵有本也,如是夫!"②在清初时代氛围的熏染下,查慎行论诗虽也主张诗歌应以性情为主,然而在性情与学问的辩证关系中,他似乎更倾向于以学问的积累作为根本。其《沈房仲诗序》曰:

> 今读房仲之诗,雄厚者其气,隽永者其韵,超迈者其才,沉挚者

---

① 《敬业堂诗集》卷十一《竿木集》,第302页。

② 查慎行著,范道济辑校:《新辑查慎行文集》,第52页。

其学，少年所诣如此。探源穷委，充其所到，不难步武文房，凌厉苏、陆，房仲勉之！顾观此日学诗之士，不得不让房仲出一头地。①

虽然查慎行对沈房仲诗歌雄厚隽永的气韵颇为赞赏，但他认为这不只是天资和禀赋，若无超迈沉挚的才学与其气韵相调配，则不能达到更高的境地，故而他提出应“探源穷委，充其所到”，这里的“探源穷委”虽是指学诗之途径，但无疑也包含了对学养的不懈追求之意。因此查慎行特别重视诗人的学统渊源，其《沈房仲诗序》称，沈声山一支“自八咏之后，代不乏人，渊源有自，弓冶相仍，我知其能世其家学也……少詹风雅一脉，已得传人，借辉光于宅相，岂独能世其家学之足羡也哉！”②查慎行之所以强调沈声山的家学渊源，是因为他强调学养对性情的规范作用，而不同的学统渊源，对于诗人性情的导向作用也是各有不同的。如果说这里查慎行对学问的强调还不够明显的话，其《跋鸡肋集后》则非常明确地阐明了学问的重要性：“学问之道，不进则退者。进者，发新硎；退者，失故步。”③同样的，《赵功千漉舫小稿序》也说：“才繇乎天，学繇乎人。人者，日进日荣，则天者与之俱。”④查慎行以不进则退来说明积学的重要性，亦可理解为夫子自道。其《曝书亭集序》曰：“世徒知先生文章之工，不知其根柢九经，折中群辅，虽极纵横变化，而粹然一出于正如此。”⑤查慎行将朱彝尊能够取得文章成就的原因归结为“根柢九经，折中群辅”，正是由于有了深厚的经学功底，方能粹然而出于正，这里他强调了学问的决定性作用。又《沈硐房诗集序》曰：

曩集西崖汤少宰邸舍，各出新篇，互相评泊。君于余推许太过，非所敢当。余拟君以张文昌，君未尝不色喜。微窥其意，则有未甚惬者，余固中心藏之。今披览是编，目之所接，神与俱会，飘飘

① 查慎行著，范道济辑校：《新辑查慎行文集》，第 63 页。
② 查慎行著，范道济辑校：《新辑查慎行文集》，第 62—63 页。
③ 查慎行著，范道济辑校：《新辑查慎行文集》，第 83 页。
④ 查慎行著，范道济辑校：《新辑查慎行文集》，第 52 页。
⑤ 查慎行著，范道济辑校：《新辑查慎行文集》，第 39 页。

乎云兴而霞蔚也,皛皛乎冰清而玉莹也,郁郁乎其有怀,渊渊乎其有声,汩汩乎其有原有本也。才足以导其情,学足以昌其气,夫岂拘拘焉摩揣一家而为之者!然后知君之所诣,果未易测。向之自以为知君,而轻加伦拟,是则余之陋也。①

可见查慎行注重才与学之间的相互促进,认为"才足以导其情,学足以昌其气",如果能够做到才学兼备,其前途才能无可限量。《赏雨茆屋小稿序》表述了同样的意思:

称诗家凡有四病:胶挛浅易者,多儳局见闻;驰骛广博者,或荡轶绳尺;驳杂则伤正气,藻绘则损自然。必也险夸疏密、浅深秾澹,各极其致,而一归于尔雅,乃可传世而名家。吾观幼鲁诗,古体专宗韦柳,近体出入近山、牧之、香山间。无四者之病,而欲兼数公之长。规矩之中有变化,开拓之中有揫敛,当今作者如林,未能或之先也。行将刻以问世,两过吾庐而请业焉,吾其何以益子哉?无已,则举虞邵庵之言似之曰:性其完也,情其通也,学其资也,才其能也,气其充也,识其决也。性情,子所自具矣。天复优以能赋之才,是在学以资之,气以充之,识以决之而已。②

这里同样强调学识对天赋的辅助作用,认为只有才、学,气、识这四者相互协调,共同作用,才能将作者的真性情完美地表达出来。上述所谓"有原有本""学贵有本""根柢九经""学以资之",都将积学苦修作为统领才情的关键因素。

三、论诗歌创作与"江山之助"

刘勰《文心雕龙·物色》曰:"若乃山林皋壤,实文思之奥府,略语则阙,详说则繁。然屈平所以能洞监风骚之情者,抑亦江山之助乎!"③刘勰指出了自然景物对诗人诗思的即兴触发作用。陆游诗云:"挥毫

① 查慎行著,范道济辑校:《新辑查慎行文集》,第62页。

② 符曾:《赏雨茆屋小稿》,国家图书馆藏民国十三年仁和吴氏刻本。

③ 刘勰著,詹锳义证:《文心雕龙义证》,上海古籍出版社1989年版,第1759页。

当得江山助，不到潇湘岂有诗”[①]“君诗妙处吾能识，正在山程水驿中。”[②]元好问亦曰：“眼处心生句自神，暗中摸索总非真。”[③]他们都指出了山川游历对诗人创作的激发作用。查慎行诗歌得益于苏、陆为多，这两位大诗人一生游历颇广，其诗歌颇能得江山之助。唐孙华《敬业堂诗集序》曰：

> 昔人论文，谓必得江山之助，以先生之才之学，而天又故迟其遇，俾其驰驱游览，以尽吐胸中之奇。尝挟策从军，至牂牁、夜郎之地，以及齐鲁、燕赵、梁宋之区，邮亭驿壁，题咏殆遍，往往传诵人口。又尝渡彭蠡，过洞庭，登匡庐之巅，探岘山、黄鹤之胜。所至必与贤豪长者相结，往复酬唱，诗益富而且益奇。[④]

查慎行早年从军西南，在杨雍建幕府多年，此后又经南北游历，曾于海宁与京师间往来三十年，这与苏、陆的经历亦颇相似，故而查慎行对江山游历对于诗歌创作的激发作用颇有感性认识。其《今雨集序》曰：

> （沈麟洲）今以校书郎出为命吏，涉琼海，抵珠厓，身之所历，尤足广其眺听，而助其发挥。昔人谓苏子瞻海南诗文如龙虵变化，不可端倪。亦今拟古，民社之寄，宦游之踪，非迁谪者比。[⑤]

他以苏轼迁谪海南、九死南荒的遭际来比拟沈麟洲“涉琼海，抵珠厓”的经历，指出这种经历“尤足广其眺听，而助其发挥”。又其《瓣香诗钞序》曰：

> （盛宜山）中年厌弃举业，出而游索，一至京师，再客汾晋，已乃溯江涉湖，水浮陆走，凡六七千里，耳目见闻，足以发抒盘礴之

---

① 陆游：《予使江西时以诗投政府丐湖湘一麾会召还不果偶读旧稿有感》，钱仲联《剑南诗稿校注》卷六十，上海古籍出版社1985年版，3474页。

② 陆游：《题庐陵萧彦毓秀才诗卷后》二首其二，钱仲联《剑南诗稿校注》卷六十，上海古籍出版社1985年版，第3021页。

③ 郭绍虞笺释：《元好问论诗三十首小笺》，人民文学出版社1978年版，第67页。

④ 《敬业堂诗集》附录，第1759页。

⑤ 查慎行著，范道济辑校：《新辑查慎行文集》，第61页。

气。向之怫郁沉苦者，一变而为纵横灏衍，有陆放翁、元裕之之馀风。①

在《芙航缬藁序》中，查慎行在回顾与杨笠乘交谊的同时，还捎带提及了自己一生南北的非凡经历："忆自壮岁从军黔幕，拜观察公于马前，获与龙门相见。已而游学京师，辱宫坊国士之知。晚入史馆，于两先生为后进。"②可见查慎行诗歌不但能得江山之助，而且在与不同诗学流派的诗人的交往中，得以不断地切磋砥砺，从而促进其诗歌艺术水平的不断提高。

四、对诗法宗尚的宽容态度

对于清初诗坛的宗唐宗宋之争，查慎行明确表示要"三唐两宋须互参"③，也就是要走兼宗唐宋的道路，这是查慎行面对当时纷纭复杂的诗学论争时所作出的个人选择。然而在查慎行的文集中却很难寻到他关于"唐宋互参"的理论主张。不过可以看出，查慎行对当时诗人诗学蹊径与宗法对象，采取了相当宽厚包容的态度。如《今雨集序》曰：

所喜者，麟洲之诗，探源于《骚》《选》，泛滥于杜、韩、苏、陆诸家，非独才情俊拔，而学识又有以副之。④

沈麟洲之诗，以楚辞与《文选》为渊源，又广泛学习了杜、韩、苏、陆等唐宋大家，这一诗学蹊径与查慎行是比较接近的，但又有所不同。查慎行的岳丈陆嘉淑就主张广泛而全面地学习前代一切优秀诗人，不过查慎行认为："寻源溯流，确是正派，但恐置身太高，取径太难耳。"⑤但他还是对沈麟洲先探源寻流、然后泛滥唐宋诸家的做法表示理解和肯定，这既见出查慎行的胸怀，又可以管窥其唐宋互参的真正精神。又如为朱

① 查慎行著，范道济辑校：《新辑查慎行文集》，第47页。
② 查慎行著，范道济辑校：《新辑查慎行文集》，第54页。
③ 查慎行：《吴门喜晤梁药亭》，《敬业堂诗集》卷四《遄归集》，第103页。
④ 查慎行著，范道济辑校：《新辑查慎行文集》，第61页。
⑤ 《初白庵诗评十二种》卷下。

彝尊所作《腾笑集序》曰：

> 其称诗最早，格亦稍稍变，然终以有唐为宗。语不雅驯者勿道，正始之音不与，人以代兴之业，此琏所窃窥于先生，尝欲广诸同好，而因举私见以质之先生者也。①

如前所述，朱彝尊论诗以宗唐为主，并对宋诗持贬抑态度，这与查慎行"唐宋互参"的主张也是相左的。然而对朱彝尊"终以有唐为宗"的创作倾向，查慎行在序中却并未提出异议，而是采取了颇为包容的态度，他还指出朱彝尊诗歌"语不雅驯者勿道，正始之音不与"的特点。又《曝书亭集序》曰："其称诗以少陵为宗，上追汉魏，而泛滥于昌黎、樊川，句斟字酌，务归典雅，不屑随俗波靡，落宋人浅易蹊径。"②在《沈硐房诗集序》中，他还对"拘拘焉摩揣一家而为之"的狭隘做法表示了鄙夷。因此可以确定，查慎行"唐宋互参"诗学主张的本质是"转益多师"，其实他并不单单以唐宋诗为圭臬，而是能兼容并包、并行不悖，而这种兼容并包的精神才是"唐宋互参"的核心精神。

五、对集句诗的否定态度

查慎行非常反对当时诗坛上模拟剽窃之习，这一论诗倾向在其文中也有所反映，如《沈一斋集序》曰："世之操觚家，孰不以传人自命哉！顾其人本无可传之实，不过剽剿陈言，博一时虚誉，迨身没而名随湮，固无足道。"《沈为久善世戌亥分岁集唐七律诗序》曰：

> 秀水沈子为久，才而能文，兼工诗学，以《戌亥分岁集唐七律》三十章来索题词。展卷读之，首尾贯穿，属对亲切。有挥洒之乐，无凑合之痕。知其非为集句设也，直自抒性灵云尔。昔日苏子瞻于孔毅父则言之矣："不如默诵千万首，左抽右取谈笑足。"陆务观于杨梦锡又言之矣："火龙黼黻，岂补缀百家衣者耶？"余虽欲多作

① 朱彝尊：《腾笑集》，上海古籍出版社 1979 年版，第 3—4 页。

② 查慎行著，范道济辑校：《新辑查慎行文集》，第 39 页。

赞词，殆无以易二公之语，遂援笔而书简端。①

“不如默诵千万首，左抽右取谈笑足”出自苏轼《次韵孔毅父集古人句见赠五首》其四，原诗云：“诗人雕刻闲草木，搜抉肝肾神应哭。不如默诵千万首，左抽右取谈笑足。”苏轼这里对集句诗表现了肯定的意思，然而他只是肯定集句诗的调笑功能，其实心里并不把它真的当回事。而陆游“火龙黼黻”之语，出自陆游《杨梦锡集句杜诗序》：

> 文章要法，在得古作者之意。意既深远，非用力精到，则不能造也。前辈于《左氏传》《太史公书》、韩文、杜诗，皆熟读暗诵，虽支枕据鞍间，与对卷无异。久之，乃能超然自得。今后生用力有限，掩卷而起，已十亡三四，而望有得于古人，亦难矣。楚人杨梦锡才高而深于诗，尤积勤杜诗，平日涵养，不离胸中，故其句法森然可喜。因以暇戏集杜句。梦锡之意，非为集句设也，本以成其诗耳。不然，火龙黼黻手，岂补缀百家衣者邪？予故为表出之，以告未深知梦锡者。②

陆游反对为集句而集句，认为那不过是“补缀百家衣者”，因此他强调杨梦锡集杜诗“非为集句设也，本以成其诗耳”。总的来看，宋人对集句诗大多采取轻蔑的态度，如《后山诗话》曰：“王荆公暮年喜为集句唐人，号为‘四体’，黄鲁直谓正堪一笑尔。”③由于集句乃是利用前人诗句而成，故难逃剽窃之讥，对于一贯秉持“熟处求生”追求的查慎行而言，是非常反对集句的，认为这种形式并不是真正的诗歌创作，而是一种“诗病”。如其评王安石《胡笳十八拍》时就曾表示：“集句虽工，何所取义？”然而当沈善世以《戌亥分岁集唐七律》来向查慎行索要题词之时，查慎行面临着一个理智与情感之间取舍的矛盾。他一方面肯定沈善世集句诗“首尾贯穿，属对亲切，有挥洒之乐，无凑合之痕”，赞扬其

① 查慎行著，范道济辑校：《新辑查慎行文集》，第67页。

② 陆游：《陆游集》，中华书局1976年版，第2108页。

③ 陈师道：《后山诗话》，第306页。

诗“非为集句设也,直自抒性灵云尔”。然而在赞扬之后,查慎行最后亦明确地亮出了自己对集句诗的态度,即反对集句诗汩没性灵的凑合破碎,强调抒情主体的独立性。查慎行举出苏轼、陆游对集句的质疑,认为“余虽欲多作赞词,殆无以易二公之语”。虽说语气较为委婉,尽量照顾到了沈善世的感受,但他对集句的反对态度无疑是颇为明确的,这反映出查慎行对诗坛剽窃模拟倾向的一贯立场。

张如安、管凌燕《清初浙东学派文学思想研究》一书中总结了以黄宗羲为领袖的浙东学派的文学思想,指出其核心文学观念主要有“反摹拟”“主经世”“重性情”“崇学力”“扬诗史”等几个方面。① 通过上述查慎行文集中体现的文学思想倾向来看,查慎行在“反摹拟”与“崇学力”这两个方面表现出与整个浙东学派文学思想较大的一致性,然而在“主经世”“重性情”方面,查慎行又表现出与浙东学派的差异性,可为同中有异,和而不同。总之,由于查慎行《敬业堂文集》仅存一鳞半爪,已不能窥见查慎行文章之全貌,然即便如此,查慎行文集中的部分篇章亦可与其论诗诗及《初白庵诗评十二种》等诗学文献相互印证,有助于了解查慎行的文学思想,是全面复原查慎行诗学理论体系不可或缺的文献基础。

第二节 《初白庵诗评十二种》的论诗倾向

《初白庵诗评十二种》是查慎行诗学理论倾向的重要文献载体,总体来看,《初白庵诗评十二种》中以下几种论诗倾向值得关注:

一、以杜诗作为诗歌评点的终极参照系

查慎行论诗,标举“唐宋互参”,其意虽在借唐兴宋,然而他并不废

① 张如安、管凌燕:《清初浙东学派文学思想研究》,浙江大学出版社 2013 年版,第 5—10 页。

唐诗，而在唐代诗人中又以杜甫为旨归，表现出非常明显的尊杜倾向。其于《瀛奎律髓》卷三十六《论诗类》之末批曰："老杜'为人性僻耽佳句'一首宜冠此卷。"①又评杜甫《登高》曰："七律八句皆属对，创自老杜。前四句写景，何等魄力！"②又如评杜甫《和裴迪发蜀州东亭送客逢早梅相忆见寄》曰："看老手赋物，何曾屑屑求工？通体是风神骨力，举此压卷，难乎为继矣。"③杜甫《曲江二首》其一前三句"一片花飞减却春，花飘万点正愁人。且看欲尽花经眼"，查慎行评曰："三句连用三'花'字，一句深一句，律诗至此，神化不测，千古那有第二人！"④方回《瀛奎律髓》评杜甫《涪城县香积寺官阁》诗有云："老杜七言律，晚唐人无之。凡学诗，五言律可晚唐，只如七言律不可不老杜也。"查慎行并不同意方回之论，其曰："予谓五律亦宜学杜。"评杜甫《倦夜》曰："静极细极，此段境界，他人百舍不能至也。"又曰："首尾四十字无一虚设，五律至此，难矣，蔑以加矣！"可见在查慎行看来，杜诗是永远难以超越的经典，其大量的名篇佳作可以作为诗歌永恒的范式，并对其后的历代诗人都产生了潜移默化的影响。所以纵观整个《初白庵诗评十二种》，可以看到查慎行始终是以杜诗作为衡量和评判其他诗人的终极参照系，颇有挟天子以令诸侯的意味。

在《初白庵诗评十二种》中，除了陶渊明、李白、虞集之外，查慎行在评点韩愈、白居易、苏轼、王安石、朱熹、谢翱、元好问等人时全部与杜甫进行过对比，让人感觉到查慎行实将杜甫作为唐宋诗学之中心，而其他唐宋诸家则呈辐辏向心之态。如其评韩愈《永贞行》"国家功高德且厚"二句曰："笔力气骨，极似少陵。"又《和侯协律咏笋》"庸知上几番"，查慎行评曰："少陵诗'应须上番看成竹。'"《早春呈水部张十八员外二首》其二，查氏评曰："诗境从老杜集中得来。"又如评白居易《自

① 李庆甲：《瀛奎律髓汇评》卷三十四，第1398页。

② 李庆甲：《瀛奎律髓汇评》卷十六，第633页。

③ 李庆甲：《瀛奎律髓汇评》卷二十，第780页。

④ 李庆甲：《瀛奎律髓汇评》卷二十，第358页。

觉二首》其二“亲爱零落尽”二句曰：“意本少陵，终觉彼胜于此。”《入峡次巴东》，评曰：“五六联用少陵五言成句。”《重修府西水亭院》“园西有他位”二句，评曰：“老杜风格。”又如李商隐《安定城楼》颈联“永忆江湖归白发，欲回天地入扁舟”，查慎行评曰：“王半山最赏此五六一联，细味之，大有杜意。”①评山谷《登快阁》诗曰：“极似杜家气象。”又如评苏轼《寓居定惠院之东，杂花满山，有海棠一株，土人不知贵也》曰：“此种诗境，从少陵《乐游园歌》得来，遇其神理，而化其畦畛，斯为千古绝作。”评《次韵王定国南迁回见寄》“十年冰蘖战膏粱”四句曰：“登少陵之堂，入昌黎之室。”评《次韵表兄程正辅江行见桃花》“清篇真漫与”句曰：“据公诗可证杜集‘漫兴’之讹。少陵诗‘老去诗篇浑漫与’，‘与’字俗本讹作‘兴’。”评《新年五首》其二曰：“格律纯学少陵。”评《新居》“朝阳入北林”四句曰：“神似杜陵。”评《倦夜》曰：“通首俱得少陵神味。”评《予来儋耳，得吠狗曰乌觜》“长桥不肯蹑”六句曰：“沉酣于少陵，乃有此跌宕雄深境界。”又如评王安石《纯甫出释惠崇画，要予作诗》“一时二子皆绝艺”四句曰：“与少陵《丹青引》结处同一感慨。”《游土山出示蔡天启》“彼哉斗筲人”十八句曰：“如读杜老《八哀诗》。”评《出巩县》曰：“章法本杜。”评《吴长文新得颜公坏碑》“堂堂鲁公勇且仁”六句曰：“不从杜陵探讨，那得有此境界。”评《垂虹亭》曰：“在杜、韩之间。”评《忆昨诗示诸外弟》“材疏命贱不自揣”二句曰：“不知与老杜自比稷契相去几何。”又如评朱熹《感事再用回向壁间旧韵二首》其二曰：“似杜。”评《送四十叔父》曰：“结二语用杜。”评《卧龙庵武侯祠》曰：“结用少陵成句。”评《温汤》曰：“起句少陵成语，前半亦仿佛似之。”评元好问《滬水》曰：“沉雄处不减《八哀》。”评《龙潭》云：“摹杜之作。”评《画马为邢将军赋》曰：“真得杜之神髓，他手为之，仅得皮骨耳。”评《新野先生庙》“再世中兴事可常”曰：“即少陵‘运移汉祚终难复’之意，而词特翻新。”诸如此类，不暇枚举。

① 李庆甲：《瀛奎律髓汇评》卷三十九，第1461页。

在历代诗人中,查慎行对苏轼最为倾心,曾花费三十年精力纂成《苏诗补注》,其诗歌学苏早已为学界所熟知。然而其亦同时花费三十余年的时间评点杜诗,其诗歌亦多学杜,这一点却并不为学界所了解,其论诗以杜诗为旨归的倾向也并未得到充分的揭示。通过对《初白庵诗评十二种》的总结分析,可以明确看出查慎行主张诗歌应尊杜学杜。因此学杜与学苏并举才是查慎行"唐宋互参"诗歌理论中最核心、最具体的内容。其实以黄庭坚为首的浙东学派及宋诗派对杜甫颇为推崇,黄宗羲《张心友诗序》曰:"少陵体则双井专尚之,流而为豫章诗派,乃宋诗之渊薮,好为独盛。"①黄宗羲虽提倡宋诗,主张学习山谷,但他已经认识到杜诗乃"宋诗之渊薮",查慎行作为其弟子当然不会忽略对杜诗的学习。至于查慎行诗歌中学杜、学苏的具体表现,以及其论诗诗中关于学杜、学苏的具体主张,本文已在第三章的相关小节作了详细分析。

二、对宋人取法唐诗的关注

查慎行常常将唐宋诗人的篇章字句加以对比,以品味高下、裁量长短。如白居易《山鹧鸪》"南人惯闻如不闻"句,查慎行评曰:"黄山谷'北人堕泪南人笑',语意本此。"王安石《寄吴氏女子》"而我与汝母"十句,查氏评曰:"此种铺叙,似昌黎,亦似香山。"评刘禹锡《和牛相公春日闲望》曰:"陆放翁七律全学刘宾客,细味乃得之。"评苏轼《龟山》"身行万里半天下"二句曰:"似拟中晚,而骨力胜之。"苏轼《泗州僧伽塔》"耕田欲雨刈欲晴"二句,查慎行评曰:"说透至理,觉昌黎《衡山》一章尚带腐气。"又如苏轼《云龙山观烧得云字》"我本山中人"至末,查慎行评曰:"较昌黎《陆浑山》一章,浑噩之气变为疏快矣。"又如苏轼《和章七出守湖州二首》其一"早岁归休心共在"二句,查慎行评曰:"淡语似乐天,亦似牧之。"评苏轼《庐山二胜》曰:"二诗一拟青莲,一拟少

---

① 黄宗羲:《南雷文定》前集卷一,上海古籍出版社1995年版,第87页。

陵，各极其妙。”苏轼《安国寺浴》“衰发不到耳”二句，查慎行评曰：“故用闲笔补衬，从少陵‘眼复几时暗’句得来。”苏轼《次韵王正言喜雪》“我方执笔待”四句，查慎行评曰：“正色凛然，有元和讽喻体。”评郑谷《燕子》“闲几砚中窥水浅”曰：“东坡‘新巢语燕还窥砚’之句本于此。”评王安石《和平甫舟中望九华山二首》其二曰：“昌黎《南山》诗外另开生面。”评王安石《张氏静居院》曰：“通体似仿香山。”评王安石《送李太保知仪州》曰：“章法迢递似乐天。”评王安石《钟山晚步》曰：“晚唐佳境。”又评朱熹《知郡傅丈载酒幞被过熹于九日山夜泛小舟弄月剧饮二首》其一“月色中流满”二句曰：“从张祜《金山诗》得来。”评谢翱《九日黎明发新昌望天姥峰》曰：“通首似青莲。”评谢翱《秋风海上曲》曰：“瓌怪不减昌谷。”评谢翱《射鸠行》曰：“通体似张司业。”评魏仲先《秋日登楼客次怀张覃进士》曰：“三四似从香奁脱胎。”评吕居仁《西归舟中怀通泰诸君》“一双一只路旁堠”曰：“路旁堠，一双复一只，乃白香山古诗。”评曾几《次韵王元勃问余齿脱》曰：“后半跳不出韩吏部圈子。”从以上评点可以看出，查慎行经常将宋诗与唐代的李白、杜甫、韩愈、白居易、刘禹锡等诗人的诗歌进行对比，对模拟晚唐的成功之作亦颇为赞许。另外还可以看出，查慎行对整部唐诗都显得颇为熟稔，故在评点宋诗之际能够随时做出由此及彼的联想，从某些蛛丝马迹中敏锐地窥见宋人对唐人的模仿之处，若非熟读唐诗是很难做到这一点的。学界有人认为查慎行所谓“唐宋互参”只是“借唐兴宋”的一种策略，这只是从客观效果上对查慎行诗学倾向进行的判断，却并不完全符合事实。从其评点实践来看，查慎行所提倡的“唐宋互参”并非只是门面话，他没有抛开唐诗来看宋诗，而是能够充分尊重唐诗的优秀传统，从宋诗对唐诗学习继承的角度来看待宋诗的优长与不足。

三、对唐诗发展四个阶段的看法

在查慎行心目中，唐诗发展的初、盛、中、晚四个阶段里，初唐是一个从六朝体向唐诗过渡的时期，各种艺术形式和艺术技巧尚未臻于完善。如其评杜审言《和康五望月有怀》曰："中联犹未脱六朝馀习。"评陈子昂《度荆门望楚》曰："初唐人新创格律，即陈杜沈宋亦未能出奇尽变，不过情景相生，取其工稳而已。"陈子昂《晚次乐乡县》曰："故乡杳无际，日暮且孤征。川原迷旧国，道路入边城。"查慎行评曰："'故乡''旧国'犯重。唐初律诗不甚检点，以后讲究渐精细，乃免此病。"虽然如此，查慎行认为初唐仍自具气象，不落纤巧。如其评宋之问《早发始兴江口至虚氏村作》曰："语巧而不觉其纤，所以为初唐。"不过唐诗的真正成熟阶段在盛唐和中唐，查慎行心目中无疑是以杜甫和韩愈为代表。晚唐虽然也有李商隐等颇有成就的诗人，但已落下乘，不足取法。故其论诗以盛、中为准的，而对晚唐诗歌多有贬抑之词。如评王湾《次北固山下》曰："大历以下无此等气格矣。"评王珪《登海州楼》"海树风高叶易秋"曰："调高不落大历后。"评卢纶《长安春望》曰："大历中诗家只是平稳。"评杜甫《玄都坛歌》"子规夜啼山竹裂"二句曰："使昌谷为之，便堕鬼趣。"评王安石《次韵元厚之平戎献捷》曰："格调不落元和以后。"[①]评王建《赠索暹将军》曰："五句（闻休斗战心还痒）粗俗，不谓中唐乃有此！"[②]评杜荀鹤《山中寡妇》曰："一变樊川家法，但要说得爽快，此学香山而失之肤浅者。"[③]又评其《旅泊遇郡中叛乱示同志》曰："此更鄙俚。末句（政是銮舆幸蜀年）纪年章法好，通首太率直，不足取。"[④]评罗隐《早发》曰："晚唐之壮浪者。"评项斯《古观》"门外日添坟"曰："此等境界，到晚唐始说尽。"可见对于"唐宋互参"理论中如何做到兼宗唐宋，查慎行进行了广泛深入的调查，在他的理念中，崇尚盛唐与中唐，又强调不落晚唐下乘，而对晚唐诗人又能分别对待，持论较为平正。

---

① 李庆甲:《瀛奎律髓汇评》卷三十，第 1336 页。
② 李庆甲:《瀛奎律髓汇评》卷三十，第 1333 页。
③ 李庆甲:《瀛奎律髓汇评》卷三十二，第 1362 页。
④ 李庆甲:《瀛奎律髓汇评》卷三十二，第 1363 页。

四、对江西诗派领袖诗人的批评

比较起来，查慎行的十二种诗评中对杜甫、苏轼、王安石、元好问的评点数量较多。然而同其对《瀛奎律髓》的评点数量比起来，其他十一种的评语数量都要相形见绌，因为查慎行评点《瀛奎律髓》几乎占据了《初白庵诗评》卷下的整个篇幅，占全部十二种诗评卷数的三分之一，实际的篇幅约占四分之一。可见《瀛奎律髓》的评点是查慎行《初白庵诗评十二种》中的重点研讨对象。除了篇幅数量之外，查慎行在对《瀛奎律髓》的评点中，对大量唐宋诗人的诗歌进行了点评，内容也颇为丰富，其中不时流露出其诗学思想、宗旨及倾向，故可以将其作为查慎行诗学批评体系的一个重要组成部分。张载华《初白庵诗评纂例》曰："《律髓》评点，系先生晚年家塾课本，学诗津逮，至舍筏登岸，此中三昧，尽在是矣。"因其他相关内容已在前文论及，本节重点谈谈查慎行对江西诗派领袖诗人的态度，以了解其诗学倾向。

查慎行对江西诗派的末流诗人多有訾议和批评，如赵章泉《早立寺门作》颔联曰："青山表见花颜色，绿水增添鹭雨仪"，查慎行评曰："三四俗调，'表见''增添'四字浅而俗，此吾所以不喜'江西派'也。"①不过他对以黄庭坚为首的江西诗派却表现出较为模糊的态度。一方面，由于其师黄宗羲对山谷诗歌非常推尊，查慎行亦对黄庭坚表示了相当程度的尊敬。而且黄庭坚诗歌以尊杜著称，对这一点查慎行也是颇为赞同的。只是对山谷学杜之失，清代论者多有微词，如钱谦益《注杜诗略例》曰："自宋以来，学杜诗者，莫不善于黄鲁直……鲁直之学杜也，不知杜之真脉络，所谓'前辈飞腾，馀波绮丽'者，而拟议其横空排奡、奇句硬语，以为得杜衣钵，此所谓旁门小径也。"②查慎行所面临的问题是，如何改变自黄庭坚以至于明代前后七子学杜之失。另一方面，

① 李庆甲：《瀛奎律髓汇评》卷十七，第386页。

② 钱谦益：《钱注杜诗》，上海古籍出版社1979年版，第4页。

与黄宗羲不同的是，查慎行走的是一条折中唐宋之路，并且他反对过度用典，主张白描，追求平淡和空灵，这与江西一派的诗学宗旨明显是背道而驰的。但查慎行也主张“熟处求生”，喜欢生新尖冷，对山谷诗的拗峭力量表示欣赏，这一趣味与江西诗派无疑是有某些契合之处的。因此查慎行对黄庭坚及江西诗派的态度总的来看是复杂的，我们在查慎行对《瀛奎律髓》的评点中明显可以感受到这一点。

对江西诗派“一祖三宗”中的二陈，查慎行便不像对黄庭坚那样态度含混，我们经常可以看到贬损之词。如其评陈师道《巨野》诗曰：“方虚谷于后山诗推重太过，平情而论，其力量尚不及涪翁，何况子美！”① 查氏认为方回对于陈师道的推尊太过，只能将其置于山谷之后。又如陈后山《寄外舅郭大夫》云：“巴蜀通归使，妻孥且旧居。深知报消息，不忍问何如。身健何妨远，情亲未忍疏。功名欺老病，泪尽数行书。”方回评曰：“后山学老杜，此其逼真者，枯淡瘦劲，情味深幽。”查慎行并不认可方回之论，其曰：“‘不忍’‘未忍’犯重，四十字中何至失检点若此？以为偪近老杜，吾不谓然。”其实据李庆甲之《校勘记》，“情亲未忍疏”之“忍”，张载华、李光垣已指出：“‘忍’，集本作‘肯’。”②则初白之评，或因未查核后山本集，故嫌过激。又如陈后山《和和叟梅花》颔联：“卷帘初认云犹冻，逆鼻浑疑雪亦香”，查氏评曰：“三四亦低派。”③又如评《登鹊山》曰：“后山诗朴老孤峭，在江西派中，自当首出，只让涪翁一头地耳。然谓其学杜则可，谓其学杜而与之俱化，窃恐未安。”这里同样透露出查慎行对陈师道的态度，他认为陈师道在江西诗派中属于黄山谷之后的第二号人物，其诗歌学杜，具有“朴老孤峭”的风格，但仍未达到“学杜而与之俱化”的境界。因此有时查慎行对于陈后山的批评是很尖锐的，如后山此诗颈联曰：“朴俗犹虞力，安流尚禹谟”，查慎

① 李庆甲：《瀛奎律髓汇评》卷三十六，第1437页。
② 李庆甲：《瀛奎律髓汇评》卷四十二，第1536页。
③ 李庆甲：《瀛奎律髓汇评》卷二十，第801页。

行评曰:“第三联出句用‘犹’字,对句复用‘尚’字,便是合掌,老杜无此法也。”①又如《次韵晁无斁》:“城郭朝阳散积阴,郊原注目日青深。年衰鸥鹭如今是,梦断邯郸何处寻?语鹊飞乌春悄悄,重帘深院晚沉沉。不辞杖屦冲泥雪,未有琼琚报好音。”查慎行评曰:“此等诗何必入选!句法亦全袭杜,未免生吞活剥之病。”②查慎行认为陈后山此诗虽也学杜,但模仿的痕迹过于生硬,故有“生吞活剥”之讥。

作为江西诗派“二陈”之一的陈与义,亦位列三宗,查慎行对其诗歌又持什么样的态度呢?首先,查慎行对简斋诗亦不无称赏之处,如陈与义《雨》:“萧萧十日雨,稳送祝融归。燕子今年别,梧桐昨梦非。一凉恩到骨,四壁事多违。衮衮繁华地,西风吹客衣。”查慎行评曰:“诗学杜中又自出手眼,言浅而意深,集中登选者甚多,无出此上者矣。”③又如《放慵》首联“暖日熏杨柳,浓春醉海棠”,查慎行评曰:“‘熏’‘醉’二字固妙,然非‘暖’字、‘浓’字,则此二字亦不得力。”④不过对简斋类似的赞赏之评,在查慎行的评点中实属凤毛麟角。查慎行认为“二陈”相较,陈师道的诗歌成就要远远超过陈与义。其评陈师道《渡江》曰:“简斋与后山才力相近,而烹炼不及后山,观其全集自见。”又如简斋《雨后至江上有怀诸子》颔联曰:“定知聊复尔,敢望不相违。”查慎行评曰:“用成语须切贴,三四不佳。”⑤《郡中吟怀玉山应真请雨未沾足》首联曰:“悯雨连三月,为霖抵万金。”简斋这两句诗明显系模仿杜甫《春望》之“烽火连三月,家书抵万金”,且用的过于直白浅露,故查慎行评曰:“起二句亦杜诗口滑。”查慎行对陈简斋的这种贬抑态度,与其师王渔洋有不少相似之处。王渔洋《池北偶谈》曰:

宋明以来诗人学杜子美者多矣,予谓退之得杜神,子瞻得杜

① 李庆甲:《瀛奎律髓汇评》卷一,第16页。
② 李庆甲:《瀛奎律髓汇评》卷十,第377页。
③ 李庆甲:《瀛奎律髓汇评》卷十七,第672页。
④ 李庆甲:《瀛奎律髓汇评》卷二十三,第979页。
⑤ 李庆甲:《瀛奎律髓汇评》卷十七,第680页。

气，鲁直得杜意，献吉得杜体，郑继之得杜骨，它如李义山、陈无己、陆务观、袁海叟辈又其次也，陈简斋最下。《后村诗话》谓简斋以简严扫繁缛，以雄浑代尖巧，其品格在诸家之上，何也？①

王士禛将陈与义评为历代学杜诗人中之最下者。所以吴淑钿曾指出，查慎行对“三宗”的评价是，“后山不如山谷、简斋不如后山。”②其论近是。

五、提倡高格，反对浅俗

关于诗之高格，宋明以来的诗论家们有过深入的探讨，虽然每个时代对诗之高格的理解不尽相同，但普遍将气象阔大、气概高远、典雅蕴藉视为诗之高格的基本要素，而反对气格卑弱的诗作。查慎行尤其欣赏雄浑壮阔的诗境，对气概高远、品味高雅之作颇为赞赏，而反对诗歌的浅俗卑弱。如评柳宗元《登柳州城楼寄漳汀封连四州》曰：“起势极高，与少陵‘花近高楼’两句同一手法。”评杜甫《登岳阳楼》曰：“阔大沉雄，千古绝唱，孟作亦在下风。”评杜甫《观打鱼歌》“众鱼常才尽却弃”四句曰：“题外着想，气势百倍豪雄。”如评杜甫《江汉》曰：“牢落之况，经子美写出，气概亦自高远。”评柳宗元《岭南江行》曰：“律诗掇拾碎细，品格便不能高。若入老杜手，别有镕铸炉鞲之妙，岂肯屑屑为此。虚谷谓柳州五章比杜尤工，一言以为不知，览者毋为所惑可也。”柳宗元《岭南江行》写了岭南的特异风物瘴江、黄茆、象迹、蛟涎、射工、飓母，以寓迁谪之愁，查慎行认为柳诗内容过于细碎，因此诗格不高。评林逋《梅花》“雪后园林才半树”二句曰：“不但格高，正以意味胜耳。”评朱熹《次韵刘秀野早梅》“人间何处有冰霜”曰：“高洁无偶。”评白居易《七年春题府厅》“虽非好官职”二句曰：“达人口吻，与叹老嗟卑者不同。”评欧阳修《夷陵岁暮书事呈元珍表臣》“平时都邑今为陋”二句曰：“俯仰有情，不作迁谪语，颇足自豪。”在查慎行看来，诗格之高不仅仅

① 王士禛著，张宗柟纂集：《带经堂诗话》，人民文学出版社1963年版，第20页。
② 吴淑钿：《“一祖三宗”说与陈简斋的诗学定位》，《学术研究》2014年第2期。

体现在诗中所写物象的高妙、气象的阔大，亦体现在诗人的胸次和境界上，乐观豁达的人生态度易成就诗之高格。同时查慎行称赏内容高雅蕴藉之作，反对诗歌的浅俗倾向。如滕元秀《秋晚》“屡迁怜蟋蟀”二句，查氏评曰：“新而警，转俗为雅，只是妙笔。”评杜甫《月》“尘匣元开镜，风帘自上钩”曰：“同用‘镜’‘钩’两字，与康令之作，大有雅俗之别。”评刘禹锡《赴苏州别乐天》曰：“香山妙处在辞达而无俗气。”评李远《宋人入蜀》“杜宇呼名语，巴江学字流”二句曰：“锻炼亦见苦心，然格法稍卑矣。”认为此二句虽然对仗工整，然字句近于浅俗，因此格法不高。评田元邈《江梅》“冰肤宛是姑仙女”二句曰：“一落比拟，便是第二义。”指出句中比拟太浅俗，故只能归入二流之作。又齐己《题真州精舍》“波心精舍好，那岸是繁华”，方回评曰：“第二句‘那岸’二字有深意。”查慎行评曰：“第二句有何深意？但觉其俗。”白居易《不如来饮酒》其一：“藏镪百千万，沉舟十二三。不如来饮酒，仰面醉酣酣。”查慎行评曰：“此种终嫌近俚。”可知查慎行对此类浅俗之作持一贯反对的立场。

六、提倡创新，反对抄袭剽窃

查慎行的诗歌追求“熟处求生”，力倡创新，反对任何形式的模拟或抄袭，因此他在对历代诗歌的评点中，对涉嫌抄袭剽窃之处非常敏感，一经发现，便毫不客气地抉出，令剽窃之痕迹昭然若揭。如赵师秀《一真姑》颔联“此事知难伪，令人信有仙。”查慎行评曰：“‘令人渐信仙’，贾长江成语，只换一字耳。”①“令人渐信仙”出自贾岛《送孙逸人》颈联：“是药皆谙性，令人渐信仙”，查慎行对此联甚为钦服，评曰：“五六对句不测。”②又如宋代僧显万《送炭与湘山西堂惠然师》颔联云：“万锻炉中寻罊可，一堆灰里拨阴何”，查慎行指出：“‘寒灰影里拨阴何’，东坡句也。”③检苏轼诗集，《答子勉三首》其一尾联曰：“寒炉馀几

① 李庆甲：《瀛奎律髓汇评》卷四十八，第1783页。
② 李庆甲：《瀛奎律髓汇评》卷四十八，第1774页。
③ 李庆甲：《瀛奎律髓汇评》卷四十七，第1760页。

火,灰里拨阴何。”①然苏轼此诗与《山谷内集诗注》卷一六《次韵高子勉十首》其四重出,究为东坡抑或山谷之作,尚难定论。不过此联诗句颇有禅意,故多为后人所袭用,如南宋吴泳《和杜枢密雪》颈联曰:“高艳未能攀屈宋,寒灰聊复拨阴何。”许月卿《次韵程愿》其二曰:“晓径焰间追李杜,夜窗灰里拨阴何。”这些均是对苏诗的化用,可见“灰里拨阴何”句对后人的影响。又如楼攻媿《顷游龙井得一联,王伯齐同儿辈游,因足成之》颔联曰:“水真绿净不可唾,鱼若空游无所依。”查慎行评曰:“第三句出昌黎诗,第四句出柳州记。”②“水真绿净不可唾”出自韩愈《题合江亭寄刺史邹君》:“瞰临眇空阔,绿净不可唾。”“鱼若空游无所依”出自柳宗元《小石潭记》:“潭中鱼可百许头,皆若空游无所依。”又如王民瞻《送胡邦衡之新州贬所二首》其一首联:“一封朝上九重关,是日清都虎豹闲。”查慎行评曰:“起句犯昌黎。”按:韩愈《左迁至蓝关示侄孙湘》云:“一封朝奏九重天,夕贬潮阳路八千。”可见王民瞻诗之起句,确系化自韩诗。又如赵师秀《薛氏瓜庐》颈联:“野水多于地,春山半是云。”方回曰:“‘人家半在船,野水多于地’,本乐天仄韵古诗,今换一句为对,亦佳。”查慎行则曰:“香山先有‘人家半在船’句,故佳。此诗用此句,无味。”③又如陆游《游山》其一颔联:“蝉声入古寺,马影渡荒陂。”查慎行评曰:“‘蝉声集古寺,鸟影度寒塘’,少陵句也。放翁熟于杜律,不觉屡犯。”④陆游《游山》其二颈联:“世事虽难料,吾生固有涯。”查慎行曰:“第六句杜诗,‘固’作‘亦’。”按:杜甫《春归》曰:“世路虽多梗,吾生亦有涯”,悬揣诗意,当为放翁所本。又如汪延章《己酉乱后寄常州使君侄四首》其二尾联:“乾坤满群盗,何日是归年。”查慎

① 王文诰辑注,孔凡礼点校:《苏轼诗集》卷五十,中华书局 1982 年版,第 2750 页。

② 李庆甲:《瀛奎律髓汇评》卷四十七,第 1758 页。

③ 李庆甲:《瀛奎律髓汇评》卷三十五,第 1419 页。

④ 李庆甲:《瀛奎律髓汇评》卷三十三,第 1381 页。

行指出:"结句是老杜成语。"[1]按:杜甫《绝句二首》其二曰:"今春看又过,何日是归年。"又如吕居仁《还韩城》颔联:"乾坤德盛大,盗贼尔犹存。"查慎行评曰:"第四老杜成句。"[2]按:杜甫《西阁夜》尾联曰:"时危关百虑,盗贼尔犹存。"又如梅圣俞《和应之细雨》颔联:"有润物皆泽,无声人不闻",查慎行评曰:"三四从少陵'润物细无声'一句脱化出来,亦犹寇莱公用韦苏州'野渡无人舟自横'句化作'野水无人渡,孤舟尽日横'一联也。然老杜字字有味,此如嚼蜡。"[3]又如曾几《萤火》诗云:"浑忘生朽质,直拟慕光辉。解烛书帷静,能添列宿稀。当风方自表,带雨忽成微。变灭多无理,荣枯会一归。"方回评曰:"'当风方自表'一句最佳,'带雨忽成微'亦妙。其瘦健若胜老杜云。"查慎行则予以反驳曰:"语语从杜诗掩袭而出,何云胜杜?三四亦用杜七言缩成五言。"[4]按:杜甫的同题《萤火》诗曰:"幸因腐草出,敢近太阳飞。未足临书卷,时能点客衣。随风隔幔小,带雨傍林微。十月清霜重,飘零何处归?"两相对照,曾几此诗确系从杜诗敷衍而出,"胜杜"云云,何尝能做到。查慎行称曾几此诗颔联"解烛书帷静,能添列宿稀"系由杜诗七言压缩而成,当系指杜甫《见萤火》"忽惊屋里琴书冷,复乱檐前星宿稀。却绕井栏添个个,偶经花蕊弄辉辉。"需要补充的是,杜甫《雨四首》其二曰:"润色静书帷",当为曾几"解烛书帷静"之所本。评王安石《净相寺》曰:"末二句直录香山成语。"又如评苏轼《书林次中所得李伯时归去来、阳关二图后》"画出阳关意外声"句曰:"按刘宾客诗本是'唱得凉州意外声',而先生乃改作'阳关',虽□偶尔借用,然未免牵率之病。"总之,宋人对唐诗的学习中有生吞活剥的恶劣倾向,查慎行对此类做法深恶痛绝,斥之为"无味""嚼蜡",故凡遇此等情形,即便是名公巨家,亦毫不留情地予以指出。

① 李庆甲:《瀛奎律髓汇评》卷三十二,第1357页。
② 李庆甲:《瀛奎律髓汇评》卷三十二,第1352页。
③ 李庆甲:《瀛奎律髓汇评》卷十七,第667页。
④ 李庆甲:《瀛奎律髓汇评》卷二十七,第1173页。

结　语

通过对查慎行诗歌批评理论的全面梳理可以看出，查慎行并非只是在诗歌创作上取得了辉煌成绩，他在诗歌批评方面亦颇有建树，只是由于其诗歌批评的文献不易得见，才导致人们对其诗歌批评理论贡献的忽视。与查慎行同时的王士禛、朱彝尊等人由于有专门的诗话行世，故其诗论易为诗坛学林熟悉了解。而查慎行的诗歌批评文献主要由论诗诗、诗歌评点与文集三部分组成。其中只有《敬业堂诗集》中的论诗诗部分已为学林所熟知，并多加征引，而更为重要的《初白庵诗评十二种》和《敬业堂文集》却被长期置于研究者的视野之外，这是因为查慎行晚年遭受"查嗣庭案"，死后又受到"忆鸣集案"的牵累，致使后两种文献流传不彰。《初白庵诗评十二种》虽未散佚，但纂辑刊刻时间较晚，并且流布甚稀，世人不易得见。因连遭文禁之祸，致使查慎行《敬业堂文集》散佚过半，后人虽收拾烬馀，辑得遗文近百篇，然已非原貌，且此书又同样流布不广，甚或一度面临佚亡的危险。正因为这些缘故，学界对查慎行诗学理论的认识以及对查慎行诗学倾向的判断或多或少都产生了一些偏差。

秉持这一研究思路，为了最大限度地还原查慎行诗学批评理论的原貌，本书首先详细梳理了查慎行《敬业堂文集》辗转流传的过程，并对逸出于《敬业堂文集》之外的查慎行佚文作了努力钩稽，以期从这部分文献中窥见查慎行诗论之一鳞半爪。同时，还对殊为琐碎的《初白庵诗评十二种》进行了较为全面系统的整理研究。指出应从查慎行《初白庵诗评十二种》入选诸家的名单入手，来搞清查慎行所构建的完整诗学谱系及其内涵。从《初白庵诗评十二种》评点分量的先后排名来看,查慎行除了最为推尊苏轼之外,同时亦主张尊杜学杜,从而得出了学杜、学苏才是查慎行"唐宋互参"主张的具体体现这一结论,并以查慎行诗歌创作为例,对其学习杜、苏的具体情况进行了论析。自清代以迄当今学界,以为查慎行诗歌以学苏轼、陆游为主,这种认识一直相沿不改,故本书提出查慎行实际上并尊杜、苏,这是对传统说法的一个修正和补充。另外,通过对《敬业堂文集》和《初白庵诗评》中查慎行诗学观念的梳理,可以看出其特别反对诗歌创作中的剽窃模拟之习,甚至对集句诗的创作亦加以反对,因为这种创作态度和倾向与查慎行"熟处求生"的创新精神格格不入。此外,查慎行还在诗评中屡次提倡高雅,反对庸俗与纤巧,并对历代诗歌的技巧分别进行了详细的总结与批评。

"唐宋互参"是查慎行诗学思想的核心内容,然而若将查慎行"唐宋互参"理论置于清初"唐宋之争"的大背景下来看,极容易将查慎行的"唐宋互参"理解为一种调和论或折中论,学界目前也有很多人倾向于认为查慎行尊唐只是门面话,其骨子里还是为了扬宋,这种理解其实都是从唐宋之争的二元论角度出发得出的结论,并未能抓住查慎行"唐宋互参"的核心与实质。通过本书第二、第三章的相关解析可以看到,查慎行从小就受到查继佐、陆嘉淑等长辈的影响和熏陶,形成了兼宗众美、兼容并包的诗学观念。而这种观念虽然并不能完全超脱于唐宋之争的范畴之外,但对于扭转清初唐宋之争中非杨即墨倾向无疑是一味清醒剂。而且这种观念的理论渊源无疑产生的时间更早,从诸种迹象来看,查慎行标举风雅为最高准绳,主张对诗歌史上历代优秀诗人都进行广泛学习的倾向,都应与杜甫"转益多师"的思想有着千丝万缕的关联。因此,既应该关注查慎行"唐宋互参"的时代性,也应该注意追溯其认识形成的诗学史渊源。

查慎行对诗歌的创新性极为重视,提倡"熟处求生"与"追险搜奇",通过梳理历代诗论中对诗歌"生熟"的讨论可以发现,查慎行"熟处求生"之论与明清诗坛上生熟之论尚有一定距离,却与明清书画理论中关于“熟后返生”的关联更为密切。且“熟处求生”与“渐老渐熟，乃造平淡”这两种说法从理论来源上看有着同一性。因此查慎行所谓“熟处求生”除了对艺术创新的追求之外，又与其诗论中提倡平淡自然、反对用典、多用白描等理论主张高度契合，并且能够相互通融。他所提出的“意厚”“气雄”“空灵”“淡脱”等理论主张精微深细，“辨毫发于疑似之间”，与其《初白庵诗评》恰可互为补充、相互印证，且具有极高的辩证性与极强的现实针对性，其理论内涵较为丰富。

查慎行的诗歌批评理论与虞山诗派、二冯诗学、宋诗派以及当时风行海内的神韵说都有着极强的共生关系，这充分表明了查慎行在理论及性格上的圆融与通达。他不好为异说，亦不愿广树论敌，而是在自己数十年的诗学历程中，通过反复比较和权衡当时诸多诗学流派的优劣短长，不断汲取理论营养，逐渐调整师法对象。进而又通过自己具体而细致的诗歌评点，将宋诗派的诗歌理论修订到既切实可行又不至于招人攻击的正确道路上来。诸如他提倡白描与平淡自然，隐隐有对二冯倡导的西昆体的不满，但绵里藏针，并不招摇。另外查慎行提倡苏、陆的疏放雄奇，这对于以王士禛为首的神韵诗派之流弊亦有某种矫正意味，但是他却又从未明确提出过对王士禛及“神韵说”的任何反对意见。其《初白庵诗评》中委婉地对“储、王”田园诸诗的批评，当有对神韵说流弊的指斥意味，不过这种批评和不满是通过委婉曲折、旁敲侧击的形式表现出来的，有时甚至令人难以察觉。查慎行的诗歌理论虽不乏力矫俗流之处，但总体来看平正通达，切实可行，因此查慎行所倡导的这种学宋路径应该属于“软宋”派，这能够从很大程度上避免“硬宋”派的弊端。总的来看，查慎行的诗歌理论的圆融，是其长期潜心揣摩的结果，也是时代诗学氛围潜移默化的结果。以前学界的某些论著往往过分强调清初文禁对于查慎行精神世界的震慑作用，认为查慎行的圆融代表了诗学精神的萎靡，这实际上只是抓住了外部政治环境的因素，对于清初特定的诗学内部因素考虑不够，也就不能正确回答查慎行诗学倾向形成的真正原因及其真正内涵。

参 考 文 献

（一）诗学文献

[1]查慎行:《他山诗钞》,康熙二十二年(1683)刻本。
[2]查慎行著,周劭标点:《敬业堂诗集》,上海古籍出版社 1986 年版。
[3]查慎行:《查初白文集》,国家图书馆藏清抄本。
[4]查慎行:《敬业堂文集》,《四部备要》本,上海中华书局 1920—1936 年版。
[5]查慎行:《查悔馀文集》,《北京大学图书馆藏稿本丛书》第二辑,天津古籍出版社 1991 年版。
[6]查慎行:《苏诗补注》五十卷,清文渊阁四库全书本。
[7]查慎行著,王友胜点校:《苏诗补注》五十卷,凤凰出版社 2013 年版。
[8]查慎行著,范道济辑校:《新辑查慎行文集》,中州古籍出版社 2012 年版。
[9]查慎行著,张载华辑:《初白庵诗评十二种》,清乾隆四十二年(1777)刻本。
[10]查慎行著,张载华辑:《初白庵诗评十二种》,民国间上海六艺书局石印本。
[11]查慎行著,张玉亮、辜艳红点校:《查慎行集》,浙江古籍出版社 2014 年版。
[12]聂世美选注:《查慎行选集》,上海古籍出版社 1998 年版。
[13]聂世美:《查慎行传》,吕慧鹃、刘波、卢达《中国历代著名文学家评传(续编三)》,山东教育出版社 1989 年版。
[14]陈敬璋著,汪茂和点校:《查慎行年谱》,中华书局 1992 年版。
[15]查嗣瑮:《查浦诗钞》十二卷附《诗馀》,清康熙六十一年(1722)海宁查氏刻本,中国科学院图书馆藏本。
[16]查嗣瑮:《燕京杂诗》一卷,清康熙间刻本,中国科学院图书馆藏本。
[17]查嗣庭:《双遂堂遗集》四卷,民国二十二年(1933)北平燕京大学图书馆抄本。
[18]查继佐:《敬修堂钓业》一卷,清光绪六年(1880)会稽赵氏仰视千七百二十九鹤斋丛书本。

[19]查继佐:《敬修堂诗后甲集》,国家图书馆藏清抄本。
[20]查继佐:《东山遗集》二卷,民国十一年(1922)上海古书流通处影印古书丛刊本(丁集)。
[21]查继佐:《粤游杂咏》,国家图书馆藏清稿本。
[22]查容:《查浒翁文集》,清乾隆间海宁吴氏拜经楼抄本。
[23]查为仁:《莲坡诗话》,《丛书集成初编》本。
[24]查为仁:《蔗塘未定稿》,《清代诗文集汇编》本。
[25]查世佑:《查氏文抄》,清道光七年(1827)年刻本,浙江图书馆藏本。
[26]周兴陆编:《渔洋精华录汇评》,齐鲁书社2007年版。
[27]朱彝尊著,王利民、胡愚等校点:《曝书亭全集》,吉林文史出版社2009年版。
[28]朱彝尊:《腾笑集》,上海古籍出版社1979年版。
[29]张岱:《琅嬛文集》,岳麓书社1985年版。
[30]赵执信:《谈龙录》,人民文学出版社1981年版。
[31]赵翼著,霍松林、胡主佑校点:《瓯北诗话》,人民文学出版社1963年版。
[32]钟惺、谭元春著,张国光点校:《唐诗归》,湖北人民出版社1985年版。
[33]张慧剑:《明清江苏文人年表》,人民文学出版社2008年版。
[34]庾信撰,倪璠注,许逸民校点:《庾子山集注》,中华书局1980年版。
[35]元好问:《遗山先生文集》,《四部丛刊初编》本。
[36]袁枚著,王英志编:《袁枚全集》,江苏古籍出版社1993年版。
[37]徐世昌:《晚晴簃诗汇》,中华书局1990年版。
[38]王士禛著,袁世硕等校点:《王士禛全集》,齐鲁书社2007年版。
[39]王士禛著,张宗柟纂集:《带经堂诗话》,人民文学出版社1963年版。
[40]吴之振:《宋诗钞》,《四库全书荟要》本,吉林出版集团有限责任公司2005年版。
[41]吴之振:《吴之振诗集》,浙江古籍出版社2012年版。
[42]吴文治主编:《明诗话全编》,江苏古籍出版社1997年版。
[43]苏轼著,王文诰辑注,孔凡礼点校:《苏轼诗集》,中华书局1982年版。
[44]上海图书馆编:《上海图书馆藏明清名家手稿》,上海古籍出版社2006年版。
[45]钱谦益著,钱仲联校:《钱牧斋全集》,上海古籍出版社2003年版。
[46]钱谦益:《列朝诗集小传》,上海古籍出版社1983年版。
[47]钱澄之著,汤华泉点校:《藏山阁集》,黄山书社2006年版。
[48]钱仲联:《清诗纪事》,江苏古籍出版社1987年版。

[49]钱仲联:《梦苕庵诗话》,齐鲁书社 1986 年版。
[50]纳兰性德:《通志堂集》,《清人别集丛刊》本,上海古籍出版社 1979 年版。
[51]缪焕章:《云樵外史诗话》,民国七年(1918)艺风堂刊本。
[52]黎靖德编,王星贤点校:《朱子语类》,中华书局 1999 年版。
[53]陆游:《陆游集》,中华书局 1976 年版。
[54]陆嘉淑:《辛斋遗稿》,清道光间蒋光煦刻本。
[55]吕留良著,徐正校点:《吕留良诗文集》,浙江古籍出版社 2011 年版。
[56]李文泰:《海山诗屋诗话》,清光绪四年广州森宝阁排印巾箱本。
[57]李呈祥:《东村集》,《四库全书存目丛书》本,齐鲁书社 1997 年版。
[58]柯愈春:《清代诗文集总目提要》,北京古籍出版社 2002 年版。
[59]郝经:《陵川集》,《影印文渊阁四库全书》本。
[60]黄宗羲著,沈善洪点校:《黄宗羲全集》,浙江古籍出版社 1986 年版。
[61]黄宗羲:《黄梨洲文集》,中华书局 1959 年版。
[62]黄宗羲:《黄梨洲诗集》,中华书局 1959 年版。
[63]黄庭坚:《黄庭坚全集》,四川大学出版社 2001 年版。
[64]洪亮吉:《北江诗话》卷一,刘德权点校《洪亮吉集》,中华书局 2001 年版。
[65]郭绍虞编选,富寿荪点校:《清诗话续编》,上海古籍出版社 1983 年版。
[66]归庄:《归庄集》,上海古籍出版社 2010 年版。
[67]葛金烺:《爱日吟庐书画别录》,浙江人民美术出版社 2012 年版。
[68]方回评选,李庆甲校点:《瀛奎律髓汇评》,上海古籍出版社 1986 年版。
[69]方孝孺:《逊志斋集》,宁波出版社 2000 年版。
[70]杜甫著,仇兆鳌注:《杜诗详注》,中华书局 1979 年版。
[71]丁福保辑:《清诗话》,上海古籍出版社 1978 年版。
[72]邓之诚:《清诗纪事初编》,上海古籍出版社 1965 年版。
[73]程嘉燧:《耦耕堂集》,《续修四库全书·集部·别集类》1386 册,上海古籍出版社 1995 年版。
[74]曹贞吉著,王佩增、宋开玉点校:《曹贞吉集》,山东大学出版社 1994 年版。

(二)研究著作

[1]郭绍虞:《杜甫〈戏为六绝句〉集解》,人民文学出版社 1978 年版。
[2]谢国桢:《明末清初的学风》,人民出版社 1982 年版。
[3]钱钟书:《谈艺录》,中华书局 1984 年版。
[4]钱钟书:《宋诗选注》,人民文学出版社 1989 年版。
[5]朱则杰:《清诗史》,江苏古籍出版社 1992 年版。

[6]廖可斌:《明代文学复古运动研究》,上海古籍出版社1994年版。
[7]萧华荣:《中国诗学思想史》,华东师范大学出版社1996年版。
[8]张仲谋:《清代文化与浙派诗》,东方出版社1997年版。
[9]谢国桢:《明清之际党社运动考》,辽宁教育出版社1998年版。
[10]陈文忠:《中国古典诗歌接受史研究》,安徽大学出版社1998年版。
[11]孙立:《明末清初诗论研究》,广东高等教育出版社1999年版。
[12]张健:《清代诗学研究》,北京大学出版社1999年版。
[13]蒋寅:《王渔洋与康熙诗坛》,中国社会科学出版社2001年版。
[14]蒋寅:《王渔洋事迹征略》,人民文学出版社2001年版。
[15]严迪昌:《清诗史》,浙江古籍出版社2002年版。
[16]叶君远:《清代诗坛第一家——吴梅村研究》,中华书局2002年版。
[17]柯愈春:《清代诗文集总目提要》,北京古籍出版社2002年版。
[18]刘世南:《清诗流派史》,人民文学出版社2004年版。
[19]钱仲联著,魏中林整理:《钱仲联讲论清诗》,苏州大学出版社2004年版。
[20]潘承玉:《清初诗坛:卓尔堪与〈遗民诗〉研究》,中华书局2004年版。
[21]刘学锴:《李商隐诗歌接受史》,安徽大学出版社2004年版。
[22]孙琴安:《唐诗选本六百种提要》,上海书店2005年版。
[23]蒋寅:《清诗话考》,中华书局2005年版。
[24]周积寅:《中国画论辑要》,江苏美术出版社2005年版。
[25]洪永铿、贾文胜、赖燕波:《海宁查氏家族文化研究》,浙江大学出版社2006年版。
[26]杨旭辉:《清代经学与文学——以常州文人群体为典范的研究》,凤凰出版2006年版。
[27]赵红娟:《明遗民董说研究》,上海古籍出版社2006年版。
[28]李圣华:《方文年谱》,人民文学出版社2007年版。
[29]杨连民:《钱谦益诗学研究》,社会科学文献出版社2007年版。
[30]王利民:《王士禛诗歌研究》,中华书局2007年版。
[31]李鹏:《赵翼诗歌与诗论研究》,汕头大学出版社2007年版。
[32]米彦青:《李商隐诗歌接受史稿》,中华书局2007年版。
[33]凌郁之:《苏州文化世家与清代文学》,齐鲁书社2008年版。
[34]邓之诚:《古董琐记》,中华书局2008年版。
[35]蒋寅:《清代文学论稿》,凤凰出版社2009年版。
[36]陈斌:《明代中古诗歌接受与批评研究》,上海三联书店2009年版。
[37]纪玲妹:《清代毗陵诗派研究》,凤凰出版社2009年版。

[38]王顺娣:《宋代诗学平淡理论研究》,巴蜀书社 2009 年版。
[39]孙纪文:《王士禛诗学研究》,宁夏人民出版社 2009 年版。
[40]董就雄:《屈大均诗学研究》,学苑出版社 2009 年版。
[41]汪超宏:《宋琬年谱》,人民文学出版社 2010 年版。
[42]王友胜:《苏诗研究史稿(修订本)》,中华书局 2010 年版。
[43]张静:《元好问诗歌接受史》,中国社会出版社 2010 年版。
[44]孙之梅:《钱谦益与明末清初文学(增订版)》,山东大学出版社 2010 年版。
[45]罗时进:《地域·家族·文学——清代江南诗文研究》,上海古籍出版社 2010 年版。
[46]黄建军:《康熙与清初诗坛》,中华书局 2011 年版。
[47]邬国平:《明清文学论薮》,凤凰出版社 2011 年版。
[48]王兵:《清人选清诗与清代诗学》,中国社会科学出版社 2011 年版。
[49]赵炜:《明末清初虞山诗学研究》,百花洲文艺出版社 2011 年版。
[50]高春艳:《李因笃文学研究》,中国社会科学出版社 2011 年版。
[51]谢海林:《清代宋诗选本研究》,上海古籍出版社 2011 年版。
[52]胡云翼:《宋诗研究》,岳麓书社 2011 年版。
[53]张永刚:《明末清初党争视域下的钱谦益文学研究》,凤凰出版社 2012 年版。
[54]蒋寅:《清代诗学史》第一卷,中国社会科学出版社 2012 年版。
[55]王英志:《清代唐宋诗之争流变史》,人民文学出版社 2012 年版。
[56]宫泉久:《盛世变征:清代诗人赵执信研究》,中国社会科学出版社 2012 年版。
[57]魏中林等:《古典诗歌学问化研究》,中国社会科学出版社 2012 年版。
[58]陈伟文:《清代前中期黄庭坚诗接受史研究》,中国人民大学出版社 2012 年版。
[59]张兵等:《文化视域中的清代文学研究》,人民出版社 2013 年版。
[60]张如安、管凌燕:《清初浙东学派文学思想研究》,浙江大学出版社 2013 年版。
[61]王世襄:《中国画论研究》,三联书店 2013 年版。

(三)学位论文

[1]张金明:《查慎行诗歌新论》,中国人民大学 2011 年博士论文。
[2]于海鹰:《查慎行诗歌研究》,山东大学 2008 年博士论文。
[3]陈宇舟:《清初"国朝六家"诗学研究》,苏州大学 2009 年博士论文。

[4]赵娜:《清代顺康雍时期唐宋诗之争流变研究》,苏州大学2009年博士论文。
[5]纪锐利:《清代论诗诗史》,苏州大学2007年博士论文。
[6]韩俊:《论查慎行在清诗史上的地位》,中国人民大学2001年硕士论文。
[7]王艺:《查慎行研究》,四川大学2006年硕士论文。
[8]张永芳:《论查慎行的诗歌创作及其心路历程》,沈阳师范大学2007年硕士论文。
[9]韩晓莲:《查慎行〈馀波词〉论》,西南大学2008年硕士论文。
[10]韩逢华:《海宁查氏家族文学研究》,苏州大学2008年硕士论文。
[11]陈丽娜:《查慎行游历诗歌研究》,上海师范大学2010年硕士论文。
[12]张晨:《查慎行年谱》,广西师范大学2010年硕士论文。
[13]朱浩磊:《查慎行诗歌研究》,湘潭大学2010年硕士论文。
[14]张文:《查嗣庭案与海宁查氏家族文学》,南京师范大学2010年硕士论文。
[15]张晶晶:《李呈祥及〈东村集〉研究》,河北师范大学2014年硕士论文。

（四）期刊论文

[1]刘立介:《查慎行诗试论》,《湘潭师专学报》1982年第3期。
[2]罗仲鼎:《论查慎行的诗歌创作》,《浙江学刊》1985年第3期。
[3]赵永纪:《查慎行其人其诗》,《渤海学刊》1993年第3期。
[4]束忱:《朱彝尊"扬唐抑宋"说》,《文学遗产》1995年第2期。
[5]严迪昌:《查慎行论》,《文学遗产》1996年第5期。
[6]王英志:《查慎行山水诗》,《杭州师范学院学报》1996年第5期。
[7]李世英:《熟处求生开新境——论查慎行对清代诗歌的贡献》,《北方工业大学学报》1998年第4期。
[8]孙京荣:《论查慎行的纪游诗》,《西北师大学报》1998年第1期。
[9]孙京荣:《查慎行酬唱诗初论》,《西北师大学报》1999年第4期。
[10]王友胜:《查慎行的苏诗选评》,《中国文学研究》2000年第2期。
[11]孙京荣:《论查慎行的游黔诗》,《贵州社会科学》2000年第3期。
[12]孙京荣:《论查慎行的咏怀诗》,《西北师大学报》2002年第2期。
[13]张一民:《查慎行"得树楼"藏书拾录》,《文教资料》2004年第15期。
[14]孙京荣:《论查慎行的仕宦诗》,《西北师大学报》2006年第5期。
[15]杨燕、陈玉兰:《朱查诗歌比较论》,《浙江师范大学学报》2007年第6期。
[16]赖燕波:《论查慎行兄弟唱和诗》,《中国文学研究》2009年第1期。
[17]赵甫义:《浅议查慎行诗歌的创新性》,《长春理工大学学报》(高教版)

2009 年第 7 期。
[18]周燕玲:《查慎行“唐宋互参”的诗学观及对康熙诗坛的影响》,《北方论丛》2010 年第 2 期。
[19]陈宇舟:《查慎行诗学浅议》,《常熟理工学院学报》2010 年第 5 期。
[20]黄建军:《查慎行成为康熙词臣的文学解读》,《求索》2010 年第 12 期。
[21]严佐之:《“白头方解手抄书”:查慎行〈抄书〉诗及明清“抄书”诗释读》,《北京大学中国古文献研究中心集刊》第 11 辑,北京大学出版社 2011 年版。
[22]张毓洲:《查嗣庭文字狱案与海宁查氏文学世家的衰微》,《西北师大学报》2011 年第 2 期。
[23]张金明:《清代诗人查慎行研究述评》,《燕山大学学报》2011 年第 4 期。
[24]张金明:《查慎行之宋诗精神首开清初宗宋诗派》,《河北学刊》2011 年第 5 期。
[25]贾文胜:《“唐宋之争”与朱彝尊、查慎行宋诗观探赜》,《学术月刊》2011 年第 5 期。
[26]秦敏:《许昂霄与涉园张氏的文学教育及学术研讨》,《徐州师范大学学报》(教育科学版)2011 年第 3 期。
[27]张金明:《论查慎行的白描诗学观及其在诗歌创作中的运用》,《燕山大学学报》2012 年 3 期。
[28]田金霞:《查慎行诗歌评点之学探论——以查评〈瀛奎律髓〉为例》,《聊城大学学报》2012 年第 6 期。
[29]雷恩海、曾贤兆:《唐孙华的诗歌与诗论》,《兰州大学学报》2013 年第 6 期。
[30]周燕玲:《论查慎行“厚”、“雄”、“灵”、“淡”的诗学观》,《国学学刊》2014 年第 1 期。
[31]吴淑钿:《“一祖三宗”说与陈简斋的诗学定位》,《学术研究》2014 年第 2 期。
[32]李圣华:《查慎行与查嗣庭案及其晚年诗风之变》,《中国文学研究》2014 年第 1 期。
[33]李圣华:《查慎行与王渔洋交游及相关诗史问题考辨》,《江苏师范大学学报》2014 年第 3 期。
[34]李圣华:《查慎行与〈忆鸣诗集〉案》,《浙江师范大学学报》2014 年第 3 期。
[35]陈玉兰、项姝珍:《天津查氏水西庄雅集的江南文化特质》,《苏州大学学报》2014 年第 4 期。

[36]李圣华:《查慎行与明遗民社会——关于“明遗民二代”文化心态的典型解析》,《浙江社会科学》2014 年第 10 期。
[37]李圣华:《查慎行文学侍从生涯及其“烟波翰林体”考论》,《求是学刊》2014 年第 5 期。
[38]张金明:《平淡诗风:清初极富宋诗色彩的美学范畴——基于理论诉求与创作实践有机统一的清初诗人查慎行为范》,《河北学刊》2015 年第 1 期。

后　记

这部书稿是在我博士论文基础上修订完成的。2012年的春天,我报考了河北大学中国古代文学专业的博士研究生,并有幸被詹福瑞先生收录于门下。刚开始时,我对于博士论文的选题非常茫然,一直找不到研究方向。后来在导师的指点下,逐渐将目光聚焦在清初诗学这一时段,并最终确定将查慎行作为研究对象。在此之前,我对清代诗学的认识颇为有限,几乎是零基础,突然冒失地闯入了清代诗学这个领域,可以说无知者无畏吧。此后随着阅读范围的扩大,我逐渐发现清代诗学乃是中国文学史上最为丰厚的一片土壤,这一时期流派纷呈,大家林立,资料繁富,研究成果众多,常令人有目不暇接、美不胜收之感。非常感谢导师将我领入这个辉煌典雅的学术殿堂,让我能日知不足,学有所进。

詹先生学术事务繁杂,我和先生见面的机会不多,然而每次见面他都会抽出时间对我进行耐心指导。有时先生的三言两语便能为我拨开迷雾,指明研究方向,使心头的诸般疑惑霎时烟消云散。先生治学严谨踏实,不怒自威,这种身正为范的治学态度深深地影响了我,使我在三年的学习和研究过程中从不敢懈怠和放松。先生治学注重以文献为基础,而我却一直将文献研究视为畏途。在先生的鼓励和指导下,为了搞清楚查慎行诗学文献的基本问题,我几次前往国家图书馆文津分馆。走进那扇厚重的大门,坐在古色古香的古籍阅览室,时间仿佛停滞了,静谧而又安宁,浮躁的心情也平静下来。从验核查慎行《敬业堂文集》与《查悔馀文集》的异同开始,我徜徉于文津馆海量古籍和胶片之中。

往返奔波的劳苦，点滴发现的喜悦，使我初步体会到治学的快乐与艰辛。后来在翻检古籍的过程中，我经常在清人的别集中发现一些查慎行所作的序文，这些序文大多数都不见于查慎行文集，于是我开始着重解决查慎行文集的重辑问题。随着学术搜索引擎的使用越来越熟练，阅读和搜检的范围也逐渐扩展，手头辑录的查慎行佚文如滚雪球般增长，论文的第一章也就这样有了雏形。这样一来，自己的思路也逐渐跳出了围着《敬业堂诗集》打转转的状态，开始意识到"查慎行诗歌批评研究"这一论题写出新意的关键和命脉便在于文献，只有打破传统思维定式，发现和掌握新的诗学文献才能超越前人，掌握第一手文献资料才能掌握发言权，所有理论的生发都应以此为根基。

论文的写作过程是艰苦而漫长的。由于孩子还小，每天需要接送上学，每当把孩子送走之后，我便立即走进查慎行的诗学世界，在繁杂琐碎的资料间穿梭徘徊。时间在不知不觉中悄然流逝，往往我刚刚从文献资料的丛林中发现一点眉目，正欲付诸文字，接孩子的时间已然到了，只好无奈地关上电脑，放下手头的书卷资料，匆匆赶往学校。加之我自己身体也不是很好，时常闹病，写起论文常有力不从心、半途而废之感。论文的各个章节都是在零敲碎打中断断续续完成的，因此其中往往有思路混杂、前后重复乃至抵牾之处。论文初稿交给导师后，先生一眼便觑出其中的问题，提了许多中肯的修改意见，大至论文的结构安排，论证观点和材料的统一，小至遣词造句、错字别字，先生均一一指出。我再一次感受到了先生深厚的学养和严谨的治学态度，这对我以后的治学道路必将产生深远的影响。

在论文的写作过程中，李金善老师、姜剑云老师、田小军老师、田玉琪老师、吴淑玲老师等都曾提出过许多中肯的修改意见。燕山大学张金明老师惠寄了其博士论文《查慎行诗歌新论》，南开大学张弘韬博士还代为复制了东吴大学图书馆所藏民国间石印本《初白庵诗评十二种》，山东大学的刘坤博士也曾代为复印了不少诗学文献，这都为本论文的写作提供了不少便利，谨此致谢！吴萱、刘少坤、周小艳、杨青芝、张丽锋无论是从学习上还是从生活上都一直对我关照有加，这让我充分感觉到了古代文学这个大家庭的温暖。好友王俊霞、刘红、李彩霞，经常在我接孩子迟到之时，帮我照看孩子。还有王东华阿姨，每到周末，就担负起了照顾孩子的重任，使我有大块的时间可以心无旁骛地投入论文的写作。岁月留痕，真情永驻，非常感谢你们多年的关爱与支持！

尤其要感谢我的先生孙微，在我读博期间，承担了大部分家务和照顾孩子的任务。在论文的写作过程中，为我提供了大量的文献资料和许多切实可行的建议。论文能够顺利完成，他功不可没。

论文完成之际，有幸得到河北大学文学院资助，得以将论文出版刊印。在此书稿的出版修订过程中，人民出版社武丛伟老师付出了诸多辛劳和帮助，在此致谢！

王 新 芳

2015 年 11 月于河北大学

责任编辑:武丛伟
封面设计:林芝玉
版式设计:顾杰珍

图书在版编目(CIP)数据

查慎行诗歌批评研究/王新芳 著. -北京:人民出版社,2015.12
ISBN 978-7-01-015282-0

Ⅰ.①查… Ⅱ.①王… Ⅲ.①查慎行(1650~1727)-诗歌评论
Ⅳ.①I207.22

中国版本图书馆 CIP 数据核字(2015)第 232978 号

查慎行诗歌批评研究
ZHASHENXING SHIGE PIPING YANJIU

王新芳 著

人民出版社 出版发行
(100706 北京市东城区隆福寺街 99 号)

北京中科印刷有限公司印刷 新华书店经销

2015 年 12 月第 1 版 2015 年 12 月北京第 1 次印刷
开本:710 毫米×1000 毫米 1/16 印张:18
字数:263 千字

ISBN 978-7-01-015282-0 定价:48.00 元

邮购地址 100706 北京市东城区隆福寺街 99 号
人民东方图书销售中心 电话 (010)65250042 65289539